D. Bernardin

Sur l'auteur

Originaire de New York, Mary Beth Keane vit actuelle-
ment à Philadelphie avec sa famille. *La Cuisinière* est
son deuxième roman.

MARY BETH KEANE

LA CUISINIÈRE

Traduit de l'anglais (États-Unis)
par Françoise Pertat

PRESSES DE LA CITÉ

Titre original :
Fever

© 2013 by Mary Beth Keane.
© Presses de la Cité, un département Place des éditeurs, 2014,
pour la traduction française.
ISBN 978-2-264-06817-0

À Marty

« Jésus, Aie pitié »

Pierre tombale de Mary Mallon,
cimetière Saint Raymond,
Bronx, New York

PROLOGUE

1899

La journée commença par du lait caillé. Le pire était à venir. Tu es allée trop vite, se houspilla Mary, lorsque l'on renvoya le lait à la cuisine dans son pot de porcelaine, accompagné d'une note de M. Kirkenbauer exigeant que cette négligence ne se reproduise plus. Il était fatigué, elle en avait conscience, d'avoir entendu l'enfant pleurer toute la nuit, et de l'avoir entendu gémir, et de l'avoir entendu réclamer qu'on le berce. Et il était soucieux. Elles avaient essayé de l'épargner. Mary, Mme Kirkenbauer et la nourrice s'étaient relayées auprès du petit garçon, mais la chambre du bambin était juste en face de celle de ses parents, et le plancher de la nouvelle maison craquait et grinçait ; en sus, il arrivait aussi aux femmes d'oublier de baisser la voix. Aussi M. Kirkenbauer avait-il fini par sortir de sa chambre en chemise de nuit et avait-il demandé en quoi il pouvait aider.

« Donnez-le-moi ! » avait-il commandé à Mary au début de son tour de garde, au moment même où la nourrice, rompue de fatigue, rejoignait en hâte la petite pièce qui lui était dévolue à l'arrière de la maison.

À deux heures du matin, quelle importance qu'ils se voient en vêtements de nuit ! Mary avait remis le petit garçon à son père, un bébé en réalité, encore un bébé ; ils disaient de lui qu'il était un petit garçon, parce qu'il avait lui-même commencé à se présenter ainsi ; mais ce n'était pas vrai, pas encore, dans six mois peut-être, oui, mais pas encore, avec ses jambes dodues et ses joues rondes, cette démarche incertaine, titubante, et sa préférence pour les genoux plutôt qu'une chaise pour s'asseoir.

« Il est très chaud », avait murmuré le père.

Il avait posé les lèvres sur le front du bambin, puis, le rendant à Mary, il avait pris place sur un siège dans un coin de la chambre, tandis que celle-ci le berçait en lui énumérant toutes ces choses merveilleuses que le matin allait lui apporter. Voulait-il voir un voilier ? Voulait-il jeter des cailloux dans le fleuve ? Voulait-il un petit pain tout juste sorti du four ? Mais l'enfant se contentait de la fixer, et il pleurait, et il jetait ses petits bras brûlants autour de son cou, et il serrait très fort, comme s'ils avaient été en mer, et qu'elle était sa bouée, et qu'il craignait de la lâcher.

Elle essaya de ne pas trop se chagriner au sujet du lait renvoyé en cuisine et de l'expression affichée par le majordome, censée mimer celle du maître de maison. Elle se rappela combien ce dernier était épuisé lorsqu'il s'était plaint du lait, ils l'étaient tous d'ailleurs, et qui sait quel ton il avait réellement employé lorsqu'il s'était adressé au majordome, lequel lui avait paru quelqu'un de nerveux dès le premier jour. Mme Kirkenbauer était encore dans sa chambre, endormie ou tentant de trouver le sommeil, et la nourrice donnait un bain froid au petit garçon, le troisième en trois heures. Une légère éruption lui était apparue sur le torse et, aux toutes premières heures du matin, Mme Kirkenbauer avait suggéré de lui appliquer un cataplasme de pain et de lait, ou encore de courir chercher de l'huile de lin chez un voisin. Mais Mary s'y était opposée, elle avait déjà vu ce type de poussée auparavant, il fallait qu'il se repose, c'est tout, et si possible qu'il avale quelque chose. La domestique avait connu des familles plus riches que les Kirkenbauer. Leur cuisine n'était pas aussi moderne que celles où elle avait travaillé. Mais ils étaient gentils, ils lui payaient de bons gages, et mis à part quelques requêtes particulières de Madame, elle avait toute liberté pour faire les courses et servir ce qui lui plaisait.

Parfois, après le souper, Madame l'aidait à récurer les plats, ce qui, à sa grande surprise, ne la dérangeait pas. Une maîtresse de maison qui traîne dans la cuisine et met son nez dans les poêles et les casseroles, et jusqu'à l'office, devrait normalement être insupportable si on lui avait annoncé à l'avance que cela se passerait ainsi, elle n'aurait jamais accepté ce travail pour commencer –, mais maintenant qu'elle y était, et qu'elle connaissait ses patrons, elle était surprise de constater que cela ne la gênait pas le moins du monde. Mme Kirkenbauer, dont les trois sœurs vivaient à Philadelphie, confiait que la compagnie féminine lui manquait plus que tout. Mary tentait en permanence de sonder l'humeur de sa patronne, dans le but d'avoir l'audace, peut-être, de lui poser une question. Avait-elle toujours vécu dans l'aisance, ou était-ce son mariage qui la lui avait apportée ? Les Kirkenbauer ne connaissaient pas encore grand monde à Dobbs Ferry, ce qui signifiait qu'ils recevaient peu et que Mary avait rarement l'occasion de cuisiner pour plus de gens que les trois membres de la famille, le personnel et elle-même. La maison donnait sur l'Hudson et le dimanche, par beau temps, ils pique-niquaient au bord du fleuve et ne manquaient pas d'inviter ceux de leurs domestiques qui n'étaient pas rentrés chez eux pour y passer la journée.

La cuisinière prit le pot de lait que le majordome lui tendait.

— Il a vraiment tourné ? demanda-t-elle en le portant à son nez. En effet, il a tourné, confirma-t-elle en serrant les dents pour refréner son envie de vomir.

Elle se dirigea rapidement vers l'étroite porte de service pour le jeter dehors. Le lait fit un léger bruit de succion en s'échappant du pot, et elle le regarda s'envoler dans les airs tel un solide... jusqu'à ce qu'il atterrisse près de deux mètres plus loin, tache blanche dans l'herbe humide. En quelques secondes, l'odeur nauséabonde franchit l'espace entre la salissure et le seuil sur lequel elle se tenait encore. Elle se saisit de la bouilloire, où l'eau venait d'être portée à ébullition, se précipita dehors jusqu'au tas humide et y déversa le liquide brûlant, la tête tournée avec dédain. Elle se retourna juste à temps pour voir le tout disparaître en une rivière de lait caillé, être absorbé par les brins verts et se dissoudre dans le sol.

— Il n'en reste plus ? demanda le majordome, inquiet, le regard dirigé vers le long couloir qui menait à la salle à manger.

— Il en reste. Il en reste plein, répondit Mary. Ce n'était que ce que je gardais pour le pain, mais j'ai oublié hier soir, au moment de fabriquer ma miche j'ai utilisé le lait fermenté à la place. J'ai été trop vite. Il n'y a presque plus de glace. J'en ai cassé de gros blocs pour mettre dans le bain du petit, et le morceau restant a besoin de plus de sciure. Il faudrait une vraie glacière ici, une de celles qui sont en zinc. J'ai mis le bon lait au fond, mais ce matin...

S'imaginant avoir entendu des pas dans le corridor, elle leva l'index pour intimer au majordome d'attendre.

— Ce matin ? reprit-il.

Ils étaient seuls. La charpente récente de la maison craquait sous le poids de la pluie battante de la nuit, et maintenant, même fenêtres et portes ouvertes, l'air était lourd et chaud. Il se déposait sur tout, et depuis le début de la matinée le col de la robe de Mary lui faisait l'effet d'un nœud coulant.

— Rien.

Inutile d'expliquer. M. Kirkenbauer attendait dans la salle à manger avec son bol de myrtilles séchées et son café encore noir.

— Voilà, dit-elle en plaçant un nouveau pot sur le plateau du majordome.

Il lui faudrait cuire du pain frais pour le déjeuner si elle voulait être pardonnée, même s'il en restait pratiquement une miche entière de la veille sur le buffet et que cette dernière ferait l'affaire, pourvu qu'on la fasse un peu griller et qu'on y ajoute une lichette de beurre.

— Comment va l'enfant ce matin ? demanda le majordome.

La chambre de ce dernier se trouvait au troisième étage, raison pour laquelle il avait pu dormir sans être réveillé de la nuit.

— Ni mieux ni plus mal. Pauvre chou.

— Au sujet du lait, Mary, dit-il avec un hochement de tête, rien d'étonnant avec cette chaleur ! C'est sans doute pour cela que le petit se sent fiévreux. Moi non plus, je ne me sens pas dans mon assiette.

Tous les majordomes ne faisaient pas preuve d'autant d'amabilité, il lui avait semblé que c'était même tout l'un ou tout l'autre, dans chacune des maisons où elle avait occupé les fonctions de cuisinière. Ou bien le personnel formait une équipe, chaque domestique s'adressant aux autres au moyen de silences et de signes de tête clandestins ; ou bien c'était la rivalité permanente, et chacun s'occupait à gâcher le travail des autres.

Cela faisait seulement un mois que Mary travaillait pour les Kirkenbauer quand l'enfant était tombé malade, et plus tard elle eut le plus grand mal à se souvenir des circonstances qui l'avaient amenée jusque-là, à Dobbs Ferry, alors que les offres d'emploi abondaient à Manhattan. Alfred trouvait encore de bonnes places en 1899. Il allait encore se faire raser un jour sur deux et lui remettait sa paye du vendredi pour acquitter une partie de leur loyer et de leur nourriture. L'agence avait souvent voulu l'envoyer dans le New Jersey ou dans le Connecticut, ou sur la rive ouest de l'Hudson, que les trains ne desservaient pas, mais elle avait toujours dit non, à moins qu'il ne se soit agi d'emplois de courte durée où les gages étaient trop élevés pour qu'on les refuse ; pour finir, ces familles héritaient d'une cuisinière de second ordre qui ne pouvait pas décrocher de place dans un foyer de Manhattan. Ce qui n'était pas le cas de Mary. Aussi, pourquoi avait-elle accepté de pousser jusqu'à Dobbs Ferry, pour travailler chez une femme qui n'était pas une vraie patronne mais une demi-servante, vu la manière dont elle se penchait sur la marmite à récurer, ou la façon dont elle parcourait la cuisine du regard, à la recherche de taches de graisse ? Peut-être était-ce parce que, lors de leur première rencontre à l'agence, quelque chose chez sa future maîtresse lui avait plu. Elle ne lui avait pas demandé si elle était chrétienne. Ni si elle était mariée, ou si elle en avait l'intention. Elle s'était contentée de la questionner sur ses recettes et sur sa façon de s'organiser en cuisine ; et lorsqu'elle avait abordé le sujet de la nourriture et de la responsabilité de préparer des repas tous les jours de la semaine, elle avait semblé parler d'expérience.

« Avez-vous déjà préparé de la choucroute ? Ou vous contentez-vous de l'acheter ? » lui avait-elle demandé.

Mary avait répondu « Ni l'un ni l'autre », sans ajouter qu'aucun de ses employeurs précédents n'avait souhaité que le chou fermenté, avec son arôme fort, approche de trop près les motifs floraux de son vestibule et les moulures travaillées de son plafond. S'il arrivait un soir qu'Alfred veuille en manger, il sortait dans la rue en quête du marchand ambulant, qui s'annonçait à travers la ville à coups de timbale.

« Seriez-vous disposée à apprendre si je vous montrais comment procéder ? Apprenez-vous vite ? »

Comme cette femme native de Philadelphie était éloignée de la version du Lower East Side que Mary connaissait bien ! Elle se contenta de répondre « Oui ».

Était-ce cette rencontre qui avait suffi à la convaincre de quitter la ville, cet été-là ? Ses gages étaient-ils meilleurs que le souvenir qu'elle en conservait ? Non. Des années plus tard, disposant de beaucoup de temps pour y réfléchir à toute heure, et même à toute minute du jour si elle le souhaitait, elle ne voyait rien d'autre, et sûrement pas l'image d'elle plus jeune descendant du train pour être accueillie par M. Kirkenbauer en personne, faute d'un chauffeur employé à plein temps. Alfred l'avait suppliée de refuser. Désireux qu'elle trouve une place plus près de chez eux, il lui avait promis un feu d'artifice du 4 Juillet dont elle se souviendrait. Il avait déjà commencé à stocker fusées et cierges magiques et avait l'intention d'inviter tout l'immeuble au spectacle. Mais la fête nationale tombait un mardi cette année-là, et Mary ne voulait pas organiser son été en fonction d'un seul jour, elle laissa donc Alfred se débrouiller tout seul sur la 33e Rue. Peut-être était-ce ce printemps-là qu'il lui avait annoncé une fois pour toutes qu'il ne l'épouserait jamais. Non parce qu'il ne l'aimait pas, mais parce qu'il ne croyait pas au mariage. Dans leur pays d'origine, c'est sûr, on ne pouvait pas toucher à certaines coutumes, mais à quoi bon être en Amérique si deux personnes ne peuvent pas vivre comme elles l'entendent ?

Curieux comme elle s'était habituée à Alfred et à leur façon de vivre ensemble... au point qu'il lui était difficile d'imaginer une époque où elle avait voulu qu'il l'épouse ! Un temps où elle avait pensé qu'il s'y résoudrait finalement, quand l'idée aurait fait son chemin dans sa tête, quand il aurait admis que, pour lui et pour elle, c'était la seule façon de procéder ! Il lui était encore plus difficile d'imaginer qu'elle avait, un jour, été persuadée que le fait qu'ils ne soient pas mariés était leur plus gros problème. Peut-être était-ce au cours de l'été 1899 qu'elle avait fini par admettre qu'il livrait le fond de sa réflexion. Pas de code secret à déchiffrer, pas de porte à laquelle frapper pour le faire changer d'avis. Elle n'était pas le genre de femme qui devrait avoir à convaincre un homme de l'épouser ! Car ils étaient nombreux à se presser au portillon. C'était bien ça, se rappela-t-elle beaucoup plus tard, lorsqu'elle passa en revue, une nouvelle fois, les détails de cet été-là. Oui, c'était ça ! Sa fierté avait été blessée. Elle voulait lui donner une leçon. Elle voulait prendre ses distances pour réfléchir, peut-être pour se donner le courage de le quitter, pour tenter un nouveau genre de vie. Elle s'en alla donc cet été-là, lui souhaita bonne chance pour son feu d'artifice et lui annonça qu'elle reviendrait peut-être le dimanche, ou peut-être pas, cela dépendrait de son humeur.

« Et il y a un enfant, n'est-ce pas ? » avait ajouté la directrice du bureau de placement au cours de cette première rencontre, en jetant un coup d'œil à ses notes.

La cuisinière avait remarqué que les vêtements de Mme Kirkenbauer étaient de facture exquise et que le tissu mettait en valeur sa fine silhouette, tout en la cachant. Plus jeune qu'elle, la patronne avait un beau visage allemand.

« Oui, un garçon. C'est un problème ?

— Non, bien sûr. Mary adore les enfants, n'est-ce pas, Mary ?

— En effet. »

En vérité, elle était loin d'aimer tous les enfants, mais ce bambin-là, elle en raffolait. Quarante-huit heures après son arrivée à Dobbs Ferry, elle avait compris qu'il lui serait impossible d'interdire l'entrée de la cuisine au petit Tobias : elle avait donc demandé à la nourrice de le déposer sur le sol avec un jouet et de le laisser regarder. Le petit malin s'intéressait à son joujou jusqu'à la disparition de sa nounou, puis il tendait les bras vers la cuisinière pour qu'elle le porte et lui fasse voir ce qui mijotait sur le feu.

« Cuillère », demandait-il quand il voulait goûter.

« Chaud ! » avertissait-il lorsqu'il voyait de la vapeur s'échapper d'une marmite.

Chaque jour elle lui apprenait un mot nouveau, qu'il enregistrait et ressortait quelques jours plus tard, comme s'il l'avait toujours su. Du coup, elle en vint à se sentir seule dans sa cuisine, en son absence. Lorsqu'il s'y trouvait, elle lui parlait tout l'après-midi.

« Tu es un bon petit garçon », le complimentait-elle.

Et lui de se taper sur la poitrine en répétant « bon petit garçon ».

Lorsqu'elle s'habillait le matin, la première à se lever de toute la maisonnée, elle attendait avec impatience de sentir ses mains potelées s'accrocher à sa jupe et de voir ses cuisses grassouillettes sortir de sa culotte courte. Elle tendait l'oreille, dans l'espoir de l'entendre traverser le couloir avant le petit déjeuner et courir vers la cuisine aussi vite que ses petites jambes le lui permettaient, pour la voir, et coller sa joue contre la sienne en prononçant son nom.

Et puis arriva le matin où il ne courut pas ; le matin où il marcha lentement, et où, une fois à la cuisine, il se contenta de s'asseoir dans un coin pour l'observer en silence. Ses joues dodues étaient roses et chaudes lorsqu'elle les effleura. Quand elle le souleva, son corps était inerte, comme s'il s'était déjà endormi ; et lorsqu'elle le porta, il posa sa tête au creux de son épaule et s'abandonna à elle, jambes déployées autour de ses hanches et bras ballants.

— Du pain avec de la confiture ? lui demanda-t-elle pour tester sa réaction, car c'était sa friandise préférée.

Mais il se borna à lui jeter un regard indifférent, comme s'il avait vieilli et s'était assagi au cours de la nuit, et avait passé l'âge de s'exciter pour des denrées aussi banales que du pain à la confiture ! Comme si le bambin qui, hier encore, adorait cela avait changé de pied en cap pour devenir un petit garçon plus sérieux qui en savait autant que n'importe quel adulte. Pendant quelques minutes, le temps pour elle de s'affairer dans la cuisine en énumérant ses mets de prédilection, elle fit semblant de ne s'être aperçue de rien.

— Tobias ne se sent pas bien, rapporta-t-elle à la nourrice.

Et cette dernière de le répéter à Mme Kirkenbauer. Les trois femmes tinrent conciliabule au salon, où Tobias s'était endormi sur un coussin.

— Il a trop pris le soleil hier, déclara sa mère en posant la main sur son visage. Et puis il s'est gavé de tarte hier soir après dîner.

— Dois-je appeler le médecin ?

— Non, décréta Mme Kirkenbauer, il va se reposer. Il ira mieux ce soir au souper. Laissez-le là où il est.

Mais il n'alla pas mieux ; il alla même plus mal. Après quatre visites du docteur pendant quatre jours consécutifs, où l'homme de science avait fini par concéder qu'il n'y avait rien d'autre à faire que de lui donner un bain froid et de tenter de lui faire manger quelque chose, le jour précis où Mary servit à M. Kirkenbauer le lait qui avait tourné pendant la nuit, Mme Kirkenbauer commença à ne pas se sentir bien ; puis ce fut le tour de la nourrice ; ensuite, celui du majordome et du jardinier, qui ne venait que deux fois par semaine et avait l'habitude de prendre ses repas avec eux. Après Tobias, ils semblaient tous être tombés malades en même temps, à la même heure, et que Dieu lui pardonne, mais elle négligea les autres jusqu'à ce qu'elle ait mis le bébé dans son bain.

— Bain, murmura-t-il, lorsqu'elle l'immergea dans l'eau, une main sous son bras pour qu'il ne glisse pas.

Elle y fit flotter des morceaux de glace qu'elle avait découpés du bloc à coups de marteau, lui déclarant que c'étaient des icebergs, et qu'il était le capitaine chargé de veiller à ce que le navire ne coule pas. Il ne se plaignit pas du froid, ni n'exigea de jouet, ni ne réclama sa maman. Il ne pleura pas. Après le bain, après que ses doigts se furent fripés, ce qui incita Mary à ne pas l'y laisser plus longtemps, elle l'enveloppa dans un drap propre et lui raconta des histoires. Et lui de se rouler en boule comme s'il était encore un nouveau-né, les genoux ramenés contre la poitrine. Et ainsi il ressemblait plus encore à un bébé dans son linge, avec ses boucles humides, ses joues si roses, si bien que, si l'on avait dessiné son portrait en cet instant, il aurait trompé son monde et fait croire qu'il était un enfant en bonne santé et en pleine forme, qui venait de passer une heure à courir dehors, par une glaciale journée d'hiver.

Et puis, la septième nuit de sa maladie, après avoir été bercé pendant plusieurs heures, alors que les autres appelaient la cuisinière de pièces distantes, son petit corps devint flasque et s'alourdit entre ses bras. La tête qu'il avait appuyée contre son épaule pesa une tonne, et ses jambes lui parurent des ancres accrochées à ses cuisses. Le chaud filet de son souffle, chatouille dans le cou de Mary les heures précédentes, avait disparu. Elle le berça plus fort, se disant qu'il irait mieux s'il s'endormait pour de bon. Après une semaine sans véritable repos, il dormait enfin. D'un bon et profond sommeil.

Au bout de quelque temps, elle le déposa dans son petit lit et alla voir M. Kirkenbauer, le seul membre de la maisonnée à ne pas être malade.

— Il est parti, Monsieur.

Et elle posa la main sur son épaule, avant de prendre conscience de son geste. Le médecin avertit que si l'on voulait donner à Mme Kirkenbauer quelque chance de guérison, il fallait lui taire la nouvelle, aussi Mary tenta-t-elle de garder un visage inexpressif, lorsqu'elle se rendit à son chevet pour la soigner. Mais une semaine plus tard, ce fut son tour de mourir aussi silencieusement que son fils ; et puis ce fut celui du majordome le lendemain. La nourrice et le jardinier survécurent.

Deux semaines après le décès de l'enfant – c'était elle qui l'avait revêtu de son costume funéraire –, Mary fit ses bagages et se rendit à la gare à pied, laissant M. Kirkenbauer décider seul du sort de toutes ces robes, de cette grande maison infectée, de tous ces bateaux miniatures et chevaux de bois, et de la collection de petits souliers et de bonnets. Peut-être était-ce la faute au bois de construction ? suggéraient les gens. Quelle était sa provenance ? Peut-être étaient-ce la pente du terrain et la façon dont l'eau s'écoulait vers le fleuve ? Peut-être était-ce la canalisation des toilettes intérieures ? Peut-être étaient-ce tous ces harengs marinés et autres jarrets de porc que Mme Kirkenbauer demandait à sa cuisinière d'acheter en ville ? Peut-être la maîtresse ne savait-elle pas tenir une maison, elle qui était fille d'un épicier de Philadelphie et petite-fille d'un éplucheur de choux à domicile pour la choucroute, dans le Lower East Side. Quelle chance pour elle d'avoir tapé dans l'œil d'Alexander Kirkenbauer, comméraient les voisins. Quel malheur pour lui !

Les gens accusaient les pays d'origine d'être jonchés de cadavres. Celui de Mary, comme celui de tout le monde. À en croire les journaux américains, l'Europe n'était qu'une vaste salle de malades, où les gens expiraient dans les fossés, renversés par le moindre souffle de vent un peu fort. À les entendre, l'Allemagne d'Alfred n'était pas mieux lotie que son Irlande : combat de tous les instants pour rester en vie, tuerie pour un bol de ragoût de lapin, prière quotidienne pour que le toit ne s'effondre pas. Lorsque les enfants naissaient, tout le monde leur souhaitait longue vie, mais personne ne s'étonnait quand, finalement, ils mouraient presque tous, comme ce fut le cas pour les deux dont Mary s'était occupée. Même si elle les avait emmenés huit, neuf ou dix fois par jour au pis de la chèvre du voisin pour qu'ils puissent téter ce que leur mère, sœur de Mary, ne pouvait leur offrir – puisqu'elle était morte en les mettant au monde. Un lait que leur tante non plus ne pouvait leur fournir, puisqu'à l'époque elle était âgée de seulement quatorze ans et n'avait jamais enfanté. La chèvre les avait laissés boire, ce qui ne les avait pas empêchés de succomber, d'abord le garçon, puis la fille. C'était alors que sa grand-mère avait insisté pour qu'elle quitte l'Irlande tant qu'elle en était encore capable, car selon elle, en Amérique, les gens ne tombaient pas aussi facilement. À cause de l'air, sans doute. De la viande.

Mais, Mary l'apprit vite, les gens périssaient aussi en Amérique. D'une mort plus sournoise, plus cruelle d'une certaine façon, parce qu'elle semblait toujours survenir à l'improviste. D'abord, elle n'y fit pas attention, puis elle se mit à la voir partout autour d'elle. Une assiette repoussée par manque d'appétit. Un somme dans l'après-midi. Une sensation de fatigue virant au rhume de cerveau, une éruption de boutons se transformant en anneau de feu, un coryza en fièvre ravageuse impossible à enrayer. Et quand ils ne mouraient pas de maladie, ils mouraient dans des incendies, étaient renversés par des tramways, se noyaient dans le fleuve, suffoquaient après avoir glissé dans un crassier sans parvenir à remonter à la surface. Voisins, étrangers croisés dans la rue, colporteurs au marché, enfants, prêtres, propriétaires, dames. Tous mouraient, et de mort brutale ! Comment un corps pouvait-il lutter ? s'interrogea-t-elle, regardant l'Hudson par la vitre du train, et comptant les minutes qui la séparaient des retrouvailles avec Alfred.

Mais cette fois-ci, ce petit garçon affectueux et vif ! Plus elle essayait de détourner son esprit de lui, plus elle y pensait, comme si elle soulevait une bâche noire pour jeter un coup d'œil à la chose horrible en dessous. Un coup d'œil, pas plus, c'était le maximum qu'elle pouvait endurer. Sa petite frimousse. Cette lumière oblique caractéristique de la cuisine des Kirkenbauer. Le poids mort de son corps.

Récemment, lorsque Alfred et elle avaient parlé mariage en réussissant à ne pas hausser le ton, il lui avait demandé si elle voulait un enfant. Car pour le coup, voilà qui changeait tout ! Le bien de l'enfant exigerait qu'ils se marient !

« Mais je croyais que tu n'en voulais pas ! » fit-il remarquer.

Et elle de prendre conscience que s'il l'affirmait, c'est qu'elle en avait probablement risqué l'aveu. Non qu'elle ait pensé qu'elle n'aurait pas en elle d'amour pour un enfant, ou qu'elle ne serait pas une bonne mère. Au contraire, qu'est-ce qu'elle l'aimerait ardemment, entièrement ! À penser à lui à chaque instant… et là était le danger. C'est si fragile, un bambin, et il le reste si longtemps avant de devenir fort. Elle se remémora les bébés de sa sœur, pelotonnés l'un contre l'autre dans leur berceau, et puis la petite fille seule, et comment, âgée de seulement une semaine, elle semblait chercher son frère, ses poings si fermement serrés que Mary put croire, pendant un jour, qu'elle vivrait. Elle se rappela M. Kirkenbauer, le jour où il était venu la chercher au train, ignorant du destin qui l'attendait.

Je regrette d'être partie, confesserait-elle à Alfred, qui serait surpris de la trouver déjà à la maison. Mais elle ne lui dirait pas ce qui était arrivé, car comment pourrait-elle expliquer ce qu'il était advenu de ce bambin, de ce bébé ? Par où commencer ? Penser à lui, ne serait-ce qu'une seconde – la forte poigne de sa petite main, son ventre, le joyeux balancement de sa jambe sur la chaise lorsqu'il mordait dans un quartier d'orange –, l'évoquer, rien que cela, et ses oreilles se mettaient à bourdonner, comme si on l'avait plongée dans l'océan, un poids attaché aux pieds.

Non, décida-t-elle. Non. Elle rentrerait chez elle et essaierait d'oublier. Et elle se comporterait comme toujours auparavant, c'est-à-dire en travaillant dur et en remerciant chaque jour le ciel d'être en bonne santé et en vie.

HABEAS CORPUS

NEW YORK DAILY COURANT
24 mars 1907

Une cuisinière accusée de transmettre la typhoïde à des familles huppées de New York

C'est ce que disent les autorités qui la retiennent prisonnière

Selon un responsable de la Santé publique, elle est contagieuse, tout en étant elle-même immunisée

(de notre correspondant à New York)

La cuisinière d'une famille huppée de l'Upper East Side s'est vue enlevée par la force de son lieu de travail, avant d'être placée en quarantaine à l'hôpital Willard Parker, suite aux déclarations du contrôleur sanitaire George A. Soper. Selon l'enquêteur médical au centre de cette affaire, elle transmettait la fièvre typhoïde par l'intermédiaire de la nourriture qu'elle préparait, tout en ne présentant elle-même aucun symptôme de la maladie. Au moment de son arrestation, elle était employée par l'une des familles les plus riches de Park Avenue. L'éminent expert indique, en outre, que la fille de la famille, qui se battait contre la fièvre au moment où la cuisinière a été appréhendée, a depuis succombé à la maladie.

Le Dr Soper a réuni les pièces de cette énigme d'un type nouveau, après avoir été chargé d'une investigation sur l'apparition d'un foyer de typhoïde à Oyster Bay, l'été dernier. Selon lui, la cuisinière est « porteuse asymptomatique » de la fièvre, ce qui, en termes courants, signifie « qu'il s'agit d'une personne apparemment en bonne santé qui transmet la maladie, sans en présenter elle-même les symptômes et, selon toute vraisemblance, sans en avoir conscience ». Le Dr Soper a consacré plusieurs mois à enquêter pour les services sanitaires, et selon certaines sources, nombreux sont ceux qui, au sein de cette institution, affichent leur scepticisme quant à la notion de « porteur sain », en dépit des preuves.

L'éminent expert estime que cette femme représente un risque vital pour tous ceux qui consomment les aliments qu'elle prépare, et qu'elle est à l'origine de l'apparition de la typhoïde dans quasiment toutes les familles pour lesquelles elle a travaillé depuis cinq ans, sinon plus. Quant à ce « bouillon de culture humain », ainsi que l'on pourrait la qualifier, c'est la première fois que le journaliste signataire de cet article rencontre un secret aussi bien gardé au cours de sa carrière. On ne peut qu'en déduire que les autorités ne souhaitent pas ajouter du tracas aux familles qui ont employé la cuisinière et l'ont accueillie en leur sein. En réponse à une question concernant la rareté d'un tel cas, un médecin demandant à conserver l'anonymat a reconnu : « Nous n'en savons rien. »

La femme incriminée aurait le teint clair, des formes généreuses et des joues rosées. Les autorités sanitaires se demandent si elle comprend les charges accumulées contre elle. « Il s'agit d'un phénomène scientifique totalement inédit, explique un inspecteur de la santé haut placé. Si ce que postule le Dr Soper est exact, cette femme est le premier exemple de porteur sain de la typhoïde jamais rencontré en Amérique du Nord. »

Selon le majordome de la dernière famille à avoir recouru aux services de la cuisinière – il s'est fait connaître sous le seul nom de « Frank » –, la maladie et la mort de la jeune fille ne constituent rien d'autre qu'une tragique coïncidence. Il nous a confié que sa femme, décédée de la typhoïde il y a de cela quelques années, et d'autres personnes de sa connaissance mortes de la même maladie n'avaient eu aucun contact avec la cuisinière incriminée. Il affirme, par ailleurs, que la cuisinière était en bonne santé et ne montrait aucun symptôme de la maladie : « Ils l'ont embarquée comme une vulgaire criminelle, a-t-il déclaré, visiblement perturbé. Et pourquoi ? Je ne crois pas un mot de ce qu'ils ont dit à son sujet. » Une femme témoin de l'arrestation rapporte : « Elle s'est battue avec l'énergie de dix hommes, mais ils ont réussi à la maîtriser. »

Les autorités estiment que l'incrédulité avec laquelle certains individus reçoivent cette nouvelle théorie est une question d'éducation, et que si la femme persistait dans son déni, elle pourrait se retrouver en quarantaine permanente. Une infirmière de l'hôpital Willard Parker, qui a demandé à conserver l'anonymat, décrit la cuisinière au cœur de cette affaire comme l'incarnation de la furie. Elle refuse de s'alimenter, rejette toute compagnie et fait les cent pas comme un animal en cage. Lorsqu'on lui demande son opinion sur ce que l'on reproche à cette femme, l'infirmière répond : « Pour ma part, je n'y comprends rien, mais je crois qu'elle devrait essayer d'écouter les autorités. Ses réactions ne font qu'aggraver son cas. »

Nombre d'éminents médecins sont d'avis que le bacille de la typhoïde se fabrique dans la vésicule biliaire, et un représentant des services sanitaires a déclaré que si la femme incriminée ne se soumet pas à l'ablation de cet organe d'ici un mois, elle sera transférée dans l'île de North Brother, sur l'East River, où elle demeurera à l'écart de la société pour une durée indéterminée.

Appelé à se prononcer sur ce cas, l'avocat criminaliste Robert Abbott, inscrit au barreau de New York, souligne ses nombreuses similitudes avec celui de Niall E. Joseph, mis à l'isolement par les autorités de Boston, qui le soupçonnaient d'être lépreux.

1

Mary ne fut pas arrêtée immédiatement. Il y eut des avertissements. Des requêtes. Tout commença sur un mode courtois, comme si le Dr Soper croyait qu'en se contentant de lui signaler le danger tapi à l'intérieur de son corps elle se retirerait d'elle-même de la société. Et ensuite, lorsque ses confrères et lui eurent recours à des procédés beaucoup moins aimables, ils affirmèrent qu'elle avait eu le tort de brandir un couteau au lieu d'écouter et d'obéir.

Par un froid matin de mars 1907, les services sanitaires, en coordination avec la police new-yorkaise, décidèrent que Mary Mallon devait être arrêtée. Le Dr Soper suggéra qu'elle se rendrait probablement plus aisément à une femme et envoya une jeune médecin du nom de Josephine Baker sonner à la porte de la résidence des Bowen – les employeurs de Mary –, encadrée de quatre officiers de police. Loin d'eux d'imaginer que la vue d'un tel aréopage pousserait ses amis à mentir pour la protéger, à la cacher, à insister sur le fait qu'il y avait erreur sur la personne recherchée. Lorsque les autorités la trouvèrent finalement, elle ne se soumit pas, et les policiers durent se saisir d'elle, chacun par un membre, et la porter jusqu'à leur véhicule à travers la cour enneigée, sous le regard des autres domestiques. Une fois à l'intérieur, elle se mit à gigoter et à donner des coups de pied, jusqu'à ce que les représentants des forces de l'ordre la bloquent entre leurs corps robustes et la contiennent autant qu'ils le pouvaient. Le Dr Baker s'assit sur ses genoux : « Je vous en prie, mademoiselle Mallon », répéta-t-elle, encore et encore, avant de passer à « Je vous en prie, Mary ».

Mary pensa qu'ils l'emmenaient au commissariat de la 67ᵉ Rue Est, donc, lorsque la voiture de police continua en direction du sud-est, suivant la même route que celle qu'elle prenait de chez les Bowen pour regagner le logement qu'elle partageait avec Alfred sur la 33ᵉ Rue Est, elle espéra pendant un moment qu'ils la déposeraient peut-être chez elle. Ils étaient venus pour lui donner une leçon, pensa-t-elle, et ils allaient lui rendre sa liberté. Lorsque le cocher bifurqua vers l'est à la hauteur de la 42ᵉ Rue, elle aperçut des plaques de rues à travers la petite vitre à barreaux et vit qu'il prenait la direction du sud le long de la Troisième Avenue jusqu'à la 16ᵉ Rue, puis à nouveau vers l'est, et cela avec une telle précipitation qu'elle pouvait sentir la crinière des chevaux se secouer en rythme. Le véhicule s'arrêta juste avant le fleuve, devant l'entrée principale d'un édifice inconnu, au bout d'un bloc d'immeubles si paumé qu'un premier mouvement de panique la traversa alors : personne de sa connaissance n'aurait jamais l'idée de venir la chercher dans un endroit pareil !

Le Dr Soper l'attendait à l'entrée de l'hôpital Willard Parker, mais au lieu de s'adresser à elle, il fit un signe de la tête aux deux policiers qui la tenaient par les coudes. Arrivés au sixième étage, ils lui firent traverser au pas de course le couloir menant au Pavillon de la Typhoïde, où d'autres médecins attendaient dans une pièce meublée d'une table en acajou brillante. Un de ses gardes lui indiqua son siège, et avant qu'elle ait eu le temps de parcourir la pièce du regard, le Dr Soper lui déclara, ainsi qu'aux autres présents, que la théorie la plus récente concernant la typhoïde avait un rapport avec les germes et les bactéries, et que, même si elle avait l'air en parfaite santé, il avait de bonnes raisons de penser qu'à ce moment précis elle était en train de fabriquer des bacilles de la typhoïde à l'intérieur de son corps et de transmettre la maladie à des victimes innocentes. Il l'accusa d'avoir contaminé vingt-trois personnes et d'être la cause d'au moins trois décès.

— Et il ne s'agit que des cas dont nous avons été informés, précisa-t-il. Qui sait combien d'autres nous découvrirons, lorsque nous pourrons enquêter sur la totalité des emplois passés de Mlle Mallon ?

Devant cinq autres hommes et le Dr Baker, le Dr Soper se tourna enfin vers celle qui était la source de tout ce malheur, comme s'il attendait un commentaire de sa part. Mary eut l'impression que son esprit l'avait désertée pour de bon et qu'elle était en train de devenir folle.

— George, l'interrompit le Dr Baker, cela ne fait pas un quart d'heure qu'elle est arrivée. On pourrait peut-être lui laisser un peu de temps pour qu'elle se remette de ses émotions.

— On se retrouve d'ici une demi-heure ? demanda un autre médecin.

— Demain matin, messieurs, proposa le Dr Baker. Il n'y a rien qui ne puisse attendre demain matin, n'est-ce pas ?

D'ici là, pensa Mary, l'erreur dont je suis victime aura été réparée et j'aurai quitté les lieux. Je rentrerai directement à la maison, ferai du thé, raconterai toute l'histoire à Alfred, et ne m'approcherai plus jamais de l'hôpital Willard Parker.

Le Dr Soper tourna la tête et la considéra de l'autre côté de la table.

— Très bien. À demain !

Son lit se trouvait au bout d'une rangée, dans une vaste salle en comprenant seize : tous étaient occupés, à l'exception du sien qui attendait, draps bordés serré, la tête qui reposerait sur le petit oreiller plat parfaitement centré. Postés à l'entrée, des gardes étaient positionnés de telle sorte qu'ils pouvaient voir à travers la petite vitre de la porte. Après que l'infirmière l'eut laissée seule, peu après lui avoir montré sa place, elle avait ouvert la porte tout simplement et s'était dirigée vers l'escalier, mais un policier lui avait crié de s'arrêter, et un médecin qui passait par là lui avait barré la route.

— On m'a dit que je pourrais parler à quelqu'un, se défendit-elle devant le fonctionnaire de police qui la ramenait à son lit manu militari. Quand ?

Mais il se contenta de lui répondre par un haussement d'épaules sans la quitter des yeux. Et elle fut traversée d'une convulsion quand elle prit conscience de la distance qui la séparait de l'extrémité du couloir.

Lors de cette première nuit à Willard Parker, au moment où l'infirmière éteignait les lampes, Mary s'allongea et se comprima les oreilles de ses mains. Il s'agissait sûrement d'un malentendu. D'ici quelques jours, tout serait réglé. Alfred ne l'attendait pas avant samedi et n'avait aucun moyen de savoir ce qui s'était passé. Et même ensuite, il ne s'inquiéterait pas, pensant que les Bowen lui auraient demandé de rester pendant le week-end. Elle n'était en possession que de l'argent et des vêtements qu'elle avait sur elle. Le Dr Baker avait dit qu'on l'autoriserait à téléphoner, mais qui appeler ? Le logement qu'elle partageait avec Alfred n'avait pas de téléphone. Personne n'en avait dans l'immeuble. Et pas question d'appeler les Bowen.

Couchée sur le côté, face au mur, Mary pressa plus fort les mains sur ses oreilles, mais elle n'en continua pas moins d'entendre ses voisines de chambrée pousser des haut-le-cœur, sangloter, appeler des gens, des parents probablement, des êtres aimés déjà morts. Elle avait déjà vécu cette situation, mais pas de cette façon ; ils n'avaient jamais été si nombreux dans une seule pièce, quinze cauchemars entremêlés plus le sien, le seizième, qui ne ressemblait pas aux autres. Elle finit par renoncer au sommeil et s'approcha de la fenêtre qui donnait sur l'ouest, le long de la 16e Rue. Le trottoir était plongé dans l'obscurité, hormis le halo jaune d'un unique lampadaire, et elle chercha dans le noir une autre fenêtre située au sixième étage, avec la silhouette d'Alfred s'y découpant à moins de vingt pâtés de maisons de distance. Si je crie, pensa-t-elle, jusqu'où m'entendra-t-on ? Elle essaya d'imaginer à quoi il s'occupait à cette heure. Il avait toujours du mal à dormir en son absence.

L'occupante du lit voisin gémit et Mary découvrit une fillette d'à peine plus de treize ans, sa longue chevelure brune mouillée de sueur entortillée autour du cou. Elle la rassembla pour dégager le visage de l'adolescente, retourna son oreiller pour lui présenter le côté frais et lui dit que ce serait bientôt terminé – et ainsi en serait-il, pour le meilleur ou pour le pire. Elle alla lui chercher un verre d'eau et procéda de même pour toutes ses compagnes d'infortune. L'une d'entre elles l'agrippa par le poignet en l'appelant Anna et la supplia de ne pas s'en aller.

— Nous serons bientôt à la maison, Anna, l'assura la malade.

Ce à quoi Mary acquiesça.

À l'aube, de nouveaux gardes avaient pris position derrière la porte, et Mary, retournée dans son lit, observait les infirmières qui approchaient de chaque patiente munies d'un seau d'eau froide et d'une pile de gants de toilette entreposés sur un chariot qu'elles tiraient. Elle oublia son sort pendant quelques instants en constatant l'effet tranquillisant qu'avait le gant humide et frais passé sur la tête et sur le cou des patientes, comme si elles écoutaient quelque chose. Passé sous les aisselles, le linge apaisait les traits du visage, apportait de l'espoir, et, passé sur l'aine, soulageait le corps entier... jusqu'à tirer des larmes de certaines.

Lorsque la soignante responsable de sa rangée atteignit son lit, elle prit un gant et la scruta.

— Vous n'avez pas de fièvre.

— Non.

— Je suis censée appliquer une compresse à tout le monde. Mais on ne m'a pas donné de consigne à votre sujet.

— Je leur dirai que vous l'avez fait.

— Bien. Quand l'avez-vous eue ?

— Jamais.

— Mais vous la transmettez ? Vous la refilez, c'est ça ?

— C'est ce qu'ils vous ont dit ?

— C'est ce qu'on a dit à tous les médecins et au personnel soignant.

— C'est un mensonge.

L'infirmière inclina la tête et examina le corps de Mary, du visage à la forme sous les draps, puis elle revint à sa figure.

— Bon, vous voulez peut-être quand même un gant ? Et de l'eau ? Pour vous laver ? J'ai l'impression que vous avez passé un mauvais moment.

— En effet. Oui, merci.

Par la suite, les infirmières répétèrent l'opération toutes les heures, sans inclure Mary. Au milieu de la matinée, Soper passa et s'appuya sur le bras d'un fauteuil glissé entre son lit et le mur. Il lui dit qu'il était temps qu'elle coopère, car un gros travail les attendait. Alors qu'il parlait, son regard n'arrêtait pas de se poser sur les infirmières qui s'activaient, relevaient les draps, écartaient les genoux. Il se redressa d'un bond et demanda à la voir dans le couloir.

— Combien de temps comptez-vous me garder ici ? demanda-t-elle, refusant de bouger tant qu'il ne lui aurait pas répondu.

— Venez avec moi dans le couloir, mademoiselle Mallon.

— Non, dit-elle, la tête sur l'oreiller, ramenant le drap jusqu'à son menton.

— Je ne veux pas avoir à faire appel à ce monsieur, déclara-t-il en désignant l'un des gardes. D'une façon ou d'une autre, il faudra bien que je vous parle de votre vésicule biliaire.

— D'une façon ou d'une autre, il faudra bien que je parle à mes amis pour leur faire savoir ce qui m'est arrivé.

— Plus tard, mademoiselle Mallon. Très bientôt.

La première fois que Mary avait rencontré le Dr Soper, c'était dans la cuisine des Bowen, presque un mois plus tôt. Elle l'avait pris pour un invité arrivé en avance. L'air était glacial et des feux de cheminée flambaient dans toutes les pièces, sauf dans celles qui étaient réservées aux domestiques, dont le petit poêle restait froid jusqu'à l'heure du coucher. La maison des Bowen était de celles où l'on pouvait facilement se perdre : vaste, large, dotée de plusieurs niveaux, de grandes pièces – les hauts plafonds couverts de peintures représentaient diverses scènes dans des lieux étrangers – et de fenêtres donnant sur Park Avenue. Mais la lumière naturelle disparaissait au fur et à mesure que l'on s'enfonçait à l'intérieur de l'édifice, et à l'arrière le personnel s'activait en permanence sous la lumière artificielle.

Mary avait levé les yeux de son travail – elle était en train de piquer au couteau une superbe paire de canards, afin que la graisse s'évacue lorsqu'elle les ferait rôtir – et avait vu un homme grand, le chapeau posé contre la poitrine. En raison de son pas léger, elle ne l'avait pas entendu jusqu'à ce qu'il se trouve face à elle. Il était beau, au sens où certains New-Yorkais le sont : tiré à quatre épingles, vêtements repassés, cheveux et moustache soignés. Il n'était pas de ces hommes qui ont un jour pelleté du charbon, porté un bloc de glace ou découpé de la viande. Il n'était pas de ces hommes qui possèdent des bottes de travail. Il paraissait plus vieux que son âge, car Mary apprit par la suite qu'elle et lui avaient, à une semaine près, le même âge.

Vers la fin de sa deuxième journée à Willard Parker, elle répondit à quelques-unes de ses questions, dans l'espoir que son attitude coopérative déboucherait sur sa remise en liberté. Mais juste après

40

le petit déjeuner, au matin du troisième jour, il la convoqua dans la pièce où trônait la table d'acajou et invita cinq autres médecins à l'interroger également. Elle en reconnut trois, présents le jour de son arrivée. Le Dr Baker n'en faisait pas partie. Menés par le Dr Soper, ils n'arrêtèrent pas de lui demander si elle était absolument certaine de n'avoir jamais contracté la fièvre typhoïde, si elle pouvait, à leur intention, se rappeler toutes les personnes qu'elle avait connues ayant souffert de fièvre depuis son entrée aux États-Unis, vingt-quatre ans plus tôt.

— Toutes les personnes que j'ai connues qui ont eu de la fièvre depuis 1883 ? s'exclama-t-elle en étouffant un rire.

Et eux, pourraient-ils répondre à une telle question si on la leur posait ?

— Ou en Irlande, ajouta l'un des médecins. Toute personne ayant eu de la fièvre aussi loin que remonte votre mémoire.

Leurs investigations à son sujet n'allaient pas plus loin que 1901 et Mary décida qu'ils en savaient assez sur sa vie de ces cinq dernières années. Elle ne leur en dirait pas plus.

— Je ne me souviens plus.

Le Dr Soper s'approcha d'elle et lui demanda de montrer comment elle se lavait les mains au retour des toilettes ; cible de tant de paires d'yeux et consciente qu'il était vain de refuser, elle fit le vide dans sa tête et se dirigea vers l'évier situé au fond de la pièce ; son pouls cognait dans ses oreilles. Comme ils se pressaient autour d'elle pour observer le moindre de ses gestes, elle procéda lentement et se frotta au savon le revers, la paume, l'interstice entre les doigts, prenant un temps dont elle ne disposait jamais lorsqu'elle était préoccupée de servir le souper à l'heure prévue. Elle s'essuya les mains à la serviette accrochée à côté de l'évier, toujours sous leur regard attentif.

— Qu'est-ce qui nous échappe ? s'interrogea à voix haute le Dr Soper, une fois qu'ils eurent tous rejoint leurs sièges.

Ce qui échappait au Dr Soper, Mary le savait, c'étaient les détails, ces petites choses qu'une femme remarque : l'expression d'un visage lorsque la personne se détourne et se croit à l'abri des regards. Quand le Dr Soper était apparu dans la cuisine des Bowen ce soir-là, elle avait levé le bras pour ramener une mèche de cheveux échappée de son chignon. Elle avait relevé son tablier pour essuyer la graisse de canard sur ses mains. Refermé le poing sur son couteau aiguisé et demandé si elle pouvait lui être utile. Il avait des yeux bleus, un visage pâle tout en longueur, avec des joues rasées de si près que sa figure semblait aussi lisse que la sienne, excepté la moustache. L'excitation avait entrouvert ses lèvres. Vides, ses yeux ne la quittèrent plus une fois fixés sur elle, la dévorant de haut en bas. Son regard se porta sans détour sur ses traits, sa bouche, son corps, comme si elle lui appartenait, comme si personne au monde ne connaissait mieux son corps que lui. Le couteau était plein de graisse et elle ne parvenait pas à le tenir avec fermeté.

— Dois-je appeler M. Bowen ? Dois-je faire en sorte que l'on vous ramène au salon ?

N'y avait-il pas eu, quelques jours auparavant, un article sur un Grec qui avait agressé une institutrice chez elle, l'avait violée et laissée pour morte ? Bette, la blanchisseuse, était sortie par le passage couvert attenant à la maison.

Ce qui échappait également au Dr Soper était la sensation qui avait envahi son ventre quand elle avait relevé la tête et découvert un étranger dans sa cuisine, qui lui avait demandé si elle était Mary Mallon. Comme cela avait été déroutant d'entendre un homme comme lui – avec sa veste d'excellente coupe, ses ongles blancs comme l'ivoire, ses chaussures cirées visibles sous son pantalon aux revers immaculés, comme s'il flottait au-dessus de la boue et de la merde qui encombrent les rues de New York, et ne marchait jamais dedans, à la différence des autres – utiliser son nom complet, comme cela l'avait perturbée de réaliser qu'il n'était pas perdu et que c'était bien elle qu'il cherchait ! Il avait fini par s'arrêter entre elle et le fourneau. Elle avait aperçu des gouttes de transpiration dans ses favoris. Ses pommettes étaient hautes et saillantes et son teint rouge.

Peut-être un créancier...

— De quoi j'me mêle ! s'emporta-t-elle.

Soper se rapprocha. Assez près pour qu'elle sente l'odeur de tabac qui imprégnait sa peau. Elle agrippa le manche du couteau avec encore plus de force.

— Je m'appelle George Soper. Je suis ingénieur sanitaire et j'ai été engagé par M. Thompson pour enquêter sur l'épidémie de typhoïde qui a éclaté à son domicile d'Oyster Bay, l'été dernier. J'ai de bonnes raisons de penser que vous êtes la cause non seulement de cette épidémie mais d'un certain nombre d'autres en ville et hors de New York. Vous devez me suivre immédiatement, mademoiselle Mallon. Vous devez subir des examens. Pouvez-vous me confirmer que vous avez été employée par la famille

Warren l'été passé, et avez travaillé pendant six semaines dans la maison qu'elle a louée à M. Thompson à Oyster Bay ?

Mary ne se souvenait pas de sa première réaction, mais seulement qu'elle s'était demandé à quoi rimait ce nœud d'embrouilles.

— Pardon ?

— Vous êtes malade, mademoiselle Mallon. Il faut que vous vous soumettiez à des analyses.

— Je suis malade ? s'exclama-t-elle avec un rire forcé. Je ne me suis jamais sentie aussi bien !

— Vous êtes porteuse d'une maladie. J'ai la conviction que vous êtes porteuse de la fièvre typhoïde.

Abasourdie, chancelante, un peu comme si, après l'avoir fait tourner sur elle-même pendant un laps de temps, on lui avait intimé de marcher en ligne droite, elle prit appui sur la table pour retrouver son équilibre.

— Et maintenant vous sortez ! Je ne vois pas de quoi vous parlez.

— Vous ne comprenez pas, mademoiselle Mallon. Il est impératif que vous me suiviez à l'instant pour subir des analyses. J'ai prévenu le labo de l'hôpital Willard Parker de votre arrivée. Vous devez cesser de faire la cuisine immédiatement.

Il s'approcha pour lui saisir le bras, mais elle brandit le couteau et la fourchette à rôti en même temps, comme pour l'attaquer.

— Fichez le camp !

À l'étage, on était en train d'habiller Mme Bowen, qui s'était sentie patraque toute la journée. Quant à M. Bowen, il était dur d'oreille. Quelqu'un d'autre avait donc laissé entrer Soper. Quelqu'un qui savait qu'il se trouvait en bas à la cuisine, et pourtant personne ne semblait venir. Elle fit un pas vers lui, fourchette à rôti en avant.

— Il faut m'écouter, mademoiselle Mallon ! s'écria l'intrus en battant en retraite dans le couloir.

— Et moi j'ai envie de vous embrocher avec cette fourchette, il vaudrait donc mieux que vous sortiez de ma cuisine !

— Ce n'est pas votre cuisine, mademoiselle Mallon !

Elle s'avança une nouvelle fois vers lui et il fit plusieurs pas en arrière. Il trébucha un instant, les articulations de sa main agrippée au bord du chapeau blanchies. Il la regarda comme s'il avait encore quelque chose à lui dire, puis rebroussa rapidement chemin dans le corridor.

Quelques minutes après sa disparition, Frank, le majordome, fit son entrée.

— Où étiez-vous ?

— Avec M. Bowen, qui me donnait des ordres. Qui c'était ? Il regarde la maison du trottoir. J'ai l'impression qu'il a l'intention de revenir.

— Il avait des histoires à dormir debout à leur raconter, déclara-t-elle en reposant couteau et fourchette à rôti.

Elle commençait à se calmer quand on sonna à la porte.

— Je m'en occupe, annonça Frank au bout de quelques instants.

Elle se tapit dans le couloir, pendant qu'il ouvrait la porte.

— Ils ne sont pas disponibles pour l'instant, répondit Frank lorsque Soper demanda à voir M. ou Mme Bowen. Souhaitez-vous laisser un message ?

— Je peux attendre.

— Je crains que cela ne soit pas possible. Ils donnent une réception ce soir, voyez-vous.

— Va pour un message, grommela Soper en cherchant une carte de visite et un stylo à plume dans sa poche de poitrine.

Il griffonna autant que le petit espace dont il disposait le permettait.

— N'oubliez pas de le leur remettre, insista Soper en fixant l'homme plus âgé dans les yeux.

Frank s'inclina légèrement, prit le message et lui souhaita une bonne soirée. Une fois la porte refermée, il se dirigea vers le feu, où il jeta la carte.

— Merci, dit Mary.

Ils regardèrent le papier se décomposer jusqu'à ce que le cliquetis des bracelets de Mme Bowen en haut de l'escalier les ramène à la réalité.

L'intrusion de Soper dans la cuisine des Bowen était un premier avertissement, mais il était codé et Mary n'avait pas su le déchiffrer. Lorsqu'elle fut certaine que le docteur était parti pour de bon et que les canards étaient rôtis et découpés, elle décida qu'il s'agissait d'un malentendu et s'en voulut de ne pas lui en avoir dit plus. Pourquoi ne pas avoir mentionné qu'elle n'avait jamais eu de fièvre et que c'était elle qui avait soigné les Warren, et ce, avec succès ? Pourquoi ne pas lui avoir conseillé de vérifier ses affirmations ? Le médecin d'Oyster Bay n'avait-il pas conclu que c'étaient des crabes à carapace molle qui leur avaient transmis la fièvre ? La cuisinière aimait son travail chez les Bowen, mais si cet homme se présentait à nouveau et leur racontait son histoire, ou s'il leur adressait une lettre par la poste et qu'ils le croient et la renvoient, elle retournerait à l'agence de placement et on l'enverrait ailleurs. S'il en parlait à cette agence, elle ferait appel à une autre. Et s'il en parlait à toutes les agences, elle irait travailler dans le New Jersey, et ainsi de suite.

Après une semaine à Willard Parker, le Dr Baker vint enfin prendre de ses nouvelles.

— Où étiez-vous ? Vous m'aviez dit que je pourrais entrer en contact avec quelqu'un.

— Et cela n'a pas été le cas ?

— Je n'arrête pas de le leur demander depuis une bonne semaine.

— Je suis désolée, Mary.

La frustration de cette dernière se dégonfla à l'écoute de son prénom. Les autres médecins l'appelaient « mademoiselle Mallon ».

— Je travaille dans un labo à l'autre bout de la ville et ne peux pas venir ici autant que je le voudrais.

Elle retira quelques feuilles de papier quadrillé de la mince pile de son porte-bloc.

— Vous savez écrire ?

— Oui, répondit Mary, trop reconnaissante pour se sentir insultée. Oui, bien sûr.

Le médecin lui tendit aussi une enveloppe.

— Il devrait y avoir un stylo à plume dans le bureau des infirmières. Je vais leur dire que vous êtes autorisée à l'utiliser. Quand vous aurez terminé, rendez-le-leur et elles posteront la lettre pour vous.

— Merci, dit Mary en posant papier et enveloppe sur sa table de nuit.

Maintenant qu'elle avait un moyen de prendre contact avec Alfred, elle voulait réfléchir à ce qu'elle lui raconterait, à la manière de décrire exactement ce qui était arrivé. Ils s'étaient disputés, la dernière fois qu'ils s'étaient vus, mais cela n'avait plus d'importance maintenant. Et puis il y avait des problèmes concrets à régler. Son amie Fran lui avait demandé un gâteau d'anniversaire pour sa fille, et la probabilité qu'elle ne soit pas libérée à temps pour honorer son engagement augmentait de jour en jour. Elle avait envisagé de lui donner la forme d'une marguerite, avec un glaçage jaune et blanc à la crème au beurre. L'enfant allait être déçue.

— Voulez-vous marcher avec moi ? lui proposa le Dr Baker.

Elles se promenèrent dans le couloir, un garde sur les talons.

— Mary, finit par dire le médecin, ils m'ont demandé de vous parler chirurgie. De l'enlèvement de votre vésicule biliaire. Je sais que le Dr Soper l'a déjà mentionné devant vous, mais peut-être y a-t-il des questions auxquelles il n'a pas répondu ?

Au cours de la semaine, plusieurs médecins, en plus du Dr Soper, avaient tenté de la convaincre d'accepter l'ablation de sa vésicule. Pas plus tard que le matin même, on l'avait convoquée à un entretien avec trois praticiens à la fois.

« On va vous confier aux mains du meilleur chirurgien », lui avait déclaré un certain Dr Wilson.

Et elle de demander aux trois hommes présents s'ils seraient d'accord pour se faire charcuter, alors même que leur corps fonctionnait parfaitement ! Où irait New York si les chirurgiens se mettaient à ouvrir le ventre de toutes les personnes en bonne santé, juste pour voir ce qu'il y avait à l'intérieur ? Ils s'étaient alors lancés dans de nouvelles explications, comme si elle ignorait ce que c'était que de découper un corps du cou au nombril. Mais elle était cuisinière, sacrebleu ! Il lui était arrivé, un jour, de dépecer une génisse de race jersey, avec juste l'aide d'un assistant. Quand elle avait eu fini, elle était souillée de sang jusqu'aux épaules, même en ayant pris soin de vider la bête bien avant de l'ouvrir. Et toutes ces parties humides et luisantes à l'intérieur de la vache, une fois étalées sur la table, elle n'aurait jamais pu les remettre à leur place originelle dans l'animal, eût-elle changé d'avis et désiré le reconstituer et le recoudre. Le pire était que, *elle*, ils avaient l'intention de la découper vivante !

— Je ne les laisserai pas m'ouvrir. Je leur ai déjà dit. Vous pouvez leur répéter aussi.

Le Dr Baker la regarda quelques instants en silence, puis hocha la tête.

— Ils vont vous envoyer à North Brother Island.

— Ils ne peuvent pas ! Je ne suis pas malade. Je n'ai rien fait de mal.

Mary pensa au papier et à l'enveloppe qui l'attendaient à côté de son lit. Peu importait comment irait Alfred, peu importait la semaine qu'il était en train de passer, il entendrait son cœur battre au centre de son message et il abandonnerait son activité, pour partir à sa recherche et l'aider à trouver un moyen de se sortir de ce mauvais pas. Une fois, il y avait de cela environ cinq ans, alors qu'elle était très malheureuse dans une famille à Riverdale, il était apparu dans la cuisine de son employeur, un matin, pour se rendre compte par lui-même ; elle lui avait raconté tout ce qu'elle s'était promis de lui taire — que la patronne avait giflé un précepteur, que le maître de maison profitait de toute occasion pour la frôler —, et Alfred n'avait pas fait de scène ni élevé la voix ; il s'était contenté d'écouter. Quand elle avait eu terminé, il lui avait déclaré que la décision était totalement sienne ; il n'était venu que pour la voir, elle, mais s'il avait ne serait-ce que la moitié de son talent pour la cuisine, il quitterait cette horrible maison pour aller ailleurs.

« Viens à la maison avec moi tout de suite ! » lui avait-il dit.

Et bien qu'elle eût protesté, car elle avait déjà préparé la pâte des muffins et plongé une poitrine de dinde dans un seau de saumure, elle avait ressenti une bouffée d'audace et su que c'était exactement ce qu'elle avait envie de faire. Alfred avait posé ses mains sur ses hanches et lui avait demandé de le regarder.

« Laisse tomber ! »

Et elle de laisser la pâte durcir sur la table et de marcher avec lui jusqu'à la gare. En chemin, il avait entonné une chanson traditionnelle allemande et dansé sur le trottoir pour la distraire. Par miracle, la famille ne se plaignit pas à l'agence, ou alors le message se perdit, car cette même agence lui trouva une autre place dès la semaine suivante.

Elle imagina Alfred faisant une entrée tonitruante à Willard Parker. S'ils l'arrêtent au portail principal, il passera par celui de derrière, pensa-t-elle. Et s'ils cadenassent ce dernier, il creusera un tunnel, il escaladera les murs, il tombera du ciel par surprise pour que je puisse retourner chez nous. Alfred, supplia-t-elle, en espérant de toute son âme qu'il l'entende. Elle avait pris cette habitude lorsqu'elle avait commencé à être souvent placée en dehors de la ville, loin de lui. Elle marquait une pause sous un porche tranquille à l'arrière de la maison et pensait très fort à lui. Elle se glissait dans son lit le soir et effaçait toutes les images de son esprit, sauf celles qui le concernaient. Plus tard, rentrée à la maison, elle lui racontait ce qu'elle avait fait, et il se redressait sur son siège pour lui demander quel jour et à quelle heure précise, parce qu'un après-midi, en traversant le parc, il avait eu l'impression qu'elle était avec lui et tentait de lui transmettre un message.

— Ils en ont le pouvoir, Mary. Et une fois à North Brother, il sera plus difficile de…

— De quoi ?

— De rentrer.

Une infirmière appela dans leur dos :

— Mademoiselle Mallon, c'est l'heure de votre prélèvement.

— Je reviendrai dans quelques jours, l'encouragea le Dr Baker en posant avec douceur sa main sur son bras.

— Attendez, supplia Mary d'une voix paniquée qu'elle ne reconnut pas. N'oubliez pas de parler aux infirmières. Du stylo à plume. Et de la lettre à poster.

— Je n'oublierai pas.

Lorsqu'elle retourna au dortoir, le papier et l'enveloppe avaient disparu. Elle ouvrit le petit tiroir à côté de son lit. Elle se mit à genoux pour inspecter le sol. Elle chercha sous l'oreiller, à l'intérieur de la taie, sous le drap du dessus et jusque sous les roulettes d'acier, au cas où un courant d'air les aurait emportés.

— Est-ce que quelqu'un a pris le papier et l'enveloppe qu'on a laissés ici pour moi ? s'enquit-elle, s'arrêtant devant chaque lit pour déterminer qui, parmi les autres pensionnaires, était en assez bonne santé, ou aurait eu assez d'audace, pour les lui prendre. Ils m'appartiennent et j'aimerais bien qu'on me les rende immédiatement !

Jamais ces femmes n'avaient entendu une voix résonner avec autant de force depuis leur admission à l'hôpital, et certaines d'entre elles, qui n'avaient pas bougé depuis des jours, se tournèrent pour la voir.

— C'est l'un des médecins, accusa la fille installée à côté de la fenêtre. Il est entré et les a coincés sur son porte-bloc, quand il a vu que vous n'étiez pas là.

— Lequel ?

— Lui ! indiqua la fille, le doigt pointé.

— Mademoiselle Mallon, fit la voix du Dr Soper dans son dos, le Dr Baker a-t-elle abordé le sujet de la chirurgie ?

Lorsqu'elle se retourna, les lumières du couloir détachèrent sa silhouette à contre-jour.

— Puis-je récupérer mon papier ?

— Pas avant que nous ayons parlé chirurgie.

Mon Dieu, pensa-t-elle, en se pressant les doigts sur les tempes, ces gens ne sauront donc jamais ce qu'« affaire classée » veut dire ? Elle n'avait donc pas été assez claire ? Ou voulaient-ils la rendre folle en lui posant sans arrêt les mêmes questions ? Tout semblait tourner autour d'elle. Elle se dirigea prestement vers la fenêtre et l'ouvrit. Elle avait un gâteau d'anniversaire à préparer. Elle avait un homme qui n'avait pas la moindre idée d'où elle se trouvait. Elle devait chercher un nouvel emploi. Un quatuor donnerait un concert à Notre-Dame-du-Scapulaire dans deux semaines, et son amie Joan avait proposé de lui tailler une robe. L'air frais qui se déversait par la fenêtre eut l'effet d'un baume sur sa peau brûlante. Elle entendit quelqu'un héler un taxi. Un air de banjo lui parvint de quelque part au nord de l'hôpital. Quelques flocons de neige duveteux passaient dans la lumière diffusée par l'unique lampadaire.

— Le Dr Baker a dit...

— Sauf que ce n'est pas elle qui commande, ici. Elle n'aurait pas dû vous faire de promesses.

Mary reçut ces mots comme un coup de poing à l'estomac. Elle se pencha par la fenêtre autant qu'elle le put.

— Hé, vous ! lança-t-elle à la rue en dessous.

Elle agita les deux bras dans l'espoir d'être vue. Elle cria à nouveau, mais d'une voix étouffée, car le Dr Soper lui enserrait la taille.

— Aidez-moi ! cria-t-elle aux autres femmes, tandis que Soper et le garde la traînaient à travers la salle en direction du couloir, avant de la pousser dans une pièce pour elle toute seule au bout du corridor.

Le médecin continuait à la serrer par-derrière, pendant qu'une infirmière tentait d'ouvrir une petite ampoule et de la lui passer sous les narines.

— Je ne comprends pas votre obstination à vous faire remarquer, mademoiselle Mallon, lui murmura Soper à l'oreille, pendant qu'elle se débattait.

Elle sentit son haleine dans son cou, la pointe de son menton enfoncée dans son crâne.

— Du calme, chuchota l'infirmière. Allons, du calme.

2

Exactement comme le Dr Baker l'en avait prévenue, après deux semaines à l'hôpital Willard Parker pour y effectuer des analyses, le Dr Soper annonça à Mary que, en raison de son refus de se faire enlever la vésicule biliaire, les autorités sanitaires se voyaient dans l'obligation de la transférer à North Brother Island. L'île disposait de locaux permettant la poursuite des examens « dans un environnement plus calme, plus spécialisé ». Une fois sur place, elle pourrait prévenir ses amis et sa famille, mais pas avant. Soper ne la quittait pas des yeux ; lorsqu'il les détournait, elle en profitait pour respirer profondément, jusqu'à ce qu'il les posât à nouveau sur elle. Elle ne les implorerait pas – ils avaient assez de pouvoir sur elle comme ça. À Willard Parker, Soper avait interdit à quiconque de lui procurer un moyen de contacter ses proches – finies les promesses de poster des messages –, cependant, Mary réussissait à garder son calme en se disant qu'Alfred avait dû voir les articles dans les journaux. Une infirmière de nuit lui avait montré celui du *Sun* en ajoutant qu'il y en avait d'autres ; presque tous les grands titres de presse mentionnaient son arrestation. Sans préciser son vrai nom, ils l'appelaient « la Porteuse de Germes », mais

Alfred devinerait. Il avait peut-être d'ailleurs tenté de l'approcher. Peut-être était-il passé à l'hôpital pour lui rendre visite et s'était-il fait refouler.

— C'est pas une île pour les tuberculeux ? s'étonna-t-elle en frissonnant.

— Riverside est un hôpital pour phtisiques, en effet. Mais ils ont aussi accueilli des cas de typhoïde. De diphtérie. De rougeole. De tout.

— Combien de temps ?

— Quelques semaines, répondit le médecin.

Elle se dit que c'était faisable. Elle les laisserait effectuer leurs tests, et quand ils auraient obtenu ce qu'ils voulaient d'elle, le calvaire serait terminé et elle n'aurait plus jamais à revoir Soper.

Dès la toute première heure de son arrivée, Mary fut frappée par la fragilité de l'île de North Brother, cernée de toute part par les flots tumultueux de l'East River. On aurait dit qu'un morceau déchiqueté de Manhattan s'était détaché et mis à flotter à la dérive, avant d'être retenu par quelque rocher préhistorique tapi juste en dessous du niveau de l'eau. Avec son petit bout de terrain, North Brother était un gigantesque radeau pétri de boue et d'herbe, où les mourants venaient attendre leur tour. L'îlot était situé juste au-dessus de Hell Gate, « la Porte de l'Enfer », là où une demi-douzaine de cours d'eau mineurs s'entrechoquent en bouillonnant avant de se déverser dans la mer – et seul un fou accepterait d'y tremper le pied. En dehors de New York, la totalité de North Brother suffirait à peine à constituer une propriété de taille respectable, mais dans la mégapole, du moins à Manhattan, où même les très riches vivent entassés les uns sur les autres, ce domaine était chose rare :

un espace tranquille, jaloux de son intimité, où tous ceux qui s'y trouvaient avaient une bonne raison d'y être. Et les noms de ces adultes, hommes et femmes, apparaissaient sur le registre des personnes autorisées que le passeur conservait sous le banc de sa petite embarcation pour le protéger des embruns.

Pas d'automobile sur l'île, mais un unique cheval vieux et galeux, attelé jadis à une voiture sanitaire et offert en cadeau à la science. Dans la journée, le pavillon ouest de l'hôpital – partie la plus proche du ferry qui assurait la navette entre la 138e Rue et le Bronx – servait d'appui à quelques bicyclettes… que personne n'enfourchait jamais pour pédaler autour de l'île. Les voir là, posées sans précaution contre le mur de briques rouges ou couchées sur l'herbe, suffit à ce que Mary comprenne qu'on l'avait arrachée à la ville. Si elle s'y était trouvée, dans la ville, la vraie, et non dans cet entre-deux, ces vélos auraient disparu dans l'heure, libérés de leur ancrage et emportés au loin à grands coups de pédales par des adolescents du Lower East Side. Peu de bruits urbains : ni rideaux de fer grinçant le matin à l'ouverture des boutiques, et claquant le soir à la fermeture, ni cloches, ni grondement du métro aérien, ni colporteurs vendant à la criée, ni enfants faisant rebondir leurs ballons, ni vieilles femmes criant de leur fenêtre aux étages supérieurs. Mais à la place : le coassement des rainettes, le pépiement des oiseaux, le son des cisailles du jardinier taillant les haies et, partout en permanence, le clapotement de l'eau léchant le rivage. Toute chose à sa place, chacun à son poste, du moins jusqu'au soir, lorsque les médecins se ruaient vers le ponton pour embarquer sur le ferry d'un pas mal assuré, tandis que l'équipe de nuit se penchait en avant sur le chemin légèrement en pente qui menait au large portail d'entrée de l'hôpital. Le croassement du héron sur la rive orientale résonnait comme une moquerie aux oreilles de la nouvelle pensionnaire et la glaçait.

Seize bâtiments s'arrimaient à l'île, allant, en ordre décroissant, de l'édifice principal de l'hôpital de Riverside à la remise du jardinier. Il y avait aussi la morgue, la chapelle, l'aile dédiée aux soins, le hangar à charbon, les maisonnettes des médecins, le logement des infirmières, la bâtisse dévolue à la radiographie, la serre, etc. En moins de trois quarts d'heure, on bouclait le tour de l'île en partant de n'importe quel point ; et à moins qu'un édifice ou un arbre ne bloque la vue, on pouvait voir le haut de Manhattan et, plus au nord, la jointure invisible entre ce dernier *borough*[1] et le Bronx. Lorsqu'il pleuvait, le courant qui charriait galets et cailloux lui faisait penser à un troupeau de chevaux au galop fonçant vers la mer.

En l'absence de patients atteints de la typhoïde à Riverside le jour de son arrivée, Mary fut placée dans le pavillon principal des tuberculeux. Une infirmière lui fournit du papier, des enveloppes, un stylo à plume et un flacon d'encre. Ce qu'elle écrivit à Alfred, il devait déjà sûrement le savoir, mais, à la différence de la lettre dont elle avait rédigé le brouillon dans sa tête à Willard Parker, sa première missive de North Brother fut strictement factuelle. Comme les patients de l'hôpital de Riverside n'étaient pas autorisés à recevoir des visites, elle lui conseillait en consé-

1. La ville de New York est souvent appelée, en anglais, *The Five Boroughs* (« les Cinq Arrondissements »). Manhattan et le Bronx sont deux d'entre eux. (*Toutes les notes sont de la traductrice.*)

quence la patience et lui disait que ce serait peut-être bien de faire croire qu'elle occupait un emploi trop éloigné pour pouvoir rentrer à New York le week-end – dans le Maine ou le Massachusetts – et qu'elle serait très bientôt à la maison. Elle était en colère, mais avait appris que ça ne servait pas à grand-chose.

Il est possible qu'on ne se voie pas avant Memorial Day[1], écrivit-elle. Dans le pire des cas, pensa-t-elle.

Deux mois complets devraient amplement suffire. Il avait connu une période difficile pendant l'hiver, perdant son travail, gaspillant beaucoup trop de temps au Nation's Pub, mais elle décida de passer tous ses griefs sous silence.

« Pense au loyer si tu ne t'en es pas déjà occupé. »

Après avoir entendu pendant quelques jours la toux caverneuse de ses camarades de chambrée, Mary était devenue capable de prédire la fin : lorsqu'un cliquetis dans la poitrine sonnait comme une pièce de monnaie jetée au fin fond d'un puits asséché. Elle découvrit un air de famille chez les tuberculeuses : même pâleur, mêmes cernes sombres sous les yeux. Elles la fixaient en se demandant la raison de sa présence. La nuit, elle dormait avec le drap sur le visage, de peur d'inhaler leur maladie, mais après une semaine elle cessa de s'inquiéter. Le jour, elle ne pouvait s'empêcher de faire étalage de sa santé, allait et venait devant les fenêtres, demandait aux infirmières si elle pouvait leur être utile. L'après-midi, s'il y avait du soleil, elle empruntait un livre à la bibliothèque de l'hôpital et lisait dans la cour. Si le temps était moins clément, elle pensait à des idées de recettes

---

1. Jour férié officiel aux États-Unis, célébré chaque année lors du dernier lundi du mois de mai, qui commémore les militaires morts au combat.

afin de ne pas perdre la main. Elle veillait à prendre l'air tous les jours, ne fût-ce que pour quelques minutes, et lorsqu'elle rejoignait son lit et saluait ses voisines, elle sentait le rose sur ses joues, les mouvements de son thorax et la puissance de ses poumons. L'étonnement qui se lisait sur les traits de ses compagnes ne faisait que confirmer ce qu'elle savait déjà : il s'agissait d'une erreur. Une terrible erreur, mais qui serait bientôt corrigée.

Elle se soumit à leurs examens sans protester, espérant que plus tôt ils collecteraient toutes les informations dont ils avaient besoin, plus tôt ils la laisseraient partir. Elle n'avait pas revu le Dr Soper depuis le jour de son arrivée, et lorsqu'elle s'enquit à son sujet, le Dr Albertson lui répondit qu'elle ne le verrait vraisemblablement plus très souvent, dorénavant. Possible qu'il passe de temps à autre, et bien sûr les résultats de ses analyses lui seraient communiqués, mais son rôle en ce qui la concernait était probablement terminé. Ce petit bout de bonne nouvelle lui remonta le moral pendant toute une journée.

Les médecins de North Brother étaient encore plus curieux que ceux de Willard Parker. Ils en voulaient à ses mains, à son ventre, à ses seins, à ses hanches ; ils s'intéressaient à toute chose humide qui sortait de son corps, de la tête aux pieds ; mais lorsqu'ils se trouvaient en face d'elle, ils avaient le regard fuyant. Certains parmi ceux qui lui posaient des questions n'étaient pas des médecins dotés de patients, mais des hommes de l'art, comme Soper, qui se donnait le titre d'ingénieur, tout en semblant s'y connaître en maladies. Certains se contentaient d'étudier les données et prenaient des notes. Les questions avaient changé depuis Willard Parker. Là-bas, ils voulaient connaître toutes les fièvres qu'elle avait contractées au cours de sa vie. Est-ce qu'il lui était arrivé d'avoir une éruption sur la poitrine ? Ici, ils voulaient percer le moment où elle avait su. Vous êtes une femme intelligente, disaient-ils. Selon plusieurs de vos employeurs, vous lisiez des romans à vos heures de loisir. Vous deviez savoir. Comment voulez-vous qu'on croie que vous ne saviez pas ?

Mary essayait d'évoquer des images qui lui feraient oublier leur batterie de questions, n'importe quel souvenir susceptible de l'arracher à North Brother. Mais la plupart du temps, penser à Alfred et à ses amis la rendait plus impatiente encore face à ce feu nourri, plus pressée de rentrer chez elle. Elle se calmait, comptait jusqu'à cent et recommençait. Elle fermait les yeux, se bouchait les oreilles, mais malgré tout, chaque demande était comme un robinet qui fuit, un bardeau branlant au vent, une mouche bourdonnant à l'oreille, dont on n'arrive pas à se débarrasser.

Un matin, à la fin de sa deuxième semaine, alors qu'elle regardait par une fenêtre du quatrième étage pour tenter de repérer le sac postal qu'on transférait du ferry, elle remarqua trois hommes en train d'édifier une petite structure en bois à quelque distance. Dès qu'elle la vit, elle sut que la construction avait un rapport avec elle et voulut immédiatement chasser cette idée. Pourquoi se donner la peine de bâtir un logement pour abriter quelqu'un qui ne sera plus là dans quelques semaines ? Non, il devait y avoir une autre explication.

— Pardonnez-moi, demanda-t-elle, le doigt pointé, à une infirmière qui passait par là, savez-vous ce qu'ils sont en train de construire ?

— C'est votre maisonnette, s'étonna la soignante. On ne vous a rien dit ?

— Dit quoi ?

— Vous y serez transférée dès qu'elle sera terminée. Ainsi, vous n'aurez plus à séjourner avec les tuberculeuses.

Elle sourit avec douceur, comme si elle énonçait là une bonne nouvelle. Quant à Mary, elle eut l'impression d'être entrée dans un lac d'eau froide dont le fond était en train de se dérober sous ses pieds.

— À quoi bon puisqu'on va me laisser partir bientôt ?

— C'est ce qu'on vous a dit ? Qu'on va vous laisser partir ?

— Oui, c'est ce qu'on m'a dit, répondit Mary avec calme, tout en sentant sa gorge se serrer et son corps se mettre à trembler.

Elle tituba jusqu'à son lit et s'assit tout au bord. Elle calcula que depuis le jour où on l'avait enlevée de chez les Bowen il s'était écoulé près d'un mois. De combien d'analyses supplémentaires avaient-ils donc besoin ? Elle sortit une feuille de papier et écrivit de nouveau à Alfred.

Cher Alfred,

Au cas où tu aurais répondu à ma dernière lettre, je tenais à te faire savoir que je n'ai rien reçu. Je n'ai confiance en personne ici ; peut-être as-tu envoyé quelque chose, mais ils ne me l'ont pas remis. Ils sont en train de construire une pièce pour moi, séparée d'à peu près cent mètres de l'hôpital. Je ne vois pas pourquoi ils se donneraient tout ce mal si je devais partir bientôt. Peux-tu demander autour de toi si quelqu'un connaît un avocat ? J'espère que tout va bien pour toi. Je n'arrête pas de penser que la dernière fois où nous nous sommes vus, nous nous sommes disputés, et cela m'attriste de ne pas avoir eu de tes nouvelles depuis. Essaye à nouveau de m'envoyer une lettre, Alfred. Cela m'apaisera l'esprit.

Je t'embrasse,

Mary

Elle demanda à une infirmière de poster la missive immédiatement ; une semaine plus tard, elle reçut une réponse.

Chère Mary,

J'étais juste en train de répondre à ta première lettre, lorsque j'ai reçu la seconde. J'ai vu l'article dans le journal et j'ai compris que « la Porteuse de Germes », c'était toi, car tu étais censée rentrer pour le week-end ce samedi soir et tu n'es jamais arrivée. Et aussi parce que Oyster Bay y était mentionné. Je suis allé chez les Bowen et Frank m'a tout raconté. Je me suis tout de suite rendu à Willard Parker, mais une infirmière m'a annoncé qu'on t'avait déjà transférée à North Brother.

Dis-moi ce que je peux faire. Je sais que ça ne s'est pas très bien passé entre nous la dernière fois, mais je me sens mieux maintenant, plus de sorties tard le soir, et j'ai rencontré un Polonais qui connaît ceux qui travaillent au creusement des tunnels. Il faut qu'on pense à un moyen de te sortir de cette île. Billy Costello possède une barque, mais il dit que les eaux sont trop agitées autour de North Brother et qu'aucune personne raisonnable ne s'y risquerait. Au début je ne l'ai pas cru, je suis allé à la pêcherie de l'East Side et les poissonniers m'ont tous répété la même chose. Qu'est-ce qu'ils te veulent ? S'ils pensent vraiment

que tu as la typhoïde, pourquoi ils ne te soigne-
raient pas à Willard Parker ? Ou à Saint Luke's ?
   Je vais demander autour de moi qui connaît un
avocat. Ne t'inquiète pas.

Alfred

Mary lut le mot trois fois avant de le plier et de le ranger soigneusement sur sa table de nuit. C'était la plus longue lettre qu'elle ait jamais reçue de lui depuis qu'ils se connaissaient, c'est-à-dire depuis presque vingt-deux ans, et penser à Alfred assis occupé à lui écrire augmentait encore son désir de rentrer chez elle. La pièce qu'ils lui construisaient avait quatre murs maintenant, un toit, une porte, il ne lui manquait que des bardeaux et une fenêtre. Le Dr Albertson lui annonça que son déménagement n'était plus qu'une question de jours. Alfred n'avait pas précisé comment il se débrouillait sans elle, ni s'il avait payé le loyer d'avril, mais il savait où elle cachait ses économies, et peut-être que ce boulot dans les tunnels serait une bonne opportunité, peut-être que ça lui plairait, peut-être qu'il trouverait quelqu'un qui saurait exactement quoi faire pour lui venir en aide et qu'elle serait de retour chez elle pour l'été.

Parfois ils l'appelaient « cabine ». Parfois « maison-nette ». « Bungalow ». « Hutte ». « Pièce ». « Cabane ». Peu importait le nom qu'on lui donnait, on l'y installa en avril 1907. Il s'agissait d'une simple structure de trois mètres sur quatre avec un fourneau à gaz à deux feux, une bouilloire, un évier équipé de l'eau courante. On lui remit une petite boîte de thé, un bol de sucre et deux tasses. Elle n'était pas autorisée à cuisiner, mais des repas préparés provenant de la cuisine de l'hôpital lui seraient servis trois fois par jour. Pour passer le temps entre les visites du personnel médical, on lui conseilla de coudre pour l'établissement ; ou si le crochet la tentait, on lui fournirait aiguilles et pelotes. Elle pouvait lire. Elle pouvait explorer l'île. Elle reçut toutes ces informations le regard vide et, en faisant pour la première fois le tour de son nouveau logement, elle se sentit désorientée.

— Et voici du linge ! annonça une infirmière toute menue en s'agitant dans l'espace de petites dimensions.

Elle montra à Mary un panier d'osier qui contenait des draps propres, une serviette et un gant de toilette.

— Mettez-les dehors devant la porte quand ils seront sales.

— Combien de temps ? demanda Mary.

Combien de fois faudrait-il donc poser la même question ?

— Dans le bâtiment principal, on fait la lessive une fois par semaine, donc je dirais que pour vous ce sera la même chose.

— Ce n'est pas ce que je... soupira Mary en s'asseyant au bord de son lit. Pouvez-vous me laisser maintenant ?

— J'ai presque fini.

La soignante aligna une dizaine de récipients de verre sur la table.

Lorsque enfin elle sortit et que Mary se retrouva seule pour la première fois depuis son enlèvement, elle eut l'impression d'avoir quitté une pièce bondée pour y entrer à nouveau, mais par une autre porte. Elle s'imagina, en prenant du recul, le mur de sa cabane, l'East River juste au-delà, le halètement des trains et des trolleys quadrillant Manhattan et le Bronx, si proches qu'elle les entendait siffler. Ils ne sont pas décidés à me laisser partir. Elle se força à le prononcer tout haut. Elle avait attendu le sac postal tous les jours, dans l'espoir d'une lettre d'Alfred lui annonçant qu'il avait trouvé un avocat, que de l'aide arrivait, mais peut-être savait-il déjà qu'ils ne la laisseraient jamais s'en aller. Peut-être était-ce la raison pour laquelle il ne lui avait plus écrit : parce qu'il n'avait pas su quoi lui dire. Ce n'était pas comme à d'autres moments de sa vie, quand elle était passée de blanchisseuse à cuisinière, ou lorsqu'elle s'était installée avec Alfred sans la moindre promesse : North Brother ressemblait à un lieu complètement paumé ; aucune empreinte de pas n'avait été laissée pour guider ses amis, pour qu'ils sachent où elle était. Certes, il y en avait qui savaient. Ceux qui avaient été témoins de sa capture, ceux qui l'avaient aidée à se cacher pendant tout ce temps, avec pour seule récompense une scène qu'ils pourraient raconter le reste de leur vie : une adulte jurant en distribuant coups de pied et coups de poing, traînée de force dans une voiture de police ! Et puis, il y avait les articles des journaux, mais aucun ne rendait compte de ses sentiments ni de ses pensées. Elle était certaine que la nouvelle de son arrestation s'était répandue parmi les cuisinières, les blanchisseuses et les jardiniers de Manhattan, mais, à l'image des courants rapides qui coulent au plus profond de l'océan sans perturber la surface de l'eau, Mary était tout aussi certaine que beaucoup l'ignoraient. Possible qu'après son arrestation – après leur humiliation – les Bowen n'aient plus jamais mentionné son nom, sauf dans l'intimité. L'agence de placement n'avait pas dû piper mot non plus, de peur de voir d'autres familles aisées renoncer à ses services. Les journaux suivraient l'affaire un temps, puis passeraient à autre chose, et Mary resterait dans sa cabane, se demandant comment rentrer chez elle.

Le lendemain matin, après avoir dormi de façon intermittente dans son nouveau lit, Mary se réveilla au grattement d'une enveloppe glissée sous sa porte. Elle reconnut l'écriture d'Alfred de l'autre bout de la pièce. Elle ouvrit le pli et se tint près de la fenêtre pour le lire.

Chère Mary,

Comment vas-tu ? T'en ont-ils dit plus sur quand tu seras autorisée à rentrer à la maison ? Je suis allé voir le batelier pour essayer de le convaincre de me faire traverser afin de te rendre visite, mais il a des instructions, et elles sont très strictes. Je lui ai proposé de l'argent, mais il a refusé. J'ai regardé de l'autre côté de l'eau pour essayer d'imaginer ce que tu vis là-bas, mais j'ai eu du mal.

Le creusement de tunnels n'était pas pour moi. Tu l'avais peut-être deviné. Je suis en train de prospecter du côté des échafaudages.

J'ai demandé autour de moi au sujet des avocats et suis allé en voir un qui avait passé une annonce dans le journal, mais il a paru ne pas comprendre ce que je lui disais quand je lui ai expliqué. Alors je suis revenu avec les articles des journaux, mais il n'est pas intéressé. Je vais continuer à chercher.

Si seulement je savais quoi faire pour t'aider ! Est-ce que tu connais quelqu'un de confiance là-bas qui pourrait te conseiller ?

Alfred

— Alfred, dit-elle.

Et elle eut un haut-le-cœur qui la força à sortir de sa cabane.

Elle se rendit au bord de l'eau. Quel jour s'était-il trouvé là-bas à tenter de l'apercevoir ? Et s'ils se coordonnaient ? Dans sa prochaine lettre, elle pourrait proposer une date et une heure. Mais au moment même où l'idée la traversait, elle eut l'estomac à nouveau retourné. Pour quoi faire ? Un signe de la main ? S'envoyer des baisers, chacun sur une rive de Hell Gate ? Pressant les poings sur sa bouche, elle ferma les yeux et chercha une idée.

Ils firent tout leur possible pour qu'elle accepte le protocole, qu'elle cesse de faire tout un plat des prélèvements, deux fois par semaine, de son sang, de ses urines et de ses selles, de la remise des échantillons, des visites au laboratoire, des examens mensuels, de l'inspection consciencieuse de ses ongles, après trempage des mains dans des produits chimiques. Quand elle interrogea un médecin sur la raison de cette fréquence, il lui répondit qu'ils avaient besoin de définir son profil bactériologique. Les infirmières papotaient avec elle comme si elle était devenue indifférente à tout ce remue-ménage, mais lorsqu'elles constatèrent qu'elle n'arrivait pas à s'y habituer et qu'il s'agissait pour elle d'une humiliation insupportable, quelle que fût sa durée, elles la prirent en grippe. Venant à deux, elles finirent par ne plus se préoccuper d'elle. Et chaque lundi, après s'être entraînée tout le week-end à mieux se conduire, à faire des efforts, à montrer qu'elle était de bonne composition, à prouver qu'elle était suffisamment fiable pour qu'on la libère, quand elles apparaissaient, visage réjoui et flacons de verre à la main, elle devenait à nouveau livide.

— Quels sont les résultats ? demanda Mary. Je n'arrête pas de me soumettre à ces analyses, mais je ne connais jamais les résultats.

— Positifs, j'imagine, répondit une infirmière. Sinon, pourquoi vous garderait-on ici ?

Lorsqu'elle posait la même question au Dr Albertson ou au Dr Goode, ils se contentaient de lui rétorquer que les résultats isolés d'un examen ne signifiaient rien. Pas plus que les résultats couvrant une semaine. Ils lui en feraient part dès qu'ils auraient collecté assez d'éléments pour arrêter des conclusions fermes. Patience, l'adjuraient-ils. Chaque chose en son temps.

Le jardinier était la seule personne avec laquelle elle parlait volontiers, et John Cane, qui n'avait rien à voir avec les analyses, déposait fréquemment un bouquet de fleurs devant sa porte. Même quand sa colère balayait tout sur son passage, lui compris, c'était à peine s'il le remarquait. Il parlait, parlait, parlait. Et quand elle parlait, il écoutait. Elle chercha des annonces de cabinets d'avocats dans les journaux qu'il lui apportait, et écrivit des lettres de demande d'aide. Elle écrivit au chef de la police. Elle écrivit au directeur de l'agence qui l'avait placée chez les Bowen. Face au refus permanent des médecins et des infirmières de lui communiquer les résultats de ses analyses, elle contacta un laboratoire indépendant pour lui demander s'il serait d'accord pour analyser les échantillons qu'elle lui enverrait, et réclama des flacons supplémentaires. Dans sa lettre suivante à Alfred, elle le pria d'aller dans le garde-manger – le livret se trouvait derrière la farine et le sucre. Elle lui donna pour instructions de l'apporter à la banque de la 23ᵉ Rue, où elle possédait un compte, et de faire parvenir un règlement au laboratoire Ferguson.

Et puis retire le reste pour toi et ferme le compte. Montre-leur cette lettre s'ils ne te croient pas.

Il ne resterait pas grand-chose, mais c'était mieux que rien. Elle n'avait pas besoin d'argent ici et s'inquiétait pour lui.

Certains jours passaient vite et facilement, d'autres paraissaient si longs et vides qu'elle ne parvenait même pas à mobiliser de l'énergie pour s'adonner à une quelconque activité. Six mois s'écoulèrent. Dix. Elle écrivait à Alfred une semaine sur deux et essayait d'injecter de l'espoir dans ses lettres. Elle lui rappelait que North Brother ne durerait pas et qu'un jour proche elle serait de retour, et la vie reprendrait comme avant. Elle savait qu'il était important qu'elle y croie et, tout aussi important, que *lui* fasse de même. Elle trouva d'abord dans les lettres d'Alfred un écho au ton déterminé des siennes, puis, au fur et à mesure que se succédaient les mois, ses réponses s'espacèrent. Quand une missive de lui arrivait quand même, ses phrases étaient si condensées qu'elle ne le reconnaissait pas derrière ses mots. Après un long silence, il envoya en février 1908 un message difficile à qualifier de lettre :

Chère Mary,
Tu me manques. Quelles nouvelles ? Tout va bien ici.

Alfred

Comme à son habitude, elle avait tenu l'enveloppe un moment dans ses mains avant de l'ouvrir. Elle avait étudié la manière dont il avait écrit son nom. Et puis elle s'était abandonnée au plaisir de la déca-

cheter, avait déplié la feuille de papier tant attendue... pour découvrir que ce n'était rien, presque pire
que de ne rien recevoir ! Elle se promit de ne pas
lui répondre, mais au bout de quelques jours elle
céda.

Cher Alfred,
J'ai reçu ton mot. Écris plus, je te prie, la
prochaine fois. Tu ne peux pas savoir combien
la solitude est grande ici, et combien je suis curieuse
en permanence de savoir comment tu te débrouilles.
Peut-être t'imagines-tu que je suis entourée, mais
n'oublie pas que la plupart des gens sur cette île
sont très malades et, avec les médecins et les infir-
mières, impossible de parler d'amitié. Depuis peu,
je tricote et me suis lancée dans le crochet. Le jardi-
nier accepte mon aide quand il a besoin d'un coup
de main et cela me distrait, mais le sol est gelé
depuis décembre et les premières tulipes ne perce-
ront pas avant avril. J'ai lu tous les livres de la
bibliothèque de l'hôpital. Il n'y a que quand je reste
sans nouvelles de toi pendant longtemps que j'ai
peur de rester ici pour toujours. Mais quand j'en
ai, je me rappelle que North Brother Island n'est
pas tout ce que je connais au monde. Ils ne savent
pas quoi faire de moi ici. Comme je suis en parfaite
santé, ils ne peuvent pas me traiter comme une
personne malade, mais s'ils l'admettaient, ils
devraient me laisser partir. Quand je pose des ques-
tions, je vois bien qu'ils me considèrent comme une
enquiquineuse. Je ne comprends pas pourquoi ils
ont besoin de tant de temps. Le mois prochain, cela
fera un an !
Chaque matin, je me réveille déterminée à
rentrer et à retrouver nos habitudes, et je pense

*que quand ce sera le cas, je n'accepterai pas
d'emploi qui ne me permettra pas de rentrer le
soir. En tout cas pas pour longtemps.*

*Comment vas-tu ? Dans ton avant-dernière lettre,
tu m'annonçais que tu avais un travail régulier. Est-
ce encore le cas ? Des nouvelles des gens de
l'immeuble ? Et eux, t'en ont-ils demandé à mon
sujet ? N'oublie pas de prendre soin de toi. Et s'il
te plaît, Alfred, fais l'effort d'écrire.*

Mary

Elle voulait lui demander s'il buvait, si ses vêtements étaient propres, comment il se débrouillait pour
payer le loyer, alors que toutes ses économies étaient
épuisées depuis longtemps, s'il avait assez d'argent
pour acquitter le gaz, mais elle ne voulait pas lui
rappeler leurs disputes.

Le jour qui marquait le premier anniversaire de son
arrivée – date qu'elle seule sembla remarquer – elle
compta les lettres d'Alfred et les empila sur la petite
table de sa cabane. Neuf en tout. Elle calcula qu'en
un an elle lui avait écrit au moins vingt-cinq fois.
Elle nota la date qui figurait sur le tampon de chaque
enveloppe : deux mois entre la huitième et la
neuvième missive. Cela faisait un mois qu'elle ne lui
avait pas écrit, la plus longue période depuis son arrivée. Qu'elle ait envie d'avoir de ses nouvelles et de
sentir le vide qu'elle laissait auprès de lui, voilà des
sentiments qui ne devraient pas avoir besoin d'explication, après tout ce temps passé ensemble, tout ce
temps à approfondir leur connaissance l'un de
l'autre ! Le cœur brisé, elle se sentit irritée et déçue.
Si seulement elle avait pu le voir en chair et en os
pendant quelques minutes, elle aurait immédiatement
percé ses pensées, mais voilà, c'était un vœu pieux.

Elle remit chaque lettre dans son enveloppe et posa le paquet sur le rebord, au-dessus de l'évier.

Elle espérait qu'il profiterait de son silence pour réfléchir à ce qu'elle attendait de lui et lui enverrait une enveloppe si pleine qu'elle ne pourrait pas glisser sous sa porte. Mais les semaines s'enchaînaient et rien ne venait. Elle continuait à tenir le coup. Cela faisait maintenant presque quinze mois qu'elle était à North Brother, dont quatre sans recevoir de nouvelles d'Alfred. Son ressentiment se mua en inquiétude. Peut-être avait-il eu un accident au travail ? Peut-être avait-il été renvoyé ? L'alcool ne le rendait pas violent, mais il s'était déjà battu dans le passé. Peut-être s'était-il rendu dans ce bar à bière mal famé de Pearl Street qu'il aimait bien et s'était-il laissé entraîner dans une rixe. Elle écrivit à Fran pour lui demander si elle l'avait vu et s'il allait bien. Son amie ne savait ni lire ni écrire, la réponse lui parvint donc de la main tremblante de son mari, fixée à une boîte de biscuits d'une boulangerie de la 39e Rue. Les trois jours qu'il avait fallu aux gâteaux pour arriver à North Brother les avaient rassis, ce qui ne l'empêcha pas d'en manger un en lisant.

> *Mary,*
> *La vie suit son cours ici. Nous ne voyons pas souvent Alfred, mais quand cela nous arrive, il a l'air de bien se porter. Il n'est pas très bavard, tu le connais. Je suis sûre que tu lui manques. Quand rentreras-tu ? Ça fait longtemps qu'il n'y a rien eu dans les journaux.*
>
> *Fran*

À l'intérieur de l'enveloppe, Fran avait plié une bande dessinée découpée dans le *Daily* dont elle savait que Mary l'appréciait et, bien qu'elle l'ait déjà lue, les larmes lui vinrent aux yeux. Alfred était donc entier, continuait à monter et à descendre l'escalier menant chez eux... et persistait dans son silence.

— Vous savez quel est votre problème ? demanda John Cane en se portant à sa rencontre, alors qu'elle était assise sur l'herbe devant sa cabane, les yeux tournés vers l'embarcadère du ferry. Vous ne voyez pas le bon côté de la vie.

On était en octobre, Mary était sur North Brother depuis dix-huit mois et n'avait pas reçu de signe de vie d'Alfred depuis sa lettre de février. Elle avait aidé John à jardiner tout le printemps et tout l'été, et ses bras avaient bruni. Il l'invitait désormais à l'aider à élaguer le rhododendron.

— C'est vraiment ça mon problème ? répliqua Mary en le suivant sur le chemin.

Elle s'efforça de trouver les mots justes pour s'étonner de ce qu'il puisse, à ce point, passer à côté de l'injustice dont il était le témoin, et être à ce point indifférent. Alors qu'elle allait les formuler, il retira ses gants et les lui tendit, puis fouilla dans son sac à la recherche d'une seconde paire de cisailles.

— Je crois que oui. Vous êtes libre de votre temps. On vous sert vos repas.

Mary soupira. C'était inutile. Il voulait juste lui remonter le moral.

— Vous avez des nouvelles d'un de ces fichus avocats auxquels vous avez écrit ?

— Non, pas encore.

Il accueillit cette phrase d'un hochement de tête, tout en étudiant le massif.

— Bon, en attendant...

Et il commença à tailler.

Quelques jours plus tard, alors même qu'elle avait cessé d'espérer, au retour d'une promenade, après environ huit mois sans nouvelles de lui, elle trouva une lettre de lui sur le sol de sa cabane. Comme toujours, elle la soupesa dans sa paume un instant. Elle la posa sur la table et la regarda, en attendant que l'eau du thé soit en ébullition. Lorsque finalement elle l'ouvrit, une dizaine de graines glissèrent de l'enveloppe. Elle les recueillit dans sa main.

Chère Mary,

Fran m'a arrêté devant l'immeuble, il y a quelques semaines, pour me dire qu'elle avait reçu une lettre de toi dans laquelle tu te faisais du souci pour moi. Je me suis dit que je t'avais écrit il n'y a pas si longtemps, et puis j'ai compté. Je suis désolé. Je n'ai aucune raison valable de ne pas t'écrire aussi souvent que tu le voudrais, donc je ne chercherai pas d'excuse. Ce n'est pas que je ne pense pas à toi. Au moins, toi, tu sais en gros à quoi j'occupe mes journées. Tu peux te figurer mes activités et mes allées et venues. Mais quand, moi, j'essaye de t'imaginer là-bas, je ne sais pas quoi me représenter. Tu me rapportes que tu as commencé à tricoter et à jardiner et ce genre de trucs, ça me préoccupe d'apprendre que tu fais des choses que tu ne faisais pas avant. Ça t'éloigne encore plus. J'ai essayé de t'intéresser au jardinage, tu te rappelles la boîte que j'avais fabriquée pour faire pousser des herbes. Les graines que je mets dans l'enveloppe sont pour des plants de tomate. Je me suis dit que s'ils ne te laissent pas cuisiner, au moins tu pourras faire pousser

quelque chose à manger sans avoir à dépendre
pour tout de la nourriture de l'hôpital.

Je suis désolé de ne pas être meilleur. Tu me
manques tous les jours. Je sais combien tu as souf-
fert. Énormément souffert. Mais sache que ça a été
dur pour moi aussi.

Alfred

Lorsque Mary ouvrit sa paume pour regarder les
graines, elle réalisa qu'Alfred s'attendait à ce qu'elle
reste sur North Brother pour très longtemps.

Et puis, de la façon la plus inattendue, par une claire
journée de novembre 1908, elle reçut une épaisse
enveloppe du laboratoire Ferguson. Ils avaient
analysé les échantillons qu'elle leur avait envoyés il
y avait presque neuf mois de cela, et pouvaient maintenant lui transmettre la bonne nouvelle : ils étaient
tous exempts du bacille de la typhoïde ! Tout ce
temps avait été nécessaire pour s'assurer que le
bacille n'apparaîtrait pas avec le changement de
saison, ou pour une raison quelconque. Elle relut ce
paragraphe, puis parcourut rapidement la bonne
dizaine de pages de résultats. Elle faillit crier de joie.
Tremblante, elle entra dans sa cabane pour lisser ses
cheveux en arrière et se calmer, puis, se saisissant
de l'enveloppe, prit à grands pas le chemin de l'hôpital. Les couloirs étaient étonnamment silencieux.

— Où sont-ils ? demanda-t-elle, presque essoufflée,
à l'une des secrétaires.

— En réunion. Ils auront bientôt fini.

— Bonjour, mademoiselle Mallon, lança une voix
derrière elle.

Elle se retourna et reconnut le Dr Soper, assis sur une chaise de la salle d'attente, un livre ouvert sur les genoux. Elle déglutit, serra l'enveloppe contre sa poitrine et lui tourna le dos.

— Moi aussi j'attends. Comment vous sentez-vous ? Vous avez l'air en forme.

— Ah, vous, je ne veux pas vous entendre ! s'exclama-t-elle.

Et elle s'éloigna en direction du couloir pour attendre le passage d'un autre médecin.

Elle n'avait pas vu le Dr Soper depuis des mois, et le rencontrer à ce moment-là la troubla. Elle relut une nouvelle fois la lettre du laboratoire Ferguson.

Cela ne faisait pas une minute qu'elle se trouvait dans le couloir quand le Dr Albertson sortit de la salle de conférences et demanda s'il pouvait lui être utile. Il pénétra dans la salle d'attente où se trouvait Soper, suivi de Mary, qui évita soigneusement ce dernier du regard.

— George ! s'écria Albertson en serrant la main du visiteur. Je suis à toi tout de suite, Mlle Mallon souhaite me voir.

Il l'invita à s'asseoir dans son bureau et elle lui tendit les résultats d'analyses de Ferguson.

— Puis-je fermer la porte ? demanda-t-elle.

— Euh, oui, répondit, surpris, le Dr Albertson.

Il l'écouta sans l'interrompre. Elle savait, lui déclara-t-elle. Elle n'était pas idiote. Elle savait qu'ils la retenaient pour des raisons qu'ils gardaient pour eux et ne pouvaient reconnaître publiquement.

— Mary, dit-il avec douceur quand elle eut fini, il y a une bonne raison pour que les tests de Ferguson soient négatifs. Je vais appeler le Dr Soper et il va vous expliquer...

— Non ! se rebiffa-t-elle. C'est lui qui a commencé tout ça. Ça l'a rendu célèbre, non, ce qu'il a raconté sur moi ?

Mais il était trop tard, le Dr Albertson lui faisait déjà signe d'entrer.

— Qu'est-ce que c'est ? demanda le Dr Soper.

Il prit ce que le Dr Albertson lui tendait.

— Ah ! Je vois, se contenta-t-il de dire après avoir parcouru les documents.

— Les échantillons doivent être analysés immédiatement, Mary, reprit le Dr Albertson. Sinon les bactéries meurent. Vous venez de me dire que vous n'arrivez pas toujours à faire partir les flacons par le courrier le jour même, et ensuite cela peut prendre trois jours avant que Ferguson ne les ait. Très mauvais. On ne peut rien obtenir de fiable dans de telles conditions. Et d'ailleurs, s'ils étaient de vrais scientifiques comme ils le prétendent, ils le sauraient. Vous les avez déjà payés ? Ces résultats n'ont aucune valeur.

— Vous affirmez ça parce que vous voulez me garder ici. Quels sont vos résultats alors ? Pourquoi personne ne m'a-t-il jamais donné les résultats du labo de l'hôpital ?

— Mary, je peux vous dire que jusqu'ici les analyses de votre sang et de vos urines sont négatives, mais les tests de vos selles sont positifs dans soixante-cinq pour cent des cas.

— Ce n'est pas vrai.

— Mary !

Le Dr Albertson leva une main, et elle se souvint qu'il s'était toujours montré gentil envers elle.

— Je suis de votre côté, sachez-le. Ne vous méprenez pas : c'est un fait, vous fabriquez et portez des bacilles de la typhoïde dans votre corps, mais je suis d'avis que ce n'est pas une raison suffisante pour vous retenir prisonnière. Vous n'avez pas tort quand vous parlez de la valeur que vous représentez pour notre travail. Toutefois, à ce jour, nous savons qu'il y a beaucoup de porteurs sains en liberté, et il est injuste que vous soyez ici, alors qu'eux mènent une vie normale.

Le Dr Soper se hérissa.

— Ou bien tout le monde devrait être enfermé. Ou alors on devrait aviser au cas par cas. En tout état de cause, comme le Dr Albertson l'a clairement expliqué, je crois, ces résultats n'ont pas de valeur.

Mary le regarda, elle était dans un tel état de fureur qu'elle se mit à postillonner en parlant :

— Vous êtes un menteur !

Le Dr Soper poursuivit comme s'il n'avait rien entendu :

— Ce que je trouve intéressant, c'est que vous rejetez complètement nos résultats, alors que vous avez une totale confiance dans ces résultats privés. Il faudrait savoir, mademoiselle Mallon, vous croyez en la science, oui ou non ?

— Vous êtes ignoble !

— Mary, proposa le Dr Albertson, en prenant l'enveloppe au Dr Soper pour la lui remettre, pourquoi ne pas reprendre tout cela, y réfléchir une journée et revenir quand vous aurez d'autres questions ? On pourra en reparler en détail.

Il lui fit comprendre d'un regard qu'il regrettait d'avoir appelé le Dr Soper. Il n'avait pas saisi la teneur de ses espérances.

— Je comprends votre déception.

— Je veux voir tous les docteurs. Je veux les voir tous et tout de suite.

— Je suis désolé. Ce matin, nous avons reçu de nouveaux patients diphtériques. Et le Dr Soper doit donner une conférence. Revenez demain matin. Je réunirai un groupe de médecins et nous parlerons de tout cela.

— Oh, je reviendrai demain, vous pouvez compter sur moi !

Mais elle ne revint pas le lendemain, car elle les imagina en train de l'attendre, décidés à la punir pour avoir pris l'initiative d'enquêter de son côté. Elle n'était pas porteuse de la maladie. Elle n'avait rendu personne malade. Et pourtant, de temps à autre, elle sentait sa certitude se fissurer, comme un pense-bête enroulé autour de son petit doigt, qu'elle aurait complètement oublié jusqu'à ce qu'au terme d'une longue journée elle s'aperçoive de sa présence.

Bien qu'elle n'ait pas encore répondu à la lettre d'Alfred, elle décida que l'heure était venue de rompre le silence.

Cher Alfred,
Merci pour les graines. J'ai réfléchi à la manière de te répondre, mais dans l'immédiat j'ai besoin de ton aide pour une démarche importante. J'ai besoin que tu ailles au laboratoire Ferguson sur la 72ᵉ Rue Ouest, et que tu demandes à quelqu'un là-bas d'envoyer plus de détails sur les analyses qu'ils ont réalisées pour moi.

Je vais leur écrire de mon côté, mais je pense qu'avoir quelqu'un en face d'eux facilitera les choses. Dis-leur que les médecins de Riverside n'acceptent pas les résultats. Je t'en supplie,

Alfred. Essaie de te rappeler tout ce qu'ils diront.
Ensuite, écris-moi immédiatement.

Mary

Elle ne sut pas s'il avait reçu la lettre, s'il était assez à jeun pour l'avoir lue, s'il tenait encore à elle, jusqu'à ce que, deux semaines plus tard, arrive par la poste un petit rectangle portant l'écriture d'Alfred et disant qu'il était allé au labo non seulement une fois, mais deux, mais que personne n'avait voulu lui parler.

Qu'est-ce qui se passe ? concluait-il.

Alfred,
Merci d'avoir essayé. Je m'imaginais que ces résultats d'un labo privé forceraient les médecins d'ici à me libérer, mais ils ne veulent pas en entendre parler. Je ne veux pas les croire, mais il y a un docteur ici qui semble être de mon côté, et c'est lui qui m'a dit que les résultats de Ferguson n'avaient aucune valeur. Penser à tout l'argent que je leur ai donné pour ces analyses me rend malade. Je commençais à me détendre, mais je vais me remettre à travailler plus dur encore pour trouver un moyen de sortir d'ici. Tu crois que j'y suis pour la vie, mais tu te trompes, Alfred. Je serai bientôt rentrée à la maison.

Mary

Pendant environ une semaine, elle reprit ses vieilles habitudes et attendit sur l'embarcadère pour assister au transport du sac postal à l'hôpital. Et puis, constatant qu'Alfred était redevenu silencieux, elle se blinda contre le mal que lui faisait son silence en écrivant d'autres lettres à des avocats, à des médecins, à quiconque était susceptible de l'aider. Le temps passait vite, bien plus vite qu'à son arrivée. Une nouvelle année débuta. Un nouvel hiver se mua en printemps. Le facteur avait rarement l'occasion de descendre jusqu'à sa cabane.

Puis, en juin 1909, alors que Mary avançait pieds nus au bord de l'eau, John Cane accourut de l'hôpital, un courrier à la main.

— Pour vous... annonça-t-il, haletant. Je leur ai dit que je vous le remettrais.

Il la regarda examiner le nom de l'expéditeur : *O'Neill & Associates.*

— Qu'est-ce que c'est ? Ils ont dit que vous voudriez la voir tout de suite.

— Vous êtes bien curieux, répliqua Mary en passant l'index sous le rabat de l'enveloppe.

Ils avaient raison. Il s'agissait d'un avocat nommé Francis O'Neill. Il avait travaillé sur une affaire au Texas ces deux dernières années, mais il était maintenant de retour à New York, et une lettre qu'elle avait adressée à l'un de ses confrères lui avait été transmise. Il voulait la rencontrer.

J'ai lu tous les articles vous concernant et j'aimerais avoir votre version. L'affaire qui m'avait amené au Texas était également d'ordre médico-légal. Si votre situation est telle que je la comprends, et si personne ne représente encore vos intérêts, j'ai la conviction de pouvoir obtenir votre libération.

Il avait compris qu'elle n'était pas autorisée à recevoir de visites, mais si elle le présentait à l'hôpital comme son avocat, ils seraient obligés de faire une exception.

Toujours pieds nus, et serrant la lettre dans son poing, elle courut à l'accueil, donna à la secrétaire en chef le nom de Francis O'Neill et une demi-heure plus tard rédigea une réponse se concluant par :

Venez, je vous en prie, venez !

4

Mary adressa sa réponse à M. O'Neill un mardi,
et le vendredi elle vit un jeune homme inconnu
descendre du ferry, puis marquer une pause avant de
prendre le chemin menant à l'hôpital. Il tenait sa
serviette à deux mains.

— Monsieur O'Neill ? demanda-t-elle, abritée à
l'ombre du mur occidental de l'édifice.

— Vous devez être Mary.

Et il lui serra la main.

Elle avait tant de choses à lui dire et de questions
à lui poser qu'elle ne savait par où commencer.

— Il serait bien que j'aille annoncer mon arrivée,
déclara-t-il après quelques instants, désignant de la
tête les portes de l'hôpital. Ils voudront sûrement me
faire signer quelque chose.

— Je vous attendrai là, décréta-t-elle en pointant
sa cabane.

Vingt minutes plus tard, après une brève conversation sur les habitants de l'île – M. O'Neill sembla
s'intéresser au bâtiment de la radiographie –, elle le
fit entrer et l'observa qui jetait un coup d'œil aux
détritus qu'elle avait collectés pour John Cane. Elle
lui proposa du thé, qu'il refusa. Il pressa un mouchoir
sur son nez, puis ouvrit sa serviette dont il sortit une

liasse de documents. Il avait apporté un exemplaire de tous les articles de presse la concernant, ainsi que son dossier d'hospitalisation à Willard Parker. Elle remarqua que chaque pièce était accompagnée de notes. Il ouvrit un carnet à une page vierge.

— Commençons par votre arrestation, dit-il en décapuchonnant son stylo à plume.

— Vous voulez dire mon enlèvement, le reprit-elle avant de se mordre la lèvre.

Elle ne voulait pas qu'il pense qu'elle était déraisonnable.

— En fait, oui, le terme est probablement plus exact.

Ils parlèrent deux heures durant, et lorsqu'il s'en alla, ils avaient défini une stratégie. Comme l'expliqua M. O'Neill, les autorités sanitaires auraient été inattaquables si elles avaient d'abord effectué des analyses, puis l'avaient placée en quarantaine à Willard Parker en raison de résultats positifs, mais pas en procédant dans l'ordre inverse. Son arrestation sans mandat suivie d'analyses était complètement illégale. En premier lieu, elle demanderait une ordonnance d'habeas corpus qui donnerait lieu à une audience. Il la prévint que cela impliquerait la révélation de son vrai nom et lui demanda si elle souhaitait réfléchir avant de s'engager dans cette procédure.

— Non, je n'ai rien à me reprocher.

— Les journaux vous ont été favorables, ajouta M. O'Neill en rassemblant ses affaires. Voilà qui aidera aussi. Ne soyez pas surprise de voir des journalistes débarquer ici pour vous rencontrer.

— Seront-ils autorisés à me voir ?

— Je vais m'en occuper. Je ne vois pas comment l'hôpital pourrait l'empêcher.

— Et les autres visiteurs, vous pourriez aussi obtenir l'autorisation pour eux ?

M. O'Neill lui posa la main sur l'épaule.

— Essayez d'être patiente. Je sais que vous n'avez pas vu vos amis depuis longtemps. Mais il nous faut procéder avec prudence, et puis n'oubliez pas : vous serez bientôt chez vous.

— Attendez, le retint-elle, alors qu'il était sur le point de sortir.

Il fallait évoquer le sujet tout de suite, sinon il l'obséderait jusqu'à leur prochaine entrevue.

— Je n'ai pas travaillé depuis plus de deux ans. J'avais quelques économies, mais…

— Je ne prends pas d'honoraires, l'interrompit l'avocat en levant la main droite.

Elle plissa les yeux. Il avait l'air fiable. Au point de ne pas prendre d'honoraires ? Elle décida de se préoccuper de la question plus tard, une fois qu'elle serait libre. Après son départ, elle prit une feuille de papier.

Cher Alfred,

Enfin ! J'ai des nouvelles. Je viens de rencontrer un avocat qui s'appelle O'Neill et il semble certain d'obtenir ma libération. Il y aura une audience. Je ne sais pas exactement quand. Bientôt. Je t'enverrai les détails quand je les connaîtrai. Je sais que beaucoup de temps s'est écoulé et que nous avons plein de choses à discuter ensemble, mais tu me manques, Alfred. Et je me fais du souci pour toi. Je suis impatiente de te revoir. Oublions ces deux années horribles et réjouissons-nous, car bientôt nous nous reverrons. Je n'ai pas changé. Et toi ?

Mary

Comme M. O'Neill l'avait prédit, quelques jours après leur dépôt de demande d'ordonnance d'habeas corpus, il y eut un autre article à son sujet dans le *New York American* : il était long, et pour la première fois on mentionnait son vrai nom. Sa demande faisait grand bruit dans la ville, et les journalistes commencèrent à solliciter des entretiens en tête à tête. L'hôpital n'en autorisa qu'un par jour.

« N'oubliez pas de parler du manque d'air de cet endroit, rappelait-elle à tous ceux qui faisaient le voyage. Et le lit… Vous avez vu le creux qu'il a au milieu ? »

Les chiffres avancés pour la condamner variaient : un journal parlait de vingt-deux personnes malades et un mort ; un autre de trente malades et deux morts ; un troisième de vingt-huit malades et six morts. Mais aucun ne croyait que l'hécatombe s'arrêtait là. Elle cuisinait depuis son arrivée en 1883, or les documents qui avaient mené à sa découverte et à son arrestation ne remontaient qu'à 1901.

« Dites-moi, quand avez-vous su ? » lui demandaient, chacun à sa manière, tous les journalistes.

Et chacun de poser ostensiblement stylo à plume et calepin comme si elle était une imbécile ignorant la marche du monde.

Elle se rappelait la veine saillante du jeune homme du *Herald*, lorsqu'il lui avait posé la question.

« Quand j'ai su quoi ? » répondait-elle en s'efforçant de garder son calme.

Elle proposait à chacun l'un des scones au cassis que le cuisinier de l'hôpital lui avait fait parvenir par l'entremise de John Cane.

« Je n'ai jamais été malade de ma vie, et je n'ai rien d'autre à ajouter sur ce sujet. »

Tous refusaient poliment le gâteau.

« Non ? » insistait-elle, tendant l'assiette encore quelques instants, comme si la personne assise en face d'elle était susceptible de changer d'avis.

Depuis son arrivée aux États-Unis, elle avait courbé l'échine et travaillé dur. Elle avait rencontré Alfred, mais ce n'était pas un délit. Ils ne pouvaient pas l'enfermer sous prétexte qu'elle n'était pas mariée, qu'elle exigeait un bon salaire et l'obtenait, qu'elle n'assistait à aucun office du dimanche de quelque obédience que ce soit, préférant aller déambuler à Washington Market avant d'écouter le violoniste posté à l'intersection des rues Fulton et Church. Elle avait trente-neuf ans et était en bonne santé. Est-ce qu'un seul de ces journalistes se rendait compte de l'énergie nécessaire pour soulever une marmite d'eau bouillante ? Pour pétrir du pain pendant une demi-heure ? Pour attendrir l'un des morceaux de viande de bœuf les plus durs jusqu'à ce qu'il soit prêt à être poêlé ? Au terme d'une semaine de travail, elle était épuisée, muscles et os, des épaules au bas du dos, mais cela ne l'empêchait pas de marcher de la maison en grès brun des Bowen sur l'Upper East Side jusqu'à chez elle, beaucoup plus bas, parce qu'elle aimait solliciter ses propres forces et n'avait pas envie de se retrouver serrée comme une sardine dans un tramway.

— Mademoiselle Mallon, demanda le journaliste du *Herald*, croyez-vous pour votre part être porteuse de la fièvre typhoïde et la transmettre à ceux pour lesquels vous cuisinez ?

— Non, je ne le crois pas, répondit-elle en le regardant droit dans les yeux.

— Pourquoi, alors, les autorités sanitaires se donnent-elles tant de mal et dépensent-elles tant d'argent pour vous garder ici ?

— J'aimerais bien le savoir.

Lorsque la fin de l'entretien sonnait, Mary raccompagnait chaque visiteur à l'embarcadère en parlant d'autre chose. Du temps. Des tentatives d'un Français de traverser la Manche dans un aéroplane. De l'ouragan au Texas.

« Où habitez-vous ? » demandait-elle à chacun, abordant le sujet juste avant d'arriver à l'embarcadère.

L'un d'entre eux était de Brooklyn. Un autre de Fort Lee. Le journaliste du *Herald*, lui, habitait au coin de la 28ᵉ Rue et de la Troisième Avenue ; en l'apprenant, Mary retint son souffle. Résidant si près de chez elle, il avait sûrement croisé Alfred dans la rue ou chez l'épicier, s'était trouvé assis à côté de lui au Nation's Pub, et avait peut-être engagé la conversation. L'idée la traversa de donner à cet homme un message destiné à Alfred, de lui demander de grimper l'escalier menant chez eux et de frapper à leur porte. Mais le reporter prenait déjà ses distances : la remerciant pour le temps qu'elle lui avait consacré, il sautait dans le ferry, et Mary sentit que l'occasion lui avait échappé, à la manière d'une bague tombée à l'eau et emportée par les vagues.

Le matin de l'audience, Mary se demanda à nouveau qui payait les honoraires de M. O'Neill. John Cane avança qu'il était possible que quelques lecteurs du *New York American* se soient cotisés pour sa défense, après l'article très indulgent de son rédacteur. Il fit également remarquer que M. Hearst s'impliquait parfois dans des causes qui intéressaient ses lecteurs.

— Depuis quand faites-vous autorité en la matière ? demanda-t-elle au jardinier.

Il en prenait un peu trop à son aise ces derniers temps, debout sur la seule marche devant sa maisonnette, à lui raconter les ragots de l'hôpital et à donner son avis sur des sujets qui ne le concernaient en rien. Il apportait les journaux à Mary pour qu'elle lui lise à haute voix les passages les plus importants. Son incapacité à les lire par lui-même ne l'empêchait pas de se forger une opinion sur la grève des éboueurs, les impôts locaux ou son cas à elle.

— Et que voulez-vous dire par « indulgent » ? Il a raconté les faits.

— Il a pris votre parti, il m'a semblé, précisa John, les bras croisés et adossé à la balustrade, comme s'il était né et avait vécu toute sa vie à cet endroit précis.

— Pour qui d'autre pouvait-il prendre parti ?

— C'était juste une remarque, rien d'autre.

Mary était déjà suffisamment nerveuse comme cela, au sujet de la journée qui l'attendait, et ne voyait pas ce qui autorisait le jardinier, aussi cultivé qu'une mouche, à se laisser aller à des remarques. Tout ce qu'elle savait, c'était qu'une fois qu'elle aurait embarqué sur le ferry, un peu plus tard dans la matinée, elle pourrait ne jamais avoir à remettre les pieds à North Brother.

Sa dernière lettre à Alfred était brève. Sur un petit morceau de papier ligné, elle s'était contentée d'écrire l'adresse du tribunal, la date et l'heure de l'audience, puis elle l'avait plié à l'intérieur d'un article paru dans le *New York American*. En dépliant l'article et en lisant le mot, il se rappellerait sûrement la dernière fois qu'ils s'étaient rendus ensemble à Centre Street – il y avait combien d'années ? Dix-huit ? Vingt ? –, par un temps frisquet, à la fin de l'automne. Ils étaient en train de décider à quoi ils allaient occuper le reste de leur journée, lorsqu'un jeune huissier avait dévalé les marches du tribunal en hurlant : « Le verdict est tombé ! », avant de trébucher, la tête la première, et de se retrouver à leurs pieds. « Et alors ? » avait demandé Alfred en lui tendant une main que le garçon avait aussitôt saisie. « Coupable », avait-il annoncé, ahuri et clignant des yeux, mais indemne. Mary et Alfred s'étaient éloignés en riant, mais tête baissée pour ne pas être vus du garçon. Soudain Alfred avait entraîné Mary au fond d'une ruelle, l'avait collée contre un mur, avait pressé ses deux mains rugueuses contre son visage et lui avait déclaré qu'il l'aimait et que personne jamais ne l'aimerait autant ; et elle, ressentant un point dans son ventre, comme une main crispée, n'était pas parvenue à lui déclarer la même chose, pas encore, mais l'avait sentie à l'intérieur d'elle-même, prête à se déverser.

Au début, Mary sortait avec Alfred tous les mercredis et samedis soir. Un mercredi, il lui avait annoncé qu'il voulait vivre avec elle et qu'il savait qu'elle ressentait la même chose. Le samedi venu, il avait demandé à la voir plus tôt que prévu, car il avait trouvé un appartement dans la 33e Rue. Voulait-elle le visiter ? Pour se décider ? Il avait promis une réponse au propriétaire en fin de journée. Mary l'avait accompagné et ils avaient déambulé sur la Troisième Avenue, le long de laquelle Alfred avait plaidé sa cause. Il la connaissait si bien qu'il était déjà passé à l'appartement le matin, pour déposer une orchidée de serre dans un pot de terre cuite, dans la minuscule et triste cuisine… de sorte que ce qu'elle verrait en premier en ouvrant la porte soit une belle chose demandant de l'attention. *Son* attention à elle.

« Mais, avait-elle protesté mollement, car elle sentait qu'elle cédait, qu'elle avait déjà cédé, nous ne sommes pas mariés.

— Qu'est-ce que ça peut bien faire ? » s'était-il exclamé après l'avoir longuement regardée.

Le ferry spécial qui devait la transporter jusqu'à la 138ᵉ Rue était prévu à huit heures du matin. Cela lui laissait le temps de traverser l'East River et de descendre jusqu'au tribunal situé tout au sud de la ville pour y être à dix heures. Cela faisait deux jours qu'elle se préparait, elle avait brossé ses jupes et frotté chacun de ses corsages, avant de les faire sécher au soleil. Après vingt-sept mois, les deux chemisiers blancs avaient un peu jauni et les jabots s'étaient aplatis. Deux de ses jupes de laine étaient devenues brillantes au niveau des fesses, et à sa grande honte, lorsqu'elle les avait exposées au soleil et examinées de plus près, elle avait cru pouvoir distinguer une séparation dans la partie lustrée de chacune, deux lunes côte à côte avec un petit espace entre elles. Les infirmières lui proposèrent des vête-ments et l'invitèrent à se servir avant qu'ils ne soient envoyés en ville pour y être donnés, mais elle ne voulut pas de ces habits de tuberculeuses, de ces vête-ments de seconde main ayant appartenu à des femmes mortes. En plus, presque tous les chemisiers étaient cintrés au niveau du buste, et puis comment osaient-elles penser qu'elle était prête à se mettre n'importe quoi sur le dos, quel qu'en fût l'état, avec des coutures lâches, une doublure de mauvaise qualité, et porté par on ne savait qui ? Comment osaient-elles ? Elle n'était pas une mendiante quand même, mais une cuisinière qui avait bien gagné sa vie, et il était hors de question qu'elle accepte leur charité !

— Il y a beaucoup de gens qui s'en contenteraient, madame, rétorqua l'une des infirmières, lorsque Mary lui ordonna de remballer.

Elle prit conscience trop tard qu'elles essayaient simplement de lui faire plaisir. Les soignantes s'enfuirent de sa maisonnette comme si elle était en feu ; un instant plus tard, elle regarda leurs blouses blanches disparaître dans l'ombre portée par l'édifice principal de l'hôpital. Elle s'intima à elle-même l'ordre de leur crier qu'elle était désolée et qu'il leur fallait essayer de comprendre.

La veille de l'audience, dans l'après-midi, après avoir choisi son plus beau chemisier et sa jupe la plus élégante, elle demanda à John Cane d'aller lui chercher un fer et une planche à repasser à la lingerie de l'hôpital.

— Confiez-les-moi, je vais leur demander de le faire, dit-il en ouvrant les bras pour recevoir les vêtements.

— Mais c'est que je ne veux pas ! protesta-t-elle fermement. Je veux que vous alliez me chercher un fer et une planche pour repasser moi-même.

— Vous ne leur faites même pas confiance pour repasser une chemise ?

— S'il vous plaît, John, supplia-t-elle avant de fermer la porte.

Une heure plus tard, elle alla voir ce qui se passait à la petite porte de service de l'hôpital par laquelle il sortait habituellement. Elle attendit encore deux heures. Il lui rendit bien visite vers six heures du soir, mais ce n'était que pour lui apporter son dîner ; il promit de revenir. À dix heures, longtemps après son départ par le ferry qui le ramenait sur le continent, elle sortit pieds nus une dernière fois, afin de voir si quelqu'un prenait la direction de chez elle, mais tout était silencieux, n'était le son lointain d'une cloche de trolley de l'autre côté de l'East River. À minuit, elle fit bouillir un peu d'eau dans une poêle et utilisa comme elle le put son fond de fonte lisse pour repasser les manches du chemisier le plus présentable. Lorsqu'elle eut terminé, le corsage suspendu à un dossier de chaise, la jupe aussi plate sur la table qu'une nappe, elle se mit au lit. Elle essaya d'imaginer une scène tranquille pour s'endormir, au lieu de quoi elle fut prise d'un tic à l'œil gauche. Elle appliqua les mains sur ses paupières, mais sans résultat : le muscle titillait la paume qui le comprimait de toutes ses forces. Sa dernière pensée fut pour Alfred, auquel il faudrait expliquer pourquoi elle devait garder une main sur l'œil gauche.

Au réveil, après s'être habillée et avoir préparé une tasse de thé noir, en ouvrant sa porte elle tomba sur John Cane en train de déposer un fer à repasser pesant au moins six kilos sur la marche.

— Comment je vais faire, maintenant ? Il va mettre une heure à chauffer.

Il leva les bras comme pour se disculper. Rien n'était jamais sa faute.

Ce n'était pas le jour à argumenter avec lui. Ses arguments, elle devait les garder pour le juge.

— Vous êtes élégante de toute façon.

Elle porta la main à sa gorge. Elle aurait aimé avoir une broche.

— Bonne chance pour aujourd'hui.

— Il est possible qu'on ne se revoie pas, John. Si je ne vous revois pas, je vous souhaite plein de bonnes choses.

Elle réunit les mains et lui fit un signe de tête.

— Vous avez été bon avec moi.

— Mais ils ne vont pas vous laisser partir aujourd'hui ? Ils auront besoin de vous revoir encore plusieurs fois ?

— M. O'Neill a dit peut-être aujourd'hui.

Il avait aussi ajouté que le juge aurait probablement pris sa décision avant d'entrer dans la salle d'audience. Ces gens-là sont censés être aussi impartiaux et précis que des balances, la charge de la preuve répartie équitablement de chaque côté. Mais selon M. O'Neill, lorsqu'ils entrent dans la salle, la balance penche d'un côté.

— Oh, je vous reverrai plus tard, Mary, je ne me fais pas de souci.

— Vous devriez pourtant espérer le contraire.

— Bon, compris.

— Que voulez-vous dire ? C'est comme si vous vouliez mon malheur. Vous voulez mon malheur ?

Pas du tout ! Et vous aurez droit à une portion copieuse ce soir pour votre dîner. Vous aurez faim après tous ces déplacements.

Elle sentit le retour du tic et pressa la main sur son œil, pour l'empêcher de prendre de l'ampleur.

Pour le bref voyage entre l'île de North Brother et le continent, elle recouvrit les pointes de son col de deux petits morceaux de papier pour éviter qu'elles se tachent. Elle garda sa cravate – bleue, mouchetée de noir – pliée dans sa poche jusqu'à son arrivée au tribunal. Se doutant que la traversée de l'East River serait agitée et que le ferry générerait son propre vent, elle avait attendu pour mettre des épingles dans ses cheveux jusqu'à ce qu'elle soit escortée sur le quai, à la hauteur de la 138e Rue.

« Pardon », avait-elle lancé à son garde, un jeune homme âgé de dix-huit ans, vingt tout au plus.

Avant qu'il ait pu réagir, elle s'était dirigée vers le petit bâtiment d'une seule pièce et la porte indiquant *Dames*. Il s'était assez bien acquitté de sa mission, la précédant comme un gentleman pour monter sur le bateau et en descendre, au cas où elle ferait un faux pas. Mais il ne lui avait pas proposé son bras et, pendant la traversée – alors que la proue se relevait face aux rouleaux d'eau gris-bleu avant de retomber, puis de se relever et de retomber à nouveau, et que les deux passagers et l'homme d'équipage étaient ballottés d'un bout à l'autre du long banc –, il avait détourné la tête et agrippé le bastingage pour être sûr de ne pas entrer en contact physique avec elle. Lorsqu'elle avait tenté de lui parler, approchant suffisamment son visage du sien pour qu'il puisse l'entendre malgré le claquement des vagues et le ronflement du moteur, il avait grimacé.

Une fois à l'intérieur des minuscules toilettes, elle sortit deux longues épingles à cheveux de son sac à main et les tint dans sa bouche, tout en arrangeant ses cheveux d'un blond vénitien sur sa nuque. Le miroir dans lequel elle avait pris l'habitude de se regarder depuis 1907 était sans pitié : placé près de l'unique fenêtre de sa maisonnette, il était orienté au nord. Celui des toilettes était dans l'ombre et piqué, et Mary examina soigneusement son visage sous cet éclairage indulgent. Les images d'elle publiées par certains journaux la représentaient avec des traits anguleux. D'autres l'avaient dessinée grosse et âgée, cassant des crânes humains dans une poêle comme s'il s'agissait d'œufs, dotée d'une poitrine qui aurait dû la faire basculer en avant. À ses yeux, le matin de l'audience, elle était égale à elle-même : jolie sans être d'une beauté exceptionnelle. Propre. Efficace. Prête à se mettre à l'ouvrage. Avec d'autres vêtements, un accent différent et des mains qui n'auraient pas passé la plus grande partie des vingt dernières années dans de l'eau bouillante, on aurait pu la prendre pour une dame. On lui avait souvent dit qu'elle avait un air plutôt méprisant.

Au cours des jours qui avaient précédé l'audience, elle n'avait pas cessé de se répéter qu'il y avait trois possibilités : Alfred serait hors circuit, trop soûl pour s'être rappelé la date et l'heure ; ou alors il aurait dessoûlé et fait l'effort de venir. La troisième possibilité était la pire, elle ne la regarda en face qu'en s'observant dans le miroir des toilettes : il pourrait ne pas avoir envie de la voir. Peut-être avait-il trouvé en vingt-sept mois le courage d'adresser la parole à cette attirante créature qui faisait les lits de l'hôtel de la 34ᵉ Rue, et qui attendait parfois son frère à la sortie du Nation's Pub.

« Elle me fait un peu penser à toi au même âge », lui avait-il dit un jour en passant, en réponse à une question de Mary au sujet de sa journée.

Elle aimait l'entendre raconter sa journée en détail – au lieu de se l'imaginer effondré sur un tabouret, complètement dans le coaltar jusqu'à ce qu'il ait ingurgité la moitié de son premier verre –, elle aimait quand il évoquait le monde de la rue, l'appel du vendeur de marrons, les commentaires peu amènes sur la fille aînée du président Roosevelt, l'homme-sandwich trimballant ses deux pancartes de journaux...

— Madame, appela une voix féminine de l'autre côté de la porte, le monsieur dit qu'il faut vous dépêcher.

Mary ouvrit la porte d'un coup sec. C'était la guichetière qui vendait les billets pour le bateau ; ses ongles étaient noirs d'encre et son front taché à l'endroit où elle s'était grattée.

— Quel monsieur ? demanda Mary suffisamment fort pour que son garde l'entende. Celui-là ? fit-elle en riant.

Comme il lui serait facile de s'enfuir, de sauter dans un tramway et de disparaître, ou même de relever sa jupe et de courir ! Il était impossible de s'échapper de North Brother, mais ici, en ville, il suffisait de tourner deux coins de rue et puis de monter dans un trolley, et adieu ! Le matin, en même temps que son petit déjeuner, John Cane lui avait apporté deux billets de cinq dollars de la part de M. O'Neill en cas de dépenses imprévues ; Mary les avait pliés et repliés, puis glissés dans sa chaussure. Elle observa son garde. Elle l'effrayait tellement qu'il aurait suffi qu'elle s'approche de lui. Rien qu'en marchant vers lui, elle pouvait le faire tomber à l'eau !

L'idée était la suivante : les experts médicaux de M. O'Neill répondraient aux leurs, et après l'audience, si le juge était d'avis qu'elle n'aurait pas dû être enlevée de force de son lieu de travail, sans que lui ait été donnée une chance de se défendre, elle retournerait dans les bras d'Alfred le soir même. À moins qu'Alfred n'ait déjà proposé sa place dans le lit à une autre.

Quand ils arrivèrent enfin au tribunal, Mary le chercha des yeux, tout en suivant M. O'Neill dans le hall pavé de marbre. Il resterait sûrement dans l'ombre jusqu'à la dernière minute. Peut-être était-elle passée devant lui sans le voir dans sa hâte de gravir les marches, à l'extérieur. M. O'Neill la conduisit dans une pièce interdite au public, juste au fond du couloir de la salle du tribunal. Quand il déclara que c'était l'heure, elle retira les deux morceaux de papier de son col. Après avoir inspecté à la dérobée l'allure qu'elle avait quand il l'avait rencontrée, maintenant qu'ils se trouvaient seuls, M. O'Neill la détailla des pieds à la tête.

— Alors ? demanda-t-elle.

— Alors rien. Bien.

5

M. O'Neill avertit Mary que la partie adverse aurait convoqué ses anciens employeurs (autant que faire se pouvait), des membres du personnel des maisons où elle avait travaillé, quiconque serait susceptible de raconter une histoire à son sujet justifiant de la garder à North Brother. Ses plus récents patrons, M. et Mme Bowen, ne seraient probablement pas dans l'assistance. Ils ne souhaitaient pas voir leur nom encore plus terni, et puis leur fille était morte, c'était un fait irrévocable, que pouvaient-ils ajouter d'autre ?

L'une des dernières fois où elle s'était entretenue avec Mme Bowen, avant que Soper ne vienne la chercher, avant que la fille de la maison ne tombe malade, Mary portait son nouveau chapeau. Le souvenir de ce bibi la travaillait. Après qu'elle eut gambergé pendant plus de deux ans sur les tenants et aboutissants de ce qui l'avait amenée à vivre et à travailler à New York, avec de bons gages qui lui permettaient de s'acheter ce qui lui plaisait, pour terminer enfermée sur une île, chaque fois ses pensées butaient sur ce couvre-chef. Où était-il maintenant ? Depuis le moment où on l'avait enfermée dans ce fourgon de police et emmenée à Willard Parker, elle avait le sentiment d'avoir feuilleté un livre en quête d'une seule phrase, d'avoir parcouru une page du doigt en quête d'un seul mot, mais lorsque son esprit tombait par hasard sur ce chapeau, elle s'arrêtait. Son estomac se nouait. Il arrive qu'une chose mène à une autre, même si le lien n'est pas direct.

Certains des médecins avaient insinué qu'elle avait le cerveau dérangé, que son état mental expliquait en partie pourquoi on ne pouvait pas lui faire confiance, en plus du fait qu'elle était une femme, une immigrée, et de ces dames qui vivent avec un homme sans être mariées. Mais elle était sûre que ce bibi avait partie liée avec son enlèvement en 1907, et elle n'en prenait conscience qu'aujourd'hui, vingt-sept mois plus tard, alors que son cas était finalement examiné.

C'était un ravissant chapeau bleu cobalt cerclé de fleurs en soie et de baies tombant en cascade inégalement réparties. Rien à voir avec ces confections vaporeuses censées paraître tenir sur la tête comme par magie, l'une de ces ridicules noix de crème requérant une matinée entière de mise en place de la chevelure sur laquelle elles se posent. C'était un couvre-chef de tous les jours. Un chapeau de promenade. Le genre de bibi qui s'accommode de la coiffure habituelle d'une femme, une épingle ici, une autre là, c'est tout. Les fleurs n'étaient pas seulement découpées dans un tissu distinct, elles étaient ouvragées, chacune d'elles représentait par elle-même une petite œuvre d'art. Mary les avait examinées une à une avant de sortir son argent. La boutique s'appelait Matilda's ; elle était passée devant des dizaines de fois avant d'y entrer. Rien dans la vitrine n'avait jusque-là attiré son œil. Elle était donc entrée. Au moment même où elle tendait les doigts pour toucher le bord du chapeau, elle s'était rappelé que ses mains sentaient l'oignon, et la commerçante lui avait demandé si elle pouvait lui être utile. Mary n'avait pas l'habitude de boutiques aussi calmes, où la patronne manifestait une telle sollicitude. Elle avait senti le regard de la femme se fixer sur elle, dès qu'elle avait posé la main sur la poignée de la porte.

« Je suis terriblement pressée, avait-elle dit lors de cette première visite. Il faudra que je revienne une autre fois. »

Elle laissa donc passer quelques jours, puis se récura bien les mains, se nettoya les ongles au citron et fit une nouvelle tentative. Cette fois, elle retira le chapeau de sa patère et l'examina à la lumière.

— C'est une nouveauté, dit la patronne. Il vient de Paris.

Mary en demanda le prix et resta impassible en entendant la réponse. C'était une somme incroyable, mais elle l'avait. Elle la gardait dans une enveloppe dissimulée dans le cadre de son lit chez les Bowen. Elle allait l'acheter. En s'éloignant de la boutique, elle sut qu'elle allait le faire. Pourquoi pas ? Elle n'avait à répondre de ses actes devant personne, et puis à quoi servait donc l'argent, si ce n'était à être dépensé pour un beau bibi ? Lors de sa visite suivante, Mary déclara à la commerçante que si elle s'apercevait que la façon n'était pas à la hauteur de son apparence, elle rapporterait le couvre-chef immédiatement et demanderait à être remboursée. La marchande lui proposa une simple toque grise avec un bord étroit et montra à Mary le soigné de la couture, comme pour lui signifier que le gris et la simplicité seraient peut-être plus appropriés à une tête comme la sienne qu'un joyau bleu cobalt qui attirerait tous les regards. Mary passa le pouce sur l'un des pétales de soie et l'acheta dans l'instant.

Lorsqu'elle retourna dans sa chambre chez les Bowen, elle l'étudia dans sa boîte pendant près d'une heure : chaque fleur arborait en son centre un bouton de verre attirant la lumière ; le bleu des pétales était légèrement plus clair que le reste du chapeau, à la différence du bleu des baies, légèrement plus foncé. Qu'il était beau ! Elle en raffolait. Il resta dans sa boîte au-dessus de la commode pendant deux semaines entières, avant qu'elle ne se décide à le porter pour sortir. Elle enfila la robe manteau noisette qu'elle avait achetée d'occasion et s'inquiéta du sort de son cher bibi quand elle s'aventurerait dehors et découvrirait que le temps n'était pas aussi clément qu'elle l'avait perçu de sa chambre. Elle ne voulait pas qu'il soit mouillé ou qu'un voleur le lui arrache. Ou qu'il lui arrive pire, comme la semaine précédente, où elle avait vu le vent emporter le mouchoir d'un monsieur. Elle s'était jointe à la ruée pendant quelques pas, anticipant ce qui allait se produire : il avait atterri sur la panse d'un cheval mort dans la rue et laissé à pourrir sur place, où il attirait les mouches. Qu'est-ce qu'elle avait ri quand, par habitude, le monsieur avait cherché son mouchoir dans sa poche pour s'éponger le visage : mouchoir qui était justement l'objet de sa poursuite !

Elle le posa enfin sur sa tête ! Debout dans la petite chambre que Mme Bowen lui avait attribuée en tant que cuisinière, elle glissa une épingle derrière son oreille gauche, puis une autre derrière la droite. En traversant la chaussée, ses jupes rassemblées pour éviter, autant que faire se pouvait, le crottin de cheval empilé au coin de la 60e Rue, elle ressentit la beauté de ce chapeau comme une chose vivante. Elle le percevait comme un halo de lumière flottant au-dessus d'elle, tandis qu'elle se dirigeait vers l'est pour attraper le tramway de la Troisième Avenue, et il brillait encore de tous ses feux, quand elle descendit pour prendre le métro sur la 42e Rue. Mme Bowen attendait des invités pour dîner ce soir-là et elle souhaitait leur servir des plats qui sortent de l'ordinaire : du homard, peut-être, ou des ris. Ni volaille, ni huîtres, ni porc, avait-elle précisé. Rien de ce que leurs propres cuisiniers pourraient servir à ses invités chez eux. En général, Milton's, dans la Deuxième Avenue, proposait tout un éventail de produits et avait un bon débit, mais Mme Bowen ne leur faisait pas confiance et elle envoya sa cuisinière jusqu'à Washington Market, dans le sud de la ville, en lui donnant pour instruction de vérifier de ses propres yeux que le poisson sortait bien de la glace. Cela prendrait la matinée et demanderait plus de travail, uniquement pour que les invités puissent rentrer chez eux et se dire : « Chez Lilian Bowen, on ne vous servira jamais un simple rôti. »

En descendant l'escalier menant au métro dans la 42e Rue, elle prit soin de regarder la marche suivante sans se pencher, pour ne pas risquer de perdre son chapeau. Depuis son ouverture en grande pompe, elle n'avait emprunté ce nouveau moyen de locomotion qu'une petite dizaine de fois et la vue d'un train surgissant de l'obscurité continuait à la bouleverser, consciente qu'elle était en montant à son bord qu'il plongerait dans les ténèbres de l'autre côté. Mais son bibi lui donnait du courage. Une fois dans la rame, elle garda les yeux fixés sur les portes au milieu de la bousculade.

Comme Mme Bowen lui avait laissé carte blanche, elle se devait de passer en revue tout ce que le marché proposait : les vingt-cinq étals de bouchers, tous les légumes, les fruits, les fromages, les neuf éventaires de poisson, la viande fumée, les tripes. Elle goûta le gâteau au café, le café, le pain noir, le pain blanc, le beurre du Connecticut, le fromage de Virginie. Elle acheta une fine tranche de jambon de Westphalie, qu'elle mangea en marchant. De la main, elle protégea son couvre-chef contre les plumes volantes des volailles, contre les éclats d'os produits par les hachoirs, contre le cartilage et la moelle qui formaient un cercle glissant autour des étals, obligeant les femmes à avancer sur la pointe des pieds.

Elle l'enfonça bien sur sa tête, l'ajustant de temps à autre lorsqu'il se mettait à glisser, et elle rejoignit ainsi le carrefour de Park Avenue et de la 60ᵉ Rue, bardée de paquets. Les autres Irlandaises du marché portaient des foulards sur la tête, les Européennes d'autres provenances, des tresses serrées enroulées sur la nuque, ou de vieux chapeaux de leur mari enfoncés sur leurs oreilles. Les têtes s'étaient tournées à son passage. La foule s'était écartée. À sa façon de marchander et d'indiquer avec précision la façon dont elle voulait que soient enveloppés ses paquets, on avait deviné que c'était une domestique, et pourtant avec un chapeau pareil...

Au dernier coin de rue avant la demeure des Bowen, Mary capta son reflet dans la baie vitrée d'un voisin et décida qu'elle n'avait jamais été aussi belle que ce jour-là. Son manteau mettait en valeur sa silhouette – alors mince – et ses cheveux brillaient, impeccables. L'air froid éclairait ses yeux et l'effort pour porter ses paquets lui rosissait les joues. Elle avait trente-sept ans.

Elle déboucha sur Park Avenue, et sur qui tomba-t-elle devant la résidence ? Sur Mme Bowen en personne ! Et que portait Mme Bowen sur ses boucles ? Le frère jumeau du chapeau bien-aimé de Mary !

— Mary, dit-elle, les yeux fixés sur le couvre-chef de sa domestique, cela fait des heures que je vous attends.

— Je suis désolée, madame, répondit Mary, bien que sa maîtresse n'ait eu aucune raison de la voir arriver plus tôt.

Elle évita soigneusement de la dévisager, même si Mme Bowen ne quittait pas, pour sa part, Mary du regard.

— Vous n'avez pas oublié que les invités arrivent à six heures.

Elle plissa les yeux comme pour déterminer s'il s'agissait bien du même bibi. Une copie peut-être ? Une pâle imitation ?

— Bien sûr que non.

Mme Bowen avait appelé l'agence de placement qui lui avait présenté Mary pour lui demander deux cuisinières additionnelles, et Mary avait tout lavé et récuré la veille. Lorsqu'elle était arrivée chez les Bowen, trois semaines auparavant, casseroles et poêles étaient couvertes d'une épaisse couche d'aliments carbonisés, au point qu'elle avait passé sa première semaine à les gratter pour leur rendre leur lustre d'origine. Pendant qu'elle y était, elle avait mis un chiffon au bout d'un balai et retiré les toiles d'araignée des plafonds en aluminium. Elle avait utilisé un bidon entier d'ammoniaque pour récurer le sol. Personne ne s'y entend comme une cuisinière pour dénicher les taches de graisse dans une cuisine, et lorsque ses deux assistantes arrivèrent, cet après-midi-là, elle les vit les chercher. Mais elles n'en trouvèrent pas.

Mme Bowen sembla satisfaite, et bien qu'elle arborât encore une curieuse expression, celle de quelqu'un qui ne sait pas ce qu'il regarde, elle finit par réussir à décoller ses yeux du sommet de la tête de sa domestique. Elle posa un instant la main sur son propre chapeau, puis se retourna pour se diriger vers l'entrée principale de la maison. Mary la regarda s'éloigner. Tout en sentant le poids des paquets sur ses bras, la douleur dans ses poignets et ses coudes à force de les avoir portés si longtemps dans le métro, dans le tramway, dans les escaliers, en évitant flaques et plaques de glace persistantes à l'ombre des arbres, la brûlure du froid sur ses articulations, elle sentit aussi les mots lui échapper avant d'avoir eu la moindre chance de les retenir.

— Je vois que nous avons les mêmes goûts, lâcha-t-elle dans le dos de Mme Bowen.

C'était une chose à ne pas dire et, dès que les mots lui furent sortis de la bouche, elle se rappela que sa tante avait une fois fait remarquer, des années plus tôt, qu'elle avait en elle un vice qui la poussait parfois à prononcer des paroles qu'elle n'aurait pas dû.

— Je vous demande pardon ? demanda Mme Bowen en faisant volte-face.

— Votre chapeau, précisa Mary, désignant de la tête le couvre-chef de sa patronne, comme si celle-ci ne savait pas où se trouvait ledit chapeau. Il est identique au mien !

— Oh, fit Mme Bowen, promenant la main dans la région de son oreille, sans toucher son bibi. Ressemblant, Mary, pas identique. Mais je vois ce que vous voulez dire.

— Pas le même ?

— Non. Ressemblant. Pas le même.

Mary savait que si elle entrait en cachette pendant la nuit dans les appartements de sa maîtresse et échangeait les chapeaux, celle-ci ne pourrait jamais, au grand jamais, faire la différence.

— Au temps pour moi.

Bien que l'entrée de service ne fût qu'à quelques pas du trottoir, la cuisinière eut du mal à se retenir de rire avant de l'atteindre. Bette et Frank étaient en pleins préparatifs dans la cuisine ; en voyant la tête de leur collègue, il n'était pas difficile de deviner qu'elle en avait une bonne à leur raconter, ce dont elle ne se priva pas. Et ils s'esclaffèrent en chœur de l'expression de Mme Bowen, que Mary leur mima encore et encore, pendant qu'ils vidaient les tiroirs de leur contenu, disposant les couteaux et attendant les extras.

Ils rirent tant que le travail avança vite.

Une semaine plus tard, la fille de la maison refusa de toucher à ses repas et déclara à sa gouvernante qu'elle ne se sentait pas bien et qu'elle ferait ses devoirs une autre fois. Le soir, la fièvre avait tellement monté qu'elle dut passer la nuit entière dans la baignoire. Un mois plus tard, Mary était enlevée.

— N'importe quoi ! s'exclama John Cane quand elle lui raconta l'histoire du chapeau, peu après son transfert dans sa cabane de North Brother.

Le jardinier lui avait demandé si elle voulait bien lui tenir compagnie pendant qu'il repiquait les semis d'hiver. Elle était calme, et s'était réjouie de le voir travailler… jusqu'à ce qu'il lui demande comment il se faisait qu'ils l'aient arrêtée et emmenée à North Brother.

— Ce n'est pas « n'importe quoi » ! protesta-t-elle en haussant la voix. Ils m'ont traquée comme une bête. Ils m'ont harcelée chez les Bowen pour commencer, puis chez moi, et enfin ils m'ont attrapée un jour où les Bowen étaient sortis. Ils ont dû me porter ! Ils m'ont prise, chacun par un bras ou une jambe, et ils m'ont portée. Ils ne m'ont même pas laissé le temps de prendre mes affaires.

— Quelles affaires ? Envoyez quelqu'un les chercher. Vous n'avez qu'à demander à l'infirmière en chef.

Mais Mary ne la connaissait pas et elle ne savait pas quel genre de femme c'était. Peut-être qu'elle voudrait mettre la main sur sa précieuse enveloppe cachée, sur ses trois beaux chemisiers, sur son magnifique chapeau cobalt.

Comment faire comprendre que ce n'était pas le chapeau en lui-même, mais le fait qu'elle l'avait acheté, porté et s'était plu avec ? Qu'elle faisait partie de ces femmes qui comptaient avant de dépenser – un mois complet de gages tout de même ! –, ce qui ne l'avait pas empêchée de poser ce joli petit paquet d'argent sur le comptoir pour acquérir quelque chose d'aussi superflu et ravissant qu'un bibi ! Si elle avait été de celles qui économisent, ou donnent à quelqu'un dans le besoin, à une voisine avec des enfants peut-être, ou à l'église, si elle avait été une femme mariée qui remettait tous ses gains à son mari, ou mieux encore, une femme mariée sans revenus parce qu'elle était trop prise par l'entretien de sa maison, elle ne se serait jamais trouvée dans cette situation. Elle ne pouvait rien prouver, mais c'était pourtant la vérité.

Elle avait abordé le sujet devant M. O'Neill, deux années plus tard, lorsque celui-ci lui avait rendu visite sur North Brother, mais c'était comme tenter d'expliquer à un apprenti cuisinier comment savoir si un canard est cuit, alors que le jus dit le contraire ; comment prédire qu'un soufflé va retomber rien qu'en sentant l'air d'une pièce.

— Un chapeau ? s'était étonné M. O'Neill.

Puis il avait changé de sujet, montrant clairement que ça ne tenait pas debout.

6

Mary suivit M. O'Neill à quelques pas de distance lors de leur entrée dans la salle du tribunal. Il était dix heures deux minutes.

En descendant l'étroite allée centrale, elle constata que presque toutes les chaises étaient occupées. Elle s'était imaginé des bancs de bois verni surplombés par un juge assis sur une espèce de trône, au lieu de quoi elle découvrit une pièce confinée sentant le moisi et remplie de chaises disposées au hasard. Certains journalistes avaient déplacé la leur pour former un groupe avec des collègues. Des gens sans lien avec l'affaire, mais qui l'avaient suivie dans les journaux, sortaient progressivement leur siège de l'alignement par des mouvements impatients. Malgré son vif désir de savoir si Alfred était présent, elle garda les yeux fixés sur les coutures impeccables de la veste de costume de son avocat. Il y eut un bref silence quand le public près de la porte la reconnut, et un concert de crissements, lorsque des dizaines de spectateurs se tournèrent pour la voir.

Tandis qu'elle traversait la salle, prenant soin de concentrer son regard au-dessus de la tête des témoins, elle espéra le soutien de certains dans l'assistance. Elle avait lu les éditoriaux des journaux, ceux qui estimaient qu'elle n'avait commis aucun délit et devait être remise en liberté, afin de vivre et travailler au sein de la société comme tout le monde. Et puis il y avait ceux qui avaient refusé de faire figurer son vrai nom, même après sa divulgation au public. « La Porteuse de Germes », annonçaient leurs titres. Des lecteurs avaient écrit pour demander s'il était dangereux de respirer près d'elle. Et de toucher ce qu'elle avait touché ? Et d'entrer dans une pièce qu'elle venait de quitter ? Elle espérait la présence à l'audience de ceux qui avaient conçu de la compassion pour elle, mais en se dirigeant vers l'avant de la salle, elle ne sentit que le regard inquisiteur de cinquante individus, si proches dans cette atmosphère lourde qu'elle eut l'impression d'être malmenée et tripotée. Aussi malsaine qu'on l'accusait de l'être.

Arrivé tout devant, M. O'Neill posa sa serviette sur une table de bois rayée et déglinguée. Les représentants des autorités sanitaires avaient déjà pris place à une table tout aussi abîmée, de l'autre côté de l'allée. Mary commit l'erreur de les dévisager l'un après l'autre, jusqu'à ce qu'elle aperçoive, un rang plus loin, la tête brune du Dr Soper penché sur ses notes. Un homme en uniforme bleu s'avança et annonça l'entrée des juges Erlinger et Giegerich. Elle ne s'attendait pas à ce qu'ils soient deux, mais fut rassurée de constater qu'elle serait en mesure de les différencier : Erlinger était aussi costaud que Giegerich était fluet.

— La Cour ! lança l'huissier, ce qui déclencha un brouhaha assourdissant de chaises repoussées.

Après un regard en direction des trois grandes fenêtres orientées à l'ouest, elle remarqua que le jour s'était assombri et que l'odeur métallique de la pluie s'était infiltrée dans la salle. Lorsque les gens se rassirent, des effluves de légumes, de cheval et de sang se dégagèrent. Le juge Erlinger se passa un mouchoir sur le front, puis, brièvement, sur le nez.

M. O'Neill se racla la gorge. Il commença, comme ils en avaient discuté au préalable, par raconter son arrestation en mars 1907, « sans mandat, sans respect de la procédure, la liberté d'une personne en parfaite santé... ».

Elle sentit qu'il était nerveux. Il avait trente-quatre ans – cinq ans de moins qu'elle –, mais il ne lui avait jamais paru aussi jeune que lorsqu'il agrippa le bout de la table branlante pour se lever.

— Mary Mallon a été mise en quarantaine pendant vingt-sept mois avec, pour seule compagnie, un jardinier qui lui apporte ses repas trois fois par jour. Elle a été soumise à des analyses d'urine, de sang et de selles, deux fois par semaine pendant toute cette période. Les infirmières qui collectent ces échantillons ne peuvent assurément pas être considérées comme de la compagnie, et elle redoute leur passage à cause de l'angoisse qu'elles déclenchent en elle. Elle n'est pas autorisée à recevoir la visite de ses amis, en dépit du fait que tous les médecins associés à son cas admettent qu'elle n'est contagieuse qu'en cuisinant.

L'avocat poursuivit, ne s'attachant qu'à l'essentiel, et au fur et à mesure de sa plaidoirie Mary sentit son esprit divaguer. Cela faisait vingt-sept mois que Manhattan lui manquait : son désordre, ses bruits, le chipotage pour le prix d'une orange, la discussion sur l'exactitude de la balance du boucher. Son travail lui manquait : se lever avant le reste de la maisonnée, décrocher de son clou la première casserole scintillante de la journée, allumer un feu dessous, y ajouter une cuillerée de beurre et la regarder fondre.

Gagner de l'argent lui manquait : aller chez Dicer's, sur la Première Avenue, acheter un plein panier de légumes et le régler avec des billets neufs tout propres.

Mais plus que tout, c'était Alfred qui lui manquait, et chaque matin au réveil elle se demandait si lui aussi était réveillé. Elle se prit fréquemment à penser à lui, de la même façon que par le passé, à son arrivée en Amérique, après une traversée de vingt et un jours, elle avait pensé aux gens du pays. Alors, quand elle se rappelait que l'East River n'était pas l'océan, que l'estuaire n'était pas même aussi large que le puissant fleuve Hudson, tout se trouvait frappé du sceau de l'urgence. C'était dans ces moments qu'elle devenait « sauvage », pour reprendre le qualificatif des médecins. Combative. Difficile. Têtue. Obstinée. Ignorante. Une femelle, quoi ! Pratiquement cinq millions d'âmes s'affairaient dans cette ville. Elle pouvait apercevoir leurs cheminées et entendre le sifflement aigu des trains. Là-bas, quelque part, se trouvait Alfred, et à la différence de ceux qui lui manquaient en Irlande, si loin qu'elle avait vite tiré un trait sur la possibilité de les retrouver un jour, l'idée d'être si près de lui et de ne pouvoir le voir aggravait tout.

Si elle avait été plus courageuse, elle aurait tenté de traverser à la nage, comme s'y risquaient parfois les jeunes hommes de la maison de correction de l'île de Rikers. Mais elle se souvint que la plupart du temps, s'il fallait en croire les journaux, ils rebroussaient chemin, marquant une pause à North Brother pour se reposer, ou se noyaient. John Cane lui avait un jour déclaré que l'East River était l'estuaire le plus violent qu'il connaissait, particulièrement autour de North Brother. À l'époque, pensionnaire sur l'île seulement depuis un mois, elle avait pensé qu'il avait voulu remuer le couteau dans la plaie et lui rappeler qu'elle se trouvait dans une situation sans issue. Mais après avoir observé ces mêmes eaux pendant vingt-sept mois, elle se rendait compte qu'il n'avait fait qu'énoncer la vérité.

Dix heures du matin n'était pas la meilleure heure pour Alfred. Elle pensa à ses longues jambes blanches dépliées sur le blanc encore plus absolu de leurs draps. Elle pensa à lui, debout devant la fenêtre, en caleçon. Elle pensa à toutes les coquilles d'œufs et pelures d'oranges qui devaient probablement s'entasser dans l'évier depuis vingt-sept mois, à tous les récipients qui avaient besoin d'être récurés. Elle pensa à lui en bleu de travail, montant les marches de l'escalier qui menait à leur appartement, au sixième étage. Qui lui adressait la parole en une journée ? Où prenait-il ses repas ? Elle pensa à lui en train de descendre la main le long de sa colonne vertébrale, puis l'attirant vers lui.

Elle avait envie de voir d'autres êtres humains qu'elle-même et John Cane : ce dernier éprouvait une étrange fascination à la regarder manger les repas qu'il lui apportait de la cuisine de l'hôpital. Le soir précédant l'audience, au lieu de se préoccuper de lui trouver un fer et une planche à repasser, il lui avait servi deux tranches de bœuf pleines de nerfs, une salade défraîchie et un petit pain.

« On devrait aligner contre un mur les gens qui cuisinent dans cet hôpital et les fusiller », avait-elle déclaré après examen de la viande.

Pas plus haut que trois pommes, John était néanmoins doté du rire d'un homme de taille normale. Elle l'avait prié de lui apporter de la farine, de la levure, du beurre, quelques grains de vanille, pas de quoi préparer un vrai repas, mais les ingrédients nécessaires pour fabriquer du pain, de quoi s'occuper le matin quand il était encore trop tôt pour sortir. Il s'était contenté de lever les bras d'impuissance. Elle se demanda ce qu'ils avaient bien pu lui raconter à son sujet, pour que cette requête précipite son départ et l'incite à traverser en toute hâte l'espace vert situé devant chez elle, comme s'il était chassé.

Elle vit deux mouches entrer par la fenêtre, puis ressortir. Des sabots de chevaux, en nombre manifestement, claquèrent dans la rue et M. O'Neill marqua une pause ; elle entendit la porte d'entrée de la salle d'audience s'ouvrir. Elle entendit une voix grave d'homme demander pardon en dérangeant une série de paires de genoux pour rejoindre un siège vide. Elle entendit à nouveau cette voix, plus fort, et ce fut comme si un fil soulevait sa colonne vertébrale. Elle sentit le duvet de sa nuque se hérisser. L'agitation qu'elle percevait dans son dos sembla se rapprocher. Il lui sembla que des corps changeaient de place. Les chaises crissaient. Des gens exhalaient l'air chaud de l'agacement.

— Monsieur, intervint le juge Giegerich en regardant la source du désordre tout en levant la main à l'intention de M. O'Neill, est-il vraiment nécessaire que vous preniez toute cette peine ? Il y a deux chaises vides au bord de l'allée, juste devant vous.

— Je veux m'asseoir à côté de Mary.

Quand elle se retourna, elle découvrit qu'elle se trouvait à un mètre d'Alfred, vêtu d'un costume de ville gris, veste pliée sur le bras. Ses chaussures étaient cirées. Empruntées, pensa-t-elle. La chemise également. Elle espéra qu'il les rendrait dans le même état.

— Bonjour, Mary, dit-il.

Il paraissait en bonne santé, les joues plus pleines que la dernière fois qu'elle l'avait vu. D'avoir bien mangé, espéra-t-elle. Et bien dormi. Elle prit une inspiration avec l'intention de lui parler, mais se sentit observée par toute la salle : les journalistes, stylo à plume suspendu au-dessus de la feuille, les autres, bras croisés ou sourcils haussés. Elle reprit sa position initiale, face aux juges, et M. O'Neill conclut son intervention.

— Mary, chuchota Alfred du siège juste derrière elle.

L'avocat adressa un regard oblique à Mary, lui intimant de ne pas se tourner vers lui.

— Tu es élégante.

M. O'Neill pivota brusquement et adressa un regard sévère à Alfred, pendant que l'un des avocats des autorités sanitaires expliquait pourquoi Mary devait rester en quarantaine.

Elle laissa tomber la main sur le côté de sa chaise pour lui adresser un petit signe. Avec un peu d'attention, il s'en apercevrait. Les mouches rentrèrent par la fenêtre, et cette fois se mirent à voler dans la pièce. Deux autres suivirent. Sous la fenêtre, une voix d'enfant hurla les titres des journaux qu'il vendait. On entendit quelqu'un courir dans la rue, un chariot poussé dans le couloir, de l'autre côté des portes de la salle d'audience.

— Comment vas-tu ? chuchota-t-elle par-dessus son épaule.

À côté d'elle, l'avocat posa son crayon et écarta son calepin.

— Oh, je ne sais pas, lui répondit-il à voix basse.

— Tu as l'air en forme.

— Je vais mieux, Mary. Beaucoup mieux. Qu'avant.

— Bien. C'est bien.

Ils se fixèrent l'un l'autre. Mary, contorsionnée sur son siège, Alfred, penché en avant, en appui sur ses coudes. Elle sentit monter en elle une bouffée de chaleur et d'impatience, et se demanda ce qui se passerait si elle se levait et sortait de la salle au bras d'Alfred. Elle remarqua qu'il n'avait pas l'air de souffrir de la canicule comme les autres dans l'assistance : la main qu'il posa sur la sienne était fraîche.

— Est-ce qu'il y aura une pause ? demanda-t-il, oubliant de chuchoter.

— Mary, s'il vous plaît, protesta M. O'Neill.

De l'autre côté de l'allée, le Dr Soper toussa, et lorsqu'elle jeta un coup d'œil dans sa direction, il lui retourna son regard, comme pour la défier de faire exactement ce qu'elle était tentée de faire. Ses cheveux étaient peignés en arrière et il était l'un des rares à porter encore sa veste.

— Je ne sais pas, lui répondit-elle. Je ne sais vraiment pas.

— Bon, on se verra après alors, n'est-ce pas ?

Le juge Erlinger interrompit l'homme des services sanitaires.

— Mademoiselle Mallon, avez-vous besoin de sortir ?

M. O'Neill lui lança un regard qui signifiait que c'était le dernier avertissement. Si vous quittez cette salle, disait-il, vous ne me reverrez plus jamais. Elle sentit l'espoir d'Alfred flotter derrière elle, envelopper ses épaules et l'attirer vers la porte. Ils enverraient des gardes pour l'accompagner, c'était certain. Sans adresser un regard ni aux juges ni à Soper, Mary fit volte-face :

— Non, monsieur le juge. C'est un vieil ami.

Un gloussement se fit entendre dans la salle et elle posa la main sur son œil gauche.

— Continuez, ordonna le magistrat à l'avocat qui avait la parole.

À l'autre bout de la salle, au tout dernier rang, un journaliste de l'*Examiner* nota que la Porteuse de Germes semblait bouleversée. Pleurait-elle ? Se grattait-elle comme un chat ? Il se pencha en avant sur son siège, à la recherche du meilleur angle de vue. Les pleurs parleraient aux lecteurs. La situation n'en requérait-elle pas ? Il l'observa qui portait ses doigts à son œil, puis les reposait sur la table, et grimaça de dégoût. Il ouvrit son calepin, écrivit : *Porteuse de Germes en larmes pendant les débats, peu préoccupée de l'écoulement de ses fluides corporels, même devant cour de justice.*

7

Après que la date de l'audience eut été fixée, M. O'Neill était repassé une fois encore à North Brother. Ils avaient évoqué leur stratégie et il lui avait demandé de jurer devant les juges qu'elle ne solliciterait plus jamais un emploi de cuisinière. Sa meilleure carte à jouer, selon lui. Ils pensaient qu'elle était contaminée et que la typhoïde se transmettait de ses mains à la nourriture qu'elle servait. Le fait qu'elle n'ait jamais été malade un seul jour de sa vie était sans intérêt.

— Comment ça, sans intérêt ?

Le dernier ferry pour la ville partait dans peu de temps et elle voulait clarifier sa position avec M. O'Neill, avant de prendre congé.

— Comment pourrais-je propager une maladie que je n'ai jamais eue de ma vie ?

— Je veux simplement dire que cela n'a pas d'intérêt pour *eux*. Mais cela en a tout à fait pour nous. Il s'agit d'une nouvelle théorie sur la maladie, Mary. Le Dr Soper...

— Ne me parlez pas de lui ! Et d'abord quel genre de docteur est-il donc ? Ça fait deux ans que je pose la question et personne n'y a répondu clairement.

— Il est ingénieur sanitaire. Il...

— Hein ?

— Une partie de son travail consiste à remonter jusqu'à la source des maladies. Les ordures, par exemple. Il a beaucoup travaillé pour les services d'hygiène publique. Il conseille la direction du métro depuis l'ouverture de ce dernier. Vous vous rappelez quand tout le monde s'inquiétait de respirer de microscopiques copeaux d'acier ? Ils ont fait appel à lui. Il était déjà en train de se faire un nom par lui-même, mais c'est en remontant jusqu'à vous qu'il s'est construit sa réputation.

— C'est à ça que je sers, n'est-ce pas ? À lui permettre de se faire un nom.

— Mary, soupira M. O'Neill, les choses pourraient être pires. Vous disposez d'une maisonnette à vous. Vous êtes libre de vous déplacer sur l'île à votre guise.

— Une île pas plus grande qu'un parc. Où tous ceux que je rencontre me fuient.

— Cela pourrait être pire.

— Oui, c'est vrai, monsieur O'Neill. Vous avez tout à fait raison. Je pourrais être morte.

Parmi les nombreux témoins cités à comparaître le matin de l'audience, certains la surprirent. La plupart étaient des gens travaillant pour les services sanitaires ou dans des labos disséminés à travers la ville. Ils se neutralisaient dans leurs visions opposées de son cas. La moitié estimait que, dans la mesure où elle était en bonne santé et n'avait jamais montré aucun symptôme de la maladie qu'elle était accusée d'avoir transmise, la ville n'avait aucun droit de la retenir prisonnière. Avec la même conviction, l'autre moitié estimait que c'était précisément parce qu'elle ne montrait aucun symptôme de ladite maladie qu'elle devait être maintenue à vie en quarantaine.

— Pensez aux innocents ! en appelait un docteur répondant au nom de Stamp qu'elle n'avait jamais vu auparavant. Personne ne songera à l'éviter dans la rue, personne n'hésitera à l'inviter chez soi. Au vu de sa bonne santé et de son expérience, comment ne pas l'engager comme cuisinière ? La fillette des Bowen n'avait que neuf ans lorsqu'elle est morte de la fièvre typhoïde !

Mary avait espéré que la mort d'Elizabeth Bowen était une invention supplémentaire du Dr Soper destinée à aggraver sa situation : elle avait semblé trop bien servir leur cause ! Mais M. O'Neill lui avait confirmé que c'était vrai et elle estima qu'il n'avait aucune raison de mentir. Et voilà qu'un médecin inconnu confirmait à son tour cette accusation. Elle se souvint de la petite fille paisible qui lisait des livres et écoutait sa gouvernante et préférait sa chambre et le salon à l'air frais de l'extérieur. Parfois, elle venait voir en bas ce que Mary était en train de préparer à la cuisine, et plus d'une fois la cuisinière l'avait laissée tremper un doigt dans la sauce ou manger un peu de compote de pommes à la petite cuillère. Un jour, Elizabeth lui avait demandé pourquoi elle n'était pas mariée, et lorsqu'elle lui avait répondu que c'était parce qu'elle n'en avait pas envie, la petite fille lui avait déclaré qu'elle l'aurait épousée dans la minute, si elle avait été un garçon. Puis elle avait ajouté :

« C'est vraiment parce que tu n'en avais pas envie, ou bien parce que personne ne te l'a proposé ?

— Vilaine, va ! Ça te plairait de ramasser les chaussettes de quelqu'un d'autre toute la journée ? Ne vaut-il pas mieux gagner de l'argent ?

— Oui, avait approuvé la petite fille, complètement convaincue.

— Et n'oublie pas que si j'étais mariée, je ne
serais probablement pas ici à te préparer ton dîner. »

Le premier signe de sa maladie apparut lorsqu'elle
entra dans la cuisine en se plaignant d'être fatiguée.
Après l'avoir dévisagée, Mary pensa au petit Tobias
Kirkenbauer.

Le jour de la capture de Mary, Elizabeth était à
l'étage en train de dormir, surveillée par sa gouvernante. Oui, elle avait de la fièvre, Mary s'en souvenait bien. Elle avait voulu leur dire comment s'y
prendre pour l'aider, à quelles heures lui donner un
bain, quels étaient les vêtements de coton les plus
doux au contact de sa peau. Elle lui avait fait parvenir
un bol de bouillon de bœuf pour la remonter, mais
ils n'avaient pas voulu l'écouter et avaient renvoyé
le bouillon en cuisine par l'intermédiaire de Frank.
Elle avait voulu voir la petite, mais après la visite
du docteur ils avaient fermé la porte à tout le personnel, à l'exception de la gouvernante, et quand cette
dernière était tombée malade, le docteur s'était
occupé d'elle également.

L'un des journalistes avait fait parler Bette. Celle-
ci lui avait confié que M. et Mme Bowen aimaient
lancer des invitations à dîner plus que tout au monde,
mais que maintenant ils craignaient que personne ne
veuille plus jamais venir chez eux. D'après Bette,
Mme Bowen s'était promis de, dorénavant, ne plus
engager que des domestiques suédois ou allemands,
car ils étaient plus propres que les autres races. Quand
le reporter lui avait demandé ce qu'elle pensait de
l'opinion de Mme Bowen concernant les Allemands et
les Suédois, Bette avait répondu que c'était probablement vrai. Elle avait été renvoyée dans l'heure qui

avait suivi l'arrivée du journal sur le bureau de M. Bowen.

Puisque les Bowen ne souhaitaient pas s'exprimer, ne voulaient même pas admettre devant un tribunal qu'ils avaient accueilli une femme pareille chez eux, qu'ils avaient mangé de son infâme nourriture et étaient tombés malades à cause d'elle, le Dr Soper interrogea leurs amis et voisins, et une fois que les journalistes eurent vent de ses agissements, l'un d'eux l'imita. On put lire dans l'*Evening Sun* que, comme la Porteuse de Germes se donnait de grands airs et que Mme Bowen ne supportait pas son attitude, la première avait délibérément contaminé la seconde. Des articles prétendirent que Mary, rétive à certains usages en pratique dans les honorables foyers chrétiens, les défiait en rencontrant de curieux hommes au coin des rues.

M. O'Neill tenait à démonter les principales rumeurs qui avaient circulé dans les journaux de 1907, car ce seraient ces détails dont les juges se souviendraient.

— Comment pourrais-je résister au catholicisme, alors que c'est ma religion ? Expliquez-moi, s'il vous plaît. Et l'homme que j'ai une fois rencontré au coin de la rue était peut-être un inconnu pour eux, mais pas pour moi.

Elle partagea avec lui une observation qui lui était venue il y avait fort longtemps, à savoir que toutes les grandes maisons de New York sont les mêmes. Elles sont tenues par des femmes qui auraient dû être des hommes, des prêtres ; des femmes qui se rendent à l'agence de placement en gants blancs pour faire leur choix, comme dans un bordel, discutant des termes de la transaction avec la patronne, sans que les prostituées aient leur mot à dire. Puis, l'accord conclu, au lieu de conduire la cuisinière à la cuisine, et la blanchisseuse à la buanderie, ces dames délivrent un sermon sur ce que signifie « entrer dans un foyer chrétien ».

— La première chose qu'elles me demandent, c'est si je vais à l'église. On pourrait penser que ça a un rapport avec la cuisine, mais non, elles veulent savoir si je fréquente l'église le dimanche. Vous pensez que la meilleure réponse est « oui » ? Eh bien, non ! L'expérience m'a appris que la meilleure réponse est « non » ! C'est l'occasion pour la maîtresse de maison d'initier la nouvelle recrue à la bienveillance de Notre Seigneur. Elles déclarent toutes qu'elles sont en quête d'une bonne cuisinière, mais ce qu'elles recherchent encore plus, c'est une bonne âme à convertir !

— Je ne vois pas le rapport. Nous étions en train de parler des rumeurs auxquelles il faudrait s'attaquer l'une après l'autre, quand nous serons face aux juges.

— Quel est le rapport ? Mais le lien est évident ! Vous ne le voyez pas ? Elles...

— Oui ?

Mary songea à lui reparler du chapeau, mais se rappela qu'elle avait depuis longtemps renoncé à lui démontrer qu'elle voyait juste.

— Écoutez, si vous ne voyez pas, vous ne voyez pas ! Je n'étais pas pour elles une bonne âme à convertir. Je refusais d'en être une. J'étais là pour cuisiner du mieux que je pouvais – et je m'y connais en la matière, croyez-moi –, mais à trente-sept ans, j'avais dépassé le stade d'être une bonne âme à convertir !

Elle avait fait profil bas dans ses emplois antérieurs, mais avec Mme Bowen elle s'était rebiffée. La première fois que cette dernière avait mentionné « Notre Seigneur », elle avait éclaté de rire.

« Cela fait des années qu'on ne l'a pas vu en ville !

— Oh, Mary ! » s'était offusquée la patronne.

Il y avait eu aussi l'embrouille au sujet de la « coopérative de cuisinières », quelques jours seulement après l'incident du chapeau. Mme Bowen était venue trouver Mary pour lui annoncer qu'avec quelques autres dames elles avaient décidé de faire une tentative pour regrouper leurs cuisinières. Ensemble, elles apprendraient de nouvelles recettes françaises et d'autres plus exotiques, que ces dames détermineraient.

« L'idée est d'être ensemble, avait précisé Mme Bowen, et d'apprendre les unes des autres, et cela vous aiderait, non, d'avoir des cuisinières à vos côtés plutôt que d'être seule ? »

Mary s'était rendue à la salle paroissiale de la 64ᵉ Rue pour rencontrer ses collègues... qui n'étaient que deux. Leur conversation résonna dans l'imposante pièce tapissée de boiseries, qu'elles avaient pour elles toutes seules, et mit en mouvement les innombrables gouttelettes de verre qui pendaient du lustre. L'arrière de la salle abritait une cuisine dernier cri, inutilisée la majeure partie de la semaine, sauf les samedis, où l'église organisait des soirées pour ses paroissiens. Elle disposait d'éviers en céramique à double cuve, d'une glacière en zinc et d'un vaste espace de travail. Les trois cuisinières étaient chargées de préparer un repas pour six familles. Pour commencer, il était prévu d'appliquer ce système les lundis et les mardis seulement. L'une des cuisinières, Clare, semblait en savoir plus ; elle informa Mary que lorsqu'elles auraient terminé, cette dernière était censée livrer un repas chez les Compton, de la 61e Rue, sur le chemin du retour. Clare ayant plus d'expérience en cuisine française, les deux autres suivraient ses instructions.

— Donc, je cuisine maintenant pour les Bowen et les Compton ?

— Je ne crois pas qu'il faut voir les choses comme ça, nuança Ida, la troisième cuisinière. Ce qu'on attend de nous, c'est qu'on prépare assez à manger pour six familles. Et pas que toi tu travailles pour ces deux-là, toi pour ces deux-là et ainsi de suite. Tu vois ?

— Et où sont les cuisinières des autres familles ? demanda Mary, qui ne voyait pas.

D'habitude, elle se considérait comme la plus futée dans n'importe quel groupe, mais l'état alarmant de la petite Bowen la perturbait. À de nombreuses reprises, elle avait tenté de forcer la porte de la chambre de l'enfant, mais à chaque fois on l'en avait empêchée. Personne n'avait encore prononcé le mot *typhoïde*.

— On les a décommandées, expliqua Clare. On leur a dit de ne se présenter qu'à partir de mercredi.

— Donc, raisonna Mary comme si elle s'éveillait d'un rêve, nous faisons la cuisine ici et livrons la nourriture à l'ensemble des familles. De cette façon, six familles sont nourries pour le prix de trois cuisinières au lieu de six.

Elles se regardèrent toutes les trois.

— L'idée, c'est de faire des économies, c'est ça ? poursuivit-elle.

Cela ne lui semblait pas être l'objectif, même si elle ne voyait pas d'autre explication.

— Il se passe un truc pareil dans le West Side, précisa Ida. J'ai une amie là-bas. Son employeur appelle ça une « coopérative de cuisinières ». Ça leur coûte moins cher, et elle dit qu'au bout d'un certain temps on ne travaille plus pour une famille en particulier. On nous demande de quitter nos chambres. Il faut que nous nous en trouvions une nous-mêmes et que nous nous rendions sur notre lieu de travail, comme n'importe quelle cuisinière ou n'importe quel employé embauchés à la journée.

— Eh bien, cela ne nous convient pas ! déclara Mary à ses deux collègues.

Et ce soir-là, pour la première et dernière fois de sa vie, elle gâcha intentionnellement de bons aliments et convainquit les autres de l'imiter. Elles firent trop cuire les filets ; bouillir les asperges jusqu'à les transformer en purée infâme ; et au lieu de saler les pommes de terre elles salèrent les tourtes aux fruits.

— J'espère que vous ne serez pas déçus, déclara Mary à M. et Mme Bowen en les servant plus tard dans la soirée. Je n'ai pas l'habitude de transporter mes plats. Le mieux, c'est quand même de passer directement du four à l'assiette.

— N'auriez-vous pas pu choisir un plat, Mary, qui supporte le transport ? demanda M. Bowen en tâtant la viande des dents de sa fourchette.

— Bien sûr, approuva Mary en inclinant la tête. Nous pourrions nous limiter à quelques recettes avec lesquelles nous sommes sûrs qu'il n'y aura pas de problème.

— « Nous limiter » ? reprit Mme Bowen.

Et de repousser son assiette.

Une fois la maladie d'Elizabeth déclarée, et quand ils prirent conscience qu'il s'agissait de la typhoïde, il ne fut plus question de cuisiner dans la salle paroissiale, ni de cuisiner tout court d'ailleurs. Mary préparait du pain et une soupe claire pouvant se conserver, et passait le plus gros de son temps à monter l'escalier chargée de glace, et à le redescendre, une fois le seau vidé : c'étaient les seules activités utiles auxquelles elle était cantonnée. On stockait le bloc dans l'évier de la cuisine et elle confiait à Frank la tâche de l'entamer à coups de couteau de boucher : les petits morceaux étaient destinés à être sucés, les plus gros à être utilisés comme glaçons dans les baignoires des étages réservées à la famille pour ses bains, et dans l'unique baignoire des serviteurs au rez-de-chaussée. Avec la pénurie de glace en 1907, celle-ci était très chère, et Mary commandait les blocs à crédit, dans l'espoir qu'on ne lui demanderait pas de les régler avant la guérison de la petite.

Au cours de leur premier entretien, M. O'Neill lui avait demandé pourquoi la mort ne l'avait pas touchée, et comment elle avait pu ne pas remarquer qu'elle la suivait partout où elle allait. Mary ne savait pas par où commencer. Après tant de mois à North Brother, tant d'années depuis qu'elle avait posé le pied à Dobbs Ferry, elle sentait encore les boucles soyeuses de Tobias Kirkenbauer, lorsque sa main les caressait, elle se remémorait sa façon de s'installer sur sa hanche, le bras enroulé autour de son cou, comme si, aussi longtemps qu'il serait dans ses bras, il n'aurait rien à craindre au monde. Comment pouvait-on penser qu'elle n'avait rien remarqué et qu'elle n'avait pas été touchée ! Personne dans n'importe quel tribunal, personne dans n'importe quelle pièce ne connaît le désespoir qui s'empare de celui ou celle qui, dans la pénombre, plisse les yeux pour découvrir un bébé aux joues enflammées, les mains brûlantes, le regard vide. Son ventre se tordit, début de prière. En 1899, quand le petit Tobias Kirkenbauer refusait de s'alimenter, qui pressait le jus crémeux d'avoine bouillie et l'introduisait dans sa bouche à la cuillère ? C'était moi, se rappela Mary. Et si elle n'avait pas été là, il n'aurait pas tenu aussi longtemps ! Mais ils ne savaient rien de cette époque, car 1899 n'apparaissait pas dans leurs archives.

Et maintenant, s'il était vraiment exact qu'Elizabeth Bowen était morte, bien sûr que cela la touchait ! Bien sûr. Ce n'était qu'une enfant et elle ne méritait aucun mal.

8

Quand Mary était petite, sa grand-mère lui avait dit que, tant que les pots de chambre seraient propres et son tablier impeccable, aucune patronne ne lui chercherait noise. C'était sur le feu alimenté par des blocs de tourbe de son aïeule qu'elle avait appris à confectionner des galettes et du pain noir, à fumer du bacon pour la première fois, à bouillir du bœuf, à préparer du saumon avec de la crème et du beurre, de l'anguille et de la truite. C'était sa mamie qui lui avait appris à disposer pommes de terre et navets autour de la viande, et c'était encore elle qui avait économisé le prix de son billet aller vers l'Amérique quand Mary avait eu quatorze ans. Là-bas existaient des aliments qu'elle n'avait jamais vus, mais les règles restaient les mêmes : bien cuire, choisir ce qui est bon, ne pas craindre les mélanges. La sœur de sa mamie, Kate Brown, hébergerait Mary et l'aiderait à trouver un travail à New York. *Envoie-la-moi*, avait-elle écrit en réponse à la lettre de sa sœur, *je serai ravie de l'accueillir*.

Lorsqu'elle débarqua à Castle Garden, en 1883, sa première impression de l'Amérique fut que ce n'était pas un endroit accueillant. Peu de temps après avoir repris son calme, son sac fermement agrippé, elle avait été poussée d'une file sinistre à une autre, comme une brebis galeuse dans un troupeau. Son bateau n'avait pas été le seul à accoster ce jour-là et elle attendit, en observant le kaléidoscope toujours changeant des couleurs : tabliers verts, foulards jaunes, glands rouges traînant par terre, rubans à pois passés à la ceinture pour tenir le pantalon. Les Américains étaient ceux au visage large et au chapeau melon enfoncé sur le crâne. Au lieu de l'accueil chaleureux auquel elle s'attendait, un homme horrible lui jeta une carte à la figure, et un autre, plus abominable encore, comprima sa tête dans son énorme main et lui commanda de ne pas bouger pendant qu'il soulevait sa paupière gauche, puis la droite, avec un crochet à boutons.

— Trachome. Très contagieux.

Mary ne comprit pas le premier mot et entendit à peine les suivants, tant elle était terrorisée. Quand il eut fini et annonça que ses yeux étaient propres, elle remarqua que l'homme essuyait l'instrument sur une serviette étendue sur un fil, avant de passer à la victime suivante.

Paddy Brown, le mari de tante Kate, se porta à sa rencontre, une fois qu'elle en eut fini avec toutes ces files d'attente et qu'elle eut obtenu tous les tampons.

— Mary Mallon ? demanda-t-il, lorsqu'elle s'approcha du seul homme correspondant à la description dont elle disposait dans la zone d'attente. Suis-moi.

Elle le suivit sur une volée de marches débouchant sur l'extérieur ensoleillé. Ils franchirent les portes de ce qui ressemblait à des murailles de forteresse, puis elle se retrouva dehors, dans les rues de New York. Ils montèrent à bord d'un tramway tiré par une paire de chevaux tristes. Arrivés au bout de la ligne, ils continuèrent à pied. La jeune Irlandaise s'efforçait de ne pas perdre de vue le vieil homme aux épaules voûtées et à la tête de blaireau, qui n'arrêtait pas de disparaître dans la foule.

— Où sommes-nous ? s'enquit-elle en espérant que la conversation ralentirait son allure. Où c'est, ici ?

De son doigt calleux, il désigna vaguement une plaque qui indiquait *37ᵉ Rue*. Enfin, après que l'affluence eut diminué, au niveau de la Dixième Avenue, il ralentit le rythme.

— Attends ici une minute, dit-il avant de se faufiler dans une boutique dont l'enseigne comportait une tige de blé.

— C'est encore loin ?

— Juste deux portes plus bas.

Elle posa son sac sur le trottoir et tenta de se faire une idée de ce qui l'attendait, mais « deux portes plus bas » ne différait pas de celles devant lesquelles ils étaient passés depuis quelques rues : aussi sombres et banales les unes que les autres. Des escaliers rouillés étaient accolés aux façades et de leurs rampes pendaient des draps et des couvertures. Alors qu'au pays prédominaient les verts et les bleus en été, et les oranges et les rouges en hiver, New York était de la même couleur, peu importait la direction où ses yeux l'entraînaient : avenues envahies de gadoue, charrettes éclaboussées de boue, bardeaux gris, brique rouge passée, fumée de charbon planant dans l'air et gommant tous les contours. Les bâtiments étaient hauts – cinq ou six étages. Lorsque Paddy sortit de la boutique avec une miche de pain, elle montra du doigt les draps et couvertures qui pendaient au-dessus de leur tête et lui demanda pourquoi.

— Trop lourds pour le fil à linge, dit-il.

— Je vois, mentit-elle.

Car en réalité elle ne voyait pas. Impatiente de rencontrer tante Kate, elle essaya de comprendre que quelque part à l'intérieur de l'un de ces immeubles, dont la laideur s'étalait aux yeux de tous, vivait la sœur de sa mamie. Elle chercha au fond d'elle-même la nostalgie du pays.

— Comment s'est passé le voyage, au fait ? reprit Paddy en croisant son regard pour la première fois, depuis leur rencontre.

La fille de la couchette en dessous d'elle était morte après dix jours en mer. En vingt et un jours, elle avait vu sept corps glisser dans l'océan, dans leur fourreau de toile à voile cousu serré. La fille avait été jetée à la mer le même jour qu'une autre personne, un homme à en juger par sa taille ; lorsqu'elle s'était retrouvée entre le pont et l'eau, son corps s'était plié au niveau des hanches, et Mary s'était demandé s'ils avaient bien vérifié, s'ils étaient absolument, mais absolument certains. Quelqu'un dans la foule remarqua que seule la grâce de Dieu pourrait leur épargner de finir de la même façon, quelqu'un d'autre dit « Amen », et la jeune fille se demanda pourquoi Dieu accorderait cette grâce à l'un d'entre eux, plutôt qu'à ceux qui avaient déjà été balancés à la mer. Ce n'était pas la première fois qu'elle constatait que Dieu avait une approche hasardeuse des choses.

— Ça a été très dur ? insista Paddy.

— Non, ça a été grandiose, dit Mary en regardant les ordures qui jonchaient la rue et les gens hagards qui se ruaient sur les trottoirs.

La tante de Mary se montra plus accueillante. Elle commença par rabrouer sévèrement son mari pour ne pas lui avoir porté son sac. Elle avait préparé un magnifique ragoût d'agneau aux pommes de terre et aux carottes, qui refroidissait, car chaque fois que Mary était sur le point d'en avaler une bouchée tante Kate lui posait une nouvelle question sur quelqu'un resté au pays. Paddy et Kate n'avaient pas d'enfants et étaient trop âgés pour remédier à cette situation.

— Bon, alors ? fit tante Kate, lorsque Mary eut fini de lui donner des nouvelles et qu'ils eurent pris cinq minutes pour manger ce qu'il y avait dans leurs assiettes. D'abord, il faut te trouver un bon travail. Ensuite, on verra. Qu'est-ce que tu sais faire ?

— Je sais cuisiner, dit Mary.

— Cuisiner quoi ? Des patates ? Un morceau de jambon ? Qu'est-ce que tu sais faire d'autre ?

— Je veux cuisiner.

— Mary, mon petit, ils ont des fourneaux ici, en Amérique, comme tu n'en as jamais vu.

— Je peux m'entraîner sur le tien.

— Celui-là ? répliqua tante Kate, amusée. C'est de la rigolade, à peine mieux que le feu à la tourbe et au charbon ! Il y a des cuisines, dans certaines maisons ici, qui ont des fourneaux plus grands que...

Et elle écarta les bras autant qu'elle le put.

— Elles ont des cuisinières à quatre feux, deux fours.

— Je peux apprendre, non ?

— C'est vrai, ça, approuva Kate en souriant. Patience, mon cœur. C'est vraiment bon de te voir.

Après avoir donné à Mary quelques semaines pour s'installer et s'habituer au rythme des rues et au chaos des piétons, aux chevaux et au train de marchandises qui sillonne la Onzième Avenue et que rien n'arrête ; après lui avoir montré l'enchevêtrement des fils à linge dissimulés derrière les *tenements*[1] et la bassine

1. Symboles de l'époque où New York attirait les immigrés par millions, les *tenements* étaient un type d'habitat collectif offrant un confort minimal et que louaient les classes pauvres et ouvrières. Sombres, sans ventilation ni eau courante, ils posaient des problèmes d'hygiène considérables.

pour se laver ; après lui avoir laissé le temps de s'accoutumer à son lit près de la table de la cuisine et lui avoir montré comment mettre du charbon dans le poêle et en vider les cendres ; après l'avoir conduite chez tous ses voisins, qui voulaient connaître son histoire ; et après lui avoir déclaré que personne ne la comprenait, excepté d'autres Irlandais, et lui avoir appris à prononcer, à s'exprimer lentement, à parler plus comme un Américain, Kate annonça que l'heure était venue de se rendre à l'agence pour voir quel genre de travail Mary pouvait se dénicher. Elle venait d'avoir quinze ans. Kate lui expliqua ce qu'elle devait dire et la fit s'exercer à la table de la cuisine, une fois Paddy couché. Elle asseyait Mary en face d'elle, les mains jointes, puis lui posait des questions sur ses emplois passés dans le New Jersey et le Connecticut. La jeune fille devait démontrer quelle cuisinière accomplie elle était, pour avoir déjà travaillé dans des familles en Irlande avant son départ.

— Tu as vingt ans. Même jour de naissance. Tu te donnes juste cinq ans de plus, c'est tout.

— Mais qu'est-ce que je dis s'ils me demandent où j'ai travaillé ? Et s'ils me demandent de décrire le New Jersey ou le Connecticut ?

— Ils ne le feront pas. Mais si ça arrivait, fonce, décris ce que tu imagines. Aie confiance en toi ! Ils n'y sont probablement jamais allés eux-mêmes.

Mary essaya de parler lentement et de paraître plus que son âge, mais la dame de l'agence lui fit savoir d'un ton ferme qu'ils l'avaient placée comme blanchisseuse.

— Vous êtes travailleuse ?

— Oui.

— Présentez-vous avec des vêtements propres. Impeccables. Et restez propre sur vous en permanence. Soyez respectueuse envers la famille et ses invités, et pour l'amour de Dieu, ne vous adressez pas à eux s'ils ne vous parlent pas. Si un membre de la famille entre dans une pièce où vous vous trouvez, sortez-en aussi vite. Vous n'avez aucune opinion politique, et d'ailleurs la politique ne vous intéresse absolument pas. Vous ne lisez pas les journaux. Vous avez bien compris, mademoiselle Mallon ?

— Oui.

La femme lui tendit un dépliant qui reprenait tout ce qu'elle venait de lui dire.

— Quelle est votre religion, au fait ? Catholique, j'imagine.

— Catholique.

— La famille le suppose probablement ou le supposera lorsqu'elle vous rencontrera, mais ce n'est pas à vous de le mentionner.

Mary ne savait pas en quoi consistait le métier de blanchisseuse et espérait qu'elle pourrait un jour faire ses preuves en tant que cuisinière, mais elle découvrit lors de ce premier poste que les deux n'avaient rien à voir et qu'une blanchisseuse ne devient pas plus cuisinière qu'une cuisinière une dame. Au pays, on lavait ses vêtements dans la rivière, puis on les étendait sur des rochers pour les faire sécher. Tante Kate lavait son linge dans un baquet, l'essorait énergiquement, puis le suspendait sur des cordes à linge tendues entre les toits des toilettes extérieures et le dos du mur de l'immeuble voisin. La veille de son engagement, tante Kate montra à Mary le petit cube pesant une once de Reckitt's Blue qu'elle conservait dans le garde-manger et lui expliqua qu'il fallait l'utiliser lors du dernier rinçage, pour retirer toute trace de jauni. Les tissus fins demandaient des soins plus attentifs, et elle avertit Mary que si elle avait affaire à un col en dentelle ou à des boutons en tissu, il fallait passer dessus une éponge et non les plonger dans le baquet avec le reste.

La famille s'appelait Cameron, et Mary dormirait sur un lit dans une pièce attenante à la cuisine. Elle prendrait ses repas avec le reste du personnel. Le gîte et le couvert seraient déduits de son salaire. La dame de l'agence avait évoqué les déductions si rapidement que Mary n'avait pas eu le temps de calculer, avant son retour chez Kate. Ensemble, elles prirent conscience qu'il ne lui resterait pratiquement rien.

— Mais c'est une bonne expérience, assura tante Kate. Et l'expérience, ça compte !

Comme l'avait annoncé la femme de l'agence, Nathaniel, le valet de pied chargé d'accueillir Mary et de lui faire faire le tour des lieux, lui précisa qu'elle serait tenue d'assister à la prière du soir. La maîtresse de maison ne prenait pas sa foi à la légère et exigeait de son personnel qu'il approche Notre Seigneur avec le même sérieux qu'elle.

— Et si quelqu'un refuse ?

— Essayez donc ! la mit-il au défi.

Les Cameron disposaient de domestiques pour la cuisine, pour le ménage, pour la lessive, pour surveiller les enfants et leur faire cours, pour s'occuper des pelouses et des pots de fleurs. Quand Mary avait un moment de libre, elle était censée aider Martha, qui passait un chiffon huilé sur les meubles et sur les marches qu'elle descendait et montait sans cesse, recommençant son travail là où elle l'avait laissé la veille, afin d'empêcher le moindre grain de poussière de toucher le sol. Son visage exprimait le combat dans lequel elle était engagée sans répit, y compris pendant son déjeuner à la petite table de la cuisine en compagnie des autres domestiques, où elle regardait au-dessus de leurs crânes, jetait un coup d'œil dans les recoins, balançait la tête d'un côté puis de l'autre pour apercevoir sous un angle différent ce qui s'y cachait. Mary n'avait jamais vu d'endroit aussi propre. Les journaux que M. Cameron laissait ouverts sur la table du salon parlaient de la mauvaise aération et de la congestion des villes, des odeurs toxiques émanant des eaux stagnantes et du crottin de cheval, mais rien à craindre de ce côté-là chez les Cameron. Pas comme dans le logement de tante Kate, ou dans ceux où Mary s'était rendue, où le seul endroit pour déposer les ordures était l'angle de la rue – et encore fallait-il attendre que la voirie veuille bien passer avec ses charrettes pour les ramasser – ; où l'on pouvait suivre à la trace boue, cendres et excréments en provenance de la rue, de l'entrée de l'immeuble jusqu'aux pièces elles-mêmes, en passant par les escaliers et les couloirs. Mary se mit, elle aussi, à se considérer en guerre, comme tous les autres. Son front à elle, c'étaient les cols de chemise et de chemisier, et les ourlets de pantalon et de jupe. À en croire les journaux, la source de toutes les maladies dont souffraient les New-Yorkais se trouvait dans les tas d'ordures du Lower East Side. Après avoir entendu le mot « miasme », Mary en demanda la signification à tante Kate, lors de son premier jour de congé. Dès lors, elle imagina que les rues de la ville étaient minées par des nuages toxiques, ces fameux « miasmes » qui s'échappaient des saletés abandonnées à la putréfaction sur les trottoirs. Elle essayait de ne pas les respirer lorsqu'elle allait prendre le tramway, ou quand elle en redescendait, ou encore lors des nombreuses fois où le véhicule de la voirie oubliait le pâté de maisons de tante Kate. Elle se sentait mieux protégée chez les Cameron où, six jours par semaine, du matin au soir, ses collègues et elle menaient une campagne coordonnée contre la saleté et le désordre et où les cochers de la voirie ne claquaient pas la langue pour indiquer aux chevaux de ne pas s'arrêter devant la porte.

Chaque membre du personnel avait droit à un jour de repos hebdomadaire pour rentrer chez lui, mais peut-être ne prenait-il pas autant de précautions après avoir rejoint son propre territoire. Un lundi matin, la cuisinière de longue date des Cameron retourna au travail avec un cou gonflé comme celui d'un taureau, mais elle n'en prétendit pas moins qu'elle allait bien. Elle fit tinter casseroles et marmites et commença le rituel de l'eau, le menton tourné vers le ciel en quête d'air. Mary et les autres la cachèrent comme elles purent, mais Mme Cameron aimait bien descendre, de temps en temps, à la cuisine pour discuter du repas du soir, et elle avait précisément choisi ce lundi-là pour dire à la cuisinière que la famille en avait assez du rôti de bœuf et des côtelettes. Ne pourrait-elle pas pour une fois servir une truite ou un flet ?

— Oh, s'exclama la maîtresse de maison en voyant le cou de la cuisinière et en reculant dans le couloir.

Et de poser la main sur sa propre gorge.

— Vous êtes malade !

La domestique étant incapable d'articuler, ce fut sa fille de cuisine – qui rinçait et épluchait les légumes comme s'ils étaient des criminels et son couteau une arme – qui parla à sa place :

— Elle vient de me dire qu'ils ont de l'eau stagnante dans le conduit d'air, là où elle habite, et samedi, quand on s'est séparées, elle s'attendait à ce que l'eau pue. Ce matin, elle m'a dit que oui, ça sentait très fort, et que personne dans l'immeuble ne peut laisser ouverte la fenêtre du conduit d'air à cause de la puanteur. La pestilence va continuer tant qu'il ne fera pas sec. Donc, elle pense qu'elle l'a respirée malgré les fenêtres fermées.

Ce même matin, en provenance de la Dixième Avenue, Mary avait dû retenir sa respiration quand le tram était passé à proximité d'une écurie où, le dimanche soir, les hommes qui la nettoyaient jetaient dehors le crottin et la paille souillée. À côté se trouvait la boulangerie Weiss, et avant l'aube, le lundi, les Weiss déversaient dans la rue tout le lait invendu de la semaine. Ils le jetaient sur le crottin de l'écurie voisine. Quand le soleil se levait, le lait tournait et infectait l'air. Souvent, ils se débarrassaient aussi d'œufs pourris, de carcasses de poulet, de cageots, de boîtes, de papier, d'emballages et de poubelles archi-pleines. Les œufs, particulièrement, dérangeaient Mary, et chaque lundi elle se demandait pourquoi on ne les avait pas utilisés pour confectionner un gâteau, ou donnés à des gens dans le besoin. Ce gâchis l'avait décidée à ne jamais rien acheter chez eux.

— Pourquoi ne peut-elle pas s'exprimer elle-même ?

— Oh, elle peut ! se récria avec déférence la fille de cuisine.

Mais la cuisinière s'assit sur un tabouret et se prit la tête entre les mains.

— Vous êtes congédiée, déclara Mme Cameron, en reculant d'un pas supplémentaire. Rentrez chez vous, je vous prie, et soignez-vous. Prenez contact avec l'agence quand vous irez mieux.

Alors que son assistante allait chercher son châle pour le lui mettre sur les épaules, la malade resta immobile.

— Vous avez de l'argent ? demanda la fille avant de lancer un regard circulaire. On pourrait peut-être se cotiser pour lui payer le trajet ?

Outre Mary, deux autres domestiques étaient présents. L'Irlandaise plongea la main dans son tablier et referma le poing sur la pièce de dix cents et les cinq pièces de un cent qui s'y trouvaient. M. Cameron lui laissait toujours un pourboire lorsqu'elle amidonnait ses chemises, et le jeu consistait à mettre la main dessus. Parfois il le glissait dans l'une de ses chaussures, dissimulé dans un mouchoir entortillé fermé par une ficelle. Parfois dans une poche de chemise. Parfois il surgissait dans son dos à l'improviste et l'introduisait dans sa poche de tablier. La jeune Irlandaise sursautait en le découvrant derrière elle, tout sourire. Cette pratique, elle l'avait bien compris, ne devait pas s'ébruiter.

Chacun mit de la monnaie sur la table. Les doigts agiles de Mary sélectionnèrent trois pièces de un cent, qu'elle ajouta à la somme.

— Bon, fit la fille de cuisine à son retour.

Il était évident qu'elle s'était promue elle-même au rang de chef cuisinière.

— Il va falloir que j'aille au marché au poisson. L'une d'entre vous va devoir...

— Désolé, interrompit Nathaniel, essoufflé par sa course dans l'escalier, la patronne dit que toi aussi tu dois partir. Et que si l'une d'entre vous se sent malade, la seule chose à faire est de s'en aller.

— Moi ? s'exclama la fille de cuisine. Mais je me sens très bien !

Le valet de pied haussa les épaules.

— Et les autres, vous avez quinze minutes pour récurer la cuisine à nouveau.

Le nettoyage terminé, M. Cameron apparut pour demander qui pourrait préparer un repas en attendant que l'agence envoie une remplaçante.

— Moi, assura Mary, en passant en revue les fruits et les légumes posés sur la table, ainsi que le fromage et le lait qu'elle avait vus dans la glacière.

Le maître fit comme s'il n'avait rien entendu.

Dans l'impossibilité de changer de poste, Martha ne pouvait pas se porter volontaire.

— Jane ? suggéra M. Cameron en se tournant vers la répétitrice des enfants.

Mais celle-ci de répondre qu'elle n'avait jamais cuisiné de sa vie.

— Moi, je suis cuisinière, insista Mary.

— Mary, alors, opina M. Cameron avec un froncement de sourcils.

Et c'est ainsi qu'elle échangea sa blouse de blanchisseuse contre le tablier de cuisinière. À la suite de ce premier repas – corégones aux poireaux et aux tomates et gâteau à la vanille en dessert – M. Cameron annonça en plaisantant qu'on allait annuler la demande auprès de l'agence d'une cuisinière remplaçante et lui substituer celle d'une blanchisseuse. Il se mit à prendre son café dans la cuisine, avant de partir au travail, puis, après qu'un matin son épouse fut venue lui demander ce qu'il y fabriquait exactement, il arrêta. Et Mary se retrouva seule. Une semaine plus tard, la nouvelle cuisinière arriva et la jeune Irlandaise fut renvoyée à sa pile de mousselines et de linge. Je vais quitter cet endroit, décida-t-elle. Je vais aller voir une autre agence et leur raconter que j'ai travaillé comme cuisinière. Et s'ils ne me croient pas, j'irai en voir une autre. Elle prit sa petite brosse et son bloc d'amidon et se mit à frotter les parties desséchées de ses mains.

9

Il y avait des moments sur North Brother, lorsque, sous l'œil attentif de John Cane, Mary étalait par exemple de la confiture sur une tranche de pain grillé et mordait dans l'un de ses coins, où elle avait l'impression que tout ce qui lui arrivait était irréel. Même après deux années, les médecins continuaient de lui parler comme à une enfant, et elle essayait de trouver de nouveaux moyens de leur rappeler qu'elle avait cuisiné pour des gens auxquels il était arrivé de dîner avec le président des États-Unis. Des gens qui, après avoir dégusté ses plats, levaient la tête de leur assiette pour la regarder de plus près, conscients qu'il ne fallait pas la juger à son allure. Sous ses vêtements simples et avec ses mains de cuisinière, derrière son accent irlandais à couper au couteau et ses airs de travailleuse éreintée, ils découvraient autre chose, un certain goût, une compréhension de ce à quoi s'attendaient ceux qui se trouvaient autour de la table : un défi pour le palais, un repas à savourer, et non uniquement à consommer.

Elle voulait que M. O'Neill sache que certains médecins avaient une obsession malsaine des gestes d'hygiène qu'elle accomplissait après être allée aux toilettes, qui dépassait largement le cadre de son cas.

— Ils me regarderaient en train de faire si je les laissais, se plaignit-elle.

Deux années plus tôt, elle aurait été incapable d'une telle confidence et aborder ce sujet lui aurait été impossible. Ils pouvaient se livrer à tous les commentaires et à toutes les insinuations qu'ils voulaient sur Alfred et le logement que lui et elle partageaient, sur les raisons pour lesquelles ils n'étaient pas mariés et sur le genre de femme qu'elle était. Mais rien ne la dérangeait autant que ce débat autour de ses habitudes sanitaires. Peu avant de rencontrer l'avocat, une des infirmières venues collecter ses échantillons avait dit pour plaisanter qu'elle l'enviait :

« Vous avez votre maisonnette à vous au bord de l'eau, vous êtes libre comme l'air, pas de facture à payer chez l'épicier, pas d'enfant qui s'accroche à vos jupes, pas de mari à supporter le soir, pas de petits frères à conduire à l'école. J'en connais plus d'une qui échangerait volontiers sa vie contre la vôtre. »

La femme avait prononcé ces paroles alors que Mary était en train de poser par terre le flacon de verre habituel contenant son échantillon, mélangé à une solution qui ressemblait à de l'eau. Elle lui en avait tendu un second pour l'urine. En général, l'Irlandaise les enveloppait dans du papier ou une serviette, séparément d'abord, ensemble ensuite, comme un paquet nécessitant d'être ficelé, et ce faisant, elle pouvait prendre un instant ses distances avec la réalité. Mais ce jour-là, à cause du commentaire de l'infirmière, elle ne les enveloppa pas et les lui jeta dans les mains avec une telle brutalité que celle-ci faillit les laisser tomber. Le contenu ballottait à l'intérieur.

« Doucement, mademoiselle !

— Ça vaut aussi pour vous », avait répliqué Mary.

Les médecins admettaient qu'une fois sur trois les analyses ne révélaient aucune trace du bacille de la typhoïde ni dans ses urines ni dans ses selles. Les résultats concernant les urines étaient d'ailleurs négatifs à cent pour cent. Lorsque M. O'Neill enquêta sur les pressions exercées sur sa cliente pour qu'elle accepte l'ablation de sa vésicule biliaire, les médecins concédèrent qu'ils ne croyaient plus à la responsabilité de cet organe. Son intestin peut-être ? Son estomac ? Ils n'avaient pas de certitude.

— Vous avez été inspirée de refuser l'intervention chirurgicale. Ç'aurait été en pure perte.

Mary s'était parfois demandé pourquoi cela faisait longtemps qu'il n'était plus question de sa vésicule biliaire. Après le commentaire de M. O'Neill, elle fut prise de l'envie d'aller à l'hôpital pour exiger des excuses. Quels animaux, tout de même ! Dire qu'ils auraient risqué sa vie pour s'amuser !

— Laissez tomber, lui conseilla-t-il. On s'occupera de tout cela en temps voulu.

En premier lieu, il était essentiel de l'humaniser lors de l'audience.

— Faire de moi un être humain ? s'étonna-t-elle, perplexe.

— En quelque sorte. Ce que je veux dire, c'est qu'il nous faut raconter votre histoire de telle façon que n'importe qui, quelle que soit sa position sociale, éprouve de la compassion envers vous. Et mieux encore, il faut les effrayer à l'idée que la même chose pourrait leur arriver.

— Comme si en agissant pour moi ils agissaient en réalité pour eux-mêmes...

— Exactement. Donc, qu'avez-vous ressenti quand on vous a annoncé que vous étiez transférée à North Brother ? Étiez-vous au courant de l'existence d'un hôpital pour tuberculeux sur l'île ?

— Ce que j'ai ressenti ?

— Avez-vous eu peur ? Aviez-vous déjà entendu parler de North Brother ? De l'endroit où ça se trouvait, par exemple ?

— Bien sûr, répondit Mary en le regardant fixement. Bien sûr que je le savais. Tout le monde sait ça à New York, non ?

L'avocat parut sur le point de dire quelque chose, mais se ravisa.

— Vous me croyez incapable de lire le journal, monsieur O'Neill ? Même les illettrés de cette ville savent situer exactement North Brother. Et puis l'information ne se trouve pas que dans les journaux. On peut discuter aussi, n'est-ce pas ? À moins que vous n'imaginiez qu'on ne parle pas des mêmes sujets que vous, nous autres ? La catastrophe du *General Slocum* n'a que cinq ans, ou je me trompe ?

Elle se refusa à lui avouer qu'elle n'avait jamais entendu parler de North Brother avant juin 1904, date de l'incendie du *General Slocum*. En revanche, après, elle avait toujours eu une pensée pour ces gens, lorsque au hasard d'une course elle s'approchait de Kleindeutschland, la petite Allemagne, dont la plupart des passagers étaient ce jour-là originaires. Plus de mille victimes brûlées ou noyées, et Mary pensa à ce nombre en se tournant vers l'East River à cet instant-là, ces hommes, ces femmes, ces enfants se débattant dans l'eau houleuse, ballottés comme des fétus de paille. Dans les semaines qui suivirent la tragédie, on raconta que le fabricant des gilets et bouées de sauvetage avait glissé dans ces accessoires vitaux des barres de fer, afin de lester le bateau ; et que le capitaine et l'équipage avaient abandonné le navire et ses passagers et embarqué sur un remorqueur de North Brother à Manhattan, sans se préoccuper de ceux qui les appelaient à l'aide. Cette nuit-là, des prisonniers du pénitencier de Rikers s'étaient jetés à l'eau pour sauver des gens, avant de regagner à la nage leur lieu de détention.

Mary se rendait souvent à l'endroit précis où les survivants avaient échoué, s'imaginant parfois avoir été à bord du navire et avoir été l'une des femmes qui avaient sauté dans l'eau et avaient réussi à rallier North Brother ; mais que, distraite – par le sifflement de sa respiration peut-être, ou la gratitude d'être encore en vie, dos tourné, yeux clos –, elle avait été abandonnée sur l'île et oubliée.

Il apparut clairement au bout d'une heure que l'audience était appelée à durer. Plus le soleil s'élevait, intensifiant les mauvaises odeurs dégagées dans la salle, plus Mary se sentait faible. Elle remarqua la sueur qui coulait sur les joues de M. O'Neill. Les yeux du juge Erlinger commençaient à se fermer. Au lieu de statuer sur son cas, un des médecins se lança dans un exposé exclusivement consacré à la saignée des chevaux, et au fait qu'il n'était désormais plus nécessaire de les vider jusqu'à ce que mort s'ensuive pour fabriquer des vaccins.

— Prenez la diphtérie par exemple ! Il y a eu plusieurs cas de réaction si forte de la part de l'animal que la mort est survenue trop vite et que les canules en verre destinées à recueillir le sang se sont brisées, quand la bête s'est effondrée.

Un murmure parcourut le groupe des autres médecins. Mary se pencha vers M. O'Neill et lui demanda pourquoi il était question de chevaux.

— Le mieux, poursuivit l'homme de l'art, est de toujours inciser au niveau de la carotide, et non de la jugulaire. Sinon, on risque d'affaiblir le cheval prématurément, ce qui aura pour résultat une collecte de sang moindre dans la majorité des cas. Mais plus important encore, le recours à un dispositif de contention doit devenir pratique courante dans les labos.

Il frappa du poing sur la chaise pour appuyer son propos.

— On peut suspendre un grand cheval mâle à l'aide de deux cordes robustes, l'une passée derrière le train avant, l'autre passée devant le train arrière. Une fois ce dispositif de contention mis en place, la canule devra être introduite dans l'artère. Grâce à cette méthode, il est possible d'obtenir près de vingt litres de sang utilisable à partir d'un seul animal...

— Mais quelle est votre position au sujet du cas Mallon ? l'interrompit l'avocat des services sanitaires.

— Concernant la typhoïde, je crois que la réponse réside dans la généralisation de la pasteurisation du lait, une eau plus saine, une meilleure éducation à l'hygiène individuelle. Voilà une maladie que la prévention peut totalement éviter.

— Doit-on, oui ou non, l'autoriser à réintégrer la société ?

— Je... hésita-t-il en regardant Mary. Je suis d'avis... qu'on ne l'y autorise pas.

Un représentant des autorités sanitaires demanda aux juges de prendre en considération les motifs précis qui avaient amené Mary à accepter un emploi chez les Bowen, pour commencer. Éprouvait-elle un ressentiment quelconque vis-à-vis de la haute bourgeoisie ? En voulait-elle particulièrement aux Bowen ? Peut-être à cause de la coopérative de cuisinières que

Mme Bowen avait tenté de mettre sur pied ? Sans attendre la réponse à ses questions, le représentant se rassit comme s'il venait de placer la dernière pièce d'un puzzle.

— J'ai travaillé chez les Bowen à cause des gages qu'ils offraient, murmura en hâte Mary à M. O'Neill, qui émit une objection.

Il était illogique, fit-il remarquer, d'accuser une femme d'être incapable de comprendre son mal à un moment, pour ensuite lui reprocher de le manier comme une arme.

— Et pourquoi donc son engagement chez les Warren a-t-il pris fin ? Pourquoi n'a-t-elle pas continué à travailler pour eux, lorsqu'ils sont retournés en ville ?

— Parce que c'était un emploi temporaire, souffla Mary à son avocat, qui lui intima de se taire.

Il lui avait posé la même question lors de leur entretien préparatoire et connaissait la réponse. Il n'avait jamais été question que le travail chez les Warren fût permanent. Leur cuisinière habituelle devait retrouver son poste à leur retour d'Oyster Bay.

Mary étudia le visage des juges et y lut le doute.

Elle était rentrée chez elle d'Oyster Bay, un vendredi de septembre 1906. Magnifique journée, d'autant plus que sa poche était gonflée de l'argent que M. Warren, reconnaissant, lui avait glissé dans la main. La petite Margaret Warren se remettrait à jouer et à supplier une autre cuisinière pour une glace, grandirait, se marierait et ferait tout ce qu'on attend d'une fille. Sa sœur, sa mère, les deux bonnes et le jardinier vivraient, eux aussi. À l'exception de M. Warren, toute la famille était rentrée à Manhattan, et quand Mary avait quitté les lieux, deux des domestiques étaient en train de boire de la soupe froide à la pastèque dans la cour intérieure. Toutes deux lui avaient donné l'accolade, la serrant contre elles pour lui redire le choc qu'elles avaient ressenti, lorsqu'elle les avait poussées, tout habillées, dans un bain glacé. Elles la bénirent, la remercièrent et lui répétèrent qu'elles savaient qu'elles lui devaient la vie.

Elle était arrivée à la gare suffisamment tôt pour prendre le train d'avant, mais comme elle avait fait part de ses plans à Alfred dans une lettre, la semaine précédente, elle ne voulait pas risquer de le rater, s'il avait décidé de venir la chercher. Elle s'assit donc sur un banc dans la brise d'Oyster Bay et regarda un train entrer en gare, puis repartir. Lorsqu'elle arriva à Grand Central[1], elle attendit à nouveau sur un banc, le sac sur les genoux, pour donner une chance à Alfred de la trouver.

Au bout d'une demi-heure, elle quitta la gare par les grandes portes qui débouchent sur la 42ᵉ Rue, et marcha en direction de chez elle. Il s'était passé quelque chose, décida-t-elle. Il n'avait pas eu le temps de la prévenir en lui envoyant un mot. Il avait probablement une très bonne raison de ne pas être venu. Comme on était vendredi, tous les escaliers d'incendie rouillés du voisinage devaient être couverts de cotonnades humides et de fins lainages, dans toutes les nuances sourdes du gris, du blanc et du marron : du calicot délicat de Patricia Wright aux carrés de mousseline jaunis que M. Hallenan utilisait pour filtrer son café. Alors que, vingt ans plus tôt, cette vue lui faisait honte, elle la réconfortait aujourd'hui, lui indiquant qu'elle se rapprochait de

1. Gare importante de New York, sur la 42ᵉ Rue.

chez elle. Quelques locataires s'étaient procuré les nouvelles cordes à linge circulaires qu'on pouvait pendre à la fenêtre, sans avoir besoin de les attacher à un autre immeuble ou à un escalier de secours.

Le logement que Mary partageait avec Alfred se trouvait au sixième étage, tout en haut de l'escalier. À la différence des étroits *tenements* du Lower East Side, le 302 de la 33ᵉ Rue était un large bâtiment de briques jaunes comprenant trente-six appartements. Une cage d'escalier centrale permettait à trois personnes de monter de front ; en partaient deux couloirs orientés au nord et au sud, desservant chacun trois appartements, soit six par étage. Le sixième était celui qui connaissait le plus fort taux de rotation et certains logements restaient parfois vides pendant des semaines. Quiconque y habitait n'avait qu'une idée : trouver quelque chose en dessous dès que possible, mais Mary s'y trouvait bien. Les pièces y semblaient plus lumineuses que celles des étages inférieurs et, face à l'évier, elle aimait la vue sur les toits en contrebas. Allongée sur leur lit, en tournant la tête, elle ne voyait que le ciel bleu.

Lorsqu'elle arriva chez elle ce vendredi de septembre, en ouvrant la porte elle fut saisie par une odeur de linge sale et de peaux de banane en train de pourrir sur la table. L'unique fenêtre était hermétiquement fermée. La lettre qu'elle avait envoyée à Alfred pour lui indiquer l'heure d'arrivée de son train était dépliée sur la table, et elle remarqua qu'il avait pris soin de l'aplatir. Peut-être avait-il trouvé du travail. Cela arrivait parfois : aucune perspective à l'horizon, et subitement on lui donnait un tuyau sur une entreprise qui cherchait un chauffeur ou avait besoin d'un homme pour charrier du charbon.

Mary retira les draps, mais, après les avoir mis à tremper, s'aperçut qu'il n'y avait plus de savon et décida de descendre à l'épicerie. Ne voulant pas entamer un des billets neufs que M. Warren lui avait donnés, elle se dirigea vers le pot de confiture rempli de pièces de monnaie destinées au compteur à gaz, qu'ils conservaient près du fourneau. Il n'y avait ni pot de confiture ni pièces de monnaie, et après sept semaines d'attente impatiente de le revoir, et d'inquiétude sur son sort, Mary se retrouvait aussi furieuse contre Alfred que lorsqu'elle l'avait quitté. Parfois – et fixer l'espace vide laissé par le pot disparu était de ces fois –, Mary avait l'impression d'être entrée dans un lieu situé au-delà de la colère, un endroit où le désarroi était tel qu'elle se demandait si tout cela n'était pas sa propre faute. Elle respira profondément et en vint aux faits : Je lui avais interdit de toucher à l'argent destiné au gaz. Ne t'en avise pas ! l'avais-je prévenu. Il m'avait regardée comme si jamais il ne songerait à faire une chose pareille. Son regard signifiait : Tu devrais avoir honte ! Je lui avais dit que je lui enverrais un mot quand je connaîtrais ma date de retour à la maison et que j'apprécierais qu'il remette un peu d'ordre dans l'appartement. Après sept semaines de travail, je n'avais pas envie de rentrer dans une porcherie. Il s'était senti insulté. Et voilà que Mary, au centre de la cuisine, contemplait le lit nu dans la pièce d'à côté, les assiettes et les tasses sales sur le buffet bas. Pourquoi ne pas s'en aller avec le sac qu'elle avait apporté d'Oyster Bay et le laisser se débrouiller avec les draps qui trempaient ? Elle sourit. Belle surprise, non ?

Mais s'il a un travail, se remémora Mary, il a peut-être eu besoin de cet argent pour être présentable. Retirant un des billets de l'épaisse liasse qui gonflait sa poche et cachant le reste dans le placard, elle descendit dans la rue chercher un pain de savon. Elle espéra qu'une fois qu'elle serait de retour, aurait lavé les draps et les aurait étendus sur les escaliers de secours Alfred serait rentré à la maison.

Arriva l'heure du repas, et toujours pas d'Alfred ! Elle descendit rendre visite à Fran.

— Et comment va Alfred ? demanda-t-elle. Content de te retrouver ?

— Oh, oui. Très, dit Mary en fuyant le regard de son amie.

Elle savait que le Robert de Fran rentrait tous les midis, chaque fois qu'il disposait d'une heure entière de pause.

Lorsqu'il fut cinq heures, elle s'enveloppa les épaules d'un châle et partit à sa recherche.

À cette heure de sortie du travail, les rues du voisinage pullulaient d'hommes : qui couraient pour attraper un tramway, ou s'appuyaient contre un mur, ou à l'entrée des immeubles. En traversant la 33e Rue, Mary remarqua que même les chevaux étaient excités. Plusieurs voitures-citernes se dirigeaient à la queue leu leu vers les écuries de la Première Avenue, et chaque cheval qui passait baissait son long cou musclé et tournait un œil tressé de veines vers elle.

Une fois la 34e Rue traversée, elle aperçut la porte bleue du Nation's Pub surmonté de son drapeau, et ses deux plantes en pots qui accueillaient les clients. Elle passa devant la large entrée sans ralentir son allure, s'autorisant juste un petit regard de côté, comme si l'endroit ne signifiait rien pour elle, pas plus que n'importe quel commerce de l'avenue. En cette fin d'après-midi estival, une brise fraîche soufflait et Mary tira les manches de son tricot sur ses mains. Ses phalanges lui faisaient l'effet de pierres rugueuses.

En repassant devant le Nation's Pub, elle regarda avec plus d'attention. La fenêtre à proximité de la porte était opaque, mais elle pensait bien l'avoir aperçu, effondré au bout du bar. Oui, cette posture, c'était bien la sienne, après tant d'heures passées assis. Elle n'avait pas d'autre intention que de passer s'assurer qu'il était là et n'avait pas d'ennuis. Maintenant qu'elle l'avait trouvé, son intention était de rentrer chez eux et de l'y attendre. Ou de faire ses bagages et de partir. Ou de faire ce qu'elle avait à faire, puis de dormir, comme si Alfred n'existait pas et qu'elle n'avait d'obligations qu'à l'égard d'elle-même.

Mais à son troisième passage la porte bleue s'ouvrit et elle vit sur le seuil celui qu'elle avait pris pour Alfred : blond, bien charpenté, un nez assez ressemblant à celui de son amant, mais c'était bien tout. La porte se referma. Il leur a parlé, supposa-t-elle. De notre relation. Possible qu'il ait dit qu'elle l'arrangeait. Possible qu'il en ait ri. Il était cruel lorsqu'il buvait, mais s'il forçait sur la dose, il redevenait gentil. Tout dépendait de la quantité, et parfois Mary espérait que, s'il devait boire, il dépasserait le stade de la cruauté et deviendrait l'Alfred qu'elle aimait et qui lui disait que sans elle il n'aurait jamais vécu aussi vieux, et combien, mon Dieu, elle était belle. Le savait-elle ? Pourquoi ne le lui disait-il pas plus souvent ? Encore un ou deux verres de plus... et Alfred le gentil devenait Alfred le désespéré, et c'était cet Alfred-là qu'elle craignait de retrouver, plus tard dans la soirée, car il n'y avait pas moyen de discuter avec celui-là, et pas de grands chevaux sur lesquels monter dans les rues de la ville pour lui échapper.

Alfred le désespéré rentrait chez lui vers trois ou quatre heures du matin et l'appelait du bas de l'escalier. Une à une, les portes s'ouvraient du premier au sixième étage. Il s'asseyait sur la toute première marche, la tête entre les mains, criait son nom sans arrêt, et lorsque tous ceux qui avaient une porte donnant sur l'escalier étaient réveillés par ses hurlements, ils se mettaient à leur tour à crier le nom de Mary.

« Où étais-tu ? » demandait-il quand, enfin, elle dévalait les six étages.

Avant, elle prenait le soin de nouer sa robe de chambre, mais elle s'en fichait dorénavant.

« Pourquoi tu ne m'as pas entendu ?

— Je n'ai pas bougé de là-haut, murmurait-elle en espérant le faire taire. Je dormais. Je ne t'ai pas entendu.

— Bon sang, Mary ! s'exclamait M. Hallenan, au premier. Où diable étiez-vous donc ? Pourquoi ne l'avez-vous pas entendu ? »

En voilà un qui, par exemple, se moquait pas mal de montrer son ventre couvert de poils gris à tout le monde ! Puis Alfred lui passait un bras autour des épaules, l'autre posé sur la rampe, et elle le hissait jusqu'au sixième. Une fois dans l'appartement, elle lui enlevait ses chaussures, ses chaussettes puantes, son pantalon et son caleçon. Parfois, il se rendait compte qu'il était nu et éclatait en sanglots : de longs et horribles sanglots glaireux qui la choquaient et la gênaient à chaque fois. Parfois, quand elle avait de la chance, il se contentait de s'effondrer sur leur lit et s'endormait. Les pires nuits, pires encore que lorsqu'ils se disputaient ou qu'elle devait le déshabiller, étaient celles où, après qu'elle l'eut traîné jusqu'en haut, il s'asseyait devant la fenêtre pendant environ une heure, fixant le calme de la rue, avant de se relever en titubant et de ressortir. Plus que tout, c'étaient ces nuits-là qui la poussaient à demander à l'agence une autre place qui l'éloignerait en permanence, là où les trains la ramenant chez elle prendraient trop de temps et coûteraient trop cher pour envisager de rentrer tous les soirs. C'était une de ces nuits-là – où il n'était rentré à la maison que pour ressortir – qui l'avait conduite à Oyster Bay.

Face au Nation's Pub, elle essaya de penser à ce qu'elle pourrait faire pour passer le temps et cesser d'avoir envie de le voir, mais ce n'était pas une bonne idée. Elle avait besoin de savoir à quoi il avait occupé ses semaines pendant son absence. Et puis, elle avait besoin de savoir comment il allait. Un corps ne pouvait pas longtemps résister à un tel régime, et tout au long de l'été, avant de partir pour Oyster Bay, elle l'avait vu s'affaiblir : ses pantalons tombaient sur ses hanches et son large torse rétrécissait sous sa chemise. Son visage avait pris un ton verdâtre et, au niveau du cou, sa peau était devenue flasque.

« Parfois, je repense à l'époque où on s'est rencontrés », lui avait-elle déclaré, ce matin du début du mois d'août, au cours duquel ils s'étaient disputés pour la dernière fois.

Tout affaibli qu'il était, il n'était pas naïf et savait où elle voulait en venir. Dans un passé pas si lointain, il travaillait, il était fort, il était beau. Il y avait des années, un des employeurs de Mary avait retenu deux semaines de ses gages car il la soupçonnait d'être de mèche avec la répétitrice des enfants, qui avait volé des bijoux à sa femme. Alfred était allé illico frapper à cette grande porte noire clinquante de la 18e Rue Ouest – la porte de la famille et des invités – et il avait mis les choses au clair avec le maître de maison.

Lorsqu'il était revenu et lui avait tendu ses deux semaines de gages, Mary avait sangloté dans ses mains, à l'image de ces femmes dont elle s'estimait l'opposé.

« Qu'est-ce que tu as bien pu lui dire que je ne lui avais pas déjà dit ? demanda-t-elle en regardant les billets étalés sur la table.

— Rien, répondit-il avec un grand sourire. J'imagine que ma façon de présenter les choses a été différente. »

Elle avait déjà raconté cette histoire, espérant lui faire honte en comparant hier et aujourd'hui, et ainsi ranimer le feu qui le ramènerait à l'état antérieur. Ce matin d'août, le jour de son départ pour Oyster Bay, Alfred n'avait pas réussi à l'amadouer.

« Pars alors, si tu es si écœurée. Vas-y ! »

Elle savait que les femmes étaient censées être plus douces, espèce si chaleureuse et attentionnée que Dieu lui avait accordé le don de porter des enfants, d'en prendre soin, de s'occuper d'une maison, de remettre les malades sur pied. Mais parfois Alfred la mettait tellement en colère que toute cette chaleur quittait son corps, remplacée par des pensées meurtrières... en admettant qu'elle eût des pensées à ces moments-là.

Elle franchit la porte du Nation's Pub et avança d'un pas. Un homme leva la tête et donna un coup de coude à son voisin, qui en fit autant, et ainsi de suite. Sur une table, près du fond de la salle, il y avait une assiette avec des biscuits salés, des cubes de fromage et quelques tranches de pain, que l'œil averti de Mary eut tôt fait de repérer comme étant là depuis le matin : le fromage avait durci aux extrémités. L'homme derrière le bar glissa son tablier dans sa ceinture et s'approcha d'elle.

— Je suis désolé, mais...

— Je cherche Alfred Briehof. L'avez-vous vu ? Il n'est pas rentré chez lui.

— Jésus, murmura un des hommes assis au bar, Briehof a un chez-lui ?

— Vous êtes... ?

— Je suis sa...

— Vous êtes Mary.

— C'est moi.

— Il est parti il y a un petit moment. Vous avez demandé au marchand de noix de la 30e Rue ?

— Est-ce qu'il était...

Elle espéra qu'il ne la forcerait pas à prononcer le mot.

— ... bien ?

— Il avait l'air d'aller bien, oui, répondit le patron avec un haussement d'épaules.

Elle essaya de prendre une décision.

— Je crois que vous devriez rentrer chez vous, poursuivit le patron, comme s'il entendait ses pensées. Bon, il avait l'air morose de ceux qui rentrent chez eux.

Qu'est-ce que vous savez de ses airs ? eut-elle envie de lui demander. Je vais le tuer, se promit-elle. Je vais me mettre derrière la porte et il n'aura même pas le temps d'entrer. Fran avait tué un homme à Jersey City, quelques années auparavant. Robert travaillait de nuit à l'époque ; l'homme était entré chez eux par effraction et se tenait au pied du lit. Fran avait attrapé le pistolet sous l'oreiller – que son mari lui avait laissé précisément pour ce genre de situation – et avait fait feu.

— Merci, dit-elle.

Et elle sortit.

Les activités d'Alfred en son absence ne lui avaient jamais été claires. Elle voulait demander à Jimmy Tiernan, qui habitait au troisième étage et se rendait de temps en temps au Nation's Pub, mais chaque fois qu'elle pensait en avoir l'occasion, Patricia Tiernan apparaissait et la foudroyait du regard. Le logement de Fran ne donnait pas sur l'escalier, et elle prétendait ne jamais entendre Alfred ses soirs de beuverie. Joan avait un cerveau de la taille d'un dé à coudre, et tout ce que ce dé contenait était des rêves des futurs bébés qu'elle aurait avec son mari. Un jour que Joan avait mentionné qu'elle n'était toujours pas tombée enceinte après bientôt six ans de mariage, Mary avait lâché :

« Bon sang, Joan, tu as besoin qu'on t'écrive le mode d'emploi sur un bout de papier ? Tu sais ce qu'il faut faire pour avoir un bébé ? »

Quand elle vit l'autre se fermer, les yeux clos, un long doigt délicat posé sur le couvercle de la cafetière, Mary comprit qu'elle n'aurait jamais d'enfants.

« J'ai entendu dire que cela prend longtemps pour certaines femmes », proposa-t-elle en guise d'excuse.

Elle devait lui avoir pardonné, car elle continuait à inviter Mary à entrer chaque fois qu'elle la croisait.

Poser la question directement à Alfred n'aurait servi à rien, car, à l'entendre, il ne buvait jamais au-delà du raisonnable, et quand Mary n'était pas là, il ne buvait pas du tout, occupé à travailler, ou à essayer de trouver un boulot. Sa plus longue période d'absence avait duré trois mois, mais même lorsque son emploi était assez proche pour lui permettre de rentrer chez elle de temps à autre le dimanche, un jour ne suffisait pas pour apprécier la situation. Qui l'aidait à monter l'escalier quand il appelait, et appe-

lait, mais que personne ne répondait ? Pas M. Hallenan, qui les détestait tous deux. Pas Jimmy Tiernan,
qui n'aurait pas la permission de sortir. Peut-être
qu'il le montait tout seul. Peut-être qu'il dormait là où
il s'effondrait. Ou peut-être qu'il disait vrai et qu'en
l'absence de Marie il ne buvait pas. Peut-être, cette
conduite, la lui réservait-il, pour la punir, qui sait,
d'être toujours loin.

Dans certaines des maisons où Mary avait travaillé,
les familles possédaient des dizaines de marmites et
de casseroles, des éviers à deux cuves, des glacières
pouvant conserver un jarret de jambon pendant tout
l'été. Dans l'appartement qu'ils partageaient, il n'y avait
qu'une poêle à frire, une marmite haute et une petite
casserole. Mais cela suffisait pour eux deux et le genre
de plats qu'Alfred affectionnait.

Ce soir-là, au cas où il rentrerait, Mary marcha, à
la sortie du Nation's Pub, jusqu'à la boucherie de la
Deuxième Avenue, ouverte jusqu'à six heures.
Lorsque enfin elle y arriva et sentit l'odeur de viande
crue mêlée à celles de la sciure sur le sol et des
herbes fraîches posées sur le comptoir – pour ceux
qui voulaient emporter chez eux leurs morceaux déjà
assaisonnés –, elle sut qu'il rentrerait à la maison.

Dans le silence de sa cuisine, elle débarrassa la
table encombrée, en vue de ses préparatifs. Elle
remplit la marmite d'eau. Elle enduisit le petit filet
de porc qu'elle avait acheté à moitié prix de sel et
de poivre, d'un peu de noix de muscade, d'une pincée
de cannelle, d'un brin de sucre et de l'équivalent
d'une cuillerée à café de poudre d'oignon qu'elle
mesura dans le creux de sa main.

Peu après, elle entendit du bruit dans l'escalier et des pas sur le palier du cinquième. Elle ouvrit la porte et attendit.

— Mary, dit-il, en s'arrêtant à deux marches du sommet, agrippé à la rampe.

— Tout va bien ?

Le retrouver, après une longue absence, était un festin après la famine, au rythme duquel son corps était plus accoutumé que son esprit. La lumière était faible et Alfred, avec sa chevelure et ses yeux noirs, ses vêtements foncés, menaçait de se fondre dans le lie-de-vin profond et le vert forêt du papier peint bon marché que le propriétaire avait collé aux murs, il y avait de nombreuses années. Elle ne put se retenir de se porter à sa rencontre et de lui tendre la main. Il était tout aussi séduisant que lorsqu'elle avait dix-sept ans et lui vingt-deux. Et tout aussi bien bâti.

— Je vais bien, dit-il en prenant sa main entre les siennes et en l'attirant vers lui pour l'embrasser.

— J'ai préparé à dîner, déclara-t-elle en l'aidant à monter les deux dernières marches, jusqu'à ce qu'il se trouve face à elle.

Il entoura d'abord son visage de ses paumes, puis son menton, étreignit ses épaules, et l'attira contre son torse.

— Merci, Mary. Ça me fait très plaisir.

Pendant deux semaines, tout se passa bien, et puis, comme un ballon percé d'un minuscule trou, ils commencèrent à sombrer. Il rentrait plus tard. Il ne touchait pas à ce qu'elle avait préparé. Au lieu de lui parler le matin, il se retournait et fixait le mur, jusqu'à ce qu'elle parte cuisiner pour la fête d'une caserne de pompiers, d'une salle paroissiale ou le pique-nique d'une entreprise ; ou encore, à l'occasion d'un de ces engagements provisoires qu'elle décrochait en exploitant tous ses contacts et la moindre rumeur, en frappant aux portes avec ses couteaux bien rangés dans son sac, pour demander si c'était bien ici qu'on avait besoin d'une cuisinière.

Septembre, octobre, novembre : ils se déplaçaient dans le logement en prenant garde à avoir toujours des meubles entre eux. Un jour, juste avant Noël, ils étaient sur le point de se croiser dans l'escalier, quand M. Hallenan sortit sur le palier et annonça que la patronne l'avait mis dehors. Immédiatement, Alfred et Mary s'étaient regardés et avaient ri, elle face à la montée des marches, lui côté descente. Ce rire commun aux dépens du voisin les avait sortis, l'espace d'un instant, de cette période critique.

Parfois, très tard le soir, il lui disait que toutes les méchancetés qu'elle lui lançait étaient vraies. Il était facile de discuter avec lui dans ces moments-là et d'enfoncer le clou un peu plus en profondeur ; en effet, lorsqu'il était de cette humeur-là, il acceptait et reconnaissait qu'elle avait raison, absolument raison. Mais dans la journée, quand elle parvenait à l'attraper à jeun et à trouver le courage et l'énergie d'affronter ce mal qui les rongeait, elle respirait un grand coup, et avant qu'elle ait pu prononcer une syllabe, il s'était déjà recroquevillé dans sa coquille, yeux clos ou regardant ailleurs, rassemblant ses forces dans l'attente de la prochaine volée. Et c'était cette façon de se fermer comme une huître, avant même qu'elle ait prononcé un mot, comme si elle n'avait même pas le droit de parler, ni d'émettre la moindre objection sur sa façon de mener sa vie, c'était cette grimace-là, avant même qu'elle ait fini de tourner le dos, qui l'avait amenée au bureau de placement afin d'y trouver une situation qui l'éloignerait de lui. Elle avait dit à M. Haskell, le directeur de l'agence, que la possibilité de rentrer régulièrement chez elle n'avait pas d'importance pour elle. Elle était prête à aller jusqu'au Connecticut. Ou à Tuxedo Park, s'ils payaient bien et qu'elle eût sa chambre à elle.

— Une famille a pris contact hier, déclara le directeur en parcourant le dossier. La famille Bowen.

Il leva la tête pour voir si ce nom lui disait quelque chose.

— Vous n'êtes pas la première sur la liste d'attente, mais vous êtes « à placer en priorité ».

« À placer en priorité » était une phrase qu'elle avait vue sur son dossier et sur l'enveloppe contenant les appréciations sincères fournies par les employeurs à l'agence : sur son travail, sa personne, ses relations avec la famille, son ouverture aux suggestions, sa bonne entente avec ses collègues. M. Haskell souhaitait lui faire comprendre que cet emploi était une chance, mais qu'il lui fallait bien réfléchir. Les Warren loueraient peut-être encore la même maison à Oyster Bay l'été prochain, et l'été d'après. Savait-elle combien de cuisinières à New York aimeraient passer l'été à Oyster Bay ? Savait-elle que le président Roosevelt y possédait une maison ?

Comment aurait-elle pu l'ignorer ? Tout le monde là-bas n'avait d'yeux que pour cette horrible bâtisse marron. Elle avait cru comprendre que tous les invités des Warren n'avaient pas voté pour lui, mais, Seigneur, qu'ils étaient heureux de manger, de dormir et de nager si près de chez lui !

— Il y a eu des malades dans la famille Warren durant l'été, reprit M. Haskell, après avoir lu la lettre que Mary lui avait apportée d'Oyster Bay. La typhoïde. Vous ne l'avez pas attrapée ?

— Non.

— Vous ne l'avez jamais eue ?

— Non.

— Et vous êtes restée soigner ceux qui l'avaient !

Il jeta une nouvelle fois un coup d'œil au courrier pour vérifier ce qui y était écrit.

— Que pouvais-je faire d'autre ? Ce n'était pas la première fois que j'étais au contact de la fièvre, et je ne l'ai jamais attrapée. J'ai aussi soigné les Drayton, vous vous rappelez ?

Le directeur fronça les sourcils, et Mary eut un moment de panique. Avait-elle obtenu la place chez eux par l'intermédiaire de l'agence ? Elle n'en savait plus rien.

— Je suis certain que les Warren ont beaucoup apprécié votre attitude, dit M. Haskell en se renfonçant sur sa chaise. Vous ont-ils donné une prime ?

— Ils ont continué à me payer les gages convenus pour le mois d'août, donc j'ai reçu trois semaines de plus.

— Et rien de plus ?

— Rien de plus.

« Le plus » avait été donné en liquide et déposé sur son compte en banque, des semaines auparavant.

M. Haskell l'observa un moment.

— Présentez-vous au domicile des Bowen lundi à midi.

10

Quelqu'un avait ouvert les portes en grand et les ventilateurs du plafond ronflaient, sans grand effet, dans la salle d'audience. Entendant la chaise d'Alfred grincer derrière elle, Mary s'apprêtait à se retourner, quand M. O'Neill griffonna un mot sur le calepin, qu'il poussa vers elle : *Soper*. En levant la tête, elle vit un garde traverser la pièce jusqu'à lui, tandis qu'un des avocats l'annonçait.

« Ne réagissez pas, l'avait prévenue M. O'Neill au cours de leur préparation. Montrez que vous êtes attentive, mais avec respect. »

Le médecin se leva de sa chaise aussi adroitement et silencieusement qu'une feuille de papier pliée coulissant le long des plis d'une enveloppe.

Comment avait-il percé le mystère ? Tout le monde voulait le savoir. Son plaisir à raconter l'histoire était manifeste. Mary l'imagina perfectionnant cet air calme et dégagé devant un miroir chez lui. Comment ? C'était simple. Il suffisait d'être brillant et déterminé. Elle avait envie de faire remarquer que l'histoire était dans les journaux – à coup sûr, toute l'assistance la connaissait déjà –, mais non, il fallait donner une tribune au docteur et se farcir à nouveau le déroulement des faits dans leur intégralité ! Son estomac se tordit lorsqu'il s'assit et croisa les jambes. Elle ferma les yeux et compta jusqu'à dix.

— Docteur Soper, dit l'avocat après avoir énuméré ses qualifications professionnelles, expliquez-nous, je vous prie, les circonstances qui vous ont mené à Oyster Bay et à la conclusion que Mary Mallon était à l'origine de l'épidémie qui a frappé la famille Warren au cours de l'été 1906.

Prenant tout son temps, Soper disposa ses mains sur ses genoux avec le plus grand soin. Son numéro était tellement au point que Mary se demanda s'il avait besoin de faire attention à ce qu'il racontait.

— J'étais occupé par les problèmes sanitaires du métro, mais quelque chose dans ce cas me poussa à prendre le train d'Oyster Bay pour aller voir. J'y suis arrivé au cours de la deuxième semaine de janvier 1907 et je dois admettre que je ne me suis pas initialement montré plus malin que les enquêteurs engagés auparavant par M. Thompson. Comme eux, j'ai d'abord cru que la famille avait pu contracter la typhoïde en consommant des crabes à carapace molle, ensuite j'ai pensé que l'eau en était peut-être responsable. J'ai mis du liquide bleu dans les toilettes et attendu pour voir si l'eau potable coulait bleue. Ce n'était pas le cas. J'ai fait un prélèvement dans la citerne, mais je n'ai trouvé aucun bacille. Je suis resté trois jours et me suis entretenu avec les commerçants de la ville, avec un officier de police, avec le facteur qui distribuait le courrier des Warren, l'été précédent. À l'exception d'une gouvernante et d'un professeur de musique que les Warren avaient emmenés avec eux de Manhattan, le reste du personnel avait été recruté sur place. Je me suis rendu à leurs domiciles et leur ai demandé de se remémorer tout ce qu'ils pouvaient, concernant la semaine où la maladie s'était déclarée, qui dans la maison était tombé malade, et quand. Enfin, le palefrenier, un certain Jack, précisa en passant, à la fin de notre entrevue, qu'il pensait que sans la présence de Mary aucune des personnes atteintes n'aurait survécu. Je vérifiai alors les notes que les autres enquêteurs m'avaient fait parvenir, aucune ne mentionnait son nom. La seule cuisinière figurant sur ma liste avait pour nom Bernadette Doyle. En questionnant Jack, il apparut que Mme Doyle avait quitté son travail fin juillet. Sa fille attendait un bébé qui était né prématurément. Les Warren avaient donc demandé qu'on leur envoie une autre cuisinière. Mary était arrivée le 3 août. Je rédigeai calmement une note, confrontai cette date avec celle des premiers signes de la fièvre, le 18 août. Vous pouvez imaginer mon état d'excitation.

De la tête, l'avocat manifesta qu'en effet il pouvait l'imaginer, et il jeta un regard en direction des juges.

— Je voulais être absolument certain. « Êtes-vous sûr de la date ? » demandai-je à Jack. « Bien sûr que je le suis ! C'était le jour de mon anniversaire. Elle a préparé la meilleure glace à la pêche que j'aie jamais mangée, et elle était agréable à regarder. » Ce sont les mots de Jack, vous le comprenez. Il me raconta que cette cuisinière, Mary, était restée jusqu'à ce que la fièvre de tous ceux qui étaient atteints soit tombée. Ce n'est qu'alors qu'elle est rentrée chez elle, c'est-à-dire à la mi-septembre. Après cela, ce fut un jeu d'enfant.

Il raconta son retour à Manhattan et sa prise de contact avec l'agence à laquelle les Warren avaient fait appel pour trouver Mary. Il lui demanda de lui adresser la liste de toutes les autres familles pour lesquelles Mary avait travaillé par son entremise, en plus de l'adresse de la maison où elle était présentement employée.

— Les unes après les autres, les familles me rapportèrent l'apparition de cas de typhoïde en l'espace de quelques semaines après l'arrivée de Mary. Je réunis les données et, un après-midi de la fin février, me rendis au domicile des Bowen et sonnai à la porte. À l'époque, j'étais disposé à croire qu'elle n'était pas responsable – comme vous le savez, de nombreux médecins n'acceptent toujours pas la théorie du porteur sain – et j'étais prêt à lui fournir des explications. Je ne m'attendais pas à ce que l'on me parle avec une telle rudesse, ni à ce que l'on me menace d'un couteau. Je laissai un message à l'intention de M. Bowen, et quelle ne fut pas ma surprise, quelques jours plus tard, de voir Mary disparaître dans l'entrée de service !

— Qu'avez-vous appris depuis à propos de ce message ?

— Que les Bowen ne l'ont jamais reçu.

Mary se souvenait encore du mouvement de poignet de Frank lorsqu'il avait jeté le papier dans les flammes. Les Bowen l'avaient renvoyé quelques semaines après son enlèvement, et elle n'avait plus eu de nouvelles. Renvoyé pour l'avoir aidée. Renvoyé parce qu'il la connaissait et était son ami.

— Quand avez-vous tenté à nouveau de parler à Mlle Mallon ? demanda l'avocat.

— Environ une semaine plus tard, à son lieu de résidence, sur la 33e Rue.

Mary remarqua que sa vision de la salle d'audience commençait à se brouiller, et elle se sentit entraînée ailleurs. Elle revécut une nouvelle fois le choc qu'avait représenté, à peine arrivée chez elle après une semaine de travail, venant juste de poser ses affaires, le fait d'entendre sonner à la porte et de voir que celui auquel Alfred ouvrait était le Dr Soper. « Je dois absolument vous parler », avait-il dit, ignorant totalement Alfred et faisant un petit pas en avant, comme s'il avait été invité à entrer.

Elle but une gorgée du verre d'eau que M. O'Neill lui avait fait passer.

— Et alors ? relança l'avocat.

Le Dr Soper jeta un coup d'œil si rapide en direction de Mary qu'elle se demanda si son imagination lui avait joué un tour. Il lissa le revers de sa veste.

— Et alors ce fut un échec. Ni elle ni son compagnon n'ont daigné m'écouter. Il est possible que lors de ma première rencontre avec Mlle Mallon j'aie été trop abrupt, trop scientifique par rapport au problème. Je veux bien l'admettre. J'étais pressé par l'urgence lors de ma visite chez les Bowen, et peut-être n'ai-je pas pris en compte ses sentiments. En lui rendant visite chez elle, j'ai tenté une nouvelle approche. Lorsqu'elle m'a vu à sa porte, elle a crié : « Qu'est-ce que vous me voulez ? » Je lui ai alors répondu très calmement : « N'avez-vous pas remarqué que la maladie et la mort vous suivent partout où vous allez ? »

Il disait la vérité au sujet de sa réaction, mais Mary se rappelait son ton, et il n'était pas calme ! Il était accusateur. Toujours sur le seuil, Alfred les avait observés, passant de l'un à l'autre, puis s'était éloigné. Elle se rappelait avoir crié, mais pas ce qu'elle avait dit. Elle se souvenait que plus elle s'énervait, plus il semblait se calmer.

— Et quelle fut sa réaction ?

— La colère, à ce que j'ai pu constater. Une nouvelle fois, elle m'a poursuivi avec un couteau.

Un couteau avec une lame si émoussée qu'il pouvait à peine couper du beurre, se rappela Mary. Elle voulait discuter avec lui ce jour-là, mais ne comprenait rien à ce qu'il disait et ne parvenait pas à dépasser l'agitation provoquée par le fait de le revoir. La maladie et la mort ne la suivaient pas plus que quiconque. Toute sa vie, elle avait vu mourir des gens. Son père, d'abord, dans un incendie. Sa mère, ensuite, d'une toux. Puis, quelques années plus tard, son frère, puis son autre frère, puis sa sœur en accouchant, puis les deux bébés de sa sœur, et enfin sa mamie bien-aimée pendant sa traversée vers l'Amérique. Est-ce qu'ils avaient attrapé une mauvaise fièvre ? Probablement, mais elle ne se souvenait pas ; de toute façon, ces maladies fatales s'accompagnent toujours de fièvre, et en Irlande on ne leur donnait pas ce nom-là. Les gens tombaient malades. Ils mouraient. Avant de venir en Amérique, elle n'avait jamais entendu le mot « typhoïde ».

— Était-ce la première fois que vous preniez connaissance de l'existence de son compagnon ? demanda l'avocat en vérifiant ses notes. M. Alfred Briehof ?

— Oui.

— Que pouvez-vous nous dire à ce propos ?

— Lorsque je me suis rendu à l'adresse indiquée par l'agence, j'ai vu Mary à l'entrée de l'immeuble, elle venait probablement d'arriver. J'allais m'annoncer, quand un homme s'est approché et l'a embrassée. Dans la rue. J'ai supposé qu'elle était fiancée, mais j'ai découvert depuis que cela n'était pas le cas. C'est M. Briehof qui est venu m'ouvrir lorsque j'ai tenté de parler à Mary, moins de dix minutes plus tard.

— Pouvez-vous, à partir du peu que vous en avez vu, décrire les lieux ?

— M. Briehof m'a paru débraillé. J'ai remarqué des assiettes sales et une odeur de fruits pourris.

— Dites-nous, je vous prie, poursuivit l'avocat, comment vous avez procédé, après avoir échoué une seconde fois à persuader Mlle Mallon de se soumettre à des analyses.

— Je me suis appuyé plus directement sur les autorités sanitaires et le NYPD[1] pour prendre des mesures, car j'avais conscience que j'aurais besoin d'aide. Après que je fus parvenu à convaincre la police, nous avons élaboré un plan. Nous avons engagé une femme médecin, pensant que Mary coopérerait plus volontiers avec une femme, mais ce ne fut pas le cas.

— Il s'agissait de Josephine Baker, n'est-ce pas ?

— Oui.

Mary passa en revue les gens situés de l'autre côté de la salle, mais ne reconnut pas le Dr Baker parmi eux.

À midi, le juge Erlinger annonça une pause pour déjeuner. M. O'Neill suggéra qu'ils mangent ensemble, mais Mary voulait passer les trois quarts d'heure avec Alfred. L'avocat protesta en disant qu'ils avaient des points à discuter, puis renonça.

— Il faut que j'envoie un garde pour vous accompagner, dit-il.

Elle trouva Alfred adossé à l'extérieur de la salle d'audience : il la regardait approcher. Au fur et à mesure qu'elle marchait vers lui, elle sentait les plis humides de ses vêtements, vrai sac de linge sale tout

---

1. New York Police Department, la police de New York.

juste bon à être plongé dans une bassine, essoré et mis à sécher. Elle sentait ses cheveux défaits ballotter sur sa nuque. Elle était nerveuse.

Il lui prit la main et la pressa une fois, avant de l'entraîner dans le hall, puis au bas des marches, dehors, au coin de la rue, où un homme avec une charrette à bras vendait des sandwichs au jambon. Le garde se posta à quelques pas de distance. Qu'est-ce qui avait changé chez lui ? Il retira son col et déboutonna sa chemise. Il ôta les manchettes, retroussa les manches et jeta col et manchettes dans les fourrés. C'est alors que Mary remarqua la finesse du tissu, à peine plus épais que de la gaze, révélant le dessin de son maillot de corps sous le soleil. Il posa une main sur sa hanche. Elle avait décidé qu'elle ne le laisserait pas l'embrasser avant d'avoir dit ce qu'elle avait à lui dire, mais, le moment venu, elle estima qu'elle avait toute la vie pour cela. Après tout ce temps, il était bien là, ressemblant à Alfred, sentant et bougeant comme lui. Elle attendit, mais il se contenta de toucher sa joue.

— Moi, je n'ai qu'une demi-heure, annonça Alfred.

Un travail ? Elle en doutait – quel boulot lui aurait permis d'arriver après midi ? –, cependant l'heure n'était pas au conflit, mais à la paix. Elle voulait qu'il attende sa libération avec impatience, et non qu'il la craigne.

Il hocha la tête.

— Ça a commencé par un travail au jour le jour, mais ils n'ont pas dit que ça s'arrêtait, alors je continue à venir et eux à me payer. Ça dure depuis six mois maintenant.

— En quoi ça consiste ?

— Les voitures à glace, ou plutôt les écuries de la compagnie. Ils m'ont laissé conduire une voiture la semaine dernière, parce qu'un employé était absent, mais c'était juste pour la semaine.

— Ça te plaît ?

— Tu sais que tu es la seule personne à m'avoir posé la question ? répliqua-t-il en riant.

— Je sais que si ça ne te plaisait pas tu ne continuerais pas.

— Pour l'instant, ça me plaît, déclara-t-il en indiquant du doigt une marche où ils pourraient s'asseoir. Le patron dit que les chevaux m'aiment bien. Il n'y a pas grand-chose à faire, sinon les brosser, leur donner à manger et veiller à ce que l'écurie soit propre. Je m'occupe de ceux qui ne sont pas attelés et des blessés, mais pour ces derniers, à part attendre qu'ils guérissent... Quand ils guérissent ! J'ai dû en abattre un. Vraiment ce jour-là m'a laissé de mauvais souvenirs et j'ai eu du mal à revenir après ça. Une autre voiture l'avait percuté au coin de Madison et de la 50e, et sa cheville était cassée. Il a fallu que j'aille jusque là-bas pour lui mettre une balle.

Il posa la main sur les cheveux de Mary et, d'un doigt, parcourut sa raie, le pourtour de son oreille, et descendit sur sa nuque. Il s'arrêta au col de son chemisier.

— Mais pourquoi on parle de moi ? Et toi ? Tu as l'air en forme, Mary. Dieu, que c'est bon de te voir !

Elle porta la large main d'Alfred à ses lèvres et l'embrassa. Elle étudia son visage.

— Tu dis que je suis la seule à t'avoir demandé si ton travail te plaisait. Qui d'autre aurait pu te le demander ? Je veux dire, tu en as parlé à qui d'autre ?

— Que veux-tu dire ? s'exclama-t-il en haussant les épaules. J'en parle à ceux qui me demandent ce que je fais.

— Tu as paru surpris que personne d'autre ne t'ait demandé si ça te plaisait. Qui pourrait te le demander, à part moi ?

— Où veux-tu en venir ?

— Nulle part.

— Bon.

— Je fais juste remarquer que c'est drôle de dire ça, que je suis la seule personne qui t'ait posé la question. Tu ne t'attendais pas à ce que quelqu'un d'autre te le demande, si ?

Mary...

— Tu vois quelqu'un ?

Il retira sa main.

— Pourquoi tu me demandes ça ? Et toi ?

— Moi ? Tu parles sérieusement ?

— Il y a des gens là-bas. Tu n'es pas toute seule. Ce jardinier...

— Si tu lisais vraiment mes lettres, tu comprendrais la stupidité de ta question. Si tu m'avais écrit plus souvent...

— Écoute. Pourquoi discuter de ça maintenant ? Alors que tu vas revenir à la maison ?

— Mais je t'ai répété dans mes lettres combien j'étais seule, combien je me faisais du souci pour toi. Si tu avais été à ma place, je t'aurais écrit chaque semaine. Et tu le sais.

— Eh oui, tu vaux mieux que moi, Mary. Je suis une bête qui ne pense qu'à elle, et toi la vertu en personne !

Les retrouvailles n'étaient pas censées être l'occasion de se chamailler à propos d'un passé que ni l'un ni l'autre ne pouvaient changer, de critiquer les choix de l'autre, exactement comme ils l'avaient fait avant son enlèvement. Elle était blessée. Vraiment blessée. Mais il fallait qu'elle se décide à changer de sujet, s'ils voulaient se remettre ensemble, une fois qu'elle serait rentrée. Elle s'était promis de ne pas lui tomber dessus lors de cette rencontre, d'être agréable et indulgente et de tout reprendre à zéro s'il en était d'accord ; mais, comme d'habitude, elle était incapable de s'en empêcher. Au moment même où son esprit lui conseillait de ne pas dire une chose, ses lèvres la disaient. Alfred bougea sur la marche : il affichait cette expression de mépris qui l'avait rendue folle avant son départ, comme si chaque mot qui sortait de sa bouche à elle lui répugnait.

— Et tu répondais rarement. Je ne savais pas si mes lettres ne finissaient pas au fond du fleuve.

— Je répondais.

— Très rarement.

— Plus que ça, Mary ! Qu'est-ce que tu voulais que je fasse ? Pour moi aussi, ça a été dur, tu sais.

— Écoute, s'il y a une chose que je ne veux pas, c'est me disputer avec toi. Pas maintenant. Je serai bientôt à la maison et c'est tout ce qui compte.

— À ce sujet, autant que tu le saches.

— Quoi ?

— Au sujet de la maison. La 33e Rue, c'est fini. J'ai déménagé. Obligé. Je ne pouvais plus me le permettre sans toi. Et puis certaines femmes de l'immeuble sont devenues militantes de la Ligue anti-alcoolique, elles me rendaient dingue. Elles m'attendaient au pied de l'escalier, glissaient des tracts sous la porte. Quelques-unes m'ont suivi un après-midi, récitant des versets de la Bible, et quand je suis arrivé au Nation's Pub je me suis fait passer un savon pour les avoir amenées jusque-là.

— Alfred ! Pourquoi ne m'as-tu rien dit ?

Ils avaient vécu ensemble dans ce logement pendant treize ans ! Elle adorait cet endroit... au point de s'imaginer y vivre toute sa vie. Dans ses lettres, elle lui demandait des nouvelles du lieu, des habitants de l'immeuble. Aussi brèves qu'elles fussent, les lettres d'Alfred n'avaient jamais mentionné un problème de paiement de loyer ; aussi avait-elle pensé – espéré – qu'il n'avait pas eu trop de retard dans le règlement. Elle tenta de surmonter sa déception. Sa maison, c'était là où il vivait, lui, point.

— Mais alors, où sont allées mes lettres ?

— Mises de côté. Driscoll me les garde, et je les prends quand je passe dans le coin.

Elle ne connaissait pas très bien M. Driscoll, mais elle se souvenait qu'il était l'une des rares personnes de l'immeuble à qui Alfred aimait parler, lorsque leurs chemins se croisaient. Elle se rappelait l'avoir entendu lui raconter que leur voisin avait été fleuriste, jusqu'à ce que ses articulations le fassent tellement souffrir qu'il avait dû arrêter.

— Et tu habites où ?

— Orchard Street.

— Oh, Seigneur !

— Ça va. Je loue une chambre à une famille et les repas sont compris. Il y a un fils, Samuel.

— Ils s'appellent comment ?

Meaney.

Elle se demanda ce qu'étaient devenues ses affaires. Sa batterie de cuisine. Ses vêtements. La théière en argent qui avait appartenu à tante Kate. Laisse tomber, soupira-t-elle. Laisse tomber. Elle récapitula toutes les bribes d'informations qu'il lui avait données et tenta d'en faire un tout : Alfred allant et venant à Orchard Street, prenant ses repas avec une famille qu'elle n'avait jamais vue, se tenant bien en présence de Samuel, se rendant aux écuries de Crystal Springs et travaillant toute la journée. Elle avait envie de lui demander s'il buvait, si Mme Meaney restait debout à l'attendre, si on l'aidait à se mettre au lit, si on lui enlevait ses chaussures et ses chaussettes, et si on lui rappelait de laver ses draps une fois par semaine.

— Où vais-je aller, alors, tout à l'heure ?

— Passe à l'écurie. J'y serai tard de toute façon. Ma chambre à Orchard Street n'est pas grande. Et comme il y a le garçon, ça m'étonnerait qu'ils te proposent de rester. Ou alors...

— Ou alors ?

— Tu pourrais habiter chez quelqu'un, jusqu'à ce qu'on retrouve un endroit à nous. Quelqu'un de notre ancien immeuble.

Elle entendit qu'on appelait son nom au bout de la ruelle. La pause était presque terminée et M. O'Neill voulait évoquer ce qui allait se passer ensuite, avant la reprise. Son garde s'était assoupi, le chapeau enfoncé sur la tête, au-delà des yeux. Mais elle n'était pas folle au point de s'enfuir, alors que dans quelques heures elle serait libre.

— Il faut que j'y aille, dit Alfred. Je suis déjà en retard.

Ils époussetèrent les miettes sur leurs genoux, puis il la prit dans ses bras et la serra, la soulevant du sol un moment avant de la reposer.

— Je suis désolé, Mary. Je suis désolé de ne pas t'en avoir parlé. On arrangera tout ça. Quand on se reverra. On arrangera tout ça. Je te le promets.

Il lui donna l'adresse de l'écurie.

— Bon. D'accord. Plus tard.

— Beaucoup de choses ont changé, tu verras.

Lorsqu'elle avait rencontré Alfred, elle était encore une enfant, elle n'avait que dix-sept ans. Cela faisait plus de vingt ans qu'elle avait lié sa vie à cette personne, il lui était impossible de tout détricoter maintenant. Quand ils étaient entrés dans les murs de la 33e Rue, au cours de l'été 1894, Mary avait vingt-quatre ans. Tante Kate était morte d'une pneumonie pendant l'hiver, et Paddy Brown, qui n'avait jamais dit grand-chose, ne disait plus rien.

« Kate adorait Alfred, avait rappelé Mary avec douceur au vieil homme, le jour où elle lui avait annoncé qu'elle partait et qu'avec Alfred ils avaient trouvé un logement.

— Kate pensait qu'il t'épouserait », avait répondu Paddy Brown en cherchant des doigts sa boîte à tabac en fer sur le rebord de cheminée.

Mary l'avait prise et la lui avait donnée. Après qu'il eut allumé sa pipe, elle s'était assise à côté de lui et il avait posé sa main au sommet de sa tête.

« Prends les choses qu'elle souhaitait que tu aies », avait-il dit après un temps.

Ce fut leur plus longue conversation en six mois.

Pendant des semaines après leur installation, après avoir disposé les quelques objets qu'elle avait apportés de chez Kate, après être allée au marché acheter de nouveaux draps pour leur nouveau lit à deux places et une nappe jaune vif pour leur nouvelle table de cuisine, elle crut qu'elle ne connaîtrait jamais plus le repos. Quelle femme aurait pu se reposer avec un tel homme à son côté ! Même lorsqu'il dormait, elle restait éveillée, profitant du poids de son bras posé en travers de ses côtes, du doux tiraillement de sa barbe de plusieurs jours prise dans ses cheveux. Lorsqu'elle travaillait, elle ne pouvait penser à rien d'autre qu'à le retrouver, et lui disait la même chose.

Ils parlaient autour d'un café, tard le soir, au lit et au réveil ; et quand ils n'étaient pas ensemble, ils emmagasinaient tout ce qui pouvait intéresser l'autre et l'emportaient avec eux à la maison. Même quand arrivait l'hiver et que le pot à pièces de monnaie du compteur à gaz était vide, ils se glissaient ensemble dans le lit, empilaient les couvertures les unes sur les autres et grelottaient les mains sur la bouche. Il lui retirait ses épaisseurs de bas et ses tricots, puis pressait ses pieds glacés sur son torse chaud. Au souvenir de cette époque, Mary ressentait encore cette joie incroyable, cette certitude que personne au monde ne pouvait être plus heureux qu'eux.

Il la serra dans ses bras, puis la relâcha. Un détail dans ce double mouvement l'avertit que quelque chose clochait.

M. O'Neill appela Mary une nouvelle fois. Le garde s'approcha et se tint à ses côtés.

La faute au temps probablement. Après vingt-sept mois de séparation, pas surprenant que deux individus, même très proches, soient un peu gauches l'un avec l'autre. Et puis, il y avait la culpabilité. Mary se souvint qu'Alfred prenait toujours un air de chien battu, quand il était coupable. Elle n'aurait pas dû lui reprocher de ne pas lui avoir écrit plus souvent, alors même qu'ils étaient sur le point de se retrouver et qu'il travaillait, mangeait trois vrais repas et rentrait le soir. Tout compte fait, avoir quitté la 33ᵉ Rue était peut-être une bonne chose. Ils pouvaient maintenant se chercher un endroit à eux et tout reprendre à zéro.

— Je t'aime, Mary. Vraiment.

— D'accord, Alfred. On en reparlera plus tard.

— On le fera, c'est sûr.

Côte à côte, ils se dirigèrent vers l'avocat, qui indiquait sa montre du doigt avec une grimace.

Tout le monde rentra de la pause du déjeuner plus écrasé de chaleur et rouge de visage qu'avant. Quelques journalistes ne revinrent pas du tout, et Mary se demanda si c'était parce qu'ils étaient certains du verdict et, en ce cas, quel était leur pronostic. Elle remarqua le Dr Baker, assise au deuxième rang. Les hommes autour d'elle lui tournaient le dos et parlaient à d'autres hommes.

Les scientifiques évoquèrent les nouvelles découvertes dans le domaine des maladies contagieuses, les nouveaux vaccins en cours de développement, la probable existence d'autres cas de porteurs de la maladie, comme Mary, qui la transmettait sans y succomber. Ils employaient des mots comme « bacilles », « sérum », « agglutinine », qui lui donnaient la sensation d'avoir la bouche pleine de coton qu'elle ne parvenait pas à cracher.

Ils finirent par parler de sa capture, précisément des raisons qui avaient amené le Dr Soper et les autorités sanitaires à employer la force. Si cette femme avait été éduquée, c'eût été une autre affaire ! firent valoir l'un après l'autre les responsables des services sanitaires, mais Mary Mallon n'avait pas reçu d'instruction et vivait avec un homme aux critères moraux peu élevés, auquel elle n'était pas mariée. Plusieurs de ses employeurs avaient rapporté qu'il valait mieux ne pas la croiser, ne pas lui demander du veau quand elle avait l'intention de préparer de la volaille, et cela n'était pas normal, non ? Quel genre de cuisinière inspire ce type de prudence à un patron ? Mme Proctor, résidant 70ᵉ Rue Est, se rappelait lui avoir demandé un jour de préparer un *irish stew*[1], supposant que c'était l'une de ses spécialités, et elle avait refusé !

Lorsque Bette alla ouvrir la porte du domicile des Bowen, par ce matin froid de mars 1907, les policiers l'écartèrent et se dispersèrent à travers la maison.

— Elle n'est pas ici ! cria-t-elle, alertant ainsi Mary qui se trouvait au troisième étage.

En tirant le rideau de la fenêtre la plus proche, celle-ci vit le fourgon de police. Elle entendit quelqu'un monter par l'escalier de derrière et comprit qu'elle était coincée.

— La police est là ! s'écria Frank en ouvrant la porte. J'ai une idée...

Elle vit la solution avant qu'il ait eu le temps de l'énoncer à haute voix :

— Les Alison !

La famille Alison, voisine des Bowen, avait récemment pratiqué une ouverture dans la clôture à l'arrière des maisons pour permettre aux domestiques d'aller et venir. Mme Alison et les enfants étaient partis en Europe une semaine plus tôt et M. Alison se trouvait à son bureau pour la journée. Frank leva la main, tandis qu'ils écoutaient les brusques déplacements des policiers à l'étage inférieur.

— C'est maintenant ou jamais !

Mary approuva de la tête et eut soudain très froid. Son corps entier, recouvert d'une fine couche de sueur, se mit à frissonner. Hors de question qu'elle

1. Spécialité irlandaise traditionnelle, à base de ragoût d'agneau (à défaut d'agneau, le mouton ou le bœuf font l'affaire) servi avec des pommes de terre et des carottes.

aille prendre son manteau en bas, et il neigeait dehors !

Seulement quelques secondes plus tard, elle entendit Frank crier au premier étage, puis des pas précipités et lourds dans l'escalier. Mme Bowen était sortie en courses, M. Bowen à son bureau en ville. Dire que ce devait être un vendredi ordinaire, mieux qu'ordinaire même, puisque Mary n'avait à cuisiner que pour le personnel, chose facile qui ne nécessitait pas de service, juste un dîner ensemble autour de la table de la cuisine. Agrippée à la poignée de porte comme à une bouée de sauvetage, elle jeta un coup d'œil dans le couloir désert, pressa le pas en rasant le mur... jusqu'à l'étroit escalier situé à l'arrière de l'édifice. Elle le descendit, aussi silencieuse qu'un chat, et rejoignit la porte de derrière. Dehors, la neige tombait plus fort. Les oreilles remplies du battement de son cœur, elle courut le long du sentier menant à la clôture mitoyenne et souleva le loquet de la porte. En se retournant pour voir si quelqu'un l'observait, elle remarqua ses pas dans la neige. Elle revint en arrière pour recouvrir ses traces, puis, marchant à reculons, elle se pencha en avant pour effacer les nouvelles à l'aide de ses mains.

La porte de la cuisine des Alison était fermée à clef, car, à cause du séjour de la famille en Europe, la plupart des domestiques avaient été mis en congé. Au bout du terrain se trouvait une remise, tout juste un peu plus large qu'un placard bas surmonté d'un toit, mais la porte n'avait pas de verrou. Une fois entrée à l'intérieur, elle eut peine à dénicher une petite place où s'accroupir et attendre, au milieu des sécateurs, des tonneaux de pétrole et des sacs de sable.

Au début, insensible au froid, elle se sentit bien protégée dans son réduit. Puis au bout d'un certain temps elle perçut les interstices laissant passer le vent entre les planches, et ses genoux commencèrent à souffrir de sa position. Elle déplaça quelques gros récipients de pétrole et s'assit à même le sol terreux. Qu'est-ce qu'elle aurait aimé entendre ce qui se passait de l'autre côté de la clôture ! Frank et Bette penseraient-ils à venir la chercher, une fois que les policiers auraient renoncé et seraient partis ? Il n'y avait rien d'autre à faire qu'attendre.

Plus tard, M. O'Neill lui demanda comment elle avait interprété la manœuvre du Dr Soper, pourquoi elle n'avait pas été plus surprise que cela qu'on lui donne la chasse de cette manière.

— Mais j'ai été surprise ! J'ai été choquée !

— Mais vous ne vous êtes pas conduite comme une personne surprise ou choquée. Vous vous êtes conduite comme quelqu'un qui s'attendait à être poursuivi. Vous saisissez la différence ? Vous avez réagi trop vite. Comment avez-vous su, lorsque, regardant par la fenêtre vous avez vu la police, que c'était vous qu'elle venait chercher ? C'est votre attitude qui leur pose problème et qui explique en partie qu'ils ne vous croient pas, quand vous affirmez ignorer que vous transmettiez la maladie.

— Je ne la transmets pas !

— Vous voyez ? Même maintenant. On a l'impression d'entendre quelqu'un qui est sur la défensive depuis des années, bien avant qu'on l'ait accusé de quoi que ce soit.

— Ce qui veut dire ?

— Ce qui veut dire qu'il y a bien dû y avoir un moment où le fait que c'était vrai vous a traversé l'esprit. La question qu'ils se posent consiste à savoir si cela vous a traversé l'esprit après leurs accusations ou avant.

— Je ne comprends pas.

— Mais si, vous comprenez. Réfléchissez-y.

Seule dans la remise, elle essaya de ne penser qu'à des belles choses, qu'à des choses normales, qu'à ce dont elle avait besoin chez l'épicier, qu'à ce qu'elle préparerait à Alfred lors de son prochain jour de repos… sauf qu'elle n'arrêtait pas de songer aux policiers lancés à sa recherche. Elle pensa aussi aux gens tombés malades à Oyster Park et à la certitude qu'elle avait qu'ils s'en sortiraient, si elle s'employait à faire baisser leur fièvre. Quelle fièvre rapide, celle-là ! Les médecins parlent de fièvre comme si elles étaient toutes pareilles, mais il y a fièvre et fièvre, et Mary savait les distinguer, rien qu'au toucher. Un jour, tout le monde jouait au tennis, faisait du cheval, et le lendemain ils se plaignaient de vertiges. Plus d'appétit. Le jardinier avait tout vomi près de la citerne. Mme Warren était tombée dans les pommes dans la véranda. Mary en avait suffisamment vu pour savoir que la patronne et les autres adultes malades survivraient. Certes, ils souffraient, déliraient, se tournaient et se retournaient en suant dans leurs draps, et crachaient de la bile. Mais elle connaissait bien la typhoïde, elle l'avait vue à l'œuvre dans toute sa puissance, apportant plusieurs fois la mort, et à chacune de ces fois, dès le départ, le combat avait été inégal. Dans le cas présent, seule la petite Warren était véritablement en danger. Pauvre enfant, huit ans seulement. Elle n'avait pas en elle la rage de se battre des autres. C'était ça, le moment dangereux, quand les malades ne luttaient pas, qu'ils dormaient et regardaient fixement, puis préféraient fermer les yeux. Quand ils ne gémissaient plus, ne déliraient plus. Et la petite était si calme au départ.

Mary avait jeté tout son corps dans la bataille pour éloigner la mort de l'enfant. Elle avait rempli la baignoire à ras bord, et même plongé elle-même la main dans l'eau pour lui montrer comment éclabousser la maison, parquet compris, chose qui n'aurait jamais été permise si tout le monde avait été en bonne santé. Et l'idée avait semblé plaire à la petite. La cuisinière lui avait raconté sa traversée vers l'Amérique et à quoi ressemblait l'Irlande. La petite n'irait jamais en Irlande, lui avait-elle asséné ; en Angleterre, peut-être. À Paris. Mais pas en Irlande. Peu de gens y allaient et beaucoup en partaient. Mais elle était de là-bas, comme la petite était de New York. Comment disait le poète, déjà ? « Tout sauvage aime sa terre natale. » C'est à ce moment qu'elle avait su que l'enfant vivrait. Elle avait levé les yeux vers elle et il y avait de la vie derrière.

« Es-tu une sauvage, Mary ?

— J'en suis une, comme nous tous. »

L'enfant avait réfléchi.

« Moi pas.

— Non ?

— Sûrement pas. »

La petite Warren avait donc survécu, ainsi que tous dans la maison, et ils avaient voulu garder Mary.

C'était en partie ce qu'il y avait de si perturbant à propos de la petite Bowen, ils ne laissaient personne l'approcher. Si elle pouvait seulement la voir ! Même en cet instant, alors que la police fouillait partout pour la trouver, elle était certaine que l'infirmière n'avait pas avancé d'un pas dans le couloir pour voir ce qui se passait. Quand ils avaient frappé pour apporter de la glace et des draps propres, la soignante avait bloqué de son corps la vue sur le lit de l'enfant, pris livraison et aussitôt refermé la porte.

Puis Mary pensa au petit garçon, au bébé Kirkenbauer âgé de deux ans. Juste deux ans. À peine deux ans. Tapie dans la remise des Alison, les mains glacées, elle mit tout en œuvre pour le repousser de son esprit. Elle fredonna des chansons, récita des poèmes. À son retour chez elle, à la fin de son engagement chez les Kirkenbauer, elle n'en avait pas cherché d'autre pendant un mois entier. Elle avait préparé des sandwichs qu'elle vendait aux hommes du dépôt de bois de la 21ᵉ Rue. Ils lui tendaient leurs pièces, elle leur donnait leurs sandwichs. C'étaient de parfaits étrangers et elle décida que c'était ce qu'elle voulait : cuisiner pour des gens, mais surtout ne pas les connaître. Elle ne voulait pas les voir à leur réveil le matin. Elle ne voulait pas que les jambes de leurs enfants enserrent ses hanches. Elle ne voulait pas connaître leur nom.

Elle attendit dans la remise pendant ce qui lui parut être des heures. Elle avait faim et froid, et peur de tomber malade. Qui ferait la cuisine chez les Bowen si cela lui arrivait ? Elle défit une longue toile de jute entourant du matériel de jardin entreposé sur une étagère derrière elle et s'en couvrit les épaules. Elle ramena ses genoux sur sa poitrine et souffla de l'air chaud sur ses doigts. À un moment, elle pensa entendre Bette l'appeler, ouvrit la porte et vit un chapeau de policier se déplacer le long de la clôture. Elle essaya de ne pas penser au temps, de ne pas se demander si elle passerait la nuit ici, si elle ne ferait pas mieux de tenter sa chance en courant le long de la maison des Alison pour déboucher sur le trottoir et se perdre dans la ville. Par moments, elle était persuadée qu'ils allaient abandonner, qu'ils partiraient pour ne plus revenir. À d'autres, elle savait qu'ils iraient l'attendre chez elle. Ils l'attendraient où qu'elle aille.

Après ce qui lui parut être plusieurs heures d'un calme presque absolu, elle entendit la porte de la clôture grincer, des craquements de pas dans la neige. Frank, pria-t-elle, venu lui dire que la voie était libre ! Elle entendit qu'on marchait devant son petit abri ; la silhouette d'un homme assombrit les minces espaces de lumière entre les planches. Quelqu'un se tenait devant la remise. Elle devina que l'étranger jugeait la cachette idéale.

— Mary Mallon, appela une voix d'homme.

Le monde était fin, fragile, de consistance cristalline, et cette voix menaçait de le briser en éclats et de faire exploser les glaçons qui pendaient des arbres. Mary serra les lèvres et ferma les yeux. D'autres pas se joignirent à ceux de celui qui se trouvait déjà devant son refuge. Elle distingua une voix de femme, impérieuse, irritée.

— Elle est ici, déclara la femme comme si cela aurait dû être une évidence pour tout le monde.

Et, dans un ultime sursaut d'espoir, Mary l'imagina l'index pointé en direction des arbres, ou des nuages.

— Mary Mallon, répéta l'homme d'un ton qui lui fit comprendre que c'était la fin.

Il savait vraiment qu'elle se trouvait ici et lui laissait un moment pour se décider à sortir d'elle-même, avant qu'il ne vienne la chercher.

Quelqu'un tira le loquet ouvrant la porte et quatre hommes et une femme se penchèrent à l'intérieur.

Les hanches et les genoux de Mary lui faisaient l'effet d'une paire de ciseaux de cuisine rouillés.

— Je ne bougerai pas d'ici, déclara-t-elle, en s'efforçant d'ignorer la douleur fulgurante de ses articulations. Laissez-moi tranquille.

— Mary Mallon, dit un policier, vous êtes en état d'arrestation. Vous avez…

Elle le poussa. Elle baissa la tête, projeta ses bras en avant et le poussa. Lorsqu'un autre policier approcha, elle lui donna un coup de pied, et en un rien de temps un troisième tenta de lui immobiliser les bras, tandis qu'un quatrième la ceinturait. Elle en sentit un à ses chevilles ; tendant le bras, elle attrapa une poignée de cheveux de femme. La neige était labourée sur le terrain des Alison et Mary sentit l'humidité de sa jupe traverser ses épais bas de laine. Un des hommes attrapa son bras gauche et le tordit dans son dos. Lorsqu'elle se retourna pour lui donner un coup de genou, un autre se saisit de son bras droit. Ils la soulevèrent et la portèrent jusqu'au petit chemin jouxtant la maison des Bowen. Elle essaya de donner des coups de pied, des coups de tête, de se contorsionner entre leurs bras, levant les genoux vers le ciel, puis elle se laissa retomber avec le peu d'énergie qui lui restait : après toutes ces heures passées assise dans le froid, elle était engourdie et ses mouvements étaient gauches, mal exécutés. Un des policiers lui conseilla de se calmer et de se détendre, car elle ne faisait qu'aggraver son cas. Au beau milieu de tout ce remue-ménage s'agitait le Dr Baker. Elle se précipita pour ouvrir la porte du fourgon afin de permettre aux hommes de l'y enfourner.

Le Dr Baker s'avança sur le devant de la salle d'audience. La journée s'articulait autour d'un même schéma : il ne suffisait pas de décrire Mary à un moment précis, il fallait entendre deux, trois ou quatre témoignages de la même scène. L'un des policiers avait déjà raconté l'histoire de bout en bout et déclaré que Mary était un animal, même pire, car le plus sauvage d'entre eux, on peut généralement l'amadouer. Mais elle, pas moyen ce jour-là ! Ni de la raisonner non plus ! C'était la première fois de sa vie qu'une arrestation se déroulait comme ça. Il avait eu des griffures aux bras et au cou pendant des jours.

En observant la dame d'allure sobre qui se tourna vers le juge avant de s'asseoir, elle sut que l'agression d'une femme serait considérée comme pire encore, une femme plus petite qu'elle, une de celles dont la classe sociale les autorise à devenir médecins.

Mais le Dr Baker la surprit. Elle reconnut avoir dû s'asseoir sur la cuisinière pendant le trajet jusqu'à l'hôpital Willard Parker, mais cela mis à part, elle se contenta de dire que Mary avait paru effrayée et que les autres domestiques l'avaient couverte.

— Comme on pourrait s'y attendre de la part d'amis, ajouta-t-elle.

Personne, jusque-là, n'avait mentionné qu'elle pouvait avoir des amis.

— Docteur Baker, l'avez-vous trouvée déraisonnable ?

Le témoin hésita.

— Nous n'avons pas cherché à la raisonner. Quand elle s'est échappée, nous nous sommes concentrés sur sa recherche, et lorsque nous l'avons trouvée, nous l'avons simplement emmenée de force dans le fourgon. Je n'ai donc pas de commentaire à faire sur ce point. Mis à part les deux brèves conversations que nous avons eues, alors qu'elle était encore détenue à Willard Parker, je ne me suis jamais entretenue longuement avec Mary Mallon.

— Ne seriez-vous pas d'avis qu'une femme qui se cache dans une remise pendant tant d'heures pour échapper à une arrestation n'a pas la conscience tranquille ?

Le Dr Baker hésita à nouveau.

— Je dirais qu'une telle personne ne souhaite pas être arrêtée, coupable ou non. Et j'ajouterais que c'est le cas de chacun de nous.

Elle parcourut du regard tous les visages de l'assistance, les mains posées sur les genoux. L'avocat qui posait les questions chercha dans ses papiers, puis les poussa de côté et s'adressa au médecin sans notes :

— Docteur Baker, en tant qu'habitante de New York et docteur en médecine, comment réagiriezvous à l'idée de permettre à Mary de réintégrer la société ? De quitter l'île de North Brother et de renouer avec sa vie antérieure ?

L'interpellée fronça les sourcils. Elle demeura un long moment silencieuse, et dans le public on se demanda si elle avait entendu la question. Finalement, elle s'exprima :

— Je suis d'avis que Mary Mallon ne comprend pas le danger qu'elle fait courir à son entourage. Toutefois, on peut en dire autant du personnel médical qui a été confronté à son cas, ces deux dernières années et demie. Tout ce que je peux dire, c'est que je ne pense pas que Mary Mallon devrait être autorisée à cuisiner. Tous les médecins présents dans cette salle ont reconnu qu'elle était en bonne santé. Qu'adviendra-t-il lorsqu'on aura découvert d'autres porteurs sains ? Faudra-t-il les envoyer tous à North Brother ?

Sur son siège, M. O'Neill sourit. L'avocat de la partie adverse se renfrogna.

— Docteur Baker, demanda-t-il, est-il possible que vous ayez une sympathie particulière à l'égard de Mlle Mallon parce qu'il s'agit d'une femme ?

Le Dr Baker inclina la tête et réfléchit.

— Peut-être.

11

Il fallut finalement quelques jours de plus aux juges pour décider de son sort. Au lieu de la renvoyer jusqu'à North Brother pour la nuit, ils la mirent dans un hôtel avec des gardes postés à l'extérieur de sa chambre. Le matin du deuxième jour, on perdit dix minutes à discuter qui prendrait en charge les frais d'un tel luxe. La ville de New York ? Quel département ? L'un des représentants des autorités sanitaires s'emporta :

— Cette femme nous coûte assez cher comme cela !

Elle passa trois nuits en tout à l'hôtel, et mis à part son lit refait chaque après-midi à son retour de l'audience, il n'y avait pas grande différence avec North Brother. Comme la blanchisseuse de l'hôtel se refusait à lui prêter un fer, Mary consentit à lui confier sa jupe et son chemisier, qui furent lavés et repassés chaque matin largement dans les temps. La petite timide qui lui monta ses vêtements le quatrième jour lui dit :

— Bonne chance à vous, madame. On espère qu'ils vous laisseront partir...

Et Mary d'imaginer tout un groupe de femmes derrière elle, attentives à la suite des événements.

De retour dans l'oppressante salle du tribunal, à dix heures du matin le 31 juillet 1909, le juge Erlinger passa en revue les visages de tous les hommes et femmes présents et déclara que, en raison du risque que constituait la libération de Mary Mallon pour tous les New-Yorkais, elle ne pouvait se justifier. En conséquence de quoi, elle serait renvoyée à l'île de North Brother immédiatement.

Ces mots lui firent l'effet d'un coup de pied dans l'estomac et elle agrippa la table pour ne pas perdre l'équilibre.

— Qu'est-ce que ça signifie ? demanda-t-elle à M. O'Neill.

Dans la salle, tout le monde sembla se réveiller. Certains journalistes se levèrent de leur siège pour hurler des questions au juge, aux experts, à M. O'Neill, à Mary.

— C'est provisoire, assura M. O'Neill. Nous allons continuer à travailler. Écoutez, même leurs propres experts reconnaissent qu'il y a d'autres cas semblables au vôtre, que...

— D'autres cas semblables au mien ? Vous croyez que je transmets la fièvre ?

— Je crois que ce n'est pas la question, Mary. J'ai essayé de ne pas trop y penser, mais, oui, le travail du labo est fiable selon moi, et deux fois sur trois les analyses sont positives.

— Leurs labos ! Dirigés par des gens à eux ! Je vais vous dire une chose, c'est Soper. Il est...

— Mary, calmez-vous. S'il vous plaît. C'est sans importance. Ce qui compte, c'est que vous ne cuisiniez pas, votre fréquentation ne présente pas de risque et on ne peut pas enfermer des gens selon son bon vouloir. Il doit exister une solution préférable.

Elle encaissa la réponse pondérée de son avocat, en se rappelant que pour lui, comme pour tous les présents dans la salle, l'audience ne représentait qu'une poignée de jours, une course à faire, un produit sur une liste de commissions. Alors que pour elle, l'enjeu, c'était toute sa vie. Une fois l'affaire close, s'expliqua-t-elle à elle-même, tout le monde pourra rentrer chez soi, aller pique-niquer ou se rendre au bord de la mer si l'envie l'en prenait. Ils sont tous libres comme l'air sauf moi.

Quand elle pensa au retour, au long trajet en automobile, à la traversée en ferry jusqu'à North Brother, tout cela lui parut inévitable, et les autres possibilités qu'elle avait imaginées – être avec Alfred, trouver un nouveau logement pour eux deux, du travail – n'étaient que des rêves que l'on fait derrière les barreaux.

— Les juges ont stipulé que vous êtes autorisée à recevoir des visites dorénavant, lui annonça M. O'Neill pour la consoler. Vous pouvez écrire à vos amis pour leur communiquer la bonne nouvelle.

Elle se hissa sur la pointe des pieds pour arriver presque à sa hauteur, tentée de lui cracher au visage et de se diriger ensuite vers les juges pour leur faire subir le même sort. À la pensée de Soper, elle sentit ses mains se muer en poings. Leurs experts avaient craint qu'elle ne fût prise d'une crise de rage – quelle femme convenable brandirait un couteau contre un homme respectable ? – et peut-être avaient-ils raison. Qui parmi ses amis, après une absence de plus de deux ans, quitterait son travail et passerait une demi-journée à monter tout au nord de la ville et à traverser Hell Gate pour aller siroter une tasse de thé une demi-heure dans une minuscule cuisine ?

Comment Alfred allait-il réagir à cette nouvelle ? Heureusement qu'il n'était pas présent.

John Cane l'attendait au ferry pour lui raconter tout ce qui s'était passé depuis son départ. La chatte du potager avait donné naissance à une portée de chatons, et tous avaient été pris par des infirmières, sauf un. Le voulait-elle pour lui tenir compagnie ? Avec cette chaleur, les hortensias du mur exposé au sud étaient complètement fleuris, en avance de plusieurs semaines par rapport à l'an dernier, où il avait fallu attendre août. Mary s'en souvenait-elle ? Se rappelait-elle avoir planté des clous rouillés avec lui ? Eh bien, le truc avait marché : les hortensias étaient d'un profond bleu pervenche ! Il parla sans s'arrêter, comme si elle avait été absente une année, et pas seulement une poignée de jours. Lorsqu'elle ouvrit la porte de sa maisonnette, ce fut comme si elle n'était sortie que pour une promenade, et tout – la salle du tribunal, les juges, le Dr Soper, l'hôtel – lui apparut comme une hallucination, comme si elle n'était jamais partie et n'avait pas vu Alfred. Il avait tenté de la voir, à l'hôtel, le premier soir, mais on l'avait envoyé au tribunal. Il ne s'y rendit pas. À cause du travail, supposa-t-elle. Il aurait pu laisser un message au clerc de service ou à l'un des gardes de l'hôtel. Même si on l'avait lu avant qu'elle n'en prenne connaissance, elle aurait apprécié de recevoir un mot de sa part. Mais il n'y avait eu ni visite ni message, et elle était maintenant de retour à North Brother, avec ce John Cane qui lui cornait aux oreilles.

Elle se dirigea vers son bureau et sortit une feuille de papier. Elle resta assise un moment sans trop savoir ce qu'elle allait écrire. Puis elle prit la plume.

Alfred,

À l'heure qu'il est, tu dois savoir qu'on m'a ramenée à North Brother. M. O'Neill dit qu'il va continuer de se battre. Je ne sais pas trop quoi penser. Je suis surtout très lasse. Je ne t'ai pratiquement pas vu.

Je suis autorisée à recevoir des visiteurs maintenant. J'aimerais beaucoup que tu me rendes visite, Alfred. Ce n'est pas formidable, mais au moins c'est quelque chose. J'attends de tes nouvelles.

Mary

Elle n'adressa pas la lettre à la 33ᵉ Rue mais à l'écurie, et la laissa dépasser de sous son paillasson, bien en vue, à l'intention du facteur. Après quoi, elle ferma sa porte et se pelotonna dans son lit. Son corps dégageait une odeur âcre. Son plus beau chemisier était fichu. La chaleur étouffante. Les murs si rapprochés.

Tard dans la nuit, certaine que personne ne la verrait, elle porta le pesant pot de chambre jusqu'à l'East River, l'y vida et retourna immédiatement au lit. Au petit matin, elle entendit la corne de brume du phare derrière l'hôpital. Elle écouta le son rythmé de la truelle du maçon en train de jointoyer les briques du nouveau chemin reliant l'hôpital aux bâtiments annexes. Elle entendit John et ses cisailles s'affairer dans la verdure, et quelqu'un déposer un repas sur son perron trois fois dans la journée. Au bout d'un certain temps, elle décida qu'il en serait désormais ainsi. Elle resterait dans sa cabane, et s'ils avaient besoin d'elle, à eux de défoncer la porte ! S'ils voulaient des échantillons ou pomper son sang, Grand Dieu, ils n'avaient qu'à la droguer et venir à dix pour la maîtriser. Un point, c'est tout. Après quelques jours – elle avait la tête légère par manque de nourriture et les aisselles avides d'être nettoyées à l'aide d'un gant de toilette gorgé d'un puissant savon –, John tambourina à sa porte et l'avertit qu'il était accompagné d'une infirmière et qu'il entrerait coûte que coûte, même si elle se refusait à sortir. Il finit par mettre sa menace à exécution et l'odeur d'herbe fraîchement coupée souleva le cœur de Mary.

— Seigneur, s'exclama-t-il en tournant la tête vers l'air frais de l'extérieur pour prendre une profonde inspiration. Vous voulez vous asphyxier ?

— Sortez !

— Je suis venu avec Nancy, l'informa-t-il.

Comme si elle avait une idée de qui Nancy pouvait bien être, comme si cela l'intéressait de l'apprendre !

— Dites-lui, insista-t-il auprès de la jeune fille.

Les infirmières rajeunissaient à chaque saison, ma parole !

Nancy regarda alternativement John et Mary.

— Dites-lui, insista-t-il, désignant de la tête ce qu'elle avait dans la main.

Mary remarqua qu'elle tenait un journal.

— Il y a un laitier, se lança-t-elle, à Camden, dans le nord de l'État...

Mary attendit la suite. La jeune fille chuchota quelque chose à John, qu'il n'entendit pas. L'Irlandaise se jura de les tuer d'un seul coup de fusil, s'ils ne sortaient pas immédiatement.

— On dit qu'elle se met en colère si...

— Si quoi ? demanda John.

— Si on dit quoi que ce soit qui laisse entendre qu'elle a la fièvre, protesta la jeune fille en reculant d'un pas.

Mary s'assit sur son lit.

— Ne vous préoccupez pas de ça, la rassura-t-il. Continuez.

— Il y a un laitier à Camden qui transmet la fièvre par le lait...

— Que voulez-vous dire ? demanda Mary en se redressant.

— Elle vient de me lire l'article, intervint John. Il s'agit d'un laitier. Il a eu la fièvre il y a quarante ans et n'a pas été malade un seul jour depuis. Partout où on a distribué son lait, il y a eu des épidémies de typhoïde, dans des épiceries et sur des marchés, dans tout New York. On vient seulement de remonter jusqu'à lui. Il a rendu beaucoup de gens malades. On parle de centaines. Plus que...

— Plus que quoi ?

— Plus que le nombre de malades dont on vous rend responsable. Beaucoup plus.

— Où est-ce qu'ils vont l'envoyer ? Pas ici, je suppose. Camden est tout au nord, près de Syracuse, n'est-ce pas ?

— Nous y voilà ! Ils ne l'enverront nulle part.

— Comment cela ?

— Parce qu'il est chef de famille et a des enfants, ils ont décidé que ce serait trop compliqué de le mettre en quarantaine, donc il est autorisé à rester où il vit, tant qu'il promet de ne plus rien avoir à faire avec la production laitière. Ce sont ses fils qui s'en occupent, lui, il donne les ordres.

— Vous voulez dire qu'ils l'ont isolé quelque part à Camden à proximité des siens ?

— Non, Mary. Ce que je veux dire c'est qu'ils le laissent habiter sa fichue maison. Vous comprenez ? Avec sa femme. Avec ses chiens, avec ses fils et ses petits-enfants. Il ne lui est rien arrivé à ce type, sinon qu'on lui a dit de ne pas s'approcher du lait destiné à la vente. Pour son lait personnel, il est libre de faire ce qu'il veut. Personne dans la famille n'a jamais attrapé la typhoïde, votre Dr Soper pense donc qu'ils sont immunisés.

— Soper ? Il est allé là-bas ?

Elle voulait s'assurer qu'elle avait bien compris.

— Des centaines, vous dites ? Des centaines ? Ils disent que j'en ai contaminé vingt-trois.

Ce fut l'une des rares fois où elle prononça le chiffre tout haut.

— Je crois, si vous permettez, interrompit Nancy, qu'on vous considère plus comme un... disons, un cas spécial. Il y a un passage sur vous à la fin, ici.

Et de tendre le journal plié à Mary.

— Cet homme sait qu'il a eu la typhoïde il y a quarante ans. Il s'en souvient bien. Vous, vous prétendez ne l'avoir jamais eue. Donc...

— Je prétends ? reprit Mary en s'avançant vers la fille, la main tendue vers le journal.

Celle-ci le lui laissa prendre avant de se reculer.

— Partez maintenant, s'il vous plaît ! Vous pouvez dire aux autres infirmières de ne pas perdre leur temps à venir jusqu'ici, dorénavant, pour demander des échantillons, elles risquent de ne pas apprécier ce que je ferais de leurs flacons. C'est terminé, tout ça. Vous comprenez ?

— Je comprends.

Au départ de Nancy, John annonça qu'il allait s'asseoir sur le perron, où l'air circulait un peu mieux.

— Elle voulait juste vous aider, Mary, déclara-t-il par-dessus son épaule. Elle n'était pas obligée de me parler de cet article. Elle pensait que cela vous intéresserait.

— Tout le monde veut m'aider. Et vous voyez où ça m'a menée !

Elle fixa l'arrière de la tête de son visiteur, sa nuque rougie par le soleil, puis, avec un soupir, vint s'asseoir à côté de lui.

— Si vous ne lui étiez pas rentrée dans le chou, Nancy vous aurait également appris qu'il existe beaucoup, beaucoup d'autres cas comme vous et ce type de Camden. Les autorités sanitaires ont remonté jusqu'à plusieurs d'entre eux en partant d'épidémies locales.

— Et aucun n'est en quarantaine ?

— Aucun.

Mary tenta de faire abstraction de la puanteur de son corps et regarda la lune, qui n'était encore qu'une impression sur fond de ciel bleu. À force d'être restée si longtemps allongée, ses muscles s'étaient affaiblis. Elle se pencha vers le plateau qu'avait apporté John et rompit un morceau de pain.

— Mais comme j'étais la première, c'est moi qui ai gagné le gros lot !

— J'imagine.

Il arracha un brin d'herbe qu'il mit dans sa bouche, s'accouda et ferma les yeux.

— J'aime bien être ici par un temps pareil. On se croirait à la campagne et l'air circule bien sur l'île, comparé à là-bas.

Il leva le menton pour désigner l'eau, les hauts bâtiments sur l'île plus grande, à l'ouest. Puis il se redressa.

— Oh, avant que j'oublie ! J'ai débroussaillé un chemin de l'autre côté, vous savez, près de ce nid de héron que vous avez trouvé l'autre fois ? Il descend jusqu'à la plage et si vous marchez un peu, et que vous mettez les arbres entre vous et l'hôpital, ce dernier disparaîtra de votre champ de vision.

Elle l'imagina en plein labeur, progressant à travers les mauvaises herbes et les ronces, et des fourrés auxquels on n'avait pas touché depuis des années, sinon jamais. Ses bras étaient tout bronzés à force d'avoir passé tout ce temps à l'extérieur. Parfois, elle se demandait s'il était assez robuste pour le travail qu'il accomplissait. Il lui devait peut-être sa robustesse. Il devait avoir une bonne cinquantaine, même plus, mais elle-même n'approchait-elle pas de la quarantaine ? Sa mère était morte à trente ans, sa grand-mère à cinquante-huit. Quand avait-il trouvé le temps de défricher ce chemin avec tout ce qu'on lui demandait ? Il rapportait que le conseil d'administration de l'hôpital voulait des primevères le long du fronton est, et des chrysanthèmes dans le jardin, et des pelouses bien tondues, et des haies taillées, et une île aussi impeccable que les couloirs de l'hôpital. Riverside était une institution modèle, un exemple pour tous les établissements hospitaliers destinés à l'accueil et à l'étude des maladies contagieuses. Mais John n'en faisait qu'à sa tête, à l'image de Mary face à une patronne qui croyait mieux connaître sa cuisine qu'elle. Si on le cherchait pour une raison ou pour une autre, il suffisait de le pister à l'odeur de sa pipe : cette pipe qu'il sortit de sa poche de chemise et bourra. Ainsi, il avait toujours su qu'elle reviendrait. À moins – la pensée la traversa à l'instant – qu'il ne l'ait espéré.

— Merci, John.

John opina en approchant l'allumette du tabac, et il tira sur le tuyau des bouffées brèves et prudentes.

— Avez-vous vu votre homme, là-bas, à l'audience ?

— Oui.

— Bien. C'est bien.

Elle passa août et septembre à rôder aux extrémités de l'île. Chaque matin semblait plus frais que le précédent, et il lui fallut bientôt s'envelopper de son châle. Elle marchait sans bas sur le sable tassé, chaussures à la main, sautant d'une pierre lisse à l'autre, s'arrêtant toutefois là où l'eau devenait sournoise. À l'extrême pointe sud où elle se reposait, elle découvrit South Brother, petit frère de North Brother. De son point de vue, cette île paraissait verte et dense et beaucoup plus gaie, car on n'y connaissait ni l'insultante quarantaine ni la mort quotidienne à l'hôpital. Parfois, lorsqu'elle restait parfaitement immobile, une aigrette blanche venait se poser près d'elle et l'inspecter. Son plumage était d'une pureté et d'une splendeur telles que Mary se demandait comment l'oiseau pouvait habiter le même lieu que d'autres êtres vivants remarquables pour leur saleté et leur lassitude, et elle s'incluait dans cette description peu ragoûtante. Certaines fois, lorsque, le soleil dans le dos, le volatile déployait ses ailes et que la délicate créature scintillait, elle y lisait un signe de bon augure.

Personne ne partait plus à sa recherche dorénavant. Auparavant, si elle ne répondait pas lorsque l'on frappait à sa porte, ou qu'on ne la trouvât pas dans un des massifs de fleurs voisins, on l'envoyait chercher.

« Je croyais que j'étais libre d'aller où bon me semble », se rebiffait-elle, furieuse de constater qu'une nouvelle promesse était bafouée.

Et cela d'autant plus que la réponse était toujours la même :

« Bien sûr que vous l'êtes ! »

Alors même qu'elles la tiraient par le coude et que les flacons de verre tintaient dans leurs poches de jupe !

Jamais de sa vie elle n'avait disposé d'autant de temps. Elle essaya de se rappeler son enfance, mais déjà ces années-là lui semblèrent chargées de responsabilités : aller chercher de l'eau et la porter à ébullition, faire le ménage et la cuisine, jardiner, ratisser, écrire ses devoirs à la lueur de la lampe, pendant que mamie épluchait à toute vitesse les pommes de terre qu'elle empilait en gros tas sur la table. Les infirmières ne s'approchaient plus d'elle dorénavant et elle se demandait si cela résultait de la décision des juges, des clauses dont elle n'avait pas voulu prendre connaissance, en vertu desquelles, si elle était confinée à un lieu précis, elle était en revanche exemptée de tests, d'analyses et de visites bihebdomadaires.

À la mi-septembre 1909, quelques semaines après l'audience, Mary reçut une lettre d'Alfred. Lorsqu'elle vit le porteur du message se diriger vers sa maisonnette, se figurant qu'il s'agissait juste d'un point de M. O'Neill sur l'état du dossier, elle ne se précipita pas pour l'intercepter. Mais quand elle vit l'écriture de l'enveloppe, ses mains devinrent moites. Elle resta à l'observer un moment, puis l'ouvrit.

Chère Mary,

J'espère qu'on t'a rapporté que j'ai tenté de te voir à l'hôtel où on t'a gardée. Je ne sais pas pourquoi ils ne m'ont pas laissé entrer. Je ne sais plus si je t'ai dit que je t'ai trouvée très belle le jour où je t'ai vue, et pour être franc, j'avais presque oublié combien tu l'étais.

Si je t'écris maintenant, c'est parce que j'aimerais venir te voir là-bas. J'avais espéré qu'ils te libéreraient et que ça ne serait pas la peine, mais je crains maintenant que cela prenne plus de temps. Encore deux ans. Peut-être plus.

Je me suis renseigné sur les ferries, et comme il n'y en a pas le dimanche, sauf pour le personnel de l'hôpital, j'ai l'intention de passer te voir samedi en huit. Peut-être pourrais-tu annoncer ma visite aux gens concernés de façon à ce que je n'aie pas de problème en arrivant. On pourra aller se promener ou faire ce que tu as l'habitude de faire pour passer le temps. Ce qui compte pour moi, c'est de te voir.

À bientôt,

Alfred Briehof

Plus d'un détail de cette lettre déplut à Mary. « J'avais presque oublié », pour commencer. Et puis : « deux ans. Peut-être plus ». Mais plus que tout, elle n'apprécia pas le côté solennel de sa signature, « Alfred Brichof ».

12

Alfred avait eu autrefois une charrette à bras. Il avait exercé toutes sortes de boulots, mais les mois de la charrette à bras sortaient du lot. Il disait qu'il en avait marre de charrier du charbon, encore plus de vider des poubelles, et plus que tout d'obéir à un patron. Il avait occupé à peu près tous les emplois physiques possibles, et son corps avait besoin de faire une pause. Si l'on en croyait la façon dont il se décrivait, il était chaleureux et aimait le contact avec ses congénères. Il s'en alla donc louer une carriole pour vingt-cinq cents la journée.

— Tu as juste à te tenir debout, Mary. Te tenir debout et causer. Et en plus tu gagnes ta vie.

Lui préférait être assis quand il parlait, et de préférence avec un verre d'alcool fort à portée de la main, mais elle tut tout cela. Après tout, il était possible qu'il se connaisse un peu mieux lui-même qu'elle ne le connaissait, elle ; elle ravala donc ses réserves et l'encouragea. Comme les bouchers de l'East Side n'avaient pas de secret pour elle – ceux qui gardaient le pouce appuyé sur la balance, comme ceux qui entreposaient leur viande à même le sol de la cave, où la pluie s'engouffrait et où il arrivait que les tuyaux d'égout éclatent –, elle l'aida à trouver un fournisseur. Comme la rue où il comptait s'installer dénombrait déjà trois volaillers, il vendit des morceaux de bœuf, de porc et d'agneau. Pour se faire connaître, il proposa des tranches de corned-beef accompagnées de haricots à consommer sur le pouce, et pour cinq cents de plus, une pomme boulangère. Elle lui montra comment conserver les plats au chaud et quelle portion servir dans l'assiette.

Dès la fin du tout premier mois, il avait compris que le commerce de la viande n'était pas pour lui. De grosses mouches noires lui tournaient autour tout au long de la journée, tout en pondant leurs œufs sur sa charrette, si bien qu'il fut forcé de passer à la vente des fruits. Les Juifs et les Italiens étaient les mieux placés auprès des grossistes : ils achetaient tout ce qui était à moitié pourri, ne laissant que la première qualité aux marchands des quatre-saisons, ce qui obligeait les grossistes à pratiquer le prix fort avec eux. Entre le coût des fruits de qualité, la carriole, le bakchich aux policiers, plus ce qu'il fallait payer à l'épicier pour le bout de trottoir qu'il lui louait, sans oublier l'encaisseur et l'homme d'influence, qui n'était autre que le patron du bar du coin, Alfred se trouva dans le rouge après seulement deux ou trois mois. Et pour tout arranger, comme il était placé juste à côté de l'un des volaillers, il n'échappait pas aux mouches, qui sautaient des carcasses avariées dissimulées sous la charrette du voisin sur ses superbes pommes et poires, pour y déposer leurs œufs.

Une fois la vente de fruits abandonnée, il passa au maïs chaud, avec un certain succès pour un temps, disons trois ou quatre mois. Mais il en eut vite assez et opta pour un produit qui ne se vendait pas à dix pâtés de maisons à la ronde : des jouets ! Bateaux miniatures. Chevaux de bois. Poupées. Crécelles.

Chapeaux rigolos. Le succès fut immédiat. Alfred commençait à neuf heures du matin et s'arrêtait avant le souper, à quatre heures de l'après-midi. Aucun risque que ses produits pourrissent ou se gâtent au soleil ! Et même les enfants le laissaient tranquille, à moins de vouloir lui acheter quelque chose. Alors que les mécontents bombardaient les étals qui leur avaient vendu des fruits pourris, que les carrioles de poisson se bousculaient, se renversaient et encombraient Forsyth Street, Alfred se retrouvait seul à vendre pour cinq cents ce qu'il avait acheté trois.

Quand Mary se remémorait ses plus beaux jours avec Alfred, si elle mettait de côté les premiers temps où ils étaient tous deux si jeunes et passaient leurs jours de repos à se balader ou à boire du café, c'était cette époque où il vendait des jouets qui lui revenait en mémoire comme la plus heureuse de toute leur vie commune. Elle se rappelait les visites qu'elle lui rendait à son coin de rue, la manière dont il se conduisait avec les enfants qui s'approchaient, les aguichant avec ses promesses de trains scintillants et d'oiseaux en papier. Même ceux qui n'avaient en poche qu'un seul cent repartaient avec un bonbon. Ces jours heureux durèrent plus longtemps que Mary ne l'avait prévu. Une année entière : d'octobre 1904 à octobre 1905. Ensuite, à peu près quand le temps vira au froid, il se mit à rentrer à la maison d'humeur taciturne et à promener sa nourriture autour de son assiette. Finis les moments où il trouvait la vie belle ! Elle était, disons, acceptable... pour l'instant.

— Qu'est-ce que tu dirais d'avoir ta propre boutique ? suggéra Mary.

Le rêve n'était pas hors de portée. Avec quelques années d'économies de plus, un loyer raisonnable et un bon emplacement, cela pouvait devenir réalité.

L'année 1905 avait été excellente pour elle. Elle avait travaillé sans interruption, et pendant ses jours de congé avait cuisiné pour des déjeuners de dames.

— Ma propre boutique ? s'exclama-t-il, choqué. Ce que je veux, Mary, c'est moins de jouets, pas plus ! Ces gosses, soupira-t-il en se prenant la tête entre les mains, tu ne peux pas imaginer le boucan qu'ils font. J'en ai pris un en train de fourrer une poignée de bonbons dans ses poches, et quand je lui ai demandé de les retourner, il m'a dit qu'il avait payé, alors que je savais très bien que ce n'était pas le cas. Je lui aurais volontiers flanqué une raclée, si son père n'avait pas été juste derrière lui, tout sourire, probablement en train d'apprendre à son gamin comment procéder. Ils sont pires que les mouches !

Il commença à se lever tard, à se mettre au boulot à midi pour arrêter à deux heures. Sa charrette était entourée de deux dizaines d'autres carrioles, collées les unes contre les autres. La plupart vendaient de la nourriture, et il prétendait que dessous s'amassait l'équivalent d'une année de détritus. Mary ne comprenait pas pourquoi la situation devenait soudain insupportable, alors qu'il en avait toujours été ainsi. À la différence des autres quartiers, où la voirie ramassait régulièrement les ordures, celles-ci formaient, dans le Lower East Side, une véritable couche de plusieurs centimètres à laquelle il était impossible d'échapper. Chaque jour, la foule piétinait de nouveaux déchets, et lorsque les balayeurs de la ville débarquaient avec leurs instruments à trois poils, le mardi matin, ils se révélaient aussi efficaces qu'une cuillère à café pour vider une plage de sable.

— Mais on approche de l'hiver. La puanteur est toujours moindre en cette saison.

Cependant, Alfred avait décidé de se fermer à tous les arguments.

Lors de la première chute de neige, au lieu de s'occuper de sa charrette, il se présenta au service de la voirie pour demander s'ils avaient besoin d'un extra pour dégager les rues. Il fut engagé, reçut un uniforme blanc pimpant assorti d'un chapeau, et s'en alla chercher sa carriole, son balai et sa pelle en compagnie des autres « Ailes blanches ». Dernier directeur en date des services d'hygiène publique de la ville de New York, le colonel Waring se référait à ces White Wings[1] comme à une armée, et Mary supposait que c'en était bien une, en effet, combattant l'ennemi « ordure », aussi puissant et envahissant que n'importe quel usurpateur étranger. Mais en février 1906, après des chutes de neige battant tous les records, et bien que les services d'hygiène publique soient allés jusqu'à Otisville pour recruter soixante-quinze hommes supplémentaires au sanatorium, afin d'aider à déblayer la neige, on demanda à Alfred de rendre son uniforme.

— Qu'est-ce que tu as fait ? demanda-t-elle lorsqu'elle l'apprit.

Poser des questions pour lesquelles elle n'obtenait jamais de réponses était une habitude dont elle semblait avoir du mal à se défaire.

— Ils cherchent désespérément à recruter, ils passent des annonces partout, et dans le même temps ils te laissent partir ?!

Quand elle comprit qu'il ne répondrait pas, elle le suivit dans l'escalier, dans la rue, se colla à lui

---

1. Les White Wings (« Ailes blanches ») sont ce corps de cantonniers créé par la municipalité de New York pour améliorer l'hygiène des rues et des *tenements,* et appelés ainsi en raison de la couleur de leur uniforme.

lorsqu'il prit à droite puis à gauche pour tenter de la semer. Il finit par se retourner :

— Vas-tu me lâcher à la fin, Mary ?

— Hors de question tant que je ne comprends pas ! Il faut que tu m'expliques.

— C'est que... j'sais pas. C'est pas vraiment une foutue armée, mais eux, ils croient que c'en est une. On se gèle dehors. À midi, on a les gants trempés. Il a bien fallu que je me réchauffe.

Elle comprit parfaitement ce qui s'était passé. Il s'était rendu au travail avec sa flasque, l'avait glissée dans sa poche ou dans sa botte, et avait siroté pour se réchauffer en travaillant. Et un jour, il avait siroté plus que de raison.

Après cette déconfiture, il cessa complètement de chercher du travail et partit tôt chaque matin s'asseoir au Nation's Pub pour la journée. Mary se tut pendant quelques semaines, se rappelant que, comme les chats, les hommes ont besoin de lécher leurs blessures un bon bout de temps, avant de retourner au combat. Et puis elle arrêta de laisser faire. Quand il se levait et s'habillait, elle lui demandait une dizaine de fois où il allait, et lorsqu'il finissait par lui dire ce qu'elle savait déjà, elle ne pouvait se retenir de dévaler l'escalier sur ses talons, en l'avertissant qu'il ferait bien de se réveiller, de prendre garde, que la vie n'était pas faite pour être gâchée sur un tabouret de bar, et que s'il cherchait une femme pour le materner dans ce rôle, il ferait mieux d'aller voir ailleurs. Il avait toujours bu. Depuis le premier jour. Mais comme tous les hommes. C'était un buveur constant dépassant lentement et aisément la mesure, mais qui n'en travaillait que mieux avec un petit gorgeon par-ci par-là. Il avait été un temps où il charriait du charbon, menait un attelage et portait un piano comme personne. Quel mal y avait-il à ce que, pendant le travail, des hommes se passent une flasque, rigolent un peu, histoire de se donner du cœur à l'ouvrage ? Or lui, il avait dépassé les limites, au point de se retrouver au bord du gouffre. Et inévitablement, il avait fini par chuter.

Les moments où il sortait du trou étaient brefs et glissaient sur Mary comme une brise par un après-midi humide. Un jour, il se trouva suffisamment en forme pour replâtrer l'encadrement de leur fenêtre et même repeindre le mur entier. Un autre, il suffit qu'elle mentionne une seule fois la nécessité de changer de matelas pour qu'il aille en acheter un et le monte sur son dos jusqu'au sixième. Il le posa sur le lit – qu'il refit – et alla se débarrasser de l'ancien au coin de la rue avant le retour de sa compagne.

— Surprise ! lança-t-il, non sans l'avoir encouragée à se reposer après une si longue journée.

Elle ne regarda pas dans l'enveloppe remplie d'argent (sa réserve) du placard. Peu importait. Il l'avait entendue et avait agi en conséquence ; elle n'allait pas tout gâcher par une simple question. Une autre fois encore, après une absence de vingt-quatre heures, il rentra sobre et rasé, et lui annonça qu'il allait l'emmener manger un steak chez Dolan's et qu'ensuite ils descendraient boire une bière à Germantown. Au lieu de lui demander où il était passé, elle suggéra de sauter Dolan's et d'apporter leur dîner à la brasserie, afin de lui donner plus de temps pour parler allemand avec ses compatriotes, tandis qu'elle en aurait aussi, de son côté, pour écouter ce langage saccadé sortant de sa bouche. À la maison, il ne s'exprimait jamais dans sa langue maternelle. Il ne lui en avait jamais appris un seul mot, et certains jours elle se demandait si là ne résidait pas la clef du problème, ce qui les séparait. Elle n'avait qu'à être capable de le comprendre, de le comprendre intégralement quand il parlait allemand, et ils seraient heureux, et tout irait bien.

Et puis il disparut à nouveau pendant quelques jours. Deux fois, Mary le surprit en train de tourner en rond dans le voisinage et, pire, entendit des voisins le nommer.

« En parlant à Alfred, hier... » disait l'un ou l'autre.

Mais le sang qui affluait dans sa tête l'empêchait de saisir la suite.

— Je ne peux pas vivre comme ça, lui déclarat-elle à son retour.

Il se contenta de sourire et de la serrer dans ses bras ; il lui dit qu'elle lui avait manqué et l'attira à lui, hanches contre hanches. Comment faisait-il pour sentir si bon après sa beuverie ? Où était-il allé se laver avant de revenir à la maison ? Elle devenait de plus en plus incapable d'endiguer ce mur de questions et ne parvint pas à jeter du sable sur la terrible fureur qui s'était emparée d'elle au premier geste amoureux, et n'eut de cesse de croître avec ceux qui suivirent. Lorsqu'il la tira vers leur lit, il lui fut impossible de n'avoir en tête que le corps réchauffant d'Alfred : même si elle savait que tout allait mieux lorsqu'elle oubliait le reste et le laissait la soulever et la prendre, et ainsi être l'Alfred qui lui était le plus cher.

Le 4 juillet 1906, Alfred se montra bon et sobre. Il demanda à deux hommes du voisinage de l'accompagner à East Harlem, où ils achetèrent deux caisses de feux d'artifice, tout en annonçant à tous ceux qu'ils croisaient qu'ils les lanceraient à minuit, au milieu de la Troisième Avenue. Il en parla comme d'une tradition annuelle, même si Mary ne se souvenait que d'une seule occasion où il en avait organisé un. Une fois dans la rue, à minuit, il cria à tout le monde de se reculer au loin pour ne pas se faire tuer. Au moment d'allumer le premier engin, il se rappela les Borriello et leurs trois jeunes fils, qui ne devaient rater ça à aucun prix.

— Monte les chercher, Mary, s'il te plaît ! Vois s'ils sont réveillés.

Il se tenait au milieu de la chaussée, une allumette à la main. Mary, comme tout le monde, était certaine que les Borriello seraient éveillés, car qui pouvait dormir par une nuit pareille ? C'était l'une de ces nuits d'été où le plus fin des draps de coton était aussi lourd et étouffant qu'une couverture de laine vierge. Les gens avaient apporté leur oreiller sur les toits ou les escaliers d'incendie. C'était la première d'une série de nuits insupportables qui dureraient jusqu'en août, et la plupart des hommes étaient descendus en maillot de corps. Ils suaient et respiraient avec difficulté en attendant que le ciel s'illumine.

Elle courut tambouriner à la porte des voisins.

— Est-ce que les garçons veulent descendre pour voir ? demanda-t-elle à Mme Borriello, qui entrouvrit d'un centimètre. Ça ne durera que quelques minutes. Je les surveillerai.

Il y eut un silence. Mary pensa que la porte allait se refermer, mais c'est le contraire qui se produisit, deux garçons surgirent pieds nus et dépassèrent Mary. Âgé de trois ans, le petit dernier courut après ses frères.

— Ils ont peur que je change d'avis, expliqua Mme Borriello en souriant.

— Et vous, et M. Borriello ? Vous ne descendez pas ?

— Je regarderai de la fenêtre. Mon mari travaille de nuit.

— Ne ratez pas le spectacle, conclut Mary, avant de se retourner et de partir à la poursuite des gamins. Je vous les ramène dès qu'il est terminé.

À son retour, la foule était encore plus nombreuse. Un cercle d'enfants entourait Alfred au plus près et derrière eux s'amassaient les adultes. Elle reconnut des clients croisés à l'épicerie de la Deuxième Avenue et un père et son fils habitant la 28e Rue. Alfred beugla à tous de se reculer loin, loin, encore plus loin, puis, quand il estima qu'ils se trouvaient à distance raisonnable, il s'accroupit au-dessus de la boîte d'emballages cylindriques, petits anneaux et fusées, avec leurs amorces pendant telles des queues, et il procéda à sa sélection. Avant qu'elle ait eu le temps de lui dire de prendre garde, il gratta une allumette contre une pierre et se rua en arrière, bras levés, comme il l'aurait fait devant un troupeau de bêtes menaçant de le piétiner.

— Qu'est-ce qui s'est passé ? demanda le plus âgé des Borriello, tandis que la foule fixait la petite flamme qui remontait la mèche de la première fusée avant de s'éteindre.

— Raté ! s'exclama un autre gamin. Essayez-en une autre !

Alfred choisit une autre fusée… sans plus de résultat. Quelques hommes s'approchèrent comme pour tenir un conciliabule, tandis que le reste de la foule, impatient, commençait à bouger dans diverses directions.

— Tout va bien, lança Alfred après quelques instants, problème réglé !

Une nouvelle fois, il demanda à tout le monde de reculer et de faire attention, et, au troisième essai, lorsque l'allumette entra en contact avec l'amorce, la petite boule de feu dévora la fine ficelle en un rien de temps, et la fusée s'envola vers le ciel, en poussant un cri strident, au-dessus des immeubles de la Troisième Avenue, et décrivit brièvement un arc vers l'ouest, avant d'exploser en rouge, blanc et bleu, si haut qu'elle sembla éclairer la totalité de Manhattan. Le public était ébahi, les visages illuminés, les enfants bouche bée ; pendant une demi-heure, jusqu'à ce que brille la dernière étincelle, Mary fut fière de lui et de ce qu'il avait fait pour eux tous, et retrouva les raisons de son amour pour lui.

Il eut un comportement correct pendant les trois semaines qui suivirent. Même s'il ne travaillait pas, il ne fréquentait pas les bars et il lui arrivait de préparer à dîner, de lui acheter le journal et de faire de longues marches. Lorsque Mary reçut le message lui demandant de se rendre à Oyster Bay plus tôt que prévu, parce que le petit-fils de la cuisinière habituelle était venu au monde prématurément, Alfred réagit comme si c'était un mensonge et qu'elle avait inventé toute l'histoire pour le fuir. Il disparut donc, et lorsqu'il reparut, juste à temps pour lui dire au revoir, elle l'évita et descendit dans la rue. Elle ne voulait pas le regarder. Elle ne voulait pas s'entendre dire tout ce qu'elle savait qu'elle devrait lui dire.

Le reliquat de son stock de jouets – une dînette, un chat en porcelaine avec un œil bleu et l'autre marron, des billes, un jeu d'échecs, une dizaine de soldats de plomb au visage non coloré – traînait dans une boîte dans un coin de leur chambre depuis six mois. Avant de partir pour Oyster Bay, elle la déposa devant la porte des Borriello.

Rétrospectivement, dans la tranquillité de North Brother et en compagnie de son aigrette, les pieds nus couverts de sable humide pendant que l'eau léchait l'ourlet décousu de sa jupe, tout cela lui semblait bien loin, bien plus loin que deux ans. Ces disputes avec Alfred, au cours de ce chaud printemps et de cet été torride de 1906, à le talonner dans l'escalier de leur immeuble – la sueur ruisselant entre ses seins –, ressemblaient à une éruption de fièvre. Et à l'image de tant de malades qu'elle avait soignés, elle se retrouvait dorénavant de l'autre côté, étonnée de constater que sa peau était fraîche au toucher, effarée par la blancheur crue de toute chose lorsque la passion ne la colorait plus, qu'il n'y avait plus ces passages abrupts de la joie à la colère. Au centre de tout, comme une suite de notes jouées sur un registre plus grave, tandis que le reste de la chanson se développait en variations, se trouvait son amour pour lui. Elle l'aimait depuis qu'elle avait dix-sept ans, et même lorsque l'envie la prenait de se saisir de sa poêle et de lui en donner un coup, même ce jour où elle se saisit effectivement de la poêle pour lui en donner un coup, elle l'aimait. Comme ce serait plus facile sans tout cet amour !

La veille de sa visite, en soirée, Mary tira la bassine entreposée dans un coin couvert de toiles d'araignée de sa cabane, pour la placer au centre de la pièce. Elle y passa un linge humide afin d'en retirer la poussière, puis la remplit bouilloire après bouilloire jusqu'à ce qu'elle soit à moitié pleine. D'habitude, lorsqu'elle voulait prendre un bain, elle poussait jusqu'à l'hôpital – il y avait là-bas des baignoires équipées de robinets d'eau chaude et d'eau froide –, mais elle ne voulait pas qu'on la questionne, ni qu'on la voie, ni qu'on la bouscule. Elle prépara son savon, sa pâte dentifrice, son gant de toilette, son shampoing, et lorsqu'elle entra dans la cuve et se baissa, l'eau déborda et coula en rigoles jusqu'à la porte.

Elle se frotta. Elle se pinça le nez et plongea la tête sous l'eau, puis appliqua du shampoing dont elle massa son cuir chevelu avec tous ses doigts. Elle replongea pour se rincer, se savonna le cou, frictionna ses longs bras, puis ses jambes, en les soulevant l'une après l'autre. Elle se releva prestement pour se savonner la poitrine, le ventre, les hanches, entre les cuisses, et s'enfonça à nouveau dans l'exquise chaleur de l'eau, en se demandant pourquoi elle n'accomplissait pas plus souvent ce rituel.

Elle s'immergea dans l'eau et réfléchit à l'attitude qu'elle devrait adopter à son arrivée. Impossible de lui pardonner de s'être si peu manifesté. Si c'était lui qui avait été emprisonné, elle lui aurait envoyé ce qui comptait le plus pour lui. Elle se serait démenée pour le voir, même si on lui avait dit que les visites n'étaient pas autorisées. Or ce n'était pas lui qui avait été mis en quarantaine, alors à quoi bon dire ce qu'elle aurait fait, *elle*, ce qu'il aurait dû faire, *lui*, et dresser la longue liste de ses récriminations, au moment où, enfin, il venait ? Peut-être était-il en train de tourner une nouvelle page. Avant de mourir, tante Kate l'avait qualifié de filou, tout en ajoutant qu'il était le plus charmant et le plus beau filou qu'elle avait rencontré de sa vie. Et Mary savait qu'elle l'aimait bien, car chaque fois qu'il passait la chercher, tante Kate lui servait une assiette de ragoût et, quand il y en avait, une goutte de whiskey. Ensuite, la vieille femme faisait le tour de chez elle en indiquant du doigt les objets qui reviendraient à

Mary pour son mariage. Sa pendule de cheminée, ses oreillers à bordure de dentelle.

« Et si je ne suis plus là, j'ai établi une liste pour Paddy. Pour le jour du mariage de Mary, j'ai écrit la liste de tout ce qui vous reviendra. »

Elle passa un peignoir propre et prit un bocal sur l'étagère afin de vider la bassine… jusqu'à ce qu'elle soit suffisamment légère pour la pousser jusqu'au seuil, où elle déversa le restant d'eau. Elle l'écouta couler du perron sur l'herbe, puis sur les pensées et les gueules-de-loup de John Cane. Il n'aurait pas à les arroser, le matin venu.

Elle se préoccupa de se brosser les cheveux et d'y tracer une raie. Ne possédant pas de bigoudis, elle enroula chaque mèche autour de son doigt avant de se l'épingler sur le crâne. Comme ses cheveux étaient longs et épais et qu'elle n'avait qu'une dizaine d'épingles à disposition, elle dut s'y reprendre à deux fois. Il se rendrait probablement tout de suite compte du mal qu'elle s'était donné. Il la connaissait suffisamment bien pour savoir qu'elle ne frisait pas naturellement. À moins qu'il n'ait jamais fait attention.

Elle compta le nombre d'années écoulées depuis leur première rencontre : presque vingt-trois ! Deux ans de moins que la durée de son séjour en Amérique. La première fois qu'elle l'avait vu, elle était employée chez les Mott, et bien qu'elle fût alors blanchisseuse, elle donnait un coup de main à la cuisinière, à l'office. C'était l'accord convenu avec l'agence : si elle voulait un jour être recrutée comme cuisinière en titre, il lui faudrait auparavant acquérir de l'expérience. Lorsqu'elle avait entendu la sonnette, elle avait arrêté d'éplucher les haricots. Où était passée la bonne ? Elle s'était essuyé les mains, et au bout du couloir elle avait distingué le bras et la hanche d'un homme à travers l'étroite vitre encastrée dans le chêne de la porte. N'était le bruit de la sonnette, il régnait un silence total dans la maison. Aucun visiteur n'était attendu ce jour-là.

— J'apporte l'anthracite, annonça l'homme lorsqu'elle ouvrit le battant.

Son sac posé à côté de lui, il était couvert de poussière ; les traces de charbon sur son front étaient de la même couleur que ses cheveux.

— C'est la porte d'entrée ici ! chuchota vivement Mary en se dépêchant de sortir et de refermer derrière elle. C'est par là que vous passez quand vous livrez vos autres clients ?!

Elle se retourna et jeta un coup d'œil par la vitre pour voir si quelqu'un venait.

— D'habitude, je livre les compagnies. Aujourd'hui, je fais un remplacement.

Il sembla n'avoir cure de la réaction de Mary et ne manifesta pas la moindre intention de soulever son sac. Au lieu de quoi il s'appuya à la rampe de fer du perron à trois marches.

— Et vous êtes quoi, vous ? La nurse ?

— Non.

Ses pommettes hautes lui rappelaient celles d'un loup. Sa mâchoire était virile et son cou arborait une barbe de plusieurs jours. Au premier étage de chez tante Kate habitait un gamin de seize ans qui semblait prendre plaisir à faire rebondir un ballon dans la rue chaque fois que Mary entrait ou sortait de l'immeuble, et de temps à autre il venait frapper à leur porte. La jeune fille ne s'intéressait pas plus à lui qu'à n'importe quel autre garçon de Hell's Kitchen. Elle se contentait de lui parler quand elle n'avait rien de mieux à faire, mais lorsqu'il avait tenté de l'embrasser sur le palier du premier étage, elle avait esquivé son baiser, puis s'était mise à rire. Depuis, il faisait rebondir son ballon devant un autre immeuble.

— Blanchisseuse ?

Mary opina et joignit les mains dans son dos. Il lui parut avoir au moins vingt-cinq ans, et tandis que chacun attendait que l'autre parle, elle remarqua une légère pulsation au niveau de son cou.

— Alfred, se présenta-t-il en lui tendant la main.

Elle la serra rapidement, puis regarda la trace noire qu'il avait laissée sur la sienne.

— Et vous, c'est Mary.

— Comment le savez-vous ?

— Toutes les Irlandaises s'appellent Mary. Toutes. Je le jure devant Dieu.

— Ah, fit-elle, le regard à nouveau attiré par la pulsation dans son cou.

Elle avait envie d'y appuyer le pouce, de sentir le battement de son sang. Le cheval qu'il avait laissé dans la rue semblait avoir mauvais caractère. Il piaffait, trépignait d'impatience, provoquant le glissement du tas de charbon de la remorque, au point que des boulets tombaient sur la chaussée. Peut-être savait-il que son maître avait frappé à la mauvaise porte. Mars était une date tardive pour une livraison d'anthracite, mais la cave était vide et la famille redoutait le froid des nuits de la fin mars et, qui sait, de celles d'avril également.

— Vous ne m'interdisez pas de jurer devant Dieu ?

— Quoi ? s'exclama-t-elle, comme si elle sentait qu'il lui fallait commencer à se réveiller.

Elle avait cru détecter un accent en l'entendant prononcer certains mots, sans avoir pu l'identifier.

— Vous êtes quoi ?

— Complètement américain, dit-il en ouvrant grand les bras.

À chacun de ses mouvements, une fine couche de poussière noire se déposait sur la marche où ils se tenaient. Il baissa les bras.

— Allemand. Mais je suis arrivé à l'âge de six ans.

— Et quel âge avez-vous maintenant ?

— Vous en posez des questions, rétorqua-t-il, amusé. Vingt-deux. Et vous ?

— Dix-sept.

Il observa Mary ce jour-là, de ses yeux vert clair bordés de cils aussi noirs que les boulets de son sac, et pendant quelques secondes elle se moqua bien de savoir si quelqu'un pouvait arriver dans le couloir et les apercevoir à travers la vitre. Sa chemise n'était pas boutonnée jusqu'en haut et, plus bas, le col de son maillot de corps était noir de suie. Lorsqu'il retirerait ses vêtements à la fin de la journée, il serait impossible de récurer certaines zones de sa peau, tandis que d'autres seraient d'un blanc immaculé.

— C'est quelle porte alors ?

Elle lui indiqua du doigt l'entrée des domestiques, qui servait également pour les livraisons, en particulier celles des choses sales comme l'anthracite, ou qui pourraient couler, ou qui dégageaient une odeur, plus généralement tout type de produit dont la famille préférait ignorer l'existence. Juste dans l'entrée de service se trouvait le toboggan par lequel n'importe quel livreur de charbon saurait faire descendre les pierres noires jusqu'à la cave.

— Ils aiment bien que leurs lits soient chauffés et leurs dessous propres, mais ils n'aiment pas connaître les étapes pour arriver à ce résultat.

— Quelle impertinence ! s'écria Alfred en levant un sourcil.

Elle ignorait pourquoi elle s'était exprimée tout haut, mais maintenant que c'était fait, impossible de se renier ! Elle ne s'attendait pas à une réprimande, surtout de la part d'un homme qui avait laissé une traînée noire que quelqu'un d'autre devrait balayer. Pas balayer, d'ailleurs, se corrigea-t-elle, se souvenant combien la poussière de charbon tachait et se dispersait plus encore lorsqu'on utilisait le balai. Il lui faudrait probablement remplir un seau d'eau et le transporter jusque-là pour le répandre sur le perron et, ainsi, faire disparaître la trace. Ce serait du travail, surtout par ce froid, et elle en avait assez d'avoir les mains humides et froides dans ce climat qui l'était tout autant.

— Ce qui est impertinent, c'est d'avoir sonné à cette porte ! Réfléchissez un peu, est-ce que vous connaissez une seule famille qui reçoit sa livraison par la porte d'entrée ?

Il haussa les épaules, et elle remarqua qu'au pourtour de son col sa peau se couvrait de marbrures.

— Je vous ai dit que je remplaçais quelqu'un.

Elle se pencha par-dessus la rampe et désigna à nouveau la porte plus basse, située presque sur l'aile de la maison sans y être complètement. Il se pencha à son tour pour voir ce qu'elle voyait et elle sentit l'étoffe rêche de sa chemise de travail contre le fin coton de son dos. À l'intérieur se trouvait un corps ferme et robuste.

— Là, vous voyez ?

En se retournant, elle constata qu'il n'était pas du tout en train de regarder en direction de la porte. Elle s'inquiéta de la tache de sang d'agneau sur son tablier, des douze chemises habillées de M. Mott qu'il fallait faire tremper, rincer, sécher, repasser et accrocher, et de cet homme mûr qui, même par temps humide et froid, semblait dégager de la chaleur, à la manière d'une dalle en été, longtemps après que le soleil eut décliné.

Toujours un demi-sourire aux lèvres, il souleva le sac d'un mouvement de reins, le plaça sur son dos et se dirigea vers l'entrée de service.

— À la revoyure, mademoiselle !

De retour à l'intérieur, les portes bien fermées, Mary écouta les durs blocs d'anthracite glisser le long du toboggan et le craquement répété de la pelle en aluminium pénétrant le tas de charbon.

Le samedi matin, le temps était couvert et le ciel menaçant. Lorsqu'elle se réveilla et sentit qu'il y avait de la pluie dans l'air, elle se dit à elle-même de ne pas être déçue s'il ne venait pas. Les ferries ne circulaient pas si l'eau était trop agitée, et il n'y serait pour rien. Mais lorsqu'elle sortit vérifier si on pouvait apercevoir le ponton à travers le brouillard, tout lui parut comme d'habitude. John Cane surgit de la brume et s'engagea sur le chemin de sa cabane, une assiette couverte à la main.

— Tout va bien ? s'enquit-il, les yeux rivés sur sa coiffure.

— Très bien.

Elle prit l'assiette, jeta un œil sous le couvercle et poussa un soupir. Après deux années et demie, elle en était arrivée au point de se sentir capable d'agresser quelqu'un pour un bon plat d'œufs au bacon.

— Est-ce que les ferries sont à l'heure ?

— Oui, répondit le jardinier en posant un pied à l'intérieur. Pourquoi ? Vous attendez quelqu'un ? L'avocat ?

— Vous êtes la personne la plus curieuse que je connaisse !

— Votre homme ?

— Ce n'est pas comme ça que je l'appellerais. Mais bon, oui.

— De toute façon, « Alfred », c'est pas un nom, ça ! Quel est son nom de famille ?

— Briehof. C'est allemand.

— De quelle région d'Allemagne ?

— John, vous n'avez rien à faire aujourd'hui ? On vous paye pour travailler ou pour faire la conversation ?

— J'aime bien savoir, c'est tout.

— C'est vrai de tout le monde. Mais tout le monde ne pense pas que ça se fait de demander.

— Pas tout le monde, en effet. Tiens, vous, par exemple. Vous m'avez pratiquement jamais rien demandé...

— Bon, eh bien, dites-moi quelque chose à votre sujet.

Il se contenta de hausser les épaules et retourna à l'hôpital.

Elle l'aperçut avant que le ferry n'accoste. Elle vit sa tête brune se balancer au rythme de l'eau. Elle l'observa qui sautait du bateau sans prendre appui sur la rambarde et parlait au capitaine, puis les deux hommes se retournèrent face à sa cabane. Elle leva le bras et lui adressa un signe.

Ils marchèrent l'un vers l'autre. Quand ils se rencontrèrent sur le chemin, il se pencha pour l'embrasser, mais elle lui demanda d'attendre : pas encore, elle lui dirait à quel moment. Il avait fière allure et respirait la jeunesse et la santé. Ses dents étaient propres et blanches. Rasé de près sans la moindre trace de coupure, grand, il se mouvait avec l'aisance d'un homme bien nourri, soigné, aux poumons sains, et dont le corps pratiquait des exercices quotidiens. Voilà donc l'image que les pensionnaires de l'hôpital avaient d'elle ! C'était la lumière qu'ils voyaient, lorsque, assis, enveloppés dans des couvertures ou calés sur des bancs, ils la fixaient, s'efforçant de se rappeler à quoi ressemblait une vie digne de ce nom. Mary et Alfred n'étaient plus si jeunes que cela, mais ils ne se portaient pas mal, pas mal du tout. Elle lui indiqua le bâtiment de l'hôpital, la chapelle, l'entrepôt à charbon, le dortoir des hommes, la morgue, le quartier des infirmières, les logements des médecins, le phare, le dortoir des femmes, l'écurie, les hangars et sa petite cabane à elle, qu'elle promit de lui montrer plus tard. Elle l'emmena sur le sentier que John Cane avait débroussaillé pour elle, jusqu'à la plage de l'aigrette blanche. Du rondin humide sur lequel ils s'assirent, elle lui indiqua le Bronx à gauche et, à droite, South Brother et Rikers. À l'extrême droite se trouvait Astoria, et dans leur dos, bien sûr, Manhattan. Elle lui demanda si North Brother correspondait à l'idée qu'il s'en était faite.

— Non. Je ne pensais pas que c'était aussi construit. C'est un vrai petit village. Et pourtant…

— Quoi ?

— Ça reste vide. Où sont les gens ?

— Ils sont malades. La plupart vont mourir ici. Ou alors ils travaillent et rentrent chez eux le soir.

Mary espérait qu'il allait tenter de l'embrasser à nouveau, mais le moment semblait passé. Emporté par ses propres pensées, il avait l'air plus sombre maintenant et elle craignait qu'il ne regrette d'être venu et ne se trouve une excuse pour partir.

— Comment ça se passe à l'usine à glace ?

Il sembla ne pas l'avoir entendue.

— Qu'est-ce qui t'empêche un jour de prendre le ferry et de ne pas revenir ? De disparaître ? Tu ne pourrais pas travailler sous un autre nom ?

— Les gardes, pour commencer. Le capitaine du ferry. C'est toujours le même et il me connaît.

— Tu pourrais te cacher. Tu pourrais attendre le moment où il regarde ailleurs, te cacher sur le bateau sous le banc, et filer à l'arrivée quand il est occupé à autre chose.

— Tu as vu la taille du ferry. Et il ne fonctionne que s'il y a des passagers. Tu penses que ça marcherait ?

Il resta silencieux, pensif.

— Et puis, je ne veux pas travailler sous un autre nom. Je n'ai rien fait de mal. Je devrais être autorisée à travailler sous mon propre nom. M. O'Neill affirme qu'il progresse et...

— Mary...

— Il y a des gens qui ont fait la même chose que ce dont on m'accuse et qui sont libres...

— Il faut que je te dise quelque chose.

Il marcha jusqu'au bord de l'eau, ramassa une pierre et la lança.

Nous y voilà ! pensa-t-elle, et d'ailleurs peu importait ce que ces mots recouvraient, enfin il allait cracher le morceau et lui avouer la raison qui l'avait poussé à couvrir tous ces kilomètres jusqu'ici. Il continua à lui tourner le dos et elle garda le silence. Lui tirer les vers du nez ne faciliterait pas les choses.

— J'ai voulu te le dire quand tu étais retenue à l'hôtel, mais ils ne m'ont pas laissé te voir, et je n'ai pas voulu te l'annoncer à l'audience, parce que j'avais peur que tu fasses une scène et que ça aggrave ton cas, donc c'est mieux que ça se passe ici, main-

227

tenant, entre nous. C'est ce que je crois vraiment, du moins.

— Pourquoi je ferais une scène ?

Peu importait ce qu'il avait à lui annoncer, elle n'avait pas l'intention de faire une scène en ce lieu, le seul endroit paisible qu'elle ait trouvé sur l'île entière.

— Cela fait plus de deux ans que tu es partie maintenant...

Elle porta les mains à son visage et posa le menton sur ses genoux. Elle le savait. Et comment donc ! Elle le savait tout en ne sachant pas qu'elle le savait.

— ... et la plupart des journaux disent qu'on ne te laissera jamais quitter cette île.

Elle se leva du rondin, brossa l'arrière de sa jupe et s'engagea sur le sentier. Il la rejoignit à pas rapides et l'attrapa par le bras.

— Comme je te l'ai dit, je ne pouvais plus payer le loyer de la 33ᵉ Rue, donc j'ai pris une chambre chez les Meaney...

— Mais oui, les heureux Meaney et leur fils Samuel, à qui tu aimes donner le bon exemple !

— À qui Mme Meaney m'a forcé à donner le bon exemple ! Au bout d'une semaine, elle m'a déclaré que si je voulais rester il fallait que j'arrête de boire.

— Et tu y es toujours !

— J'ai suivi le traitement Oppenheimer. Et je continue. Son mari l'a suivi et ça a marché, donc elle pense que ça peut marcher aussi pour moi.

— Pipeau que tout cela ! Et tout le monde le sait. On te prend ton argent, tu bois de la quinine à te rendre malade, au point de ne plus pouvoir avaler quoi que ce soit, et puis on te dit de ne pas boire. Ensuite, dès que tu arrêtes la quinine ça ne marche plus. Le mari n'a pas recommencé à boire ?

— Il est mort.

Elle s'accroupit, prenant appui sur ses doigts pour se stabiliser. Nous y voilà ! Elle faillit sourire. Elle avait senti quelque chose entre elle et lui, lorsqu'elle l'avait vu à New York, quelque chose qu'elle n'était pas parvenue à nommer. Maintenant elle le pouvait. Lui resta debout.

— Depuis quand ?

— Il y a cinq ans environ.

Elle sentit son estomac se tordre.

— Tu m'as dit que les Meancy me laisseraient peut-être habiter chez eux jusqu'à ce qu'on trouve un endroit à nous. Tu m'as dit que tu leur demanderais. Tu parlais d'eux au pluriel, ce qui impliquait un monsieur et une dame.

— C'est juste.

— Pourquoi ?

— J'ai…

Alfred s'adossa à un arbre.

— J'ai juste pensé que je t'expliquerais plus tard, une fois qu'on serait loin de tous ces gens. Ou peut-être j'ai pensé que je quitterais les Meancy l'après-midi même, toi libre et nous vivant ensemble à nouveau. Je n'avais pas pris de décision. Liza n'est pas forte comme toi. Il fallait que je la ménage.

— Et maintenant, tu as pris ta décision.

— Je n'ai pas eu le choix ! Ce sont les juges qui l'ont fait à ma place ! Qu'est-ce que tu veux que je fasse, Mary ? Que je vive comme un moine le restant de ma vie ? Tu sais que je t'aime. Et que Dieu m'en soit témoin, à ce jour, je n'ai jamais rencontré quelqu'un comme toi. Mais je croyais qu'on se comprenait sur certains points, toi et moi. Et puis il y a le garçon. C'est un bon petit. Il est doué. Il…

— Je me contrefiche de ce garçon et de la fragile Liza.

Elle mourait d'envie de le gifler, mais il aurait plus mal encore si elle ne réagissait pas. Elle sentit ses poumons se soulever, son sang circuler à fleur de peau, mais plutôt que de saisir un bâton et de l'en frapper, plutôt que de lui jeter au visage le chapelet d'injures qui cognait dans sa tête, elle se contenta de s'éloigner. Parvenue en haut du sentier, à l'endroit où John avait dû s'agenouiller pour s'attaquer à la serpe aux mauvaises herbes et aux ronces, elle se retourna.

— Je n'ai qu'une seule question et je veux que tu me dises la vérité.

Elle ne pleurerait pas. Elle ne laisserait pas sa voix flancher.

— Je t'ai supplié d'arrêter de boire. Je t'ai aidé à grimper l'escalier. Je t'ai donné de l'argent quand tu étais incapable de travailler. Je t'ai rasé. Je t'ai coupé les cheveux. Te rends-tu compte combien la vie aurait pu être agréable, si tu n'avais pas bu ? Te rappelles-tu ces périodes heureuses sans boisson ? Te les rappelles-tu ?

— Je me rappelle. Bien sûr que je me rappelle, dit-il en s'avançant.

Mais elle recula.

— Alors pourquoi, quand Liza Meaney te l'a demandé, as-tu foncé directement chez le médecin pour te faire prescrire la cure Oppenheimer ?

Mary sentit les boucles qu'elle avait réunies en chignon se défaire. Elle sentit combien terne et pitoyable était chaque mèche qui entourait son visage.

— Je ne sais pas. Ce que je sais, c'est que je t'aime, Mary. Et que je ne l'aimerai jamais comme je t'aime.

— Tu peux l'aimer autant que tu voudras, Alfred.

— Attends !

Il lui attrapa le coude et elle fit volte-face, prête au combat s'il lui prenait l'idée de faire un pas de plus.

— Il y a autre chose.

— Quoi donc ?

— Et je tiens à ce que tu saches, avant que je te le dise, que c'est pour le garçon. Il est encore jeune et c'est seulement...

Elle éclata de rire. Elle pencha la tête en arrière et se mit à rire. À rire des oiseaux, des cimes des arbres, des vagues, de Hell Gate si furieuse et agitée, du son de la corne de brume au loin, à la pensée de John Cane pressé de lui apporter son assiette, des médecins, des infirmières, de leurs prises de sang, de leurs éprouvettes, de leur collection de flacons. Elle rit de sa propre stupidité, et de celle de tous les imbéciles vivant, travaillant et respirant à Manhattan. Elle rit d'elle-même, pour avoir regretté un seul instant d'avoir quitté la ville.

— Tu lui as demandé de t'épouser.

— Et elle a dit oui.

Quand il fut parti, après avoir regardé le ferry s'éloigner du ponton et virer à l'ouest, elle retourna à son coin près de l'eau. Son aigrette immaculée, qui ne s'était pas montrée pendant la visite d'Alfred, demeurait invisible. En pressant les genoux sur son ventre, elle sentit le creux d'où son rire avait jailli tout à l'heure. En admettant qu'il y ait eu quelque chose de drôle dans ce qu'il avait pu lui dire, elle était incapable de le voir dorénavant.

Au bout d'un certain temps, elle prit conscience que la nuit tombait et que la pluie avait recommencé. Le sable meuble à la limite des arbres était tassé par les gouttes. Il se mit à pleuvoir à verse et les gouttes frappaient si fort l'East River que la surface de l'eau sursauta et écuma, et elle espéra, au cas où ce ferry ne serait pas encore arrivé à destination, qu'il prenne de plein fouet ce grain et coule. Et puis elle souhaita le contraire.

Tard dans la soirée, bien après l'heure du souper, bien après que l'île fut plongée dans l'obscurité, elle vit des torches électriques s'approcher dans le petit espace boisé qui la séparait de l'hôpital. Elle entendit des voix sur le sentier tracé par John.

Deux infirmières s'avancèrent et mirent leurs parapluies côte à côte pour la protéger sur le chemin du retour.

— À quoi pensez-vous, Mary ? Que faites-vous ici ?

— Vous allez vous rendre malade.

13

— Comment allez-vous, Mary ? demanda
M. O'Neill.

C'était le 4 février 1910, leur second tête-à-tête
depuis la décevante audience de l'été précédent. Il
faisait anormalement chaud, et plutôt que de se
rencontrer dans la cabane, ou dans l'une des salles
de réunion de l'hôpital, l'avocat avait suggéré qu'ils
prennent place autour d'une des nouvelles tables de
pique-nique du pavillon des tuberculeux, et respirent
l'air frais. Jusque-là, elle n'avait vu personne les utiliser et elle le lui signala.

— Tant mieux, nous serons les premiers !

Il voulait qu'elle soit à l'extérieur quand il lui
annoncerait la nouvelle. Qu'elle puisse pousser des
cris, sauter de joie et danser et célébrer l'événement
sous toutes les fenêtres de l'hôpital, sous les yeux de
tous ceux qui, derrière ces vitres, observeraient en
tentant de comprendre ce qui se passait. Cette affaire
était la plus longue de sa carrière, et chez lui, pour
le week-end, son épouse avait déjà invité leurs amis
à déboucher le champagne et à porter un toast en
son honneur.

De toutes les femmes qu'il avait rencontrées dans
sa vie, Francis O'Neill considérait Mary Mallon

comme la plus imprévisible. La dernière fois qu'il lui avait rendu visite, juste avant Noël, il lui avait déclaré qu'il avait bon espoir à son sujet, comme jamais auparavant : un nouveau commissaire à la Santé devait être nommé au début de l'année, et il avait déjà fait part de sa compassion quant au sort réservé à Mary.

« Il est probable qu'il vous libérera dès son entrée en fonction. »

Il imaginait que cette annonce résonnerait comme un cadeau de Noël, flambeau d'espoir qui l'aiderait à traverser les fêtes, mais la nouvelle sembla n'avoir aucun effet. Certains des médecins de l'hôpital lui avaient indiqué que, depuis l'été, elle paraissait s'être adoucie. Alors qu'en présence de M. O'Neill elle prenait toujours grand soin de bien présenter et de lui faire part de ses opinions sur tous les sujets, liés à son dossier ou pas, elle dégageait dorénavant une impression de passivité et d'abattement. Des cheveux sales s'échappaient de son chignon. Son col de chemisier ne tenait pas, faute d'amidon. Ses lèvres étaient si gercées qu'il voyait nettement où elles s'étaient fendues, avaient saigné, s'étaient desséchées et rouvertes.

« Nous verrons », s'était-elle contentée de répondre, manifestant plus d'intérêt pour la nourriture qu'il lui avait apportée, empaquetée comme des cadeaux de Noël.

Jambon fumé, fromage, noix caramélisées, cerises enrobées de chocolat, biscuits de Noël. Elle avait ouvert les noix pour les partager avec lui, mais il était hors de question qu'il mette les doigts dans une boîte où elle avait mis les siens, il avait donc prétexté que cette friandise ne convenait pas à son estomac. Lorsqu'elle lui avait proposé d'ouvrir la boîte de cerises, il avait déclaré qu'il avait mangé juste avant de venir, aussi lui avait-elle lancé un regard signifiant que, ce coup-là, ce n'était pas la première fois qu'on le lui faisait...

À l'époque, il avait attribué son humeur à la déprime qui affecte plus généralement certaines personnes autour de Noël, se rappelant combien la solitude était pénible pendant les fêtes, et particulièrement dans son cas. Mais en ce beau jour de février chargé de tous les signes avant-coureurs du printemps, il lui avait apporté des nouvelles qui ne semblaient pas plus l'intéresser.

— M. Lederle a été nommé commissaire à la Santé, annonça-t-il dès qu'ils furent assis.

— Qui ?

— Le nouveau commissaire dont je vous ai parlé la dernière fois que nous nous sommes vus.

— Oui. Oui, bien sûr.

— Et l'un des sujets que nous avons abordés, Mary, pas seulement lui et moi, mais avec d'autres personnalités du milieu médical, c'est le nombre de porteurs de la maladie. Il apparaît clairement désormais qu'il doit en exister des centaines. Des milliers. Votre cas n'est pas si particulier, finalement, et c'est une bonne chose.

Elle se renfrogna et arracha une écharde de la table.

— Mary...

Il attendit qu'elle le regarde.

— Il a décidé de vous rendre votre liberté. Sur le plan administratif, le dossier est bouclé. Vous quitterez cette île pour rentrer chez vous d'ici à la fin de la semaine.

Pour accompagner la nouvelle, il lui avait apporté un cadeau. Une idée de sa femme. Une fois qu'il avait signifié son accord, celle-ci était sortie immédiatement, en quête d'un présent pour la prisonnière qu'elle n'avait jamais rencontrée. Quelque accessoire coloré et ravissant que toute dame serait fière de porter.

« Les hommes ne comprennent rien au plaisir d'avoir de belles choses à se mettre », avait-elle plaisanté.

Et il l'avait priée de se rendre dans les boutiques qu'elle fréquentait et de dépenser un montant identique à ce qu'elle aurait investi pour elle-même. Il sortit le paquet, le posa sur la table et le poussa vers elle. Elle le plaça sur ses genoux, mais se contenta de jouer avec le ruban.

— Que voulez-vous dire, quand vous soutenez que mon cas ne serait pas si particulier ? Ça veut dire qu'ils continuent de croire que j'ai transmis la fièvre à tous ces gens ?

— Eh bien… oui.

Leur collaboration durait depuis assez longtemps pour permettre la franchise, et l'intelligence de Mary était à la hauteur de ce qu'elle prétendait.

— C'est vrai, vous savez. Vous êtes porteuse de la maladie. C'est dur à accepter, mais vous avez dû avoir le temps d'y réfléchir en trois ans d'enfermement ici. L'important, c'est que ce n'est pas votre faute…

— Mais j'ai fait la cuisine pour tant de gens qui ne sont jamais tombés malades ! J'ai cuisiné pour des centaines de personnes, et seulement vingt-trois…

— Eh oui, je sais, c'est difficile à comprendre. Comment la maladie se transmet. Certains individus sont immunisés. C'est l'une des raisons pour lesquelles ils vous ont gardée ici, pour étudier votre profil bactériologique, mais ce n'est pas à vous de leur fournir les données dont ils ont besoin, et Lederle en convient. Ils ne peuvent pas emprisonner tous les porteurs de la fièvre. La meilleure solution, pour le moment, consiste à vous laisser partir, à condition que vous ne sollicitiez plus d'emploi de cuisinière. Vous ne présentez aucun risque, pour autant que vous ne faites pas la cuisine.

Elle soupira. Bien sûr. C'était ce qu'il lui avait suggéré dès le départ, d'arrêter la cuisine et de changer de vie.

— Le commissaire s'est opposé à votre détention depuis le premier jour, et grâce à ses relations personnelles il vous a déjà trouvé une place de blanchisseuse, à Washington Place, juste à côté du parc.

Elle se livra intérieurement à de rapides calculs. Il lui faudrait d'abord loger dans une pension, avant de dénicher une chambre chez un particulier. Une blanchisserie. Blanchisseuse. Le temps marchait à reculons.

— Et vous devrez vous présenter tous les trois mois aux services sanitaires, pour qu'ils ne perdent pas votre trace, recueillent vos échantillons et tout cela. Vous n'êtes pas la seule. Ils suivent le même protocole avec tous les autres porteurs qu'ils connaissent, afin de localiser plus facilement la source d'une éventuelle épidémie.

— Pendant combien de temps ? Les analyses, je veux dire.

— Jusqu'à la fin de votre vie. Ou jusqu'à la découverte d'un remède. Ou quand la vaccination entrera dans les mœurs.

— Jusqu'à la fin de ma vie ? Et si je déménage ?

— Il faudra que vous en avertissiez les services sanitaires, et ensuite vous vous inscrirez là où vous atterrirez. Vous envisagez de quitter New York ?

— Non.

Elle n'en avait pas l'intention et se demandait bien pourquoi elle avait posé la question.

— Et Soper ? Est-ce que je vais être obligée de le revoir ?

— Non, la rassura-t-il en se penchant vers elle, tel un vieil ami, lors de retrouvailles. J'ai entendu dire qu'il essayait de fourguer un livre, mais sans grand succès.

Le sourire de l'avocat disparut devant l'expression du visage de Mary. Elle vouait au médecin une haine féroce, comme jamais dans sa vie antérieure.

— Ouvrez donc votre cadeau, Mary, suggéra-t-il en tapotant le paquet.

Elle dénoua le ruban, déplia le papier de soie et découvrit le plus beau châle vert émeraude qu'elle ait jamais vu ; des motifs bleu roi d'oiseaux cousus au fil ornaient ses bordures. Elle s'en enveloppa les épaules et se représenta le bel effet de contraste qu'il devait produire avec sa chevelure blonde. Son chapeau bleu bien-aimé avec ses fleurs de soie lui revint en mémoire. Où avait-il fini ? Elle l'imagina accroché dans le bureau de George Soper, tel un trophée.

M. O'Neill attendait qu'elle parle. Elle avait conscience qu'il souhaitait qu'elle en dise plus et saute de joie, mais elle ne pouvait s'exprimer, de peur de déverser du venin, et puis ce n'était pas sa faute s'il ne voyait pas la différence entre une cuisinière et une blanchisseuse. Elle gagnerait le tiers de ses gages d'autrefois, et encore ! Quant à ses mains, ce ne serait que démangeaisons et craquements, plaies et crampes. Et quand elle serait devenue vieille, elles cesseraient de fonctionner, et il lui faudrait demander à des voisins de monter chez elle pour lui ouvrir ses pots et tourner les boutons de porte. C'était comme si M. O'Neill abandonnait son métier d'avocat pour se retrouver coursier à bicyclette, à faire la navette entre cabinets et tribunaux à longueur de journée.

Mais elle ferma les yeux, respira profondément et décida de balayer toute déception, afin d'apprécier au contraire ce qu'il lui offrait. Elle se remémora sa frayeur à Queenstown, en attendant que le navire abaisse sa passerelle, puis à Castle Garden, où personne ne comprit son accent irlandais et où un inconnu lui crocheta les paupières, afin de l'examiner comme un animal exotique. Elle avait eu peur en rencontrant Alfred et, à nouveau, quand tante Kate était morte. Elle avait connu la peur auparavant, elle la connaîtrait encore. Elle tiendrait le coup.

— Merci. Il est vraiment ravissant. Remerciez également votre femme.

— Je n'y manquerai pas.

Le lendemain matin, en ouvrant la porte de sa cabane, elle remarqua que le journal avait été ouvert et replié, de sorte qu'un article de la section consacrée à la ville se retrouvait en première page. *Mary Typhoïde libre d'ici à la fin de la semaine*, titrait-il.

— Mary Typhoïde, murmura-t-elle en ramassant le quotidien.

À la différence des autres noms dont on l'avait affublée – le plus fréquent, « la Porteuse de Germes », semblait anonyme et facile à rejeter –, « Mary Typhoïde » l'atteignit, et en étudiant les caractères gras du journal entre ses mains elle sentit le nom se poser sur elle. Et s'y coller.

La nouvelle se répandit rapidement dans l'île. Les infirmières passèrent lui dire au revoir par deux ou trois. Peut-être éprouvaient-elles plus de sympathie pour elle qu'elle ne l'avait imaginé, pensa-t-elle, tandis qu'elles lui souhaitaient bonne chance pour la suite. À moins qu'elle n'ait pas été aussi désagréable avec elles qu'elle en gardait le souvenir. Même le Dr Albertson vint la voir, un après-midi.

— Bonne chance à vous, Mary, lui lança-t-il avant de poursuivre sa marche.

John Cane ne se montrait pas. Un matin, alors qu'il neigeait, il dégagea son perron pendant qu'elle signait des documents à l'hôpital, et il était évident, aux empreintes qu'il avait laissées, qu'il évitait le sentier.

— John ! lui lança-t-elle un matin, de retour du phare, alors qu'il jetait du sel sur l'étroit chemin menant au dortoir des infirmières.

Mais il ne l'entendit pas, ou ne voulut pas l'entendre, et lorsqu'elle arriva à l'endroit où elle l'avait vu, il avait disparu.

Finalement, le jeudi après-midi, elle l'aperçut à proximité de chez elle.

— John ! l'appela-t-elle du perron en lui faisant signe d'approcher.

Il sembla hésiter, puis bifurqua sur le sentier menant à sa maisonnette.

— Vous me fuyez ? demanda-t-elle, souriante, dans l'espoir de le désarmer.

Elle ne souhaitait pas le quitter fâché contre elle, et ne voulait pas non plus partir sans qu'il accepte l'idée qu'il n'avait aucun grief de colère contre elle.

— Pas du tout.

— Vous savez que je pars demain ?

— Je l'ai entendu dire.

— Et vous n'aviez pas l'intention de me dire au revoir ?

— J'avais l'intention d'attendre.

Frappant le sol de ses bottes, il laissa des mottes de neige sur le pas de sa porte.

— Il vous reste encore un jour. C'est pas bon de précipiter.

— John…

— Et puis, comme vous le dites vous-même, ces gens-là sont tordus, ils pourraient bien changer d'avis à la dernière minute, et alors, est-ce qu'on n'aura pas tous l'air un peu idiots, de vous avoir dit au revoir ?

— Ils ne vont pas changer d'avis. Tous les documents sont signés et tamponnés. Un travail m'attend.

— Bon. C'est bien.

Mary savait ce qui le rongeait, sauf que c'était impossible à dire. Après qu'il lui eut reproché de ne pas lui poser de questions personnelles, elle avait pris soin de l'interroger, au cours de leurs conversations. Ainsi avait-elle appris, avec le temps, qu'il n'avait ni femme ni enfants et vivait sur la 98ᵉ Rue Est avec son frère cadet, plus grand et plus fort que lui, mais dont la tête ne tournait pas rond et qui ne pouvait occuper d'emploi, à cause d'accès de violence si graves qu'il lui était arrivé, une fois, de se mordre la langue jusqu'au sang. Le frère en question essayait de prendre soin de John comme une épouse, en faisant le ménage, les courses et la cuisine, sauf qu'il n'en était pas une, pas complètement ; et sans avoir eu besoin de le lui demander, Mary avait aussi compris que ce que John avait désiré toute sa vie, et désirait encore, c'était d'avoir une vraie femme.

— Je veux vous dire quelque chose, annonça-t-il.

Elle se maudit d'avoir laissé la conversation prendre ce tour.

— Je veux vous dire que je ne pense pas que vous soyez si mal que ça, à North Brother. L'île est jolie et votre cabane est saine. Bon, elle est un peu humide, mais c'est le cas de tous les bâtiments, pas vrai ? Et je trouve que vous n'avez pas eu à vous plaindre de la compagnie, une fois que vous l'avez recherchée. Vous avez trouvé quelqu'un à qui parler, je veux dire. Vous êtes d'accord ?

— Complètement.

— N'empêche que vous voulez partir.

— Oui.

— En ce cas, j'ai autre chose à ajouter. Cet Alfred qui est passé l'autre jour. Votre homme. J'ai bien entendu qu'il ne l'était plus, et j'ai bien entendu aussi que ce n'est pas comme ça que vous le voyez, mais je ne suis pas né de la dernière pluie, et ce que je veux vous dire, c'est que cet Alfred n'est pas un type bien. Pas à cause de ce que les journaux ont raconté sur votre mode de vie, rien de tout ça. Je veux juste dire que, d'homme à homme, je suis capable de voir la différence entre un type bien et un type pas bien, et je ne fais pas confiance à ce gars-là pour vous laisser tranquille, une fois que vous serez retournée en ville. Souvenez-vous de ce que je vous ai dit, et rappelez-vous qu'il n'a pas eu la patience de vous attendre, comme n'importe quel homme l'aurait fait. Comme quelques hommes auxquels je pense l'auraient, sans aucun doute, fait. Et regardez où son impatience l'a mené. N'oubliez pas ça, Mary, quand il vous tournera autour !

— Je n'oublierai pas, promit-elle, tandis que l'humeur qui était la sienne un instant auparavant – toute cette chaleur qu'elle ressentait envers son ami – disparaissait, remplacée par des contractions à l'estomac et des décharges électriques dans la tête.

— Il fallait que je vous mette en garde, poursuivit le jardinier, qui, une fois délesté de son fardeau, redevint le bon vieux John à l'aise avec lui-même et content de faire causette sur le seuil de sa cabane. Et peut-être qu'on pourra se revoir un de ces jours en ville, pour que je vous donne des nouvelles de North Brother. On ira faire une balade ou autre chose.

— John.

Elle avança d'un pas et le prit dans ses bras. Le sommet du crâne de l'homme effleura son oreille, et Mary ne put s'empêcher d'avoir la sensation de serrer un enfant, enfant robuste et musclé, mais enfant quand même, avec d'étroites épaules d'enfant et une façon enfantine de s'accrocher pour trouver le réconfort. Mais elle ne put ressentir le début d'une étincelle d'attirance pour lui.

— Quelle bonne idée !

14

Lorsque Mary avait dix-sept ans, mais prétendait en avoir vingt-cinq ou vingt-six, la plus grande angoisse l'assaillait quand elle quittait le trottoir pour pousser le lourd portail en fer forgé menant à la porte d'entrée d'une demeure, comme celle que les Warren avaient louée à Oyster Bay, ou celle des Bowen sur Park Avenue. Et c'était pire encore quand la maîtresse de maison était une jeune mariée de dix-huit ou vingt ans. Les jeunes femmes de cet âge savent d'instinct qui est du même âge, ou est plus jeune, aussi Mary compensait-elle, en pénétrant dans la cuisine d'un pas énergique et autoritaire, peut-être même avec une pointe de dédain. Elle épaississait son accent comme une sauce sur le feu, dans l'espoir que ce travers expliquerait pourquoi elle paraissait si jeune. Cela doit être une différence culturelle, lisait-elle sur le visage de la jeune maîtresse de maison, les Irlandaises doivent être comme cela... Un jour, à son arrivée chez les Hill, sur Riverside Drive, un coup d'œil avait suffi à la patronne pour qu'elle lui annonce tout de go qu'elle ne croyait ni à son âge ni à son expérience. Mary venait d'avoir dix-huit ans et commençait tout doucement à dénicher des emplois en dehors de l'agence. Une amie de tante Kate lui donnait un tuyau, ou Mary répondait à une annonce parue dans le journal. En sus d'une maison qui aurait pu héberger douze familles, les Hill possédaient trois voitures, six chevaux et une paire de poneys Shetland pour les enfants, qui n'étaient pas encore en âge de les monter. Mme Hill avait demandé à l'Irlandaise de partir.

— C'est vrai que je parais plus jeune, insista Mary, prenant conscience, en prononçant ces mots, de la réalité de son état d'enfant maigrelette qui n'avait pas mangé de vrai repas depuis son dernier emploi. Mais vous ne trouverez personne d'autre aujourd'hui. Autant que je fasse à dîner avant de partir,

Mme Hill hésita.

— J'ai faim, admit-elle en caressant son ventre grassouillet. Je n'ai rien avalé depuis mon porridge ce matin.

Après l'avoir introduite dans la cuisine, la patronne lui donna la responsabilité de confectionner des merveilles à partir des restes insipides laissés par la cuisinière précédente, et de la maigre carcasse de poulet qu'elle avait envoyé le portier chercher ce matin-là. L'Irlandaise trouva de la farine, du beurre, des raisins, du romarin, trois vieilles pommes sur lesquelles elle frappa du doigt, avant d'y mettre les dents pour vérifier si elles étaient juteuses. Une heure plus tard, elle apportait aux maîtres de maison et à leurs deux enfants une salade de poulet aux raisins secs et aux noix, accompagnée de pain frais et de pommes cuites. Elle resta chez les Hill jusqu'à ce qu'un portier, avec lequel elle avait travaillé à Brooklyn Heights, révèle son âge véritable. Les mois suivants, Mary avait dû se remettre au lavage et au repassage, avec cette impression que la vie n'était qu'une longue et étroite voie, sans tournants, ni sommets, ni vallées.

« Je ne le supporte pas, se plaignait-elle à tante Kate, quand elle rentrait chez elle.

— Tu t'y habitueras, assurait sa parente. Comme tout le monde. »

C'était ce qu'elle se répétait, depuis qu'elle était montée sur le ferry : Tu n'es plus cuisinière mais blanchisseuse. Tu as signé. Mieux vaut d'ailleurs être blanchisseuse à New York que cuisinière cloîtrée dans une cabane, sur une île de mort.

À sa surprise, la pension où elle dormait depuis le vendredi soir servait une nourriture convenable, mais elle n'appréciait pas la compagnie. Hommes et femmes ne résidaient pas au même étage, mais les repas étaient pris en commun, et les regards trop insistants pour qu'elle puisse profiter pleinement du contenu de son assiette. Au loucheur qui n'arrêtait pas de la reluquer avec force halètements, tout en lui chuchotant qu'elle était son genre, elle avait clairement fait savoir que s'il lui prenait de s'approcher d'elle il allait le regretter. La menace l'avait fait rire et régurgiter les aliments qu'il venait d'avaler, exhibés sur sa langue, mais elle l'avait fixé sans varier son expression. Il avait refermé la bouche dans un claquement et était retourné à son bœuf et à son orge.

Quand elle pénétra dans la blanchisserie, ce lundi matin de février 1910, Mary se sentait à plat, fatiguée et affamée, comme si toutes les années écoulées depuis sa course sur les talons de Paddy Brown, à son arrivée à Castle Garden, jusqu'à cet instant où elle poussait la porte d'une blanchisserie chinoise ne représentaient que quelques semaines et qu'elle avait le même âge qu'alors. La laverie se trouvait au coin de Washington Place et de Greene Street, juste à côté de l'Asch Building. Pour son premier jour, Mary trouva l'entrée bloquée par une mare de gadoue si profonde qu'elle dut relever ses jupes pour la franchir. La rue animée bourdonnait, remplie d'étudiants de la New York University et d'ouvrières des usines alentour.

La blanchisserie était ouverte à la clientèle tous les jours sauf le dimanche, qui était donc jour de congé pour celles qui lavaient. Mais celles qui maniaient le fer devaient venir travailler au moins quatre à cinq heures ce jour-là pour repasser, plier ou suspendre le linge lavé la veille. De petites dimensions, l'endroit disposait d'une boutique en façade pour l'accueil des clients, d'une pièce intermédiaire, où Chu, le propriétaire, dormait, et d'une salle au fond destinée au lavage et au repassage, qui abritait également une petite cuisine et un espace pour s'asseoir, que le personnel était autorisé à utiliser une demi-heure par jour. Chu n'adressa pas la parole à Mary, mais fit passer ses instructions par l'intermédiaire d'un autre Chinois appelé Li. Voici ta place, lui expliqua-t-il. Ici, tu essores. Voici comment tu secoues ; comment tu suspends ; comment tu tâtes pour vérifier l'humidité du linge. Pour certains tissus, il est préférable de repasser avant qu'ils ne soient complètement secs ; pour d'autres, c'est le contraire, défense de les toucher avec le fer, qui pourrait coller et les brûler. Si cela t'arrive, on te retiendra une journée de salaire. Il faut garder les fers chauds, mais pas brûlants, et surtout veiller à leur propreté. Li la prévint qu'à la fin de la journée le fer lui semblerait plus lourd et donc plus lent à déplacer. Il lui faudrait être sur ses gardes en permanence. Si Chu n'était pas disponible

247

à la boutique, ou s'il n'arrivait pas à se faire comprendre, ou encore si le client ne souhaitait pas parler à un Chinois, tout le monde devait se relayer au comptoir.

Li lui énonça les règles de conduite à suivre vis-à-vis de la clientèle : défense de retirer du linge sans ticket, à moins d'une autorisation expresse de Chu. Ne pas s'étonner si certains venaient chercher des vêtements qui n'avaient jamais existé, puis demandaient une compensation pour ces habits imaginaires. Rester ferme. Si Mary pensait qu'on était en train de l'escroquer, elle devait couper court et chercher de l'aide. Fermer à clef le tiroir-caisse. Enfin, comme elle parlait anglais, on lui demanderait de temps en temps de servir d'interprète.

— Mais vous parlez anglais, l'interrompit-elle.

— Vous êtes blanche. Ils n'oseront pas tenter certains trucs avec vous. Mon père est né ici et moi aussi, mais j'ai quand même une tête de Chinois.

— Mais pas comme Chu, s'exclama-t-elle, avant de se rendre compte que ce n'était pas nécessairement une bonne idée de lui laisser entendre qu'elle avait observé son visage inhabituel.

Li la regarda avec une expression qu'elle ne put déchiffrer.

— Ma mère était blanche. Ainsi que la mère de mon père. On ne dénombre pas plus d'une vingtaine de Chinoises dans tout New York. Une trentaine tout au plus.

Son visage affichait une grande gravité, et Mary sut que, vrai ou faux, il était persuadé de ce qu'il avançait. Plus tard, en y réfléchissant, elle prit conscience qu'elle était incapable de se souvenir à quelle occasion elle avait vu une femme chinoise.

Jamais au marché. Jamais dans la rue. Jamais dans les *tenements*. Nulle part.

— Nous savons que vous êtes irlandaise et nous espérons que votre origine ne sera pas un motif d'ennuis pour nous. Les Irlandais causent plus de tracas aux Chinois que tous les autres. Vous êtes ici parce que le commissaire Lederle s'est porté garant.

Ne sachant pas comment il lui fallait réagir à cette annonce, elle s'abstint de tout commentaire.

— D'ailleurs, comment le connaissez-vous ? Vous avez travaillé pour sa famille ?

— Je ne le connais pas.

— Bon. Bien. Il apporte ses chemises ici parfois.

Puis il lui demanda de s'atteler à sa tâche.

Le travail était aussi ennuyeux que le souvenir qu'elle en avait gardé, dépouillé de la magie qui auréolait la cuisine. Alors qu'un couteau et un peu de beurre dans une poêle lui suffisaient pour métamorphoser quelques vilaines petites patates ordinaires en un plat merveilleux, la blanchisserie n'offrait aucune possibilité de transformation. Les deux Lituaniennes passaient leurs journées courbées au-dessus de leurs bassines, inclinant le corps de façon à trouver de la force dans des bras qui en étaient vidés. Elles avaient le visage rouge : Mary supposait que c'était dû à l'effort physique, et aussi au fait d'avoir le nez au ras de l'eau chaude et de son brouet de produits chimiques censés débarrasser les vêtements de leurs odeurs et de toute trace du corps qui les avait portés. Après vingt minutes de formation, Mary devint responsable de la presse à repasser. Li se plaça à la tête de l'engin – une boîte plate d'environ un mètre de long et vingt-cinq centimètres de haut – et lui montra comment attacher draps et nappes en dessous, puis comment manipuler la roue au-dessus, pour que la boîte roule sur ces grandes étoffes planes qui ne nécessitaient ni traitement de détail ni mise en forme. Plus tard, lorsqu'elle maîtriserait le pressage, elle pourrait devenir responsable du repassage au fer des pièces à lisser et à fignoler. Chu veillait au milieu de cette symphonie de labeur, de ces mouvements de poussée et de traction, de cette lutte avec des tissus trempés, et adressait des regards sévères à la nouvelle recrue, tout en faisant claquer sa langue.

Le deuxième jour, elle arriva au travail à l'heure prévue, mais, au bout d'une heure, elle prit conscience d'en attendre quelque chose d'un peu différent de la veille. Parvenue au troisième et au quatrième jour, elle fut convaincue que ce serait toujours pareil. Elle arrivait. Accrochait son manteau. Retroussait ses manches. Se mettait à l'ouvrage. À midi précis, elle s'arrêtait pour manger une pomme et une tranche de fromage, tandis que les Lituaniennes s'attablaient en face d'elle et pique-niquaient de pain noir et de boulettes garnies d'une sorte de viande hachée que Mary aurait bien eu envie d'attraper avec sa fourchette pour l'examiner. Elles discutaient dans leur langue, sans se préoccuper de sa présence. À midi et demi, elle retournait à la presse à repasser, qu'elle actionnait sur des tissus à fleurs, des plaids, des draps et des cotonnades. Dans l'après-midi, son point de repère était le brusque surgissement de jeunes filles sur le trottoir, à l'occasion du changement d'équipe de l'usine textile voisine. Les arrivantes se saluaient, tout en se précipitant à l'entrée. En groupes de trois ou quatre, celles qui avaient terminé leur travail ce jour-là se tenaient devant la blanchisserie et parlaient de leurs projets. Une fois de temps en temps, l'une d'entre elles faisait admirer la bague de fiançailles toute neuve qu'elle portait à son doigt. Les écoutant,

Mary se sentait étrangère à tout ce qui l'entourait, comme si quelqu'un s'était emparé d'elle et lui avait ordonné de rester tranquille, tandis que filaient les heures et les jours de sa vie, une autre personne étant aux commandes.

Tu t'y habitueras, entendait-elle tante Kate lui dire. Tu t'y habitueras comme tout le monde.

Le soir, même s'il était tard et qu'il faisait nuit, même si elle n'aimait pas rentrer à pied à la pension, à cause des alentours quasi à l'abandon, elle parcourait la ville, tout en essayant d'attendre l'été avec impatience, promesse d'un rayon de lumière à l'heure où elle quitterait son travail. Elle traça mentalement un vaste carré pour éviter tout point situé entre la 25e et la 38e Rue, et entre la Deuxième et Park Avenue, où elle risquerait de tomber sur une connaissance. Jusqu'à ce qu'elle se souvienne qu'avec Alfred tout au sud de la ville ses précautions ne servaient à rien. Après tant d'années de vie commune, même en esquivant l'endroit où ils avaient habité ensemble, elle était assaillie de souvenirs de lui, à d'autres coins de rue, devant d'autres pâtés de maisons. À eux deux, ils avaient travaillé ou marché dans tous les quartiers de New York.

La nuit, dans sa minuscule chambre, éclairée d'une lampe trop faible pour lui permettre de lire, elle s'allongeait sur le dos en se rappelant qu'elle était encore jeune. Elle travaillait. Elle avait plus de chance que beaucoup. Elle n'était pas de ces femmes qui souffrent de la solitude. Elle n'était pas de celles qui larmoyaient ou se plaignaient. Elle ne l'était pas, ne l'avait jamais été et ce n'était pas aujourd'hui qu'elle allait le devenir. Et puis, parfois, lorsqu'il se faisait tard, qu'elle ne trouvait plus rien pour l'occuper, que le sommeil la fuyait et que son corps entier martelait une question exigeant réponse, même si la formulation de cette question ne lui apparaissait pas clairement, elle pensait à lui, cet autre lui, ce bébé, cet enfant, mort depuis maintenant onze ans. Elle imaginait M. Kirkenbauer remarié, avec d'autres enfants, une nouvelle femme, une nouvelle maison. Se rendait-on encore sur la tombe de ce bambin ? Quelle vitalité lorsqu'elle l'avait rencontré ! Il grandissait, courait, apprenait à parler et recevait avec joie tout ce qu'on lui enseignait. Et cinq semaines après l'arrivée de Mary, la vie l'avait fui. Lui, ce bébé, plus que quiconque sur la liste du Dr Soper, plus que les jumeaux de sa sœur, qui dès leur naissance avaient ressemblé à des coquilles vides, plus que n'importe lequel de ceux auxquels on l'accusait d'avoir fait du mal, Tobias était celui qui la préoccupait le plus.

Si, comme ils l'affirmaient, c'était sa faute. Si c'était elle la responsable. Si elle était un germe ambulant doté de souffle, une sentence de mort à elle toute seule. Si c'était son arrivée qui l'avait tué. Parce qu'elle lui avait donné à manger avec sa propre cuillère. Parce qu'elle l'avait embrassé et serré dans ses bras. S'il était vraiment mort à cause d'elle, alors elle demandait grâce à Jésus. Car telle n'était pas son intention, se défendait-elle devant Dieu. Elle ne savait pas. Tard dans la nuit, longtemps après que toutes les autres pensionnaires s'étaient vraisemblablement endormies, elle s'interrogeait sur tous ces tests qui revenaient positifs du laboratoire ; et tous ces sermons dont ils lui avaient rebattu les oreilles sur le bacille de la typhoïde ; et sur les vertus de la soupe chaude par rapport à la salade froide ; et sur les effets des températures élevées sur les aliments ; et sur les milieux où poussent et pullulent les microbes ; et sur la forte probabilité que ses glaces et ses puddings soient responsables de la transmission. Elle repensa au bateau qui l'avait emmenée en Amérique, et à tous ces corps qui avaient été jetés dans l'océan gris, tous ces lourds sacs cousus dont elle pourrait suivre la trace si, un jour, elle décidait de rentrer au pays.

De toute façon, c'était dorénavant sans importance, se persuadait-elle, le matin, en se passant en hâte un gant de toilette sur le visage. C'était sans importance, se répétait-elle en remontant une paire d'épais collants sous sa jupe, alors qu'elle observait son haleine qui flottait autour de son visage, au fur et à mesure que l'agitation s'emparait d'elle. La certitude la gagnait à nouveau, elle n'avait pas tué cet enfant, pas plus qu'elle n'avait tué quiconque dans cette grande ville vaste, sale et bouillonnante. Quelle rigolade, en vérité, sauf que c'était criminel de leur part de l'avoir enfermée, elle, une femme, une cuisinière, alors que partout en Amérique la pestilence n'attendait qu'un signe pour se dégager et se répandre !

Au bout de six semaines à la blanchisserie, Mary avait gagné assez d'argent pour louer un lit chez une veuve dans la partie ouest de la ville. Elle avait trouvé l'annonce dans le journal, et plutôt que de poster ses questions, elle décida de porter elle-même son courrier, qu'elle glissa dans la boîte de l'immeuble. Certes, l'édifice n'avait rien de grandiose, reconnut-elle en l'observant du trottoir, mais il était tout à fait convenable. Et avec seulement deux femmes dans le logement, il serait facile de l'entretenir et de le ranger. La veuve lui répondit en précisant le jour où elle l'attendait et le prix de la chambre. Pareil que d'habiter avec tante Kate, se convainquit-elle en rassemblant ses quelques effets à la pension. Il faudra s'y habituer au début, mais avec le temps, et la force de la routine, cette femme se réjouira de me voir, et qui sait ? peut-être la locataire restera-t-elle chez elle jusqu'à la mort de la veuve. Elle avait entendu parler de nombreux cas où la première était considérée comme un membre de la famille et elle ne voyait pas pourquoi cette chance ne lui arriverait pas. Combien la vieillesse doit être difficile pour une femme dans cette ville, pensa-t-elle en traversant les avenues, penchée pour résister au vent printanier, combien cela doit être pénible d'avoir à se préoccuper de trouver du bois ou du charbon, et de quoi manger !

Elle marcha sans répit et bifurqua, finalement, sur la Huitième Avenue, pour le dernier tronçon.

— Oui ? demanda une voix féminine, quand elle frappa à la porte.

Lui ouvrit une femme jeune, plus jeune qu'elle, avec une coiffure de même style, mais un chemisier plus élégant.

— Je viens pour le lit. J'ai écrit la semaine dernière et Mme Post m'a répondu de venir aujourd'hui.

— Entrez, l'invita l'autre en soupirant.

Elle s'écarta avec une demi-révérence théâtrale et Mary passa devant elle, afin de pénétrer dans la petite cuisine. Elle admira la fenêtre au-dessus de l'évier, et le petit carreau teinté inséré là pour capter la lumière. Ensuite, en se tournant légèrement, elle remarqua un lit. Cela pourrait aller. Ce ne serait pas la première fois qu'elle dormirait dans une cuisine… Accolé au pied de ce couchage, elle en aperçut un autre, puis de l'autre côté de la cuisine un autre encore.

— Oh, ce n'est pas tout, lui assura l'hôtesse en désignant la pièce voisine.

Mary jeta un œil dans la chambre obscure et repéra un lit de plus grandes dimensions poussé contre le mur, qui servait de butoir aux couchettes alentour. Aucun espace pour circuler. Celles qui dormaient dans le plus grand lit devaient ramper sur les couchettes voisines pour atteindre la porte.

— Mais l'annonce ? s'enquit-elle, désireuse d'évoquer la situation qu'elle avait imaginée, et non celle à laquelle elle était confrontée.

— Écoute, tu veux rester ? Très bien. Moi, je pars d'ici la semaine prochaine. Tu travailles de jour ou de nuit ?

— De jour.

— Bon, tu as de la chance ! Celles qui sont de nuit, comme les deux infirmières qui logent ici, sont les plus mal loties. Elles ne peuvent pas fermer l'œil de la journée avec le boucan que fait la vieille. Elle a besoin de nous, mais elle nous déteste. Tu as déjà quitté ton ancien logement ? demanda-t-elle en baissant les yeux sur son maigre bagage.

Mary couchait dans la chambre. En découvrant sa proximité avec la porte, elle s'était crue chanceuse… avant de constater qu'elle avait eu raison d'imaginer que ses voisines devraient ramper sur les autres lits pour sortir de la pièce. Dès la première nuit, elle fut réveillée par un genou près de son visage, par un pied en travers de son ventre, par le balancement et le craquement de son lit sous le poids d'un autre corps tentant de passer. Les toilettes se trouvaient au fond du couloir, mais, bien avant son arrivée, une pensionnaire avait décidé que leur fréquentation provoquait trop de va-et-vient nocturne et avait placé un pot de chambre dans le coin le plus éloigné de la porte. Quand ce n'était pas quelqu'un qui l'enjambait, c'était un bruit d'urine évacuée dans un pot en céramique, suivi par le tintouin de quatre autres femmes s'agitant violemment dans leur sommeil pour couvrir le bruit en question, qui la réveillait.

Il lui fallait dénicher autre chose. Elle pensa à son ancien immeuble, à Fran et à Joan. Le logement de la première grouillait de monde, alors que celui de la seconde... Mary était certaine qu'elles lui feraient une petite place. Elles compatiraient. Mais c'était justement cela qui la retenait. Toutes deux l'avaient mise en garde, chacune à sa façon, au sujet d'Alfred : Joan gentiment, Fran sans détour, mais elle ne les avait pas écoutées. Et voilà où cela l'avait menée, quelques années plus tard : à loger dans une pension, alors qu'Alfred avait fondé une autre famille avec une nouvelle femme ! Non, elle ne supporterait pas de les entendre claironner – besoin humain inévitable – qu'elles avaient eu raison et qu'elle avait eu tort. Elle préférait demander à Li s'il connaissait quelqu'un en quête d'une locataire. Elle était prête à habiter avec une Chinoise. Elle essaya d'en parler aux Lituaniennes, mais elles ne la comprirent pas. Elle s'arrêta dans toutes les églises, catholiques ou non, situées entre la blanchisserie et chez Mme Post, pour consulter les panneaux d'affichage. Elle éplucha les annonces des journaux. Elle proposa posément à deux des pensionnaires de chercher un endroit ensemble, mais aucune des deux ne se montra intéressée, à moins qu'elles n'aient pas cru possible que trois femmes puissent louer un logement, sans la caution d'un homme.

Et puis, un mardi matin de très bonne heure, elle entendit appeler son nom.

— Mary ! la héla une voix de femme de l'autre côté de la rue. Mary Mallon !

Elle se retourna et vit Joan Graves tendre le bras pour stopper la circulation, afin de traverser et de la rejoindre.

— Je n'en crois pas mes yeux ! se réjouit-elle en entourant Mary de ses bras.

— Joan, dit-elle simplement en se laissant étreindre.

Elle était heureuse de voir son ancienne voisine, la naïve et talentueuse Joan aux doigts de fée.

— J'ai entendu dire qu'il y avait eu une audience, mais je pensais qu'ils t'avaient ramenée sur l'île.

— Oh, tu en as entendu parler, ça, j'en suis sûre !

— Enfin, c'était dans les journaux. On a suivi l'affaire, Fran et moi. Mais tu es là. Et en forme. Moi qui te croyais malade. D'ailleurs, l'as-tu été ? Que fais-tu maintenant ? Où habites-tu ? Pourquoi tu n'es pas passée nous voir tout de suite ?

— J'en avais l'intention, mais...

— Et Alfred, tu l'as vu ? Il a dit au Robert de Fran qu'il avait suivi la cure Oppenheimer.

L'Irlandaise ne se rappelait pas une Joan aussi agressive. Elle ne s'en souvenait pas, non plus, comme d'une « mitraillette à questions » et était absolument certaine que la Joan d'antan n'aurait jamais évoqué la cure, moyen détourné d'aborder le problème, et la boisson, et les retours nocturnes, et les cris de M. Hallenan dans l'escalier. La Joan que Mary connaissait en aurait parlé en privé, avec un tel doigté qu'elle n'aurait pas compris immédiatement ce à quoi elle se référait. Pas dans la rue. Pas d'emblée, après une si longue absence.

— Où as-tu vu Alfred ?

Autant poser la question, plutôt que de se tourmenter toute la journée avec.

— Dans l'immeuble. Il bricole pour M. Driscoll de temps en temps, après son boulot à l'écurie. Tu ne l'as pas vu ?

— Non.

— Je suis désolée, Mary. J'ai appris au sujet de... son nouveau logement. Je ne sais pas pourquoi je t'ai demandé ça.

De nombreuses interrogations se bousculaient dans la tête de Mary. Avait-il l'air heureux ? De quoi avaient-ils parlé ? Mais elle se tut. Elle ne demanderait de nouvelles ni du mari de Joan ni de tous les voisins, afin de s'autoriser, à la fin de cette longue liste, à glisser une question discrète au sujet d'Alfred. Non, c'était impossible.

— Je suis en retard, Joan. Je suis contente de t'avoir vue.

— Mais tu ne m'as pas vue ! Mary, il faut que tu passes ! Viens dîner un soir ! Dimanche ? Quand as-tu été libérée ?

Mary avait commencé à marcher en direction de la blanchisserie, qui était ouverte et accueillait déjà des clients. Qu'ils me renvoient ! pensa-t-elle. Qu'ils essayent, pour voir ! Elle irait directement au bureau de Lederle et lui demanderait de l'argent de sa poche. Elle attendrait à l'extérieur du bureau de Soper et l'agresserait sur le chemin de chez lui.

— Je ne suis pas sûre de pouvoir, Joan. Je te le ferai savoir.

— Oui, fais-le-moi savoir. Si ce n'est pas ce dimanche, le prochain ?

— Je te le ferai savoir.

Et elle s'éloigna.

— Oh ! Hé, Mary ! Mary ! J'allais oublier...

L'interpellée se prépara au pire : elle avait rencontré la Liza d'Alfred et l'adorable Samuel. L'envie lui prit de retirer son écharpe pour l'enfoncer dans la bouche de Joan.

— Nous avons une petite fille de onze mois. Il faut que tu la voies. Elle est adorable et...

Mary s'arrêta.

— Tu as eu un bébé ? Tu plaisantes, non ?

— Pas le moins du monde. Tu avais raison. Parfois cela prend très longtemps. Tu passeras, Mary ? Pour la voir ?

— Je n'arrive pas à le croire.

L'Irlandaise regarda autour d'elle, comme si le bébé avait pu se trouver dans une ruelle, à les observer.

— Fran s'en occupe, ajouta Joan en riant. Elle m'accorde une heure de sortie.

Ce fut au tour de Mary de rire.

— Fran ! Moi qui croyais qu'elle avait décrété que c'en était fini pour elle, maintenant qu'elle avait mis sa dernière à l'école ! Je l'entends encore me dire qu'elle pousserait Robert par la fenêtre s'il suggérait qu'il en voulait un autre.

— Tu connais Fran. Elle a été la première à roucouler au-dessus du berceau quand elle est née.

— Comment s'appelle-t-elle ?

— Dorothy Alice.

À la seule prononciation du nom de l'enfant, le visage de la mère s'illumina. L'impatience qui avait assailli Mary, il y avait encore quelques minutes, avait disparu, et elle serrait son amie dans ses bras et lui disait combien elle était heureuse pour elle. Joan serait une bonne mère, et si son enfant ne possédait ne fût-ce que la moitié de son bon cœur ce serait une bonne personne. Pour la première fois depuis son départ de North Brother, elle oublia pourquoi elle n'avait pas vu ses amies depuis si longtemps et fut prise de l'envie immédiate de se rendre à son ancien immeuble pour y taquiner Fran. Joan préparerait une pleine cafetière et elles papoteraient toute la matinée. Qui s'intéressait à Alfred ? Pas elle, en tout cas. Si elle le croisait dans le couloir, elle ne se retournerait même pas sur lui.

— Et tu n'es pas malade, n'est-ce pas, Mary ? demanda Joan, soudain grave. Tu n'en as pas l'air. Tout ce qu'ils ont raconté à ton sujet, et sur ces gens pour qui tu as cuisiné ? C'est pas vrai, hein ? Sinon, ils t'auraient pas libérée ?

Mary poussa un soupir.

— Tout ce qu'ils ont dit, c'est que les gens pour qui j'ai cuisiné sont tombés malades.

— Et c'est pas vrai ?

— Pour quelques-uns, si. Une poignée en vérité, parmi tous ceux pour lesquels j'ai fait la cuisine. Mais c'était une coïncidence. C'était une... enfin ce n'était pas juste dans tous les cas. Il y a un laitier au nord de l'État...

— Je le savais ! Notre Mary si dure à la tâche, qui montait et descendait l'escalier, ne pouvait pas être malade, je me suis dit ! Donc tu vas venir voir le bébé, n'est-ce pas ?

Et en s'entendant promettre qu'elle irait, elle sut que c'était vrai. Elle voulait voir le bébé de Joan. Elle voulait voir Fran. Et même Patricia Tiernan. Qu'est-ce qui lui avait manqué plus que tout, pendant ces trois années à North Brother, si ce n'est de voir un visage familier ? Qu'est-ce qu'elle avait le plus vivement désiré, si ce n'est de parler avec quelqu'un qui savait des choses à son propos, sans aucun rapport avec Soper, ou la typhoïde, ou même la cuisine ? Et puis, elles étaient ses amies. Elles comprendraient qu'elle ne souhaitait pas évoquer Alfred et qu'il n'y avait rien à dire le concernant.

Jamais, depuis qu'elle les connaissait, ni Joan ni Fran n'avaient commenté le fait qu'ils n'étaient pas mariés, elles ne se souciaient que de la santé d'Alfred et de l'endurance au travail de Mary, et peut-être, quelquefois, de savoir si elle n'aimerait pas avoir un homme qui s'occupe d'elle, plutôt que l'inverse. Mais elles n'avaient pas porté de jugement, pas vraiment. Et il lui restait à espérer qu'il en irait de même maintenant, après l'humiliation du départ d'Alfred et son mariage avec une autre.

15

Elle travailla. Au bout de deux mois, Li lui confia que Chu et lui s'étaient fait du souci en l'acceptant par faveur, mais qu'elle était aussi bonne qu'une Chinoise, que n'importe qui d'autre. Et Chu partageait son avis. Les Lituaniennes lui adressaient plus souvent des hochements de tête et de brefs sourires, avant de retourner à leur brouet de cotonnades et de lainages.

Sur la vitre de l'épicier du coin, elle lut une annonce qui pouvait lui correspondre. L'immeuble se trouvait au coin de la 31e Rue et de la Deuxième Avenue. Elle décida de ne pas tenir compte de la proximité de son ancien logement, mais, en s'y rendant, découvrit qu'il ne valait guère mieux que celui de Mme Post. D'innombrables lits de camp occupaient l'espace et elle vit deux femmes à l'air exténué ne pas échanger un mot autour d'une table. On lui fit visiter rapidement les lieux, tandis qu'on lui énonçait le règlement intérieur. Il devait exister mieux, mais avec seulement une demi-journée de libre par semaine et ses longues heures de travail le reste du temps, il lui était impossible de se consacrer vraiment à sa recherche. Elle donna suite à une autre annonce parue dans le journal, mais, une fois sur place, tout lui parut suspect – la spacieuse aire de séjour, les hauts plafonds, la cuisine séparée, l'homme qui sortait tranquillement de l'une des chambres et discutait dans un coin, à voix basse, avec la veuve qui avait ouvert à Mary. L'homme rôda autour de la nouvelle arrivante, puis se précipita dans l'escalier, sans dire au revoir ni bonne journée, pas même aux femmes vautrées sur le sofa de soie, telles des chattes au soleil. Mary ne prit conscience de l'endroit où elle se trouvait que lorsque la jeune veuve lui demanda de se délier les cheveux, tout en tendant les mains pour saisir ses épingles. En redescendant vers la rue, Mary se soutenait fermement à la rampe.

Elle chercha un mois durant. Six semaines. Deux mois. Le temps devint plus chaud, les chambres de Mme Post plus étouffantes. Plus préoccupant, elle s'habituait au pied dans la figure ou sur l'estomac, la nuit. Or, elle se refusait à supporter ce mode de vie. Il devait bien exister des gens honnêtes ayant besoin d'une pensionnaire comme elle. Juin passa. Juillet. Deux des femmes de chez Mme Post s'en allèrent, et avec l'espace dégagé par ces départs elle décida d'attendre encore quelques semaines, afin de consacrer ses dimanches après-midi à une autre activité, à marcher dans le parc, par exemple, ou à aller grignoter un sandwich quelque part. Les quelques semaines se transformèrent en été complet. Puis un jour, à la fin du mois de septembre, alors qu'elle se dirigeait vers le nord sur la Troisième Avenue, à proximité de la 36e Rue, elle tomba nez à nez avec Mme Borriello accompagnée d'un de ses fils, devant la charrette du marchand des quatre-saisons du voisinage.

— Je me souviens de vous, dit le garçon avant tout le monde. Maman, elle habitait dans l'immeuble. C'était pas elle...

Sa mère le fit taire en lui effleurant l'épaule et s'exprima en italien.

— Elle vous salue et vous demande comment vous allez, traduisit l'enfant. Elle dit qu'elle est contente de vous voir.

— Je suis heureuse de vous voir, se lança Mme Borriello en anglais avec un accent très prononcé.

Mary lui sourit : elle avait vieilli depuis qu'elle l'avait vue pour la dernière fois.

— Comment vas-tu ? demanda-t-elle à l'enfant.

Carmine, se souvint-elle. Et le plus jeune, Anthony. L'aîné était mort depuis quatre ans, selon ses calculs. Comme elle se rappelait cet après-midi-là, le silence qui s'était abattu sur l'immeuble, lorsque la nouvelle s'était répandue que le garçon, envoyé par sa mère ramasser du bois, à la hauteur du mur de soutènement sur la 28ᵉ Ruc, était tombé à l'eau en voulant attraper un morceau à la dérive et avait été emporté. On apprit plus tard que Carmine, qui accompagnait son grand frère, en courant chercher de l'aide le long de la rive, était tombé sur un groupe d'ouvriers en train de faire la pause sur le quai.

« S'il vous plaît ! les avait-il suppliés. Mon frère ! » Mais ils s'étaient contentés de regarder dans la direction pointée par l'enfant, et après une minute, tandis que le garçon dérivait au loin, et que les hommes sortaient leur repas de leurs poches, l'un d'eux lui avait offert la moitié d'un sandwich pour lui donner du courage, avant qu'il n'aille annoncer la nouvelle à sa mère. Mary se demanda si le corps du petit noyé avait été repêché.

— Comment va Anthony ?

— Bien. Merci.

Le garçon la regarda, puis il contempla ses propres mains, avant de revenir à Mary. Elle avait envie de lui caresser le visage.

— Et puis, vous avez su pour mon père ? Qu'il est mort ?

— Non, dit-elle en posant la main sur le bras de Mme Borriello. Je suis désolée pour votre mari. Comment c'est arrivé ? Il était jeune.

L'Italienne resserra le foulard sur ses cheveux.

— Une histoire bizarre, répondit son fils. Il était en train de travailler à la charpente d'un nouvel immeuble, à l'intersection de Broadway et de Broome Street, et selon eux, il portait son harnais quand il a voulu aller réaliser une petite soudure sur la poutre. C'est alors qu'il y a eu un coup de vent, il a perdu l'équilibre, le harnais s'est cassé et il est tombé. La poutre était au quatrième étage.

Combien de fois avait-il entendu l'histoire pour la raconter d'une voix aussi neutre ? se demanda-t-elle. Que pouvait-il bien comprendre aux poutres, aux charpentes et à la construction de bâtiments ? Il devait être âgé d'une dizaine d'années désormais, mais il paraissait à la fois plus vieux et plus jeune. Plus vieux par sa faconde et sa façon de parler à la place de sa mère, mais plus jeune par la douceur qui émanait de son visage, par ses longs sourcils et par sa façon, à l'arrière-plan de tout ce qu'il disait, de sembler demander aux deux femmes : Est-ce que je l'ai dit comme il faut ? C'est bien ça qui est arrivé à mon papa ? Juste une poutre, un harnais cassé et un coup de vent ? Et avant ça, mon frère. Est-ce vraiment possible qu'il soit à côté de moi à un moment, et que l'instant d'après il ait disparu ? Qu'un lien plus fort ne l'ait pas retenu à la vie ? Et le scénario qui se répète pour mon papa ?

— Ta pauvre mère, soupira Mary en observant son écharpe marron foncé qui se mariait à la couleur de ses cheveux, ses traits tirés, ses mains agiles qui soupesaient les pamplemousses, jusqu'à trouver celui qu'elle cherchait.

L'Irlandaise s'inclina légèrement vers le garçon, désireuse de le serrer dans ses bras.

— Quand ?

— Presque un an.

— Un an en octobre, ajouta la mère en regardant son fils elle aussi.

Tous trois restaient calmes au milieu de l'agitation des clients : le marchand ne les quittait pas des yeux pour s'assurer qu'ils n'avaient rien glissé dans leurs poches.

— Hé, s'exclama le petit, je me rappelle le feu d'artifice, l'autre fois ! Vous aussi ?

— Je me rappelle, en effet, dit Mary en le prenant par les épaules pour l'attirer vers elle.

J'ai de la chance, pensa-t-elle. Quand j'ai l'impression d'en manquer, il faut que je pense à ma chance au contraire. Je suis bénie.

Le garçon se laissa faire, puis, poliment, se dégagea.

Sa mère prononça quelques mots en italien, et son fils lui fit comprendre avec les yeux qu'il n'était pas d'accord pour les traduire.

— Elle dit que vous aussi vous avez eu bien du malheur, finit-il par reprendre. Mais votre tristesse est peut-être un bien pour un mal. Peut-être pas, mais peut-être que oui. Cet homme n'était pas un homme bien, et « les voies de Notre Seigneur sont impénétrables ».

À quoi, de sa propre initiative, il ajouta :

— Il passe de temps en temps. Il a l'air d'avoir changé.

— Tu as sans doute raison, fit Mary en posant à nouveau la main sur le bras de Mme Borriello pour lui dire au revoir.

Elle était sur le point de poursuivre sa route, de leur souhaiter une agréable journée et plein de bonnes choses, lorsqu'une pensée la traversa.

— Carmine.

Le garçon attendit.

— Est-ce que ta mère a une locataire ?

— Une locataire ?

— Quelqu'un qui vit avec vous et participe au loyer ?

— Non.

Il regarda sa mère, qui observait Mary attentivement. Celle-ci eut l'impression qu'elle comprenait tout. Elle songea à demander comment ils joignaient les deux bouts, mais sut que c'eût été faire preuve de trop d'indiscrétion. Comment formuler sa requête ? Elle se tourna vers Mme Borriello pour s'adresser directement à elle.

L'Italienne attendit, et Mary eut comme l'impression qu'elle était déjà en train de préparer une réponse négative.

— J'ai un travail régulier, six jours et demi par semaine, et je gagne un salaire décent, même si c'est moins qu'avant. Avant l'île. Vous comprenez ? Quand j'étais cuisinière. C'est un emploi dans une blanchisserie, mais la paye est stable. Je pourrais vivre avec vous, madame Borriello, et participer au loyer et aux tâches ménagères. Je suis propre et les enfants me connaissent. Je pourrais…

Un flot de mots italiens sortit de sa bouche, le garçon y répondit par quelques phrases, avant de se retourner et de s'éloigner un peu, laissant les deux femmes en tête à tête.

— J'ai pensé à quelque chose de ce genre. Mais j'aime pas l'idée d'avoir une inconnue. Ni de mettre une annonce dans le journal.

— Mais je ne suis pas une inconnue. Vous m'avez vue aller et venir pendant des années.

— En effet.

Elle fixa Mary, qui se rappela l'image du Sacré-Cœur qu'elle avait remarquée dans leur cuisine obscure, après la mort de l'aîné, quand Mme Borriello était encore incapable de quitter son lit. C'était une femme pieuse et Mary était persuadée qu'elle désapprouvait sa relation avec Alfred. Quelle femme d'ailleurs l'aurait approuvée ? Elle s'était montrée folle et idiote, mais quelle femme l'aurait abandonné, compte tenu de ce qu'il pouvait être dans ses grands jours ? Il en valait la peine, avait-elle envie de confier à l'Italienne. Et elle l'aimait. Et puis la doctrine chrétienne prêchait le pardon, tout autant que le reste. Sous ce foulard et ces vêtements de deuil respirait une jeune femme, plus jeune peut-être que Mary. Vous comprenez, avait-elle envie de lui dire. Je sais que vous comprenez.

— Pas de visiteurs, déclara Mme Borriello.

Le visage de Mary s'enflamma. C'était sans importance. Quelques semaines de vie commune, et elle comprendrait que ce n'était pas son genre. Alfred avait été l'exception. Uniquement Alfred. Et maintenant, Alfred était parti se marier et élever le fils d'un autre.

— Jamais.

De façon démonstrative, elle secoua la tête d'un côté à l'autre, pour être sûre d'être comprise. Un filet de sueur glissa sur sa nuque. Le petit était en train de donner des coups de pied dans du crottin de cheval séché le long du trottoir, tout en leur jetant des coups d'œil.

— Mes enfants dormiront dans leur chambre. Vous prendrez le lit dans ma chambre ou celui dans la cuisine.

— C'est d'accord.

Elle indiqua son prix. C'était plus que chez Mme Post, ce qui signifiait qu'elle ne mettrait rien de côté. Pas un cent, à moins de manger moins, de se laver les cheveux moins souvent, de marcher pour se rendre partout, ou de trouver un travail le dimanche après-midi. Si je propose moins, songea-t-elle, elle cédera. Elle vient d'avouer elle-même qu'elle ne voulait pas publier d'annonce.

— C'est d'accord. J'accepte, déclara-t-elle finalement.

Mme Borriello sembla d'abord surprise, puis joyeuse. Elle fit signe au petit. Mary lui serra la main, puis celle du garçon. Chacune paya ses fruits, après quoi elles se séparèrent jusqu'au dimanche suivant, jour où la nouvelle locataire emménagerait.

Lorsqu'elle avait fait sa proposition à l'Italienne, elle n'avait pas pensé un seul instant aux autres résidents de l'immeuble, mais, prenant conscience des termes du contrat en s'éloignant, elle eut l'impression que la courbe du temps s'inversait et que, quels que fussent ses efforts pour regarder droit devant, elle ne cessait d'être bringuebalée et contrainte d'opérer des marches arrière.

Elle rassembla ses affaires en l'absence de la plupart des pensionnaires de Mme Post. Qu'y avait-il de plus naturel que la sensation de rentrer chez soi ! Ce n'est que lorsqu'elle vit le numéro de l'immeuble au-dessus du seuil – la sombre entrée, puis la cage d'escalier usée – qu'elle comprit ce qu'elle avait fait. Au bas des marches se trouvait la même peinture murale défraîchie d'un homme à cheval avec des enfants cueillant des fruits aux arbres. Les moulures de plâtre, peintes il y avait bien longtemps pour se marier au bois de la rampe, s'étaient encore dégradées et formaient des petits tas de poussière, le long de la plinthe. Après avoir évité l'endroit pendant tant de mois, s'être tenue à distance, de peur de croiser une connaissance, la fille prodigue s'en retournait avec, pour seuls trésors, une brûlure au poignet, des chevilles enflées et dix phalanges à vif. Qu'est-ce qu'ils allaient se moquer d'elle ! Elle imagina Patricia Tiernan contente d'elle, debout dans sa cuisine, discourant sur ce qu'elle avait toujours pensé et su, devant sa famille admirative, attentive et approbatrice. Et les autres, ceux qui ne l'avaient jamais aimée, ni Alfred, quels pieds de nez à leurs jugements ils leur avaient adressés, tous les deux !

Mais désormais, elle était de retour seule, et pendant les quelques secondes qu'il lui fallut pour traverser le palier, elle songea à faire demi-tour, ou à chercher une autre pension, ou à demander si elle pourrait habiter une semaine à la blanchisserie, en attendant de trouver mieux. Tout lui était familier : l'affaissement au milieu de chaque marche, l'odeur d'humidité remontée du sous-sol. Si elle avait été encore cuisinière, elle aurait pu louer le logement du sixième étage à elle toute seule. Qui habitait là-haut, maintenant ? Elle pensa à son ancien lit, à sa table, à son évier, aux épices qu'elle conservait dans le buffet.

Elle commença à gravir l'escalier. Lorsqu'elle arriva à l'étage de l'Italienne et frappa, la porte s'ouvrit immédiatement. Mme Borriello lui prit son sac et le rangea sous le lit garni de coussins appuyés contre le mur, pendant la journée, afin de ressembler à un petit sofa. Elle invita Mary à s'asseoir et lui versa un café accompagné de lait condensé sucré et de pain frais au beurre salé. Au centre de la table, elle posa un bol de grosses mûres. Puis elle s'assit en face de sa locataire et les deux femmes mangèrent, sirotèrent et jouirent du silence. Mary n'avait pas dégusté d'aussi délicieux encas depuis son départ pour North Brother.

— Je voudrais vous remercier, se lança-t-elle.

Mais sa gorge se serra, et elle ne put poursuivre.

Elle n'avait aucune raison de pleurer, mais la pression sur ses yeux était trop forte. Mme Borriello, assise à côté d'elle, lui frotta le dos en lui disant que ce devait être la fatigue, et lui suggéra un petit somme, en attendant le retour des enfants. Mary accepta de s'allonger quelques minutes, pas pour dormir, juste pour s'allonger, fermer les yeux, prier Dieu que les choses aillent mieux pour elle et pas plus mal.

— Mais d'abord je veux vous remettre ceci. Hier était le 1er du mois, ça tombe très bien.

Elle ouvrit son sac et retira de son porte-monnaie la somme convenue : Mme Borriello se contenta de regarder les billets, surmontés de pièces, que Mary venait de poser sur la table.

— C'est bien ça ? demanda-t-elle.

Si c'était plus, si elle avait mal compris, il ne lui restait rien. Elle avait acheté des collants de laine neufs cette semaine, et en deux occasions en dix jours, après avoir fermé la blanchisserie avec Li, s'était offert un steak de viande hachée au petit comptoir ouvert jusqu'à minuit. Elle n'aurait pas dû. Une fois, passe. Mais deux… Quant aux vieux collants, elle aurait peut-être pu les repriser ?

Mme Borriello laissa tomber sa tête et se couvrit le visage de ses mains.

— Oui, c'est bien ça, dit-elle après un temps.

Lorsqu'elle eut retrouvé son état normal, elle annonça à sa locataire qu'elle allait s'allonger dans sa chambre, elle aussi.

Mary était bien consciente qu'éviter ses vieilles amies ne ferait qu'aggraver les choses. Mieux valait donc aller leur rendre visite sans tarder, tenter de leur expliquer ce qui s'était passé, se montrer. Son silence à North Brother leur serait plus facile à comprendre que le fait qu'elle ne se soit pas manifestée depuis sa libération. Joan n'était pas un problème, elle lui avait déjà pardonné en l'interpellant de l'autre côté de la rue. Les pleurs de Dorothy Alice le matin étaient recouverts par la voix apaisante de sa mère, chantant des histoires de toutous, de promenades en traîneau ou de Royaume des Cieux. Par la suite, en se rendant au travail, Mary se prenait à fredonner.

Patricia Tiernan, qui n'avait jamais aimé Mary, semblait sous le choc de la voir circuler dans l'escalier, depuis son retour.

— Oh, bonjour, Mary ! lança Jimmy Tiernan lorsqu'ils se croisèrent, un soir.

Et comme au bon vieux temps, son épouse apparut sur le palier au-dessus, prête à étouffer son mari de son seul esprit, si elle en avait eu le pouvoir.

Quant à Fran, la première fois que Mary l'avait croisée, elle s'était montrée froide. Sa vieille amie lui avait retourné son bonjour, puis avait continué son ascension sous le regard de l'Irlandaise sonnée.

Quelques jours plus tard, prenant son courage à deux mains, celle-ci alla frapper à sa porte.

— S'il te plaît, Fran, puis-je entrer ?

Peut-être avait-ce été le « s'il te plaît » qui avait brisé la glace ? Fran avait ouvert et Mary repris sa chaise habituelle, tandis que Fran se mettait en quête de friandises.

— Pourquoi tu n'es pas venue nous voir, Mary ? J'étais souffrante quand ils t'ont renvoyée sur North Brother après l'audience. Nous ne savions pas que tu avais été libérée, c'est Joan qui nous a raconté qu'elle était tombée sur toi dans la rue. Tu aurais pu habiter ici. Il suffisait de le demander. Pas besoin d'aller dans une pension. Pas besoin d'aller habiter au-dessus et de donner de l'argent à Mme Borriello pour un coin de sa cuisine. Qu'est-ce qui t'a pris ?

— Je ne sais pas.

Et c'était vrai : maintenant qu'elle était assise en face de sa vieille amie, elle ne parvenait pas à comprendre pourquoi il lui avait fallu tout ce temps.

— Pourquoi tu n'es pas venue assister à mon audience, si tu suivais l'affaire ? Alfred y était. Et je n'ai reçu aucun signe de ta part, ensuite.

À voir le visage de Fran, cela ne lui était jamais venu à l'esprit, et Mary, de son côté, ne s'était jamais attendue à ce que Fran sacrifie une journée entière, à rester assise dans une salle de tribunal étouffante, mais le seul moyen d'oublier ses petites blessures était de répondre par une autre blessure. Tu as été blessée ? Eh bien, moi aussi.

— Je ne savais pas que j'aurais pu assister à l'audience. Je croyais que c'était réservé aux avocats et aux journalistes. Et tu sais, écrire n'est pas mon fort. Bien sûr, Robert serait descendu poster ma lettre, mais tu sais ce que c'est. Et puis, tu aurais pu m'écrire plus souvent, toi aussi.

— Tu as raison, Fran. Je ne sais pas pourquoi je t'ai dit ça. Je suis désolée. C'est juste qu'Alfred...

Son hôtesse se pencha vers elle.

— J'étais sûre que c'était à cause d'Alfred ! Tu ne voulais pas risquer de le croiser.

Elle lui demanda si elle l'avait vu pendant la semaine, depuis qu'elle avait réintégré l'immeuble.

— Non. Et toi ? D'après Joan, il bricole pour Driscoll.

— Moi non plus. Parfois, il vient plusieurs jours d'affilée, et ensuite on ne le voit pas pendant des semaines. En plus, je crois qu'il fait tout son possible pour m'éviter, ainsi que Joan.

Même si Mary s'était promis de ne pas s'intéresser à lui et de tenter de l'oublier, c'était Alfred qui lui venait à l'esprit chaque fois qu'elle poussait la porte de l'immeuble et repensait à sa situation, lorsqu'elle portait une main protectrice à ses cheveux. Même si elle se défendait contre l'idée de le revoir, quand quelques jours se furent écoulés sans que cela advienne, elle s'en trouva déçue.

— Allez, raconte-moi tout. Depuis le début.

Tandis que leur café refroidissait, Mary décrivit le Dr Soper, l'hôpital Willard Parker, North Brother, John Cane, les infirmières et leurs collectes de flacons, M. O'Neill, la déception de l'audience, la découverte de l'existence de Liza Meaney et de son fils, et combien elle était désorientée d'être de retour à New York sans pouvoir pratiquer son métier de cuisinière. Elle parla aussi de sa peur de ne jamais s'y habituer. Lorsque enfin elle eut fini, Fran demeura silencieuse une minute, puis déclara qu'elle mettrait bien son poing dans la figure à ce Dr Soper, et Mary rit.

Jamais encore elle n'avait pensé au médecin en riant, et pour la première fois il lui sembla que cette partie terrible de sa vie était bien derrière elle. Les deux femmes discutèrent jusqu'à ce que minuit sonne à la pendule, et lorsqu'elle prit congé, Mary sentit qu'elles étaient réconciliées.

LIBERTÉ

16

Au début, la vie avec Liza sembla parfaite. Cela faisait des années qu'Alfred avait perdu la notion de ce que signifiait être sobre, se dresser sur ses jambes, respirer à pleins poumons, se tenir droit, se sentir en forme. Lorsqu'il rentrait le soir, elle ne semblait pas le moins du monde étonnée qu'il ait travaillé toute la journée. Elle n'en faisait pas toute une histoire comme Mary. Avec Liza, il sentait que s'il changeait d'avis, s'il se glissait le lendemain dans la peau de celui qui n'a pas envie de travailler, cela ne déclencherait pas chez elle un vent de panique. Il était en bonne santé et capable, et Liza ne le surveillait pas comme l'Irlandaise. Elle ne plissait pas les yeux et ne savait pas les choses comme Mary les savait, parfois avant que lui-même en soit conscient. Quand il lui apportait son salaire, elle le regardait comme si ces dollars et ces cents étaient de l'or en barre. Le garçon dévorait autant que Liza et lui réunis, et il était doué. Il avait besoin de livres, de blocs-notes, de vêtements convenables et de chaussures.

Mais après environ dix mois de vie commune, Alfred se trouva confronté à ce qu'il avait toujours su : Liza Meaney n'était pas et ne serait jamais Mary Mallon. Quand ils faisaient l'amour, elle était appliquée et douce. Jamais elle n'inventait d'excuse ou ne faisait semblant de dormir, et elle regardait poliment ailleurs, lorsqu'il sortait le diaphragme de sa boîte. Qui aurait pu dire si elle en avait déjà vu un avant, ou si elle prenait, ou non, du plaisir à leurs ébats ? Un jour, pour la tester, il s'arrêta net, se retira, remonta son pantalon et lui dit qu'ils le feraient plus tard puisqu'elle n'en avait pas envie, ce qui ne lui posa pas plus de problèmes que s'il lui avait annoncé que, finalement, ils remonteraient Broadway plutôt que de le descendre.

« Ça n'a pas l'air d'aller. Tu parais ailleurs », lui avait-il dit.

Ce à quoi elle n'avait pas réagi, se contentant de renfiler sa robe pour aller coudre une rangée de boutons. Une autre fois, il ne cessa pas de la caresser et de la tripoter, glissant la main sous ses vêtements pour voir quand elle lui commanderait d'arrêter, ce qu'elle ne fit jamais, même s'il la savait épuisée et animée d'une seule envie : dormir. Continuant à la tester sans répit, il se retrouva en moins de deux en elle, pendant que Samuel était occupé à ses devoirs dans la pièce à côté, et rien qu'une seule fois, et pendant juste un instant quand le lit craqua, elle le repoussa pour se tourner vers la porte et vérifier que le petit n'avait rien entendu.

La majorité des femmes sont comme ça, se dit-il. C'est comme ça qu'elles devraient être, sauf qu'il n'avait jamais su comment elles étaient censées se comporter, car il avait surtout vécu avec Mary, qui n'était pas une femme comme les autres. Même les journaux l'avaient noté. À l'époque de son arrestation, la plupart des journalistes avaient écrit qu'elle avait une allure d'Irlandaise, mais l'un d'entre eux avait fait remarquer qu'elle avait l'air d'un homme, sans préciser s'il était irlandais ou pas. Parfois, c'était vrai, Mary se tenait les jambes écartées bien plantées au sol, en particulier lorsqu'elle se sentait acculée, mais il n'y avait rien de visiblement masculin chez elle ; aussi ce reporter avait-il dû repérer autre chose : une façon de se conduire, d'embrasser une salle du regard. Fran Mosely, qui mettait les journaux de côté pour lui, à l'époque, avait déclaré qu'elle ne comprenait pas du tout ce type, car comment une personne saine d'esprit pouvait-elle voir autre chose qu'une femme, quand elle avait sous les yeux l'épaisse chevelure blond vénitien et la taille fine de Mary ?

« Je crois que je vois ce qu'il veut dire », avait répondu Alfred, convainquant Fran qu'il était bien le salaud qu'elle l'avait toujours soupçonné d'être.

Mary n'avait pas besoin de l'argent qu'il rapportait, parce qu'elle gagnait le sien, et même plus que lui. Il connaissait avec précision son opinion sur tout, car elle la lui communiquait, en général très bruyamment, souvent en tapant sur casseroles et poêles pour mieux se faire comprendre. Quand elle ne voulait pas qu'il la touche, elle lui disait de la laisser tranquille, mais, quand elle en avait envie, elle osait le premier pas, à lui tourner autour et à l'embrasser dans la nuque en lui demandant s'il était trop fatigué. Comportement impensable de la part de Liza Meaney. Au début, une telle réserve lui avait semblé formidable et tellement féminine. Liza avait en elle quelque chose d'un oiseau délicat, et c'était si excitant quand elle le laissait défaire ses boutons, et qu'est-ce qu'elle rougissait, lorsqu'il la soulevait pour qu'elle le chevauche, ou lorsqu'il lui chuchotait de se retourner ! Chaque fois qu'il lui faisait adopter une nouvelle position, elle paraissait désorientée et terrifiée, et après quelques secondes seulement replongeait sous les couvertures et sur le dos, où elle se sentait plus à l'aise et en sécurité. Et lui de rire.

« Bon, bon », disait-il, réalisant tout ce qui restait encore à lui faire découvrir, si elle le désirait.

Sauf que, dix mois plus tard, il était évident qu'elle ne le désirait pas. Le sexe, pour Liza Meaney, faisait partie de la transaction qu'ils avaient signée, et même si elle l'aimait et était attirée par lui – il avait la certitude qu'il le saurait si c'était le contraire – elle ne voyait pas de différence entre faire l'amour avec lui, lui préparer son petit déjeuner, laver ses vêtements, s'affairer pour que le repas soit sur la table à son retour le soir.

Bien que fiancés depuis six mois, ils n'étaient toujours pas mariés. Elle avait montré sa bague à tous leurs voisins – un simple anneau d'argent – et peut-être était-ce tout ce qu'elle souhaitait : que le monde sache qu'elle n'était pas ce genre de femme, à vivre avec un homme sans une promesse. Au début, elle avait parlé de trouver un moyen de faire venir sa mère d'Angleterre pour la cérémonie, et parfois elle déclarait qu'elle voulait attendre la fin de l'année scolaire pour que Samuel ne soit pas distrait. Distrait ? avait envie de demander Alfred. Qu'y aurait-il de si distrayant ? Et puis, franchement, y avait-il de quoi traverser un océan ? Alfred s'était imaginé Liza et lui se rendant à pied à l'hôtel de ville, y signant quelques papiers, puis sortant dîner au restaurant. Mais il ne dit rien et, les semaines passant, sans lettre d'Angleterre, sans discussion au sujet d'une petite fête éventuelle, il cessa de se préoccuper de la question. Peut-être qu'avoir accepté les fiançailles sans pousser au mariage constituait sa façon à elle de s'affirmer, en plus de la pression qu'elle exerçait sur lui pour qu'il continue sa cure, même si lui avait le sentiment de ne plus en avoir besoin.

Le médicament qu'ils lui avaient prescrit au début lui donnait la nausée. Il pensa que cela faisait partie du traitement : rendre le patient malade au point qu'il soit incapable d'ingurgiter de l'alcool, ou quoi que ce soit d'autre. Il passa deux semaines au lit, faible et vomissant dans le bol que Liza lui avait donné, ce qui n'empêchait pas cette dernière de venir toutes les quatre heures avec une nouvelle dose mesurée dans une cuillère à café, selon les instructions du médecin.

« C'est pour des gens qui sont bien plus mal en point que moi », lui avait-il annoncé, à son retour de l'hôpital Bellevue où il était allé s'informer.

Des publicités pour la cure étaient affichées dans tout le voisinage et publiées en grands caractères gras dans les journaux.

« Je les ai vus. Seigneur, je les ai vus. Je ne suis pas comme eux. Mon Dieu, il y en avait un, à peine plus vieux qu'un gosse, qui transpirait comme un bœuf, tout en continuant à se plaindre du fiold. J'aime juste prendre une petite goutte de temps en temps, et si tu me dis que tu connais un homme qui ne descend pas un gorgeon de temps en temps, je suis prêt à me couper le bras droit.

— Si tu veux habiter ici, tu dois y aller. »

Il y retourna donc, et souvent, et très vite ils le renvoyèrent chez lui avec un traitement précis. Un mois plus tard, ils lui déclarèrent qu'il pouvait arrêter de prendre le médicament, à condition d'en avoir toujours dans sa vieille gourde de poche. Qu'il n'ait jamais eu à recourir à la gourde montrait, en premier lieu, qu'il n'avait pas besoin de la cure. C'était une question de volonté, et il l'avait. C'était garanti à cent pour cent, dès lors que l'on suivait les instructions du médecin, qui se résumaient à ne pas boire.

Samuel préparait un examen qui lui permettrait de sauter deux classes à l'école et de suivre des cours au centre universitaire. S'il le réussissait avec de bonnes notes, ce serait gratuit, hormis le coût des livres. Aussi fallait-il respecter le plus grand calme dans le logement pour ne pas l'interrompre dans ses révisions, et pour la première fois depuis qu'ils se connaissaient, Liza intima le silence à Alfred, un matin qu'il lui demandait s'il restait du café sur le feu. Elle le fit taire et posa un regard soucieux sur Samuel, penché sur son manuel de mathématiques. C'est à ce moment-là qu'Alfred comprit qu'elle ne l'aimerait jamais, lui ou aucun autre homme, comme elle aimait cet enfant.

Son travail à l'écurie de l'entreprise de livraison de glace n'offrait pas de possibilité d'heures supplémentaires, et les soirées, entre la fin de son service à cinq heures et le moment où il se mettait au lit à dix heures, étaient trop longues. Pour respirer et permettre à l'adolescent d'étudier tranquille, il avait commencé à rendre visite à Michael Driscoll. Le vieil homme avait besoin qu'on lui change des lattes de plancher, qu'on lui répare un placard, qu'on dépose son lit déglingué sur le trottoir pour le remplacer par un neuf, qu'on lui étale une couche de plâtre sur le mur derrière l'évier.

« Ma parole, vous voulez tout briquer, l'avait-il raillé lors de sa première visite. Vous ne pensez pas que vous avez passé l'âge ?

— Il n'est jamais trop tard, et j'ai une jolie femme en vue, avait répliqué Driscoll.

— Vous plaisantez !

— Vous allez voir. Et alors vous comprendrez. Rira bien qui rira le dernier. »

Bon, je m'incline, se dit Alfred en s'attelant à la tâche. Quand il terminait un boulot, il laissait s'écouler plusieurs semaines, avant de passer voir ce que le vieux avait à lui proposer. Dans l'intervalle, il traînait à l'écurie et discutait avec celui qui le relayait, ou descendait sur les quais voir ce que l'on y déchargeait.

Un soir, alors qu'il ignorait qu'Alfred lui rendrait visite, Driscoll ouvrit la porte, à peine eut-il frappé.

— Alors, vous l'avez vue ? lui demanda-t-il, regardant par-dessus son épaule la cage d'escalier vide.

Il toussa dans sa manche avant de la retrousser.

— Qui ?

— Mary. Elle est dans les murs. J'étais en pleine conversation avec elle, il y a encore une minute.

Mary Mallon est dans l'immeuble ?!

— Elle a emménagé chez Mme Borriello il y a une semaine. Vous n'étiez pas au courant ?

Alfred sentit un frisson parcourir tous ses membres et crut entendre un pas de femme dans le couloir. Il sonda le visage du vieil homme pour s'assurer qu'il ne le faisait pas marcher. Quelques mois plus tôt, il avait écrit une lettre à Mary à North Brother et, n'ayant pas reçu de réponse, avait supposé qu'elle était encore fâchée contre lui, et avec raison. Certes, elle lui avait déclaré que son avocat était optimiste, que ce serait peut-être l'affaire de quelques mois, mais c'était difficile à croire.

— Vous êtes sérieux, Driscoll ?

— Je le jure sur ma vie.

— Comment ? Quand a-t-elle été libérée ? Elle me cherchait ? De quoi avez-vous parlé ?

— Elle a traversé le vestibule, alors que j'étais en quête de ma clef. Je l'ai saluée, elle m'a répondu, puis je lui ai dit que c'était un plaisir de la revoir et elle m'a remercié. Elle est peut-être toujours dans l'escalier. Allez donc voir.

Son interlocuteur préféra lui passer devant pour jeter un coup d'œil au robinet qui fuyait. En faisant l'inventaire de ce dont il aurait besoin, il sentit dans son dos le regard de Driscoll, qui essayait d'y lire ses intentions. Il avait besoin de temps pour réfléchir. Que lui raconter ? Tout son corps subissait l'attraction de la porte. Pourquoi habitait-elle chez Mme Borriello ? Que faisait-elle maintenant ? Il tenta d'imaginer ce qu'il lui dirait, puis, s'apercevant qu'il ne savait par où commencer, il imagina, à la place, ce qu'elle lui dirait, certain que la première chose qu'elle lui demanderait serait s'il était déjà marié avec Liza, et quand il lui aurait répondu que non, elle lui demanderait s'il vivait toujours avec elle et son fils ; il serait bien obligé de répondre oui, et la rencontre n'irait pas plus loin.

— Je ne peux pas venir demain, lâcha-t-il d'un ton bourru, une fois le robinet réparé. Le reste, ce sera pour une autre fois.

— Un jour ou l'autre, il faudra bien vous confronter à elle.

Une impulsion sauvage s'empara d'Alfred, une envie de le cogner, de l'égorger. Mais elle passa rapidement. C'était après lui-même qu'il en avait, après personne d'autre.

— Pourquoi le faudrait-il ? répliqua-t-il, tout en sachant qu'il avait envie de plus qu'un face-à-face.

Il n'avait qu'une idée, foncer là-haut à l'instant même, pour la voir, l'implorer de lui pardonner, la prendre dans ses bras. Comment cela s'était-il produit ? Comment avait-il pu ignorer qu'elle était de retour en ville ?

Il se tint à distance du 302 de la 33e Rue Est pour prendre la mesure de son retour. Le matin, en se réveillant à côté des boucles blondes de Liza Meaney sur l'oreiller voisin, il pensait sur-le-champ à Mary, qui dormait si près du logement qu'ils avaient partagé pendant si longtemps, apparemment revenue à son ancienne vie, sauf que lui n'y avait plus sa place.

— Tout va bien à l'écurie ? s'enquit Liza à plusieurs reprises.

Ce à quoi il répondit sèchement « Oui » et essaya de passer plus de temps à l'extérieur encore que d'habitude. Une autre fois, elle lui demanda s'il emportait son médicament avec lui quand il sortait et il prit conscience qu'elle pensait qu'il avait replongé. Vrai, après des mois, il avait poussé jusqu'au Nation's Pub, mais il était resté dehors, et l'attraction du 302 de la 33e Rue Est était bien plus forte. Finalement, après avoir retourné dans tous les sens la nouvelle du retour de Mary pendant deux semaines, en sortant de son travail à l'écurie, il se rendit chez Driscoll pour terminer la besogne en cours et décider, d'une manière ou d'une autre, s'il continuerait, ou non, de rôder dans le coin.

En remontant la Troisième Avenue, il eut le sentiment de pouvoir, à nouveau, la percevoir tel un oiseau chanteur emprisonné dans sa poitrine virile, tentant désespérément de se libérer. Il fit une halte devant la charrette de cacahuètes de la 29e Rue, pour acheter un sachet qu'il partagerait avec Driscoll, mais même ce geste était destiné à Mary, au cas où elle se serait trouvée dans les parages et qu'en se retournant il l'ait trouvée derrière lui, amorçant un sourire et sur le point de dire : « Tiens, tiens, tiens. Pour une surprise... »

C'était le premier soir vraiment glacial de la saison, et personne ne se tenait sous le porche, ni dans le vestibule, à son arrivée. Il se planta au pied de la cage d'escalier silencieuse et suivit des yeux la rampe jusqu'au quatrième étage. Quand Driscoll ne réagit pas aux coups qu'il frappait sur la porte, Alfred chercha des doigts les clefs en haut du chambranle et entra.

— Y a quelqu'un ?

N'obtenant pas de réponse, il ouvrit la porte de la chambre, où il trouva le maître de maison allongé, entortillé dans ses draps.

— Me sens pas très bien, dit ce dernier sans regarder Alfred.

En s'approchant du lit, il remarqua que le vieil homme grimaçait et tentait de soulager ce qui le gênait en se tournant d'un côté puis de l'autre, accroché à son oreiller. Il toussa pendant plusieurs minutes. Pour la première fois en deux semaines, Mary arrêta de l'obséder.

— Qu'est-ce qui vous arrive ? demanda-t-il dans le dos du vieillard.

Il remarqua la finesse de ses cheveux et l'aspect fragile de l'arrière de son crâne, œuf lisse et glabre.

— Partez. Une autre fois...

Mais Alfred resta, tel un enfant ne sachant trop que faire.

— Je ne me sens pas bien, c'est tout. Repassez dans quelques jours.

— Vous voulez que je vous apporte quelque chose ? Vous avez mangé ?

Pour seule réaction, Driscoll se rapprocha du mur.

— Je viendrai voir comment vous allez demain, fit Alfred, qui, n'obtenant aucune réponse, partit.

Il se tint à nouveau une minute au pied de la cage d'escalier, tenté de monter voir Mary, mais il reviendrait le jour suivant, et dans l'intervalle aurait peut-être trouvé les mots justes.

Il arriva chez lui à l'heure, pour un dîner pratiquement silencieux en compagnie de Liza et de Samuel. Le matin, il décida de ne pas laisser s'écouler un jour de plus sans voir Mary et, la décision une fois prise, il n'eut pas la patience de passer la journée à l'écurie, seul avec les chevaux. Avec l'apparition du froid, la demande en glace diminuait, en même temps que l'approvisionnement, jusqu'à la récolte d'hiver. Les voitures livraient tous les jours, mais essentiellement aux entreprises, et à quelques ensembles d'immeubles, ici et là, chez des gens pour qui il était impensable de conserver son beurre ou son lait sur le rebord de la fenêtre – comme Mary l'avait toujours fait, et comme Liza le faisait maintenant –, des riches qui voulaient pouvoir servir de la glace dans des verres à leurs invités, même en hiver. Ces derniers temps, son petit doigt lui avait dit qu'il ne ferait pas long feu à cette place et qu'il lui faudrait en dénicher une autre. Dix rues plus haut se trouvait une écurie que l'entreprise de livraison de glace louait aux services sanitaires et où se passaient des choses des plus intéressantes. Les après-midi où il n'était pas bousculé, il s'y rendait avec l'excuse toute prête qu'il s'intéressait aux biens de sa société. Au départ, il n'avait pas compris pourquoi les services sanitaires avaient besoin de tant de chevaux. À chaque fois qu'un cheval devenait trop vieux ou trop rétif pour circuler dans les rues, les palefreniers annonçaient toujours que les services sanitaires le « prendraient ». Il avait désormais fait sienne cette expression, sans savoir ce qu'elle signifiait, jusqu'à ce que, par un bel après-midi d'automne, il remonte les dix pâtés de maisons pour se changer les idées. En pénétrant dans l'écurie, il avait découvert que la vaste pièce latérale, qui, du temps où la ville possédait des vaches, servait de laiterie, avait été transformée en abattoir pour chevaux. Deux bêtes suspendues grâce à un dispositif de contention exhibaient des entailles au cou, dans chacune desquelles étaient introduits des instruments en verre. Sous les volumineux ventres des chevaux s'alignaient des rangées et des rangées de seaux remplis de sang. Autour d'eux s'affairaient des hommes en blouse blanche.

« Dehors ! » avait hurlé l'un d'eux à la vue d'Alfred.

Accroupi à côté du plus gros des deux animaux, l'homme était en train de vérifier une canule. En se relevant avec difficulté pour chasser l'intrus, il avait glissé sur une petite tache de sang et renversé un seau rempli à ras bord du précieux liquide, tandis qu'il cherchait à retrouver l'équilibre. Ses compagnons avaient juré en lançant des regards mauvais à Alfred. Les chevaux avaient tourné vers lui un œil sauvage et terrorisé, pensant apparemment qu'il était le seul à pouvoir leur venir en aide.

« Seigneur Dieu ! » s'était exclamé le curieux, une fois retourné à la lumière de la rue, au milieu d'une nuée de mouches agglutinées, excitées par l'odeur du sang.

Alfred avait franchi la porte voisine, menant à l'écurie proprement dite : une dizaine de chevaux y mâchaient du foin, comme dans un pâturage.

« Qu'est-ce qu'ils fabriquent ? avait-il demandé au garçon assis sur un seau renversé dans un coin, qui lisait un vieux journal.

— Une saignée », avait répondu l'autre en tournant une page.

Plus tard, alors qu'il était assis à côté de Samuel, en attendant que Liza leur verse la soupe, l'adolescent lui avait fourni les explications désirées. On saignait les chevaux pour tirer de leur sang le sérum qui serait inoculé aux humains, dans le but de les protéger contre des maladies.

« La diphtérie, probablement. J'ai lu des trucs là-dessus. Ou la typhoïde peut-être. Ils sont sur une piste.

— Tu plaisantes ! Du sang de cheval ?

— Du sérum de cheval. Ils inoculent la maladie au cheval et attendent que l'animal développe les moyens de la combattre. Puis ils pompent son sang et en extraient les anticorps, avant de les injecter aux humains. Tu ne t'es jamais demandé ce que contenaient les piqûres qu'on fait aux gens ? »

L'adulte eut honte d'admettre qu'il ne s'était jamais, jusqu'ici, préoccupé de la question. Avant de consulter le Dr Oppenheimer, il n'avait jamais reçu d'injection, et il se demandait désormais ce que le médecin pouvait bien lui introduire dans le corps. Son pays d'origine pratiquait la sorcellerie, mais jamais rien d'aussi sombre, si ses souvenirs étaient exacts. Certaines herbes et quelques graines. Une certaine façon de les mélanger. Des cataplasmes sur la poitrine, des plantes aromatiques pulvérisées remuées dans du thé. Cette histoire de sang de cheval se rapprochait plus de la magie noire. Liza s'était éloignée de la cuisinière pour écouter son fils, mais maintenant que ses explications semblaient terminées, elle s'en retournait à sa casserole de soupe, les joues rosies par la fierté et le plaisir.

Barbé à l'idée d'avoir à attendre la fin de son service pour se rendre sur la 33e Rue, Alfred envisagea d'aller passer le temps aux écuries des services sanitaires, et finalement signa le registre de présence, indiquant qu'il partait à cinq heures, alors qu'il n'en était que deux.

Driscoll n'allait pas mieux. En poussant avec précaution la porte d'entrée, Alfred sut immédiatement, par le silence ambiant et le froid de la cuisine, qu'il était encore au lit. Le malade était dans la même position que la veille, et en posant la main sur sa nuque Alfred éprouva une sensation de fournaise. Le vieil homme gémit.

— Vous voulez quelque chose ? demanda le plus jeune, avec le sentiment d'être un gros balourd, un incapable trop bête pour savoir comment se rendre utile.

Il alla à la cuisine, fit couler de l'eau froide sur un torchon, le passa sur la tête du vieillard, puis s'inquiéta de voir les draps s'assombrir aux endroits où tombaient les gouttes. Le malade se retourna.

— Je crois que vous avez besoin d'aide, déclara Alfred, s'adressant avant tout à lui-même. D'un docteur.

Mais il n'avait jamais appelé de médecin de sa vie.

Il aurait pu aller frapper à la porte de Fran, ou en parler avec Jimmy Tiernan, mais il dépassa le deuxième, puis le troisième étage. Il avait besoin de Mary. Les deux sœurs d'un certain âge qui habitaient aussi au quatrième avaient ouvert leur porte pour aérer. Alfred savait qu'il pouvait s'adresser à elles. Il avait vu Driscoll leur parler de temps en temps, et quand l'une d'elles s'était blessée au genou, il était monté leur porter de la morue sur un plateau. Mais il continua jusqu'à la porte des Borriello et, là, retint son souffle. Si la maîtresse de maison ouvrait, il lui faudrait s'exprimer à voix haute et lentement : tout le monde entendrait et la vraie raison de sa venue deviendrait confuse. Parce que c'était vraiment la santé de Driscoll qui l'avait fait monter ici. Et si, comme conséquence, il arrivait que Mary et lui recommencent à se parler, tant mieux, mais à la seule condition que le vieillard aille mieux.

Ce fut le plus jeune fils qui ouvrit. Découvrant qui c'était, il écarquilla les yeux.

— Mary est là ?

Le garçon pointa l'index vers lui, puis referma la porte. Alfred entendit une chaise qu'on repoussait sur le parquet à l'intérieur.

La porte se rouvrit sur Mme Borriello. Abrité derrière sa mère, le garçon lorgnait Alfred.

— Oui ?

— Je cherche Mary. Je crois qu'elle habite ici ?

— Pourquoi ?

Il sentit l'irritation monter en lui.

— M. Driscoll ne va pas bien et j'ai pensé que Mary saurait quoi faire.

— Malade ?

— Oui, depuis hier. Peut-être plus longtemps. Mary est là ?

L'Italienne était déjà en train de saisir son foulard. Elle s'adressa à son fils, avant de se glisser devant Alfred pour emprunter l'escalier. Du pas de la porte, le garçon l'observait.

— Elle rentre à la maison bien plus tard.

— Ah oui ? Et c'est toi qui t'occupes de son emploi du temps ?

— Non, moi je m'occupe de la lampe. Je la rapporte à la cuisine quand elle rentre de la blanchisserie, et on fait nos devoirs d'arithmétique à table, pendant qu'elle mange. Mon frère et moi, je veux dire. Et puis quand elle a fini, je remets la lampe dans ma chambre. Ma mère dit que c'est notre lampe, pas la sienne, mais qu'on doit la laisser l'emprunter, pendant son repas, parce que ce n'est pas correct de demander à une personne de manger dans le noir, quand il existe une lampe dans la pièce à côté.

— Elle travaille dans une blanchisserie ? Où ?

— À côté de Washington Square.

— De quel côté ? Quelle rue ?

— Monsieur Briehof ! appela Mme Borriello du bas de l'escalier plongé dans l'obscurité.

— Vous n'habitiez pas en haut, avant ? demanda le garçon.

Sa mère cria à nouveau.

— Il a besoin de bois de chauffage, traduisit le fils. Entrez en prendre chez nous. Elle veut que je descende tout de suite.

Il dévala les marches, hurlant tout le long quelque chose à sa maman. Alfred se retourna et posa sa main sur la poignée de la lourde porte, qu'il poussa. Elle produisit le bruit de frottement typique de tous les logements du 302, avec, comme résultat au bout d'un certain temps, des rayures en forme d'arc de cercle, qui faisaient dans chaque pièce office de paillasson. Le bois était stocké près de la cuisinière : des brindilles, des morceaux de branches, des petits bouts ramassés, ici et là, dans toute la ville. Alfred sélectionna quelques branchettes parmi les plus grosses. En se tournant, il remarqua le lit dans la cuisine, et dessus, deux chemisiers pliés. Au-dessus, sur l'appui de fenêtre, il y avait un peigne de femme, une série d'épingles à cheveux, de la poudre pour les cheveux et un tube de crème. Il reconnut le peigne et la marque de la crème. Il déposa le bois sur la table et alla s'asseoir au bord du lit. Il n'osa pas toucher aux deux chemisiers – il s'en voulait déjà assez de froisser le couvre-lit –, mais il en examina les cols, en quête de marques qu'aurait laissées sa peau, ou de quelque particule qui aurait pu se trouver prise dans le tissu. Il les renifla, puis se pencha pour chercher sous le couchage, au cas où elle aurait laissé traîner quelque chose qu'il pourrait garder, mais il n'y vit que de la poussière. Il songea à lui laisser un message, la longue lettre tant attendue pendant son séjour à North Brother, ou la boîte à tabac en métal vide dans sa poche – elle saurait à qui elle appartenait, elle connaissait sa marque favorite , et puis, ils lui raconteraient toute l'histoire, comment il était venu frapper à la porte, puis avait passé quelques minutes, seul, dans l'appartement. Quand il entendit le pas léger du garçon, remontant les marches deux à deux, il s'apprêtait à défroisser le dessus-de-lit, et puis non, il le laisserait en l'état, pour qu'elle l'imagine assis, pensant à elle. Il ramassa le bois. Le temps de le prendre dans ses bras et le petit arrivait, en compagnie de son grand frère, pour lui dire que leur mère les avait chassés et envoyés en haut, avec instruction de fermer leur porte et de ne plus redescendre. Et au cas où elle ne serait pas de retour pour dîner, d'être sages et de se préparer un œuf dur, de faire la vaisselle et d'aller tout de suite au lit. Une maladie « rôdait » dans l'immeuble, et elle ne voulait pas les voir dehors avant qu'on ait découvert ce que c'était.

Driscoll allait plus mal. Il avait beaucoup de fièvre et se plaignait d'une douleur dans le dos. Lorsqu'il toussait dans son oreiller, il laissait des traces de sang. Comme il était incapable de tenir la tasse de bouillon que Mme Borriello lui avait préparée, celle-ci dut s'asseoir au bord du lit et la porter à sa bouche.

— Doucement. Par petites gorgées.

Par moments, son état semblait s'améliorer, mais le vieux ne tardait pas à se remettre à gémir et à agripper le lit, comme s'il cherchait à s'enfoncer et à s'enfouir dans un endroit plus frais, loin de son logement, dans les profondeurs dispensatrices de soulagement.

— Si je courais chercher des médicaments ? Un docteur ? Il a un peu d'argent, vous savez.

Mme Borriello scruta Alfred du regard. Elle semblait vouloir se transformer en mur entre les deux hommes.

— Pour le docteur, je veux dire. Je crois qu'il pourrait se payer une consultation. Même si je crois qu'un médecin devrait voir une personne malade même si elle ne peut pas payer.

— Oui, je suis d'accord.

— Parce que je n'ai jamais rien vu de pareil. Et vous ?

— Si. Le sang sur l'oreiller. La toux avec de la fièvre. J'ai déjà vu ça une fois.

— J'y vais alors ?

— Où ?

— Je ne sais pas. Je vais monter chez Fran. Elle en a appelé un pour un des enfants.

L'envie de lui demander où était Mary et à quelle heure elle serait de retour le prit.

Ils entendirent le frottement de la porte poussée lentement.

— Maman ? interrogea une voix d'enfant.

En un instant, Mme Borriello traversa la pièce et poussa son plus jeune fils dans le couloir, en essayant de refermer la porte sur lui. Elle le gronda en italien, ce qui ne découragea pas le petit, qui tenta de glisser le bout de sa botte avant la fermeture de la porte. C'est Alfred qui mit fin à la lutte en soulevant le gamin sous les bras.

— Partez, partez, partez ! leur cria la mère, ajoutant quelques mots en italien.

— Je reste avec ma maman, pleurait le gosse, tandis qu'Alfred le portait dans ses bras jusqu'à l'escalier.

— Non. Il faut remonter.

L'Italienne cria à nouveau.

Elle vous dit de prévenir tout le monde de ne pas venir ici. Deux personnes, ça suffit comme ça. Trois avec moi. Elle dit qu'elle me tuera plus tard. À vous, elle dit de rester derrière la porte, quand vous parlerez à Mlle Fran au sujet du docteur. Vous voulez que je le fasse ? Elle dit que l'on a peut-être déjà respiré la « chose ».

En montant l'escalier, une main enserrant le haut du bras de l'enfant, il pensa à Liza. Elle s'inquiéterait, mais il n'y pouvait rien, et ce ne serait pas une bonne idée d'aller lui passer cette « chose », à elle et à Samuel. Elle comprendrait qu'il reste au 302, jusqu'à ce que ce soit terminé. Et si, quand Mary rentrerait, plus tard, les enfants lui racontaient tout – qu'il l'avait cherchée, qu'il était resté pour aider leur maman, qu'il avait couru dans l'escalier avec leur petit bois dans les bras, tout cela pour porter secours à M. Driscoll – et si, à écouter leur témoignage, ça lui donnait envie de le revoir, juste pour parler, et si parler diminuait sa colère contre lui suffisamment pour qu'elle n'ait rien contre le fait qu'il la touche, il n'aurait rien contre non plus.

17

Le seul docteur que connaissait Fran avait déménagé dans le nord de la ville, mais M. Stern, au troisième étage, connaissait un brave homme qui se
déplaçait à domicile. Jimmy Tiernan fut chargé de
se rendre sur la 16e Rue Ouest et de le ramener.
Tandis qu'il dévalait l'escalier et s'enfonçait dans
l'obscurité de la rue, Patricia le suivit des yeux,
soulagée que son homme s'éloigne du poison qui
avait élu domicile chez M. Driscoll. Dès la première
heure le lendemain, elle emmènerait leurs enfants
chez sa sœur dans le New Jersey et ils y resteraient
jusqu'à la disparition de la « chose ».

Le messager ne revint pas avant huit heures. Il
cria à travers la porte de M. Driscoll que le médecin
était en chemin. Alfred et Mme Borriello se
relayaient au chevet du malade. À plusieurs
reprises, il tenta d'aborder le sujet de Mary. Quand
ce fut au tour de l'Italienne de s'occuper du vieil
homme, il s'assit sur la chaise, dans un coin de la
chambre.

— Votre fils m'a dit que Mary travaille dorénavant dans une blanchisserie.

Elle lui adressa un rapide regard, puis se contenta
d'acquiescer de la tête.

— Ça lui plaît ? Elle était blanchisseuse avant, vous savez. Quand je l'ai rencontrée.

Quand elle fit semblant de n'avoir même pas entendu, il comprit que ce n'était pas la peine d'insister. Quand vint son tour de s'asseoir au chevet de Driscoll, en passant une compresse sur la tête du vieil homme, il prit conscience qu'il ne s'était jamais trouvé en présence de quelqu'un d'aussi malade. À neuf heures, on frappa fort à la porte et une voix annonça « Docteur Hoffmann ». Soulagé, Alfred bondit pour ouvrir.

Le médecin s'enquit des premiers symptômes, demanda depuis quand il était dans cet état, comment il se portait avant de tomber malade. Il fit asseoir le vieil homme, qui s'effondra sur ses genoux, comme un bébé endormi tiré du berceau par sa maman. Il écouta sa poitrine, prit son pouls, après quoi il ordonna à Alfred de se rendre directement chez l'épicier le plus proche et de lui demander d'appeler une ambulance. Il courait dans le couloir, quand il entendit une voix derrière lui :

— Comment va-t-il ?

C'était Mary Deux marches au-dessus du palier du deuxième étage, elle portait une robe croisée vert sombre boutonnée jusqu'au cou. Elle lui sembla aussi familière que son propre reflet dans un miroir, et il lui apparut clairement qu'en jouant la comédie avec une autre femme qu'il connaissait à peine, et réciproquement, il avait commis une grosse bêtise. L'élue de son cœur était debout à quelques mètres de lui.

— Je vais chercher une ambulance.

— Eh bien, vas-y !

Il s'élança, banda ses biceps, leva les genoux et évita les passants qui l'empêchaient d'avancer. Plus il courait vite, plus il se sentait jeune, et malgré la gravité de sa mission il se sentait débordant d'optimisme : Mary était de retour ! Elle lui pardonnerait. Ils se remettraient ensemble et il quitterait Liza. Mary et lui dénicheraient un nouveau logement, et lui un bon travail. Il enjamba un tas de crottin de cheval et adressa un signe de la tête au marchand de saucisses ambulant, qui le regardait passer, étonné. Comment pourrait-il, désormais, lui refuser le mariage, alors qu'il l'avait proposé à Liza Meaney ? Peut-être que ce serait elle qui ne voudrait plus l'épouser dorénavant ! Peut-être ne s'intéressait-elle plus à lui. C'était sans importance. Rien de tout cela ne comptait plus, dès lors qu'ils vivraient ensemble et se retrouveraient chez eux tous les soirs.

Lorsqu'il retourna chez Driscoll, Mary avait remplacé Mme Borriello près du lit et parlait au médecin. Assise à la table, l'Italienne se tenait la tête entre les mains.

— Qu'est-ce que c'est ? demanda-t-il du pas de la porte de la chambre.

— Cela ressemble à une phtisie galopante, répondit-elle sans se retourner.

— L'ambulance va l'emmener dans un sanatorium, précisa le docteur. Chacun d'entre vous devra surveiller l'apparition de symptômes, et au moindre signe s'isoler.

Il était près de minuit quand la voiture emmena Michael Driscoll, et une fois que les voisins eurent quitté leur perchoir sur les paliers, d'où ils avaient suivi le spectacle, Mary se remémora ce que les infirmières avaient l'habitude de faire à Riverside, après s'être occupées d'un malade, et elle donna consigne à Alfred et à Mme Borriello de se laver les mains. Elle sentait sur elle le regard d'Alfred, appuyé contre la cloison séparant cuisine et chambre. Elle contracta le ventre et évita de croiser ses yeux. Elle s'adressa à lui comme à un inconnu, quelqu'un qu'elle viendrait juste de rencontrer, pas l'homme qu'elle aimait depuis qu'elle avait dix-sept ans.

— En rentrant chez vous, prenez soin de bien vous laver. Faites bouillir vos vêtements ou jetez-les.

Maintenant que Driscoll était à l'hôpital, Alfred n'avait plus de raison de fréquenter les lieux, et s'il cessait de venir, cet intermède de quelques heures n'aurait aucune suite, et elle pourrait de nouveau se comporter comme s'il n'existait pas. Elle l'entendit retenir son souffle, sur le point de dire quelque chose, mais à la place il expira.

Mme Borriello attrapa la main de Mary.

— Attendez, pria-t-il en faisant deux pas rapides en direction de la porte, comme s'il allait la bloquer. Mary, poursuivit-il avec douceur, est-ce que je peux monter te parler une minute ? À moins que tu ne préfères marcher ?

— C'est le milieu de la nuit, intervint l'Italienne.

— Elle peut répondre toute seule.

— Pourquoi ? demanda Mary.

— Il faut que je te parle, Mary.

— Une autre fois peut-être.

Et Mme Borriello de suivre sa locataire qui franchissait le seuil.

Une fois là-haut, les enfants couchés, Mary prit le plus grand récipient qu'elle trouva et le remplit d'eau. Elle procéda de même avec la bouilloire. Quand l'eau fut portée à ébullition, les deux femmes enlevèrent leurs robes et leurs dessous et les lancèrent dans un coin de la cuisine. Mme Borriello se trempa la première, tandis que sa locataire jetait leurs sous-vêtements dans la bassine, en les remuant avec la même énergie que s'il s'était agi d'un brouet. Ensuite, elles inversèrent les rôles. L'eau bouillait si fort que la marmite sautillait sur le feu. Une fois qu'elles eurent revêtu des habits propres, leur chevelure encore humide déployée sur les épaules, leurs sous-vêtements en train de sécher au-dessus de l'évier, Mary prépara du café et en servit deux tasses. L'Italienne bâilla. La cuisine dégageait de la chaleur et une impression de confort et, dans ses vêtements propres, l'Irlandaise sentait son corps respirer. L'autre s'étira avec un ronronnement de plaisir.

— Quel est votre prénom ?

— Emilia. Mais ma famille m'appelait Mila.

— C'est joli.

— On ne m'appelle plus souvent comme ça doré-navant.

Le tic-tac de la pendule sur la cheminée lui rappela sa tante et leurs longues soirées dans la cuisine silen-cieuse, Kate occupée à sa couture, pendant que sa nièce sirotait du thé et lisait le journal à haute voix, jusqu'à l'heure du coucher.

Mila se mit à lisser sa belle chevelure noire, d'un côté, puis de l'autre, et l'écarta de son visage en la tordant sur sa nuque. Alors qu'elle était vêtue de sa seule chemise de nuit, les joues rosies par le bain et la chaleur de la pièce, Mary jugea qu'elle était encore une belle femme.

— Quel âge avez-vous ?

— J'ai trente-quatre ans. Vous pensiez plus ?

Mary fit oui de la tête. Les deux femmes se regar-dèrent en silence.

— J'ai été mariée avant. Avant Salvatore.

— Je ne le savais pas.

— Bien sûr. Vous ne pouviez pas le savoir. Il s'appelait Alberto. S'appelle Alberto. Il est encore vivant quelque part. La dernière fois que je l'ai vu, c'était à Naples.

Mary sentit que les choses reprenaient leur place autour d'elles. Sa main posée sur la table, à dix centimètres de celle de Mila, elle réalisa qu'elle ne l'avait jamais invitée. Elle ne lui avait jamais demandé si elle voulait un thé. Ou un café. N'avait jamais frappé à sa porte pour savoir si elle avait besoin de quelque chose au marché. Lorsque, avec Fran et Joan, elles décidaient d'aller se tremper les pieds à la fontaine, ou de marcher dans le parc, elles n'avaient jamais proposé à Mila de les accompagner. Alfred se demandait parfois pourquoi les Borriello ne vivaient pas dans l'une de ces rues italiennes du sud de la ville, mais la plupart du temps ils ne se souciaient pas d'eux.

— Cet Alberto était le père de mon fils aîné. Vous vous rappelez.

Le noyé, également prénommé Alberto. On l'appelait Albie. Les Alberto deviennent Albie en Amérique.

— Je ne suis pas certaine de bien comprendre.

— Ce n'était pas quelqu'un de très bien, Alberto. Par certains côtés, si, un homme honnête, avec un bon salaire, mais en général pas très bien. Il m'aimait et à sa façon il aimait son fils, mais il ne se conduisait pas bien. Il levait la main sur moi tous les jours et je savais qu'il ferait pareil avec mon petit. Peut-être qu'il attendrait que le petit ait grandi, mais peut-être pas. Au début, j'ai pensé que je pourrais dépenser un peu moins, m'asseoir un peu moins souvent, mais j'ai compris qu'il me frapperait de toute façon et que je ne le méritais pas. Alors le jour où il m'a agressée avec le pied d'une chaise, je l'ai quitté. En son absence, j'ai pris l'enfant et je suis allée vivre chez une voisine. Puis je suis venue à New York, où je me suis déclarée veuve. Ensuite, en Amérique, j'ai rencontré Salvatore et je lui ai tout raconté. Certains hommes, quand on leur raconte une histoire comme celle-là, prennent leurs jambes à leur cou. Certains prennent le parti de l'autre homme, même s'ils ne le connaissent pas et qu'il vit à Naples. Pas Salvatore. Il m'a crue. Il avait confiance en moi. Ensuite on a fait deux enfants ensemble, Carmine et Anthony. Lui a été bon avec moi tous les jours de sa vie.

Mila regarda Mary avec gravité.

— Ils ne savent pas, Carmine et Anthony. Ils croient qu'Alberto était complètement leur frère, le fils de leur père.

— Je comprends. Je suis désolée pour Salvatore. Et pour Albie. Nous n'avons jamais parlé...

— Ce n'est pas grave.

Elle referma la bouche de sa façon bien à elle, avec ses lèvres pincées de veuve, et son front s'assombrit.

Elles demeurèrent silencieuses un bon moment.

— Je ne repense pas trop à ce jour. Quand je les ai envoyés chercher du bois. Je pense beaucoup plus à avant qu'on vienne vivre ici, quand j'étais seule avec ce bébé sur le bateau, comme je faisais attention à lui laisser la partie la plus propre du drap et ce qu'il y avait de meilleur dans ce qu'on nous donnait à manger. Vous n'avez jamais vu un nourrisson s'accrocher à sa mère comme Alberto à moi, à notre arrivée en Amérique. Parfois, j'ai du mal à comprendre comment ce bébé est devenu mon garçon. Comment ce bébé a disparu pour devenir un garçon, qui, à son tour, a disparu. En vérité, il m'a quittée deux fois. Vous comprenez ?

— Votre anglais est très bon.

— Je ne parle pas de mon anglais. Je veux dire : vous comprenez ce que c'est que d'avoir un bébé, de se faire des cheveux blancs pour sa santé, de réussir à l'éloigner d'un danger, de connaître enfin le bonheur, de le voir grandir et s'épanouir en un beau garçon, et puis disparaître ? Un, deux, trois, pfft ? Je l'ai expulsé de moi, je l'ai allaité, je l'ai consolé, et un jour il est parti pour ne jamais revenir. Comme s'il n'était rien, et que tout ce que j'éprouvais pour lui n'était rien, et que tout ce bon temps si fort et si spécial qu'on avait passé ensemble était aussi fragile que le verre. Quelques mois après l'accident, un homme est venu nous faire signer un document, et c'est tout. Salvatore l'a signé et m'a expliqué qu'ils ne pouvaient rien faire d'autre. Ils ne l'ont jamais retrouvé dans le fleuve. Il n'a jamais échoué nulle part. Salvatore était aussi triste que moi, mais c'est différent pour un homme. Il allait au travail et rentrait à la maison, apparemment comme avant. Mais moi, je voyais bien qu'on avait eu trois garçons et que maintenant on n'en avait plus que deux.

Le souvenir de Tobias Kirkenbauer traversa lentement l'esprit de Mary ; elle se vit en train de l'attacher dans sa poussette et de l'amener au bord du fleuve, avec un pique-nique de pain et de fromage. Que s'étaient-ils dit ce jour-là ? Quelle était déjà cette curieuse façon qu'il avait de prononcer son nom ? Elle se rappela la courte moustache du médecin, quand il lui avait interdit d'annoncer à sa maman que le petit n'était plus. Et en effet, si Mme Kirkenbauer avait demandé à le voir, elle lui aurait menti. Et de toute façon, elle était morte, elle aussi. Même si Mary avait suffisamment rencontré la mort pour savoir à quoi elle ressemblait lorsqu'elle frappait, c'était toujours un choc de constater combien l'énergie qui anime une personne peut si facilement s'échapper, aussi facilement qu'une goutte d'eau glisse dans un égout. Peut-être qu'elle a compris, songea-t-elle. Peut-être qu'une mère sait.

— Je ne vous raconte pas tout ça pour que vous me plaigniez, Mary. Toute personne bien est triste en entendant ce genre d'histoire, ne vous sentez pas obligée d'ajouter quoi que ce soit. Je vous la raconte pour que vous compreniez que j'en sais un morceau sur les hommes et la vie. Une femme qui a été mariée deux fois, a eu trois enfants et est venue vivre en Amérique avec un nouveau-né en sait un peu sur la marche du monde et les hommes. Vous comprenez ? Vous pouvez imaginer la vie sur ce bateau, sans mari et un petit au sein.

Mary attendit ce qu'elle savait qui allait venir.

— Vous devriez garder vos distances avec Alfred.

Submergée par sa vieille réaction défensive, elle la ravala une nouvelle fois et dit :

— De toute façon, il est marié.

Mila lui prit la main.

— Combien d'heures j'ai passées avec lui, depuis sa découverte de M. Driscoll malade, et son arrivée chez moi ? Pendant tout ce temps, il n'a pas mentionné son épouse une seule fois. La seule femme dont il ait parlé, c'est vous.

Mary se sentit honteuse d'exulter à l'écoute de la confidence, honteuse de la légèreté familière qui la soulevait, comme chaque fois qu'elle entendait le déclic de la clef d'Alfred dans la serrure. Maintenant qu'il l'avait vue, il s'inventerait des prétextes pour revenir, et il lui fallait décider comment elle se comporterait alors. Liza Meaney ne le connaîtra jamais comme moi, pensa-t-elle. Puis elle se souvint que Liza Meaney l'avait guéri, l'avait convaincu de s'en tenir à un travail, et que, de son côté, il lui avait proposé de l'épouser et de devenir le beau-père de son enfant. Elle se vit sur North Brother, en train de regarder de l'autre côté de l'eau, en direction de Manhattan, et de réfléchir à ce qu'il pouvait bien faire pour ne pas trouver le temps de lui écrire, ni d'essayer de la voir. Non, décida-t-elle, non.

18

La nuit où Driscoll fut emmené en ambulance, Alfred dormit dans le logement du vieil homme. Il suivit les instructions de Mary et se lava dans une bassine. Ne voulant pas coucher dans le lit où le vieillard avait craché, il trouva une couverture non utilisée et s'allongea, à même le sol, dans la cuisine. Le matin, avec Mary en tête, il se rendit à pied à l'écurie, en réfléchissant aux moyens de la reconquérir.

Tout en nettoyant les box et en donnant à manger aux chevaux, il décida d'attendre que Samuel ait passé ses examens pour annoncer à Liza ce dont il était, dorénavant, convaincu : qu'il ne pouvait vivre avec elle ni, en aucun cas, l'épouser. Il attendrait après Noël. Après le Nouvel An. Mais à son retour chez eux l'après-midi, dès qu'il les vit, la mère à son évier, le fils sur ses cahiers, et la façon dont elle lui intima de rester silencieux, sa grimace, aussi, lorsqu'il avait retiré ses bottes près de la porte, le suivant partout pour remettre en place, ou redresser, ou nettoyer ce qu'il avait touché, faisant disparaître l'invisible crasse qui aurait pu se trouver au bout de ses doigts, il sut qu'il serait incapable de rester un jour de plus. Il chaussa à nouveau ses bottes et sortit, avant qu'elle ait eu le temps de lui demander où il allait.

De retour sur le trottoir, il affronta le déluge de bruits : cris d'enfants, appels de leurs mères ; claquements de sabots de chevaux hennissant et reniflant tout ce qui passait à leur portée ; grincements et cliquetis de charrettes ; klaxons et pétarade d'automobiles dévalant les rues, les passagers accrochés aux poignées.

Il s'enfonça dans l'animation du Lower East Side. Il remarqua à de nombreuses fenêtres des bougies de Noël qui attendaient qu'on les allume à la tombée de la nuit, et se souvint que Noël se célébrerait dans dix jours. Avec ses températures douces, la journée évoquait plus octobre que décembre. Il se dirigea vers l'ouest, traversa Allen et Eldridge Streets, puis Mulberry et Mott Streets dans Little Italy. Il continua vers le sud par Lafayette Street et prit à nouveau vers l'ouest, jusqu'au marché en plein air de Chambers Street, où se dressait un sapin de quatre mètres de haut, décoré de boules et de guirlandes. Il acheta une miche de pain et quelques tranches de truite fumée enveloppées dans un journal. Pain et poisson sous le bras, il repartit vers l'est. Quelques pâtés de maisons plus tard, il s'arrêta sur le trottoir pour manger, entouré d'un groupe d'enfants qui tapaient dans un ballon. Tout en se léchant les doigts, il poursuivit vers l'East River, en passant devant des centaines de *tenements* collés les uns aux autres, telle une rangée de soldats aux lèvres serrées et au dos raide. De zigzagantes échelles d'incendie écaillées et rouillées défiguraient les façades, et Alfred n'avait pas besoin de vérifier pour savoir que toutes les entrées se trouvaient dans un état comparable, plâtre craquelé et délité, scènes pastorales peintes et repeintes, réduites à des nuances de gris. Sur un seul pâté de maisons, il passa devant un *deli-*

catessen[1], une boucherie, une boulangerie, une modiste, un tailleur et un atelier de chaussures pour femmes. Il croisa un policier tentant d'amadouer un chien des rues, tandis qu'un autre réprimandait un homme qui avait jeté des os de poulet de sa fenêtre, au cinquième étage. L'homme répliqua en allemand, puis tira son rideau.

— Vous voulez que je vous traduise ce qu'il a dit ? proposa Alfred à l'agent.

— Pas la peine, répondit ce dernier, avant de poursuivre sa route.

Il se balada... jusqu'à ce qu'il se retrouve en face du pont de Brooklyn, joyau scintillant et massif suspendu au-dessus de l'eau et – de là où il se tenait pour l'admirer – tenu, comme par magie, grâce à un simple croisillon de fil de fer et de ficelle. Un Allemand était à l'origine de ce prodige, et son compatriote s'émerveilla du saut de l'ange que le pont semblait exécuter au-dessus de l'estuaire. Il reconnut en lui les tours gothiques du Vieux Monde, sauf qu'à leur lourdeur et à leur tristesse, le long du Rhin, s'était substitué, en Amérique, un foisonnement de promesses, et les arcades qui y avaient été creusées lui rappelaient un groupe de vénérables ancêtres accueillant ceux qui traversaient le pont, les nouveaux Américains, dans leur paume.

Il franchit le pont, puis sauta dans le tramway côté Brooklyn, s'accrocha à la barre et après un bon bout de trajet descendit à Coney Island, où, devant la

1. À New York, le terme *delicatessen* désigne un type de magasin d'alimentation ou de lieu de restauration. Ce mot d'origine allemande se réfère aux produits d'épicerie fine (du français « délicatesse ») que l'on y trouve, tels que sandwichs, salades, soupes, omelettes, viandes et fromages. Influencés par la cuisine juive ashkénaze, les mets sont souvent accompagnés de *pickles,* gros cornichons aigres-doux typiques d'Europe de l'Est.

grande roue et des groupes de filles bavardes et rieuses, le visage abrité derrière les mains, il se souvint – tante Kate était encore en vie à l'époque – d'y avoir emmené Mary et de l'avoir regardée danser avec d'autres jeunes filles. Même autrefois, la gaieté était humeur rare chez elle, et avec le temps ce sentiment s'était encore raréfié, mais il valait la peine de prendre son mal en patience, car la sévère Mary, la soucieuse Mary, et même la Mary au dos voûté de cuisinière, valait cent Liza Meaney.

Il était près de minuit quand Alfred retourna chez Liza. Après avoir gravi l'étroit escalier, il écouta une minute à la porte pour vérifier si elle était encore debout à l'attendre, ou si son fils se tenait à la table en train de réviser. Il réfléchit à ce qu'il lui dirait, se demanda si c'était bien ou mal de la prendre dans ses bras, s'il parlerait lui-même à l'adolescent ou s'il la laisserait s'en charger. Il n'entendit rien et ne vit pas de lumière sous la porte.

Il se rendait bien compte que ce serait un choc pour elle. Sans lui, elle n'arriverait peut-être pas à joindre les deux bouts ni à payer les études de Samuel. Bon, elle prendra un autre locataire. Une femme conviendrait mieux et les voisins préféreraient. Je lui enverrai une lettre, décida-t-il en faisant demi-tour pour regagner la rue. Ce serait plus charitable de lui éviter la honte d'assister à son départ, ou la tentation qui pourrait la traverser de le supplier de rester. Ce serait plus honorable de la laisser seule face à la situation, et ensuite elle pourrait raconter ce qu'elle voudrait à son fils. Alfred ne retournerait tout simplement plus jamais à Orchard Street. Elle pourrait disposer à sa guise des quelques affaires qu'il lui laissait.

Puis il se rappela qu'il avait trente et un dollars d'économies dans une boîte de café, sur l'étagère du haut du garde-manger, et ce souvenir l'arrêta net sur le palier du premier étage. Il leva les yeux vers la cage d'escalier et tendit l'oreille. Après quelques secondes, il secoua la tête et agita les bras, comme s'il jetait les billets au vent. Pensant avoir pris sa décision, il se dirigea vers la lourde porte d'entrée, mais en posant la main sur la poignée il repensa à cette liasse d'argent, tournée sur la tranche et enroulée dans la boîte, tout imprégnée de l'odeur du café. Qu'est-ce qu'en ferait Liza ? Acheter des livres pour le petit ?

Il remonta l'escalier, appuya une paume contre le battant et tourna doucement, doucement, la poignée pour éviter que la serrure claque comme un coup de feu et la réveille. Il ouvrit juste de quoi se glisser à l'intérieur et, en trois pas, se retrouva devant le garde-manger, à scruter l'étagère du haut. Vide. Il chercha sur celles d'en dessous, dans le buffet, dans le meuble d'angle. Le parquet craqua quand son pouce effleura la cloche de collection miniature de Philadelphie, qu'elle avait reçue des années et des années auparavant de son mari, le père du garçon, mort à vingt-sept ans. Cloué dans le silence immobile, il se souvint du petit trou dans le mur de brique, entre la fenêtre et le meuble d'angle, minuscule espace creusé bien avant son arrivée et impossible à repérer, à moins de connaître son existence. Liza l'avait conseillé à Samuel comme cachette pour ses économies. Sur la pointe des pieds, il se déplaça jusqu'au meuble d'angle, reconnaissant de bénéficier de l'éclairage de la lune à travers la fenêtre. Sa boîte de café y était !

Et à côté, un sucrier ébréché rempli des économies du garçon. Avec la grâce d'une ballerine, il se courba, se saisit des deux récipients et sentit à peine le sol sous ses pas lorsqu'il fila par la porte, direction le vestibule, puis la rue.

Pour la première fois depuis qu'il avait commencé le traitement, il prit la gourde contenant le médicament, et là, sur le trottoir sombre, il la déversa dans sa bouche, imagina qu'il s'agissait de whiskey et la vida jusqu'à la dernière goutte. Cela fait, il attendit de voir l'efficacité du remède, s'il transformerait la sensation de manque en satisfaction, en un calme bien-être où régnait la sobriété – selon la formule du Dr Oppenheimer –, en une paisible absence de besoin, en saine sensation du corps et de l'esprit. Au lieu de quoi, il sentit son ventre se tordre et, se penchant en avant aussi vite qu'il le put, il vomit sur lui et tout autour de lui. Il s'effondra sur le trottoir et rendit sur la crotte de chien qui s'y étalait. Se retrouvant à quatre pattes, il vomit à nouveau. Lorsque, à la lumière tamisée du bec de gaz, il aperçut un policier qui remontait la rue, la main collée à sa matraque, il déguerpit sans tarder. Rasant les façades, il marcha vers le nord jusqu'à une église bordée d'un petit cimetière. Il tenta de vomir une fois encore, mais rien ne vint, car il ne restait rien dans son estomac. Ce furent donc des haut-le-cœur secs qui le secouèrent derrière une pierre tombale. Il s'enveloppa dans son manteau, s'affala sur un banc et dormit.

Le matin, frigorifié et le cou endolori, il se dirigea vers Washington Square. Le fils Borriello lui avait indiqué que la blanchisserie où travaillait Mary donnait « pratiquement » sur le parc, mais il n'avait pas eu l'occasion de lui indiquer le côté, ni de préciser ce qu'il entendait par « pratiquement ». Les trente et un dollars, plus les onze de Samuel, gonflaient la poche intérieure boutonnée de son manteau. Onze dollars, une peccadille si l'on considérait tout ce qu'il avait déboursé en repas, crayons, livres, blocs-notes, provisions, rideaux neufs pour la cuisine. Elle s'était bien débrouillée, se dit-il, en tâtant l'épaisse liasse qui bosselait le côté gauche du vêtement.

Il commença par chercher au sud du parc, mais n'y trouva aucune blanchisserie. Il y en avait bien une, une rue plus loin, vers l'ouest, mais Mary y était inconnue. Il en allait de même dans les deux autres qu'il découvrit, quasiment côte à côte, au nord du parc. Enfin, il repéra une enseigne du côté est et sut immédiatement que c'était là. Il observa un Chinois faisant quelques pas devant la façade, et l'aperçut, elle, traversant une pièce à l'arrière du magasin, une pile de vêtements pliés dans les bras. Même si le vomi avait séché sur son pantalon et ses chaussures, l'odeur lui semblait toujours aussi forte et, en portant la main à son visage, il comprit qu'il avait besoin de se laver et de se raser. Il avait faim et envie de se rincer la bouche. Le Chinois vint à la porte, le remarqua et se retourna.

Il avait besoin de se rendre présentable. Il avait besoin de réfléchir à ce qu'il allait lui dire. Au lieu de lui parler tout de suite, comme il l'avait prévu, il se rendit à l'ancien immeuble et s'introduisit chez Driscoll, grâce à la clef qu'il laissait au-dessus du chambranle. Il se déshabilla dans la cuisine, puis prit une chemise, un pantalon et des chaussettes propres dans le placard de la chambre, sans s'attarder dans la pièce contaminée. Il mit la main sur le rasoir et la lotion du vieil homme. Quand il eut fini, debout dans la cuisine, la porte de la chambre bien fermée, il se prépara une grande tasse de café et la sirota près du fourneau. Il se sentait nerveux, comme s'il était traqué, comme si ceux qui le recherchaient étaient tapis dans la rue et l'espionnaient des étages supérieurs des immeubles. Il posa la clef sur la table et referma la porte, sans même y penser, derrière lui.

Il se rendit directement à la blanchisserie. L'heure de fermeture était proche, mais Mary ne le verrait pas : un Chinois le détailla de pied en cap de son regard impénétrable et lui déclara qu'il était impossible de la déranger. Lui répondit qu'il attendrait le temps nécessaire. Il éleva la voix en direction de l'arrière-boutique : des grincements de manivelles et de poulies, ainsi qu'un sifflement de vapeur, la recouvrirent soudain. L'espace exigu empestait le linge humide et les fers chauds, et il se demanda si l'odeur d'amidon et de lessive n'avait pas remplacé chez elle l'arôme de fruits et de pain frais qu'elle dégageait autrefois. Elle l'avait entendu. Il le sentait. Elle écoutait. Il invita le Chinois à appeler la police s'il le souhaitait. Cela lui était égal. Et ainsi, moins d'un quart d'heure plus tard, il fut de retour dans la rue, transpercé par un vent qu'on aurait dit constitué de cent mille aiguilles, obligé de se mettre de côté pour se faufiler entre les porteurs de paquets ficelés. Il tourna dans le voisinage pendant quelques minutes, puis revint se poster devant la porte.

— Mary ! appela-t-il, quand elle finit par sortir, comme il savait qu'elle le ferait.

Deux autres femmes étaient déjà parties et l'écriteau sur la porte indiquait *FERMÉ*.

— Il faut que je te parle.

— Non, Alfred. Ce n'est pas utile. Je crois que ce n'est plus le moment de parler, répondit-elle à deux mètres de lui sur le trottoir, tout en s'enveloppant la tête de son foulard.

— Je ne l'ai pas épousée, tu sais ?

— Et alors ? Qu'est-ce que je devrais faire ? Te dire merci ?

— Non, je voulais juste...

— Va-t'en, Alfred. S'il te plaît. Laisse-moi tranquille.

Il la regarda s'éloigner et attendit qu'elle s'arrête, regarde par-dessus son épaule, trouve autre chose à lui dire. Mais elle tourna dans Greene Street et disparut.

Il lui fallait changer de tactique, découvrir un moyen de s'expliquer. Pour ce qui était de ses plans à court terme, il regretta d'avoir laissé la clef à l'intérieur du logement de Driscoll. Ne voulant pas dilapider le paquet d'argent dans sa poche, il se dirigea vers un *delicatessen* de la 8e Rue, où un vieil ami, de l'époque où il livrait du charbon, était employé à trancher la viande. Il lui demanda l'autorisation de coucher sur la paillasse de la réserve.

Le lendemain matin, il attendit à l'entrée du 302 de la 33e Rue Est, mais il avait dû arriver trop tard, car il ne la vit pas. Pour tuer le temps, il passa plusieurs fois à proximité de la blanchisserie, sans parvenir à l'apercevoir. Il restait huit jours seulement avant Noël. Des enfants pâles faisaient la quête du matin au soir, et un père Noël se dressait à tous les coins de rue. Les marchés embaumaient le clou de girofle et la cannelle, et les vendeurs de sapins demandaient des prix fous pour des arbres qui, au

Nouvel An, seraient desséchés et perdraient leurs aiguilles, à l'abandon sur le trottoir.

Il avait besoin de courage. Et de trouver les mots justes. Il enfonça profondément les poings dans les poches de son manteau, car, quand il laissait ses bras libres de leurs mouvements, ces derniers ne suivaient pas le rythme de son corps. Il remonta son col et accéléra le pas. Sa gourde dorénavant vide, il ne cessa de se rappeler qu'il devait passer au cabinet du Dr Oppenheimer pour son renouvellement d'ordonnance, mais, comme pour les vieilles prières de son enfance, les mots qu'il prononçait étaient dénués de sens, et c'était à peine s'il les entendait. L'idée de remplir le flacon avec un liquide meilleur lui vint, innocemment la première fois, en passant devant un pub qu'autrefois il aimait bien. Seulement, une fois implantée dans sa tête, cette pensée gagna en intensité et il lui fut impossible de l'évacuer. Il tenta bien de réfléchir à ce que Mary et lui se diraient enfin, et à comment la vie se poursuivrait, mais chaque fois qu'il baissait la garde c'était comme une démangeaison de la poitrine qui le reprenait, exigeant d'être grattée. Il marcha et marcha, acheta un peigne et de meilleures chaussettes, mais la pensée, elle, ne le quittait pas, tapie dans un coin de son esprit, à le provoquer. Allez, rien qu'un petit verre ! Son entrejambe frémit. Il sentit battre son pouls jusque dans ses plantes de pied et au bout de ses doigts. Je n'ai qu'à dire au barman de ne m'en servir qu'un seul et de refuser absolument de m'en verser un autre. Je n'ai qu'à le boire d'une traite et sortir. Il suffit de ne pas recommencer.

Il retourna au pub devant lequel il était passé le matin. En un rien de temps, il croisa le regard du barman et leva l'index. Ce dernier sortit une bouteille

317

et il approuva de la tête. Le serveur posa un verre sur le comptoir, transvasa le liquide d'un récipient à l'autre, sous l'œil attentif de son client, comme si celui-ci essayait de saisir le geste à opérer de la main pour un tour de cartes. Le garçon replaça la bouteille sur l'étagère et poussa le verre en face d'Alfred. Ce dernier enleva son chapeau, descendit le liquide d'une traite et reposa le verre vide sur le bar.

— Eh ben, mon vieux ! s'exclama le barman en le fixant, avant d'ajouter : La maison ne fait pas crédit.

— J'ai de l'argent.

La deuxième fois, il fixa le liquide ambré un moment, avant de l'avaler en deux longues goulées. Le bois verni du bar se prolongeait en une courbe qui disparaissait dans la pénombre de l'arrière-salle. Les verres, alignés en rangées bien ordonnées derrière le serveur, captaient les timides rayons de soleil filtrés par les fenêtres. Dehors, en ville, il se sentait fébrile, ses tendons et ses muscles, à l'image de l'agitation autour de lui, le laissaient épuisé, incapable de se détendre, les oreilles dressées comme un lièvre pourchassé. Alors qu'ici, remarqua-t-il, la ville envahissante s'arrêtait à la porte, et au centre de son corps la chaleur propagée par ces deux petits verres produisait plus d'effet que n'importe quel pardessus ou édredon de plume. Le silence régnait parmi les autres clients assis au bar, à l'exception de deux messieurs, vers le fond de la salle, qui discutaient à voix basse. Pas de musique, et le barman ne s'était même pas donné la peine d'offrir l'assiette de fromage pour la forme. Alfred ressentit un calme familier se diffuser vers l'extérieur à partir de son ventre. Malgré la perte de sa mère, enfant, il connaissait la sensation de tendresse et d'ardente compassion qu'un gamin éprouve entre les bras maternels. Perché sur son tabouret, il chercha une position plus confortable. Il appuya son menton sur son poing.

Il compta ses jours d'absence à l'écurie et se demanda s'il avait encore un emploi. S'ils le renvoyaient, peut-être serait-ce une aubaine : à nouveau départ avec Mary, nouveau travail ! Il commanda une bière avec son whiskey. Il pourrait peut-être faire déménageur, ou aller chercher la glace plutôt que de l'attendre à l'écurie. Il décida de laisser passer l'heure de fermeture à la blanchisserie et d'aller, plutôt, attendre Mary devant leur ancien immeuble. Il ne se préoccupa pas de dîner ou de souper. Une nouvelle vague de clients avait balayé la précédente. Sa liasse de billets mincissait, et bien après l'heure du souper, une fois que le barman eut lavé les verres et essuyé le comptoir, il demanda à Alfred s'il avait un endroit où aller. Ce dernier se redressa, sauta de son tabouret et se précipita dehors.

La blanchisserie était fermée depuis plusieurs heures, aussi s'assit-il dans le vestibule du 302. Ce ne fut qu'au bout de six heures que Mary apparut. Appuyé dos au mur et jambes allongées devant lui, il ouvrit les yeux et la vit le regarder de tout son haut, un journal sous le bras et un parapluie à la main.

— Qu'est-ce que tu fais ?

— Je t'attendais.

Elle se pencha pour renifler, puis, comme si elle avait été ébouillantée, tira sur le côté de sa longue jupe et tenta de l'enjamber pour atteindre la porte d'entrée.

— Attends, dit-il en lui agrippant la cheville.

Tandis qu'elle tentait de se dégager, il sentit sous son pouce la fragile boule osseuse.

— Laisse-moi passer, lui ordonna-t-elle avec ce regard furieux qu'elle avait quand elle était en colère.

Et lui de lâcher prise.

— Qu'est-ce que tu veux ? Qu'est-ce que tu viens faire ici ? Laisse-moi en paix !

— Tu m'as entendu dire que je n'étais pas marié, pas vrai ? Je ne l'ai pas épousée.

Elle laissa échapper un de ces rires tonitruants qui, il le savait, annonçaient l'explosion toute proche. Il se leva et recula jusqu'au mur. Il avait oublié à quoi elle pouvait ressembler parfois. Il avait tout oublié. Elle pointa son doigt à un centimètre de son nez.

— Tu me laisses tranquille, compris ? Je ne veux pas te voir à la blanchisserie. Je ne veux pas te voir ici. Et ne me cherche pas dans la rue !

— Tu ne penses pas ce que tu dis. Je sais que tu ne le penses pas.

Il la revit à l'aube, penchée au-dessus de lui, ou en train de plonger ses vêtements dans la bassine, de les tordre et de les secouer deux fois énergiquement, avant de les suspendre près du fourneau. Il se remémora le léger balancement de ses seins lorsqu'elle travaillait, et la saillie de sa hanche blanche nue, le matin. Il repensa au soin qu'elle prenait de ses mains, à toujours frotter le bout de ses doigts au citron pour en faire disparaître les odeurs. Comme il avait envie de les embrasser maintenant, ces mains, et de l'implorer de ne pas le rejeter comme ça ! Quelquefois, pas souvent mais quelquefois, il lui arrivait d'écouter une des histoires qu'il lui racontait, à propos du bar et d'une rencontre qu'il y avait faite, et si l'histoire était drôle elle riait. Elle abandonnait son activité et plongeait sur son côté du lit, pour s'esclaffer à son aise. Quelquefois, pas souvent, elle ignorait la lumière de l'aube, qui indiquait avec insistance qu'il était temps de se réveiller, et se tournait vers lui, passait le bras autour de son torse et se nichait au creux de son épaule. Même quand elle travaillait dans le nord de l'État, ou dans le New Jersey, ou à l'autre bout de la ville, et ne pouvait pas rentrer le soir, il ne se sentait jamais seul, car il était sûr qu'elle reviendrait.

Elle émit un petit son étouffé, qu'il n'avait eu l'occasion d'entendre qu'une fois ou deux depuis qu'il la connaissait. Elle respira profondément, et lorsqu'elle posa à nouveau son regard sur lui, elle s'était calmée.

— S'il te plaît.

Et il sentit qu'il avait dessoûlé.

— Mais, Mary, je sais que ce serait différent maintenant. Je...

Elle se rapprocha de lui vivement, comme si elle allait le frapper, avec cette rage qui bouillonnait en elle en marbrant ses joues, une rage d'homme, comme ils l'avaient noté dans les journaux, une rage animale, demandant quatre, cinq, voire six générations avant d'être domptée. Mais ce ne fut rien qu'un vacillement, et lorsqu'il cligna des yeux elle avait déjà reculé et fermé les siens, puis, après avoir marqué une pause, elle avait descendu les marches du perron.

— Je suis sérieuse, Alfred, dit-elle, avant de disparaître aussitôt.

Pour clarifier ses idées, il erra dans la ville, ne s'arrêtant que sur des bancs et des tabourets de bar. Il passa la nuit allongé sur la longue banquette d'une Ford Model T garée sous un arbre de la 57e Rue, la couverture du propriétaire ramenée jusqu'au menton, et la journée suivante au Nation's Pub. L'automobile ayant disparu le soir d'après, il en trouva une autre. Il continua de la sorte pendant quelques jours, jusqu'à ce qu'il pense à l'écurie de l'entreprise de glace, et à la chaleur qu'elle devait dégager, grâce aux rangées d'animaux, et aux portes et fenêtres bien fermées. Comme Noël n'était plus qu'à quelques jours, il n'y aurait personne, hormis le malheureux palefrenier désigné pour venir nourrir les bêtes et répandre de la paille fraîche.

L'écurie était vide. Il s'introduisit par une fenêtre poussée en permanence en hiver, mais pas fermée. Une fois à l'intérieur, titubant de fatigue, il réunit des bottes de paille sur le sol en terre et se couvrit d'une couverture de cheval qu'il dénicha. Au cas où quelqu'un viendrait, il dirait qu'il était de retour à son poste, et de service. On le croirait.

Il dormit pendant des heures, et à son réveil il faisait nuit noire. Les chevaux respiraient douce-ment ; le plus proche s'ébrouait, comme pour deman-der à Alfred s'il était réveillé et avait bien récupéré. Il s'assit et ramena ses genoux engourdis contre sa poitrine. Mary changerait d'avis. Il le fallait. Sinon, il n'existerait plus personne à New York, plus personne au monde qui se préoccuperait de son sort.

Alfred s'étira et alla chercher à manger dans la pièce du fond : il y trouva une bouteille de whiskey John Powers. Ému par ce coup de chance, il la prit dans ses bras avec autant de précautions que s'il s'était agi d'un bébé, et la porta tendrement à l'endroit où il avait dormi. Il se laissa glisser au sol et posa une couverture en travers de ses genoux. Les yeux clos, il déboucha la bouteille et avala une longue gorgée vorace.

Les heures s'écoulèrent ; combien, il n'aurait su le dire. Il remarqua que le ciel, dehors, était gris, inca-pable de savoir si le jour tendait vers le soir, ou si c'était la nuit vers l'aube. Il posa la bouteille vide sur le rebord de la fenêtre et retourna à nouveau dans la pièce du fond : devant lui se dessinait une simple chaise à dossier droit ; derrière, les chevaux arrachaient de leur gorge des hennissements menaçants et frappaient le sol de leurs sabots. Il faisait désormais plus sombre. Il mit la main sur une lampe, un flacon d'huile, des allumettes. Était-ce Noël ? Ce soir même ? Il retira le verre de la lampe et le support de mèche, et versa l'huile du récipient sans étiquette, lâchant un juron lorsqu'il en répandit sur le plateau de la chaise. Du bout des doigts, il enleva, en le tordant, le bout noirci de la mèche. Il sortit une allumette et la gratta une fois, puis deux. Elle se cassa. Il la jeta, la poussa du pied et en gratta une autre. Cette fois, il entendit le petit bruit de succion de l'air alentour, et quand la flamme apparut, Alfred tint l'allumette en l'air quelques instants, avant de la mettre en contact avec l'extrémité de la mèche.

Plus tard, en revoyant le moment où la flamme s'était portée à la rencontre du coton de la mèche, il en aurait une image si claire qu'il se demanderait s'il n'avait pas dessoûlé plus qu'il ne le croyait. Il ne parvenait pas à se souvenir du temps qu'il faisait dehors, ni de l'état de ses vêtements, ni de la couleur de la couverture de cheval, ni du dernier repas qu'il avait avalé ; mais il se souvenait de cette flamme et du blanc de cette mèche. Comme si son esprit avait enregistré des éléments qu'il ne pourrait étudier que bien plus tard : la position du flacon, la direction du jet, l'odeur de l'huile.

Il mit la flamme au contact de la mèche et jura par la suite qu'il avait su juste avant, un instant avant, un poil de seconde avant, fraction de temps si minuscule qu'elle aurait été impossible à mesurer. Il savait, tout en le faisant, tout en observant l'orange qui courait à la rencontre du blanc, puis avançait d'un cheveu de l'autre côté. Aurait-il su juste un peu plus tôt, il se serait arrêté. Il mit la flamme au contact de la mèche et la pièce explosa.

19

Et je ne l'ai plus revu. Je voulais qu'il disparaisse de ma vie. Je le lui ai demandé. Il m'a écoutée, se rappela Mary. Pour Noël, elle offrit un jeu de dames aux petits Borriello et reçut d'eux des épingles à cheveux. Tandis qu'ils mangeaient, parlaient et admiraient l'arbre qu'ils avaient décoré de guirlandes de pop-corn, elle s'attendait à entendre Alfred frapper à la porte et supplier pour la voir. Pourquoi n'avait-il pas épousé Liza ? L'avait-elle flanqué dehors parce qu'il était rentré ivre, ou n'éprouvait-il le besoin de boire que lorsqu'il la voyait, elle ? À la blanchisserie, les Lituaniennes faillirent s'étouffer, lorsqu'elle demanda à Li de rapporter à Chu qu'elle ne voulait plus s'occuper de la presse à repasser. Elle en avait assez. Elle voulait laver. Elle était d'accord pour continuer à accueillir les clients, de temps à autre, mais plus question de repasser une demi-journée le dimanche. Et elle voulait une augmentation.

— Vous n'aurez pas gain de cause, la prévint le Chinois. Irena et Rasa travaillent ici depuis cinq ans. Jamais obtenu d'augmentation. Il n'y en aura pas pour vous non plus.

— Eh bien alors, Irena et Rasa méritent aussi une augmentation ! Qu'est-ce que vous feriez, si on vous laissait tomber toutes les trois d'un coup ? Combien de clients perdriez-vous en ayant à former trois personnes en même temps ? Plus de trois, parce qu'on abat le travail de cinq ! On s'organise et on se met en grève un peu partout en ville. Pourquoi pas nous ?

Même en dehors de la blanchisserie, elle sentait que les gens se reculaient devant elle ces derniers temps, on lui cédait le passage d'une façon particulière. Lorsqu'elle entrait dans un magasin, ou quand elle posait ses achats sur le comptoir, les gens se faisaient tout petits. Elle discutait les prix au cent près. Elle examinait les paquets pour voir s'ils avaient des bosses ; les fruits des talures ; la viande des taches sombres ; et les vêtements des malfaçons. Et elle signalait toutes ces anomalies à l'épicier, au boucher, au vendeur. Elle rapporta une paire de chaussures achetée deux jours plus tôt, parce qu'il y avait du jeu dans le talon gauche.

— Y a pas de jeu ! protesta le savetier, sans toucher au soulier, ni même lâcher le chiffon à reluire qu'il tenait à la main.

À la vue de l'expression hautaine de ce cordonnier aux ongles noirs, à la veste ouverte à laquelle il manquait un bouton, Mary eut l'impression que le rythme du temps ralentissait. Elle sortit l'objet du litige de son sac et le fit claquer sur le comptoir. Elle sentit tous les yeux converger sur elle.

— Y a du jeu et j'exige qu'on me rembourse !

— Les avez-vous portées ? demanda l'homme en inspectant la semelle.

Bien sûr qu'elle les avait portées ! Sinon, comment aurait-elle su qu'il y avait du jeu ? La pendule faisait tic-tac. De l'arrière-boutique parvenaient les petits grognements d'un employé en train de coudre du cuir, ainsi que le crépitement rythmé de la perforatrice. L'homme au comptoir indiqua du doigt un écriteau : *La maison ne reprend pas les chaussures portées*. Mary hocha la tête dans sa direction et, haussant le ton, annonça à la cantonade :

— Ici, on vend des chaussures branlantes et on refuse de les rembourser !

Elle se dirigea vers la porte et le répéta à un groupe de promeneuses. À l'intérieur, un homme en train de passer en revue les souliers proposés à la vente passa devant elle et sortit à pas vifs. Elle se saisit de l'écriteau planté dans la vitrine, du côté des chaussures de femme.

— « Chaussures tout confort », c'est écrit ! Quelle plaisanterie !

— Quel est votre problème, ma petite dame ? demanda l'homme, mains sur les hanches.

— J'ai dépensé de l'argent chez vous dans l'espoir d'obtenir quelque chose en échange. J'ai l'intention de ne pas bouger d'ici, je resterai un mois s'il le faut, et j'informerai les gens sur votre boutique et vos façons d'escroc.

Elle croisa les bras et fixa le savetier, jusqu'à ce que, finalement, il lâche un unique long souph, ouvre le tiroir-caisse et lui rende son argent.

Un jour de janvier, elle aperçut une cuisinière de ses connaissances qui sortait par la porte de service d'un restaurant ; l'imaginer en train d'arroser la viande de jus, de couper des légumes en rondelles et de faire sauter des pommes de terre lui resta en travers de la gorge. Pour la première fois depuis qu'avait commencé, des mois plus tôt, sa nouvelle vie, elle ne retourna pas à la blanchisserie, après la pause du déjeuner. Ce ne fut que rentrée à la maison, à la table de Mila Borriello, qu'elle retrouva un semblant de paix. Elle regarda les garçons travailler leur arithmétique. Elle prit la brosse des mains de son amie et l'aida à laver le sol.

Jimmy Tiernan monta frapper à la porte, un soir que Patricia était de sortie. Mary était seule.

— Entre, l'invita-t-elle en lui désignant une chaise vide.

— Non, répondit l'homme en s'appuyant contre un montant de la porte. Je me demandais juste si tu avais vu Alfred.

Elle se dirigea vers le buffet et se mit à mesurer cuillerées à café et volume d'eau pour la cafetière.

— Non. Pourquoi ?

— Voilà, il y a quelque temps, je lui ai parlé d'un boulot sur le point de commencer, tu sais, le nouveau gratte-ciel qui se construit en face de l'hôtel de ville ? Il a paru intéressé, il m'a expliqué qu'il s'ennuyait à l'écurie, et il m'a demandé de le mettre sur le coup. Ensuite je n'ai plus entendu parler de lui. Silence complet. J'ai dit au patron que j'avais un gars qui ferait l'affaire, mais il ne peut pas attendre plus longtemps.

— Je ne l'ai pas vu, Jimmy, je ne sais pas, fit-elle en se retournant et en s'adossant au buffet.

— Mais où est-il ?

— Je viens de te le dire, je ne sais pas.

— OK, OK. Je posais la question parce que je suis passé à cette adresse, là, sur Orchard Street, et la dame a fait comme si elle ne voyait pas de qui je voulais parler. Il ne s'est pas montré là-bas non plus.

Elle porta les doigts à ses tempes et se les frotta.

— Tu sais comment il est. As-tu essayé le Nation's Pub ?

— Ouais, j'y suis passé. Pas vu là-bas non plus. Tommy dit qu'il y est entré en grand seigneur un peu avant Noël, mais qu'il n'est pas réapparu depuis.

L'Irlandaise posa une main sur la porte. Au fur et à mesure qu'elle l'avançait, centimètre par centimètre, Jimmy Tiernan reculait d'autant dans le couloir.

— Bon, eh ben, si tu le vois, Mary, ne le remercie pas de ma part. Je me suis mouillé pour lui, tu sais.

Elle referma la porte. De l'autre côté, il cria :

— Mais dis-lui de passer me voir quand même, hein, Mary ? Quand tu le verras. Dis-lui que je ne lui en veux pas ! Je pige pas, c'est tout.

Elle alla s'allonger sur son lit et ferma les yeux.

Un dimanche de février 1911, une Irlandaise, une certaine Mme O'Malley, que Mary connaissait vaguement et qui habitait l'immeuble d'en face, vint la voir pour lui demander son aide au sujet d'un cochon que son mari avait gagné à une partie de cartes sur la 102ᵉ Rue. Soûl et content de lui, il était rentré chez lui avec une bête de cent kilos au bout d'une corde, incapable d'expliquer à sa femme comment il s'était débrouillé pour amener l'animal jusque-là. Cette dernière raconta qu'il lui avait présenté le cochon comme s'il s'était agi d'une corbeille pleine d'argent, ou d'une chambre remplie de roses rouges, cadeau merveilleux et pratique qu'elle ne pouvait qu'apprécier. N'empêche que depuis presque une semaine, c'était sur elle qu'était retombée la responsabilité de s'occuper de l'animal. Il vivait dans la ruelle derrière leur *tenement*, attaché à une clôture, à côté des toilettes communes.

— Si je comprends bien, il est temps de sceller son destin.

— Oh oui, approuva Mme O'Malley. Et j'en suis incapable.

Inutile de lui demander si elle avait requis l'avis d'un boucher, car, à sa place, Mary aurait évité aussi ; le boucher exigerait pour sa collaboration plus que la valeur de la bête, tout en gardant les meilleurs morceaux pour lui.

— J'ai bien envie de le détacher et d'oublier jusqu'à son existence, parce que, Seigneur, où est-ce que je vais pouvoir stocker la viande ? Mais chaque fois que je suis sur le point de m'y résoudre, l'idée que quelqu'un d'autre va en profiter m'énerve. Je préférerais garder quelques morceaux et distribuer le reste. Mes voisines me dédommageront bien d'un petit quelque chose. Vous pouvez faire ça pour moi ?

Dans cette affaire, il n'était pas question de cuisine, mais de boucherie. La cuisine, ce serait le lot des chanceuses qui hériteraient d'un morceau. Mary hésitait toutefois. Elle se frotta les yeux et essaya d'y réfléchir posément, tout en se demandant si elle aurait encore la force de découper un cochon adulte.

— Montrez-le-moi, dit-elle finalement.

Mme O'Malley battit des mains, avant de s'emparer de celles de sa sauveuse et de la remercier.

Désormais galvanisée, elle la conduisit au bas de l'escalier, lui fit traverser la rue, pénétrer dans son immeuble, ressortir par la porte du fond et descendre quatre marches de bois branlantes. Ce fut là, sur ce terrain glacial et boueux, qu'elles trouvèrent la bête en train de fouiller du groin à la base de la clôture. Mary s'accroupit à côté d'elle et posa la main sur son dos. Quelle chance, c'est l'hiver, pensa-t-elle, pas besoin de se préoccuper des mouches. Elle retira un de ses gants pour tester sa dextérité dans le froid. Le cochon grogna et trépigna. Elle sentit son haleine entrer en contact avec sa gorge et, comme toujours en présence d'un animal, elle le soupçonna d'avoir conscience du sort qui l'attendait depuis qu'il était né et d'être doué d'une intelligence bien supérieure à ce que les hommes imaginaient. Elle éprouva de la tendresse pour lui.

— À quel étage êtes-vous ?

— Au cinquième, indiqua Mme O'Malley en pointant du doigt une fenêtre distante.

— Nous le tuerons ici, déclara Mary, sans quitter le porc des yeux. J'ai de bons couteaux chez moi, mais il faudra que vous m'en trouviez un long et fin pour l'égorger. Et puis une scie également, si possible. Un marteau. Autant de seaux propres que vous le pourrez. De la grosse ficelle. Je vais aller chercher quelques morceaux de bois pour le soulever. Quand on aura tout, j'aurai besoin d'eau bouillante. Une grande quantité, et rapidement. Quand vous aurez tout rassemblé et mis l'eau à bouillir, faites le tour de vos voisines pour savoir qui veut de la viande. Dites à quelques-unes d'entre elles de descendre pour nous aider à le retourner. Ensuite, revenez me voir.

Lorsque Mme O'Malley reparut, Mary avait mené l'animal sur une portion couverte d'herbe – propre en apparence – dans la partie la plus excentrée du terrain. La commanditaire lui tendit le marteau et les couteaux qu'elle l'avait chargée d'apporter, et quatre seaux qu'elle avait récurés : un à elle, les trois autres empruntés. Quand elle fut prête et que les deux femmes eurent enlevé leur manteau et leurs gants et les eurent suspendus avec soin à la clôture, Mary lui demanda de monter sur le dos de la bête pour la préparer au coup. Cela faisait huit ou dix ans au moins qu'elle n'avait pas accompli ce geste, mais elle n'avait pas perdu la main et l'animal s'effondra lourdement.

— Allons-y, s'encouragea Mary en attrapant le cochon par sa tête massive et en faisant appel à toutes ses forces pour l'égorger.

Tandis qu'elle enfonçait plus profondément le couteau, Mme O'Malley maintint le premier seau contre le corps de l'animal pour recueillir tout ce qu'elle pouvait. Le cœur de la bouchère battait à se rompre et elle sentit la chaleur de son corps faire barrage au froid de la journée. Les deux femmes furent troublées de voir tant de sang frais couler sur l'herbe, sous la clôture, le long de la pente douce en terre menant aux toilettes.

— Vous avez mis de l'eau à chauffer ?

La commanditaire sursauta, se précipita à l'intérieur de l'immeuble et grimpa les cinq étages. Lorsqu'elle revint, un peu plus tard, elle portait une pleine marmite d'eau bouillante, qu'elle déversa sur l'animal de la tête aux sabots.

— J'en ai une autre, déclara-t-elle, essoufflée, lorsque la marmite fut vide.

Peu après, elle réapparut avec un second récipient. Mary se mit à retirer les poils à l'aide de son couteau.

Une heure plus tard, elle passa doucement la main sur la peau rose pour vérifier qu'elle était bien glabre et sentit quelque chose remuer en elle lorsqu'elle vit les yeux vides de l'animal fixer un vieux seau métallique. C'était une créature pitoyable, qui avait probablement vécu une vie misérable, et voilà où elle s'arrêtait. Mary enfonça le couteau dans le ventre du cochon et de ses doigts vérifia que les intestins étaient intacts. Elle sortit les entrailles et les lança dans le deuxième seau. En se déplaçant vers la tête, elle sentit que le bas de sa jupe était gorgé de sang. Elle tordit la tête du porc, puis tira dessus et la jeta dans le troisième seau.

— Je la prendrai pour ma peine, annonça-t-elle.

Respirer l'intérieur de ce corps était comme s'imprégner à nouveau des senteurs de l'Irlande, et l'odeur la ramena à son enfance, lorsqu'elle portait la panse et les boyaux de vache à la rivière. Elle se souvint du frisson qui s'emparait d'elle en voyant les anguilles jaillir de sous les pierres, à l'instant même, semblait-il, où la première goutte du liquide répugnant entrait en contact avec l'eau.

Lorsque Mary atteignit le cœur, les voisines avaient commencé à faire la queue avec leurs marmites et leurs bols. Mila était là, ainsi que les deux garçons, chacun avec une assiette pour en remporter une part à la maison.

Tard dans la soirée, bien plus tard que son heure de coucher habituelle, après avoir pris la décision de jeter ses vêtements, elle se frictionna le corps dans la bassine, pressa sur les articulations de ses bras endoloris, gratta ses ongles, et constata qu'elle était complètement éveillée. Mme O'Malley lui avait glissé de l'argent dans la main et elle l'avait accepté, mais elle ne se serait pas formalisée si elle ne lui avait rien donné. Toute la journée, et même maintenant, des heures après l'avoir aidée à envelopper les petits morceaux qu'elle s'était réservés, Mary avait eu l'impression que quelqu'un avait enfin allumé la lumière dans la pièce sombre où elle vivait. À la vue du groin dépassant au-dessus de la plus grosse marmite de Mila, elle sourit.

— Tu ne l'as toujours pas vu ? l'interpella Jimmy Tiernan de l'autre côté de la rue, tôt un matin du mois de mars.

Mary fit comme si elle n'avait pas entendu. La croisant une nouvelle fois à l'entrée de l'immeuble, quelques jours plus tard, il laissa échapper ce commentaire :

— Je crois que je n'ai jamais rien vu d'aussi étrange.

Comme si Mary et lui étaient deux enfants abandonnés, réunis par leur peine.

Elle essaya de ne pas en tenir compte, mais se prit à chercher de nouveau Alfred, lorsqu'elle sortait de chez elle, le matin. Michael Driscoll n'avait pas survécu et plusieurs locataires de l'immeuble avaient assisté à l'office funéraire, mais toujours pas d'Alfred. Le premier anniversaire de sa remise en liberté de North Brother arriva, sans que personne y prête attention, et c'est seule qu'elle prit le métro vers le nord de la ville, marcha jusqu'à l'East River et scruta l'autre côté de l'eau. Elle n'avait jamais rendu visite à John Cane. Ils n'avaient jamais sillonné Central Park ensemble.

Depuis l'égorgement du cochon, elle avait épuisé sa patience envers la blanchisserie. Ce qu'elle s'était convaincue d'accepter et avait tenté de considérer comme permanent ne pouvait continuer. Elle n'était pas blanchisseuse et ne le serait jamais. Ne se retrouvait-elle pas dans la même situation que quand, emprisonnée à North Brother, elle regardait, au-dessus des flots bouillonnants, la vie qu'elle manquait sur l'autre rive ?

Et puis, par un doux samedi après-midi de la fin mars, alors qu'à la caisse elle expliquait à un client qu'ils avaient fait de leur mieux pour enlever la tache d'encre sur sa poche de chemise, mais que c'était tout bonnement impossible, elle s'interrompit pour renifler l'air. L'homme fit de même et suivit l'odeur jusqu'à la porte. Pour la première fois en plus d'un an, les Lituaniennes cessèrent leur travail, se séchèrent les mains et passèrent côté boutique. Tout le monde entendit la sonnette d'alarme retentir à côté.

— Qu'est-ce qui se passe ? demanda Mary.

Quelque part au-dessus de leurs têtes éclata un vacarme comparable au tonnerre, qui s'amplifia et s'amplifia... jusqu'à ce que l'une des portes donnant sur la rue de l'Asch Building s'ouvre et qu'en surgissent, principalement, des jeunes femmes. La chemise du monsieur sur le comptoir et la clef du tiroir-caisse serrée dans sa main, Mary quitta son poste et sortit sur Washington Place, au coin de Greene Street. Comme la foule, elle regarda en l'air et vit ce qui ressemblait à un tas de vêtements tomber d'une fenêtre d'un des étages supérieurs. Elle pensa que les ouvrières tentaient de sauver les tissus, et s'étonna d'entendre la foule gémir de conserve, lorsqu'un autre tas tomba. Un homme perdit connaissance dans une quasi-indifférence. L'Irlandaise se rapprocha encore. Au loin hurla une sirène de pompiers, qui venait dans leur direction. En même temps que les paquets de vêtements, il pleuvait des pièces de monnaie. Pourquoi personne ne les ramassait-il ? Tout le monde était immobile, à l'exception d'une femme qui sanglotait, s'agitait et en appelait à Dieu. À force d'excuses Mary réussit à se frayer un passage, en poussant des policiers passifs, des messieurs et des dames, les boulangers de l'autre côté de la rue, et deux enfants, tête en arrière, bouche bée. Finalement, quand elle eut traversé la cohue, elle prit conscience que les tas avaient des bras, des jambes et des visages, dont beaucoup avaient noirci. En levant les yeux, elle vit, dans l'encadrement d'une fenêtre du neuvième étage, trois jeunes filles qui se tenaient par la main. Celle de gauche donnait des tapes sur ses cheveux en feu, et toutes trois hurlaient quelque chose que personne sur le trottoir n'était en mesure de comprendre. Elles sautèrent en même temps, deux des trois se tenant par la main jusqu'à ce qu'elles touchent le sol. La troisième, celle à la chevelure embrasée, se couvrit le visage de ses mains, et dans sa chute son corps se replia, sa tête touchant presque ses genoux, comme le font parfois les enfants en plongeant d'un rocher pour s'impressionner les uns les autres. Il fallut une seconde à Mary pour réaliser qu'il n'y avait pas d'eau et que ce n'était pas un jeu. Ces filles faisaient le saut de la mort. Très haut, la foule pouvait apercevoir un bras d'homme les aidant à se hisser sur la corniche aussi naturellement que s'il s'agissait du marchepied d'un tramway. Deux autres suivirent. Puis deux autres encore. Elles se jetèrent d'autres fenêtres, seules, par paires, ou par groupes de trois. Le client de la blanchisserie à la chemise tachée d'encre leur cria d'attendre, les voitures d'incendie approchaient, et elles seraient sauvées.

— Attendez ! ordonna-t-il, même après leur chute.

Un fourgon d'incendie finit par arriver, suivi d'un autre. La foule s'écarta. Garés près de l'édifice, les pompiers déroulèrent leurs lances et déployèrent leurs échelles au maximum. Après avoir suivi des yeux leur mouvement et regardé à nouveau en direction des huitième, neuvième et dixième étages, Mary s'accroupit et pria.

— Ils ne vont pas y arriver ! s'exclama une voix d'homme à côté d'elle. Mon Dieu, il manque trois étages à l'échelle !

Le gémissement collectif s'amplifia jusqu'à couvrir tout le reste. Deux filles sautèrent. Puis une autre. Et encore une autre. En heurtant le sol, leurs corps produisaient un bruit aussi sourd qu'une automobile s'écrasant contre un mur. À travers la forêt de jambes dispersées au pied de l'Asch Building, Mary discerna la nuque d'une femme sur le trottoir, une natte soigneusement tressée parmi ses boucles.

La blanchisserie fut fermée pendant une semaine, et les corps exposés sur le trottoir dans des cercueils de fortune. Les familles tentèrent d'identifier leurs proches grâce à une montre, un médaillon, un type de maille de bas, un ruban dans les cheveux. Sous le vif soleil de la fin mars, des centaines de personnes abasourdies défilaient en vêtements de deuil, devant des corps carbonisés et brisés, en attente d'être réclamés. Dans les jours qui suivirent l'incendie, il sembla que la ville entière – de l'Upper West Side tout en haut aux quais de Manhattan tout en bas – était également accablée. On vendait des journaux. Les cafés étaient ouverts. Mais les gens vaquaient à leurs occupations en silence. Au bout d'une semaine, les accusations commencèrent à fuser. Pourquoi la porte de sortie était-elle verrouillée ? Pourquoi l'alarme n'avait-elle pas retenti dans les étages supérieurs ? Mais lors des premiers jours, les gens n'avaient qu'un sujet à la bouche. Toutes ces jeunes filles, toutes ces filles si belles.

20

— Comment pourrais-je y retourner ? demanda-t-elle à la personne responsable de son dossier aux services sanitaires.

L'endroit était une vraie ruche bourdonnante et, pour que sa voix recouvre le martèlement des talons sur le plancher ciré, le frottement des chaises, les sonneries de téléphone et les disputes qui se déversaient des portes de bureau à moitié ouvertes, Mary dut élever le ton. En cette fin de mai 1911, elle était venue pointer, comme il était prévu qu'elle se plie à cette procédure tous les trois mois. La première fois qu'elle s'était présentée, tout le bureau avait semblé se pétrifier à l'annonce de son nom : tous, hommes et femmes derrière leur table, s'étaient arrêtés pour la regarder s'approcher. Ils avaient échangé des regards, quand elle s'était assise dans la salle d'attente et qu'on avait appelé son nom, tous l'avaient suivie des yeux pendant qu'elle traversait la salle. Désormais, à sa quatrième visite, alors qu'elle était reçue chaque fois par un employé différent, c'est à peine s'ils la remarquaient et la plupart ne levèrent pas les yeux de la paperasserie empilée sur leur bureau. La pétarade des touches de machine à écrire, le bruit des retours chariot ainsi que la sonnerie qu'ils produisaient en bout de course étaient assourdissants. Le bureau croulait sous les tâches administratives – tiroirs non refermés ; enveloppes ; blocs-notes ; papier à lettres ; rubans d'encre pendant de bobines amoncelées sur des chaises ou des rebords de fenêtre, entassées dans des coins. Elle se demanda si elle pourrait les convaincre de la laisser pointer tous les six mois, au lieu de trois, et si elle leur annoncerait qu'elle avait quitté la blanchisserie. Mais pourquoi se serait-elle sentie coupable ? Si elle était aussi libre qu'ils le prétendaient, ils ne pourraient pas l'en punir.

— Impossible d'y revenir ! Vous ne pouvez pas vous imaginer l'enfer de ce jour-là.

Ah, dit l'homme en considérant l'adresse. Je vois.

Chacun s'était forgé son opinion sur la tragédie qui avait frappé l'usine de confection de Triangle Shirtwaist[1], mais relativement peu de gens, eu égard à la taille de la ville, s'y étaient rendus pour vérifier de leurs propres yeux.

« Rentrez chez vous à l'instant ! » avait ordonné Mary à deux garçons qui s'étaient arrêtés pour regarder.

Ils lui rappelaient les petits Borriello. Mais ils n'avaient pas bougé, se contentant de fixer l'Asch Building en feu, comme tout le monde, jusqu'à ce qu'elle prenne le plus petit par les épaules, lui fasse faire volte-face, mette son front contre le sien et lui crie :

« Tu rentres chez toi ! Tu m'as entendue ? À la maison, et vite ! »

---

1. L'incendie de l'usine Triangle Shirtwaist le 25 mars 1911 à New York est l'une des catastrophes industrielles les plus meurtrières de l'histoire de la ville : 146 ouvrières de l'usine de confection périrent ; 71 furent blessées.

Il avait cligné des yeux, puis, attrapant la main de son aîné, s'était enfui avec lui.

L'homme feuilleta rapidement quelques documents.

— Comment gagnez-vous votre vie depuis que vous avez quitté la blanchisserie ?

« De quoi j'me mêle ! » faillit-elle lui crier, mais au lieu de cela elle compta jusqu'à dix.

— La femme qui m'héberge fabrique de la dentelle pour une modiste. Elle m'apprend son métier.

— Mais vous ne cuisinez pas, n'est-ce pas ? Je lis ici que c'est l'accord que vous avez accepté pour que l'on vous libère. C'est clair, hein ?

À son changement de physionomie, elle comprit qu'il n'avait pas pris conscience avant de son identité. Son dossier annonçait Mary Mallon, mais elle put deviner ses pensées. Mary Typhoïde.

— Je lis ici que vous risquez d'infecter les autres, si vous cuisinez pour eux.

— Je sais ce qui est marqué.

Il ferma le dossier et se redressa.

— Cela va prendre du temps, de vous trouver une place dans une autre blanchisserie, déclara-t-il en joignant les mains et en la considérant pendant un moment. Avez-vous envisagé de travailler à l'usine ?

— Travailler à l'usine ?

Elle cligna des yeux et s'imagina perdue dans la foule des femmes agglutinées devant une verrerie ou une fabrique d'horloges, dans l'attente de la sonnerie qui lancerait la journée de travail. Elles devaient demander l'autorisation d'aller aux toilettes. Elles devaient pointer à leur entrée et à leur sortie. Le soir, quand elles partaient, elles étaient fouillées, pour vérifier qu'elles n'avaient rien volé, juste comme on avait fouillé les jeunes filles de l'incendie du Triangle de peur qu'elles ne dérobent des chutes de soie et de velours.

— Est-ce que vous réalisez que j'ai cuisiné pour les Blackhouse ? Pour les Gillespie ? J'ai cuisiné pour Henry et Adelaide Frick et plusieurs de leurs amis.

Elle croisa les bras.

— Je n'irai pas à l'usine.

— Vous n'êtes pas en position de montrer de l'arrogance, mademoiselle Mallon. Nous ne sommes pas une agence de placement, il nous faut missionner un agent pour vous chercher un nouvel emploi. Car moi, je n'en ai tout bonnement pas le temps. Sincèrement, vous pourriez avoir plus de chances en passant par une agence. Elle pourrait connaître les postes vacants chez les particuliers.

Mary se demanda quel âge il pouvait bien avoir. S'il rentrait encore chez sa maman à l'heure de la soupe.

— J'ai toujours trouvé du travail. Mettez ça dans votre dossier. Je n'ai pas besoin de votre aide et je n'ai pas besoin, non plus, que vous m'aidiez à trouver un autre emploi de responsable de presse à repasser.

— Bien. Lorsque vous aurez trouvé, assurez-vous de venir ici nous dire ce qu'il en est.

— Avec plaisir.

Et elle sortit de son bureau en refermant la porte avec violence.

Pour la première fois, depuis sa libération de North Brother il y avait plus d'un an, Mary ne se sentit pas observée en redescendant l'avenue. L'employé avait oublié de l'envoyer au laboratoire où elle remettait ses échantillons, et tout sourire elle accélérait son allure, de peur que, prenant conscience de son oubli, il ne lui coure après. Pourquoi n'avait-elle jamais envisagé de partir avant, pour dénicher un autre boulot avec de meilleures conditions ? Elle s'arrêta chez le poissonnier de la Première Avenue, où elle acheta une livre de moules. Puis elle fit emplette de vin blanc, de persil, de beurre, d'une paire d'échalotes, d'une miche de pain. Un festin pour Mila à son retour à la maison. Dernièrement, c'était surtout elle qui s'était occupée des repas, et Mila avait donné son accord pour qu'elle déduise le prix des courses du loyer. Personne ne lui avait jamais interdit de cuisiner pour le plaisir, pour elle ou pour des amis, cependant, avant de se lancer chez les Borriello pour la première fois, elle avait rappelé à Mila la mise en garde du Dr Soper, raison pour laquelle elle avait passé presque trois ans à North Brother. Elle adorait cuisiner et serait également contente de donner un coup de main, mais si Mila refusait que ces gamins mangent ce qu'elle avait préparé, elle comprendrait.

« Et toi, tu as eu la fièvre ? avait demandé Mila.

— Non. Mais ils disent que cela n'a pas d'importance.

— Comment cela ? Et tu as cuisiné pour Alfred ? Quand tu vivais ici avant ? Et pour d'autres gens ?

— Oui. Bien sûr. C'est comme ça que je gagnais ma vie.

— Eh bien alors, cuisine. Je te fais confiance. »

Mary prépara son premier ragoût en gardant les garçons à l'esprit, et chantonna en coupant les carottes et le céleri. Ce ne fut qu'au moment de le servir avec une louche dans des bols qu'elle sentit quelque chose l'asticoter, frisson tranchant qui prenait racine derrière son cou et lui descendait tout au long du dos. Elle hésita, mais les petits se pourléchaient déjà les babines à la perspective de savourer de la viande tendre, et la vapeur leur montait jusqu'aux joues, tandis que la neige descendait en flocons, le long du puits de ventilation. Elle leur rendit leur bol, mais après, plusieurs semaines après, même après s'être répété que tout allait bien, que tout allait vraiment bien, ils avaient occupé son esprit, ils l'avaient rendue nerveuse sans véritable cause, et elle s'était surprise à les observer, en quête de signes de maladie ; et elle s'était demandé si c'était un symptôme de sa culpabilité, une façon d'admettre qu'elle savait quelque chose qu'elle ne pouvait pas regarder en face. Mais jamais, au grand jamais, ils ne tombèrent malades, même pas un rhume de cerveau, aussi continua-t-elle de cuisiner pour eux : hachis parmentier, rôti, coq au vin, quiche au lard et aux poireaux, et elle se sentit à la fois heureuse, comme elle ne l'avait pas été depuis 1907, et fâchée une fois de plus d'avoir signé le document où elle promettait de ne jamais plus vendre ses talents de cuisinière.

— Alors, qu'est-ce que tu vas faire ? s'enquit Mila ce soir-là, après le souper, les coquilles bleu-noir empilées au centre de la table. On ne t'autorise toujours pas à cuisiner ?

— Non.

Depuis sa sortie des services sanitaires, elle se demandait si fabriquer du pain pouvait être considéré comme de la cuisine ; ou si cette activité relevait d'une autre catégorie. Elle pensa au laitier de l'État de New York, autorisé à rester chez lui et à surveiller sa laiterie. Une boulangerie cherchait du personnel à moins de cinq rues d'ici.

— Ah ! s'exclama Mila. Et ils l'apprendraient, je suppose.

— Comment le pourraient-ils ?

Mary ne savait pas comment ils pourraient s'en apercevoir, mais elle avait signé le document. Ils la renverraient à North Brother, si elle leur mentait et qu'on l'attrape.

— Tu penses que faire du pain et des gâteaux fait partie de la cuisine ? Ou c'est autre chose ?

L'Italienne réfléchit très sérieusement à la question.

— C'est autre chose. Et ceux qui disent le contraire n'y connaissent rien.

— C'est bien ce que je pense.

Le matin suivant, elle se rendit donc à la boulangerie en quête de personnel. Le gérant lui montra leur équipement, lui expliqua combien de petits pains et de pains au lait, de gâteaux et de tartes ils fabriquaient et vendaient tous les jours. Sur le devant, les clients pouvaient commander à un comptoir les produits exposés derrière une vitrine, mais ils travaillaient surtout pour honorer les commandes des épiciers alentour. Il posa des questions à Mary sur son expérience passée et puis, la laissant seule à la cuisine avec l'autre boulangère plus âgée qu'elle, il lui commanda de confectionner un gâteau qui refléterait son niveau de compétence.

— Où est le cacao ? demanda-t-elle en ouvrant et refermant des portes de buffet, en tirant et poussant des tiroirs. Vous avez une casserole pour le bain-marie ?

Evelyn lui indiqua un coin du buffet et la regarda en silence rassembler ses ingrédients. Mary continua de sentir ses yeux sur elle, pendant qu'elle incorporait, versait, battait et mélangeait. Quand le minuteur sonna, l'autre arrêta de faire semblant et abandonna sa tâche pour regarder Mary sortir les soufflés du four.

— Attendez. Ils pourraient encore retomber.

— Ils ne retomberont pas.

Et ils ne retombèrent pas.

Le gérant prit son nom, sans manifester de quelque façon qu'il l'avait reconnue, et lui ordonna de se présenter le lendemain à la première heure. Le lundi, ils fabriquaient surtout des petits pains et des pains au lait ; le vendredi, surtout des gâteaux et des tartes ; et entre deux, un peu de tout : du pain aux airelles et aux noix à de la pâte frite, et aux gâteaux personnalisés décorés de fleurs en sucre. Il la renvoya chez elle avec un strudel aux pommes vieux de deux jours et elle tint la boîte à plat sur sa paume, pendant tout le trajet, pensant à ce que les garçons diraient quand elle la leur montrerait et prévoyant qu'ils avaleraient leur dîner à toute vitesse, l'œil fixé sur la boîte tachée d'huile.

Qu'est-ce que je vais leur dire ? se demanda-t-elle trois mois plus tard, en chemin pour le bureau des services sanitaires où, à nouveau, elle signerait à côté de son nom, son adresse, son lieu de travail. C'était dorénavant le mois d'août et elles confectionnaient des tartes aux mûres et aux abricots. Elle brossa la farine sur ses manches et sur le devant de sa robe. Elle se lava les mains avec soin et desserra les épingles qui maintenaient son chignon pendant qu'elle mélangeait, battait, versait. Elle déclara à son employeur qu'elle devait amener une voisine malade à l'hôpital et Jacob lui commanda d'être de retour dans une heure. Un jour, quand elle en aurait le courage, il se pourrait qu'elle demande aux Borriello de l'accompagner aux services sanitaires, pour leur expliquer qu'elle avait cuisiné pour eux et qu'ils avaient survécu, mais alors ils lui répondraient, comme ils l'avaient toujours fait, que cela ne voulait rien dire. Certaines personnes immunisées détenaient la protection en elles. Quant à elle, elle n'infectait pas toujours. Peut-être allait-elle écrire à M. O'Neill pour qu'il l'aide à redevenir cuisinière. Mais pas aujourd'hui, pas encore, et quand l'agent lui demanda où elle avait trouvé du travail, depuis sa dernière visite, elle était sur le point de le lui avouer – car elle avait préparé une démonstration selon laquelle la boulangerie et la cuisine étaient des occupations complètement différentes – quand, au lieu de cela, elle s'entendit répondre qu'elle travaillait comme vendeuse dans un magasin.

— Quel type de magasin ?

— Oh, un d'ces magasins qui vendent de j'lies chosses aux riches. De j'lies chosses, répéta-t-elle avec un accent irlandais à couper au couteau.

Pendant qu'il sondait la quadragénaire qu'elle était, taille épaissie, posture avachie, chaussures affreuses, elle essaya de prendre son visage le plus inexpressif. Elle cligna des yeux. Elle se gratta derrière l'oreille.

— Des bibelots ? Quel genre de jolies choses ?

— J'en sais r'en. Des chosses colorées. J'suis pas à la vente, j'travaille derrière.

Ce qui était vrai d'une certaine façon.

Une jeune fille entra avec une pile de dossiers qu'elle déposa sur le bureau. Le préposé soupira, écarta le tas et nota « vendeuse » dans son dossier. Il le lui tendit :

— Inscrivez l'adresse.

Elle emprunta son stylo à plume, le tint en l'air un moment, tandis que son cerveau fonctionnait à vive allure, et prit conscience qu'elle était sur le point d'écrire la véritable adresse. Elle se trompa d'un chiffre pour le numéro de rue. Une faute d'inattention, pourrait-elle se défendre plus tard, je n'en étais pas sûre à cent pour cent. Elle signa. Il signa. Puis il convoqua la secrétaire et lui commanda d'amener Mary au sous-sol pour ses prélèvements. L'Irlandaise connaissait le chemin qui menait à la petite salle où elle remettait ses échantillons. Elle n'en fut pas moins escortée jusque-là, et sur place, une infirmière lui parla du temps, de l'assassinat de Vinie Wray à la sortie de l'Hippodrome, du nouveau plan des services sanitaires pour ramasser les ordures à minuit, d'une compagnie maritime possédée par J. P. Morgan construisant le premier insubmersible du monde, tandis que Mary, accroupie au-dessus d'un seau blanc, priait pour faire le plus rapidement possible et ainsi partir.

— Vous voulez que je vous fasse un lavement ?

— Non. Je veux juste que vous me laissiez seule.

— Pas possible.

Et elle tapota son dossier.

Sur sa gauche, l'Irlandaise entendait des bruits de pas dans le couloir, de l'autre côté de la pièce dans laquelle elles étaient enfermées ; et sur sa droite, le vacarme de la rue tapait contre la fenêtre masquée.

— On étouffe ici. Vous sentez que ça vient ?

— J'arrête ! déclara Mary en remontant sa culotte et en abaissant sa jupe.

— Cela ne fait même pas trente minutes, protesta l'infirmière en avançant d'un pas. Dites, pourquoi ne feriez-vous pas une pause ? Vous réessaierez un peu plus tard. Vous ne voulez pas revenir demain, non ? Vous voulez un verre d'eau ?

— Fichez-moi la paix ! s'écria Mary en traversant la pièce et en ouvrant la porte. Je m'en vais.

Vingt minutes plus tard, elle cassait des œufs dans une jatte en céramique.

Elle ne retourna pas aux services sanitaires le lendemain, ni la semaine suivante. Elle s'attendait à ce qu'on la recherche, mais non. L'été se termina et, avec l'automne, Evelyn et elle recoururent au potiron, à la noix de muscade, au clou de girofle. Parfois, quand Jacob rapportait qu'un client avait demandé des pêches fraîches ou des fraises en morceaux sur son gâteau ou sa tarte, elle se rappelait qu'on lui avait dit à North Brother que chauffer les aliments tuait tous les germes.

« Vous savez ce qu'est un germe ? » lui avaient-ils demandé, comme si elle était une enfant passant un examen.

Ce ne serait que plus tard, de retour dans sa cabane, le visage posé sur l'oreiller, les remous de Hell Gate à seulement vingt-cinq mètres de son logis, qu'elle essaierait de saisir ce qu'ils lui avaient raconté sur ces microbes invisibles qui flottaient dans l'air, remontaient par le nez ou entraient par la bouche. Tant d'années après, cela ressemblait à un conte de fées, univers trop petit pour être perçu à l'œil nu, ou à de la religion, dans le sens où ils lui demandaient de croire à l'existence des choses, sans lui donner la chance de les observer, de les toucher, de les comprendre.

Fidèle à son poste, dans le calme de la cuisine et si loin de North Brother, elle se sentait en paix, la forme familière du cou incliné d'Evelyn dans son champ de vision. Sa cuillère battait en rythme contre la jatte, pendant qu'elle travaillait la pâte sans répit, sous les flots de lumière de la fenêtre, tandis que retentissait la sonnette de la porte de la boutique, ainsi que la sonnerie différente du tiroir-caisse, chaque fois qu'on l'ouvrait et le refermait. Elle coupa des tranches de poire. Avec ses doigts, elle disposa un beau demi-cercle de myrtilles, puis un autre de fraises. Aussi rapide que l'éclair, elle planta le doigt dans la jatte de crème glacée, pour vérifier s'il lui fallait ajouter du sucre. Elle lécha rapidement la cuillère et puis, sans réfléchir, la plongea dans le récipient. Elle était occupée à confectionner un gâteau pour quarante personnes, et insérait de la crème fouettée fraîche entre les différentes couches. Et comme ces dernières glissaient un peu, elle les remettait en place avec les doigts. Elle les toucha une nouvelle fois. Poussa du pouce la crème sur les côtés. À la fin de la journée, au moment de laver tout ce qui lui collait aux mains, elle se rappela tous ces mouvements de contact, mais elle ne voyait pas comment un coup de pouce ou de langue, gestes accomplis par tous les cuisiniers, boulangers, mères, grand-mères pour vérifier s'ils avaient atteint leur but et si c'était bon, comment une chose sans conséquence, et qui passait pour ainsi dire inaperçue, pouvait signifier quelque chose.

Elle retourna aux services sanitaires trois mois plus tard – on était en novembre 1911 –, signa les documents, évita les prélèvements et, une nouvelle fois, sortit du bâtiment sans être arrêtée. Dans la boulangerie, avec l'arrivée de décembre, elles écrasèrent des morceaux de menthe dont elles saupoudrèrent le glaçage. Mary se cantonnait à son coin de cuisine, Evelyn au sien, et toutes deux travaillaient en silence. Il arrivait au sucre de brûler, aux marmites de déborder, mais la plupart du temps elles accomplissaient leurs gestes dans l'harmonie : l'une poussait une marmite au four, tandis que l'autre retirait la sienne. Si le minuteur de Mary sonnait pendant qu'Evelyn se tenait près du four, elle l'ouvrait pour vérifier ce qui s'y trouvait, et l'Irlandaise lui rendait la pareille.

Elle travaillait dur, restait debout dix heures de suite, avalait un dîner de mets trop cuits et de pain rassis, et tous les soirs elle se couchait heureuse.

Autre Noël, autre hiver amer. L'Hudson gela et les enfants firent du patin à glace sur ses rives. Plusieurs fois, il lui sembla apercevoir Alfred : une fois, il entrait dans la boulangerie ; une autre, il remontait l'avenue ; mais ce n'était jamais lui et elle espéra que, où qu'il fût, il était bien au chaud et au sec. Peut-être était-il parti au Canada. Il avait toujours dit que New York était trop petit pour lui, qu'on y vivait trop à l'étroit. Peut-être avait-il pris la direction du sud. Avec tous ces nègres qui remontaient vers le nord, le travail ne manquait pas là-bas, disait-on. Ou peut-être était-il encore à New York avec Liza Meaney. Peut-être s'étaient-ils mariés et étaient-ils partis s'installer dans le nord de l'État. Peut-être Liza l'avait-elle aidé à décrocher de l'alcool en l'épousant. Peut-être avaient-ils eu un enfant ensemble.

En 1912, elle se souvint qu'Alfred pourrait fêter son anniversaire cette année-là, car, natif du 29 février, il ne le célébrait que tous les quatre ans ; elle calcula le nombre de « vrais anniversaires » qu'il avait pu connaître depuis sa naissance et se remémora comment la lecture de « 29 février » dans le journal semblait toujours l'apaiser, comme si elle lui prouvait que cette date existait vraiment et que, par ricochet, lui aussi. Le jour suivant, elle entendit qu'un homme avait sauté d'un avion en mouvement, à l'aide d'une énorme toile en soie qui s'était déployée de son sac à dos, et qu'il avait flotté jusqu'au sol, où il avait atterri indemne. Et cet exploit la frappa, dans le sens où elle savait qu'il intéresserait Alfred. C'était le genre de nouvelles qui l'aurait retenu à la maison pour une soirée, afin d'en parler avec elle et de s'émerveiller de l'accroissement continu de l'intelligence humaine.

Cela ne servait à rien de penser encore à Alfred, ou de s'attendre à ce qu'il apparaisse, ou de sentir parfois ses yeux posés sur elle, ou de penser à ce qu'elle lui dirait si, par hasard, elle le revoyait. Elle le connaissait depuis plus de vingt ans et, tard le soir, dans son lit chez les Borriello, alors que lui parvenaient les ronflements des gamins dans la chambre contiguë et que le tuyau ronronnait derrière la cuisinière – les voix d'autres locataires remontaient le long du conduit d'aération, si bien qu'elle pouvait suivre leurs conversations, comme s'ils avaient été assis au pied de son lit –, elle se demandait : Penses-tu vraiment qu'Alfred soit parti pour de bon ? Cela faisait quinze mois qu'elle ne l'avait pas vu, qu'elle n'avait pas entendu parler de lui.

— Oui, chuchotait-elle à ceux qui pourraient l'entendre via le conduit.

Et de remonter les couvertures jusqu'à ses épaules. Mais ensevelie au fond de son esprit, si bien cachée que parfois elle craignait de ne jamais la retrouver, brûlait une flamme unique qu'elle protégeait de sa main et encourageait en l'alimentant de brindilles. Il reviendra, pensait-elle, et comme toutes les nuits où elle avait du mal à s'endormir, une fois qu'elle admettait que ce qu'elle savait était vrai, sa tête s'enfonçait dans l'oreiller et elle trouvait finalement le sommeil.

En avril, le *Titanic* atteignit Queenstown et Mary pensa à la belle traversée que cela avait dû être, comparée à la sienne. Sauf que cinq jours plus tard, à quelques mètres de son immeuble, elle entendit un crieur de journaux lui hurler :

— J. J. Astor a sombré avec le *Titanic* ! Au moins mille huit cents morts !

Il lui agita le *New York Daily Courant* sous le nez et elle chercha des pièces pour lui en acheter un exemplaire. Les badauds s'attroupaient, se repassaient le journal et en lisaient des extraits à voix haute.

— Et Mme Astor ? demanda une femme.

— Vivante ! Transférée sur le *Carpathia* !

Tout le mois d'avril, New York ne parla que de la tragédie. Mila déclara qu'elle l'empêchait de dormir, avec tous les noyés dans ces eaux glacées, si loin de chez eux. Quand le *Carpathia* accosta, il fut accueilli par des foules de curieux qui voulaient apercevoir les survivants, et surtout Mme Astor. Celle-ci s'arrêta pour laisser un homme d'Église bénir son gros ventre, car elle était enceinte. Et quand le *Mackay-Bennett* jeta l'ancre à Halifax avec trois cents corps, Mary se demanda pourquoi les survivants avaient été dirigés sur New York, mais pas les cadavres, et songea à l'horrible travail que cela avait dû être pour les dockers ce jour-là.

En mai 1912, une année après son embauche à la boulangerie, Jacob poussa la porte battante qui menait à la cuisine et lui demanda de venir dans la boutique, où un homme désirait lui parler.

— Un homme ? Pour moi ?

Elle remit le tamis en place avec des mains tremblantes. Evelyn arrêta de battre ses six œufs pour la regarder.

— A-t-il demandé le boulanger ou a-t-il donné mon nom ?

— Venez dans la boutique !

Et Mary de remarquer le calme inhabituel qui régnait dans l'établissement à cette heure de la matinée. Normalement, elle percevait les conversations des clients au comptoir, tandis qu'ils choisissaient leurs pâtisseries : certains dégustaient leur achat en l'extrayant tout de suite du sachet en papier, mais ce matin-là elle n'entendait rien sauf le bruit de l'attente, et le gérant tenait la porte ouverte, pendant qu'à l'évier elle se lavait les mains, se les séchait, enlevait les épingles de ses cheveux et les remettait. Si Alfred s'était d'abord rendu à leur immeuble, on lui aurait dit où la trouver. Il arrivait aux petits Borriello de venir la chercher et tous trois rentraient ensemble, et même Jacob s'était habitué à les voir l'attendre. Parfois, à midi, elle leur remettait des gâteaux de la veille, afin qu'ils puissent les manger avant son retour le soir. Quand il y en avait en surplus, elle les leur confiait, pour qu'ils puissent aussi en offrir à Fran et à Joan, mais elle savait que parfois ces pâtisseries, ces biscuits et ces parts de tarte rassis n'atteignaient jamais la 33ᵉ Rue, car les deux polissons investissaient un coin de trottoir et dévoraient tout jusqu'à la dernière miette.

Ses doigts effleurèrent le buffet bas et elle pensa que cela pouvait être *lui* qui l'avait demandée. Elle saurait à l'instant s'il avait décroché, ou pas. Elle l'imagina marié à Liza Meaney et décida qu'il valait mieux que ce soit le cas, quand elle poussa la porte pour le voir. Ainsi, elle ne serait pas déçue.

Mais elle ne distingua personne... jusqu'à ce que Jacob se pousse sur le côté : alors elle vit, près de la vitrine, un homme qui n'était pas Alfred, les mains serrées dans le dos.

— Mary Mallon.

C'était le Dr Soper.

Il n'avança pas, ni ne tendit la main.

— Je viens de raconter votre histoire à votre patron et il est d'accord pour vous laisser partir.

Le sang de Mary afflua dans sa gorge et les oreilles se mirent à lui tinter. Elle tituba et posa une main sur le comptoir. Les cheveux de l'homme brillaient, ses souliers brillaient, ses joues avaient le velouté des fesses de bébé, sa moustache, dont pas un poil ne dépassait, était parfaitement taillée. Il était identique au souvenir qu'elle en avait gardé : une figure de cire, un nez à égorger un cochon, un gringalet pâle et inefficace qui s'attaquait aux femmes fortes et en bonne santé.

— Il vous a raconté des mensonges, murmura-t-elle à Jacob d'une voix étouffée.

Et d'apercevoir alors sur le comptoir, alignés et étiquetés, les articles de journaux qui traitaient de son cas.

— Je ne peux pas prendre le risque, Mary, déclara Jacob.

— Des clients se sont-ils plaints ? Certains sont-ils venus vous dire qu'ils étaient tombés malades à cause des pâtisseries qu'ils avaient achetées ici ?

— Personne, et je le lui ai dit, mais il maintient que l'important n'est pas là. Ils pourraient attraper la fièvre sans savoir où. Et nous ne serions pas au courant.

Mary ramassa une assiette de carrés au citron et la lança de toutes ses forces contre Soper. Ce dernier fit un pas de côté, puis se retourna pour verrouiller la porte d'entrée.

— Qu'est-ce que je vous avais dit !

— Par pitié, Mary, l'implora son patron. Il a décrété que nous ne pouvions rien vendre tant que vous n'êtes pas partie et que la cuisine n'a pas été récurée. Chaque minute qui passe, c'est de l'argent qui me file entre les doigts ! Si les services sanitaires mettent une affichette dans ma vitrine, c'en est fini de moi, comprenez-vous ?

— Mademoiselle Mallon, veuillez rassembler vos affaires et m'accompagner, commanda Soper. Nous allons nous rendre directement au bureau du commissaire divisionnaire Lederle.

Evelyn se glissa par la porte battante et posa la main sur l'épaule de Mary.

— Vous faites erreur, déclara-t-elle aux deux hommes.

L'Irlandaise se sentit tanguer et sa collègue la soutint avec plus de force. Elle la laissa l'entraîner dans l'arrière-salle.

— Ne t'inquiète pas. Tu trouveras un autre emploi, la rassura-t-elle, tout en remplissant de pâtisseries la plus grosse boîte.

— Tu ne comprends pas, dit-elle à sa camarade qui glissait des miches de pain frais dans son sac de toile.

Même s'il était venu avec des coupures de journaux, la police ne l'accompagnait pas cependant. Il l'avait trouvée par hasard, les coupures dans la poche. Peut-être l'avait-il suivie. Peut-être les services sanitaires lui avaient-ils permis de voir sa fiche et il était parti en quête de cette adresse, avec un chiffre faux pour un immeuble qui n'existait pas. Il s'en était douté, mais sans certitude, aussi avait-il démêlé la situation tout seul. S'il en avait été sûr, il aurait demandé à la police de lui prêter main-forte. En ce moment même, s'imagina-t-elle, il regrettait de ne pas avoir échafaudé de meilleur plan.

— File par là, comme ça, tu n'auras pas à le revoir, conseilla Evelyn. Je vais essayer de gagner du temps…

Mary avait déjà franchi la porte qui menait à la ruelle quand elle pensa à lui expliquer ce qui lui était arrivé. Comment le dire ? Comment lui faire comprendre en quelques secondes ?

— J'ai cuisiné pour une famille riche et...

— Oh, j'ai tout lu ! s'exclama l'autre en la poussant dehors avec force. Je t'ai reconnue dès le premier jour.

L'Irlandaise ouvrit tout grand la bouche et Evelyn haussa les épaules.

— Tu n'as pas menti, tu as dit ton nom. Allez, vas-y, Mary, bonne chance !

La boîte de pâtisseries serrée fermement entre ses deux mains et son sac de pain accroché à l'épaule, elle descendit la ruelle en courant et déboucha dans l'avenue.

21

En silence, Mila observait Mary qui enlevait toutes ses poudres et ses crèmes du rebord. Pendant les vingt mois où elle avait vécu chez elle, sa locataire avait fait bien attention à n'utiliser que l'espace alloué : sous son lit, la bordure de la fenêtre, une étagère dans le garde-manger, un tiroir dans la commode de Mila.

— Où vas-tu aller ? lui demanda-t-elle, pendant que Mary entassait ses effets dans son vieux sac en velours.

— J'sais pas.

Et de chercher des yeux les blocs-notes des garçons. Mais quand elle mit la main dessus et effleura le papier du bout de son crayon, elle prit conscience de ne pas savoir quoi dire. Elle dessina un oiseau et, en dessous, deux bonshommes se tenant la main.

— Qu'est-ce que tu vas faire ? Écris-moi pour me dire où tu auras atterri.

Mary le lui promit.

— Et tu reviendras, n'est-ce pas ? Quand tout sera rentré dans l'ordre ?

— Oui, oui, bien sûr.

— Pourquoi tu ne descends pas chez Fran et tu n'y restes pas quelque temps ? Quand ils viendront, je leur dirai que je ne t'ai pas vue.

Mary imagina Soper apparaissant, une armée de policiers dans le dos. Elle l'imagina surveillant l'entrée de l'immeuble, enfonçant les portes à coups de pied, retournant les literies et scrutant les armoires.

— Je suis désolée. Il faut que j'y aille.

Elle avait hâté le pas depuis sa sortie de la boulangerie et était essoufflée, car elle s'était déplacée à une vitesse supérieure à tout ce qui bougeait autour d'elle. Elle passa l'étage de Fran sans ralentir, passa la porte de Joan, jeta un coup d'œil dans le couloir qui menait au logement de Driscoll et où vivait depuis un an un jeune homme et, quand elle déboucha sur le trottoir, elle pencha la tête et se dirigea vers le nord sans raison, sauf que la foule y serait moins dense et qu'elle pourrait avancer plus vite. Elle sauta dans le tram de la 36e Rue et s'accrocha solidement à la poignée dans un virage, puis quand le véhicule s'arrêta brusquement devant un chien qui traversait la voie, puis encore, un demi-pâté de maisons plus loin, pour laisser monter des gens. Elle sortit par l'arrière, le sac pendu à l'épaule.

Elle n'avait pas eu de nouvelles d'Alfred depuis qu'elle l'avait laissé dans son dos dans le vestibule, tôt ce matin d'hiver, il y avait environ un an et demi, et elle envisagea de se rendre au Nation's pour leur demander s'ils l'avaient vu, mais quand elle en eut la possibilité, elle poursuivit son chemin, ignora la porte d'un bleu éclatant, dépassa d'autres endroits qu'il aimait. Elle atteignit la gare de Grand Central, où elle esquiva les trams qui convergeaient de toutes parts et entra dans le bâtiment. Une fois à l'intérieur, elle gravit les rampes d'accès jusqu'à la salle d'attente principale : le plafond était si haut qu'il aurait tout aussi bien pu être le ciel. Elle trouva une place libre sur l'un des longs bancs alignés devant le panneau des horaires.

Tous ceux qui passaient devant elle étaient en route pour quelque part. Ceux qui étaient assis levaient les yeux tantôt sur le panneau, tantôt sur l'horloge, puis ils les abaissaient sur leurs mains, le temps d'attendre quelques minutes de plus. On annonça un train en partance pour Scarsdale, un autre pour Poughkeepsie. Dans son dos, ce fut Philadelphie. Les voyageurs les mieux habillés attendaient dans une salle d'attente réservée à l'express Twentieth Century Limited à destination de Chicago. Elle lut attentivement les panneaux en quête d'un train pour Dobbs Ferry, puis observa comment les passagers de ce train se levaient, vérifiaient derrière eux qu'ils n'avaient rien oublié et pressaient le pas. On annonça un nouveau départ. Elle enleva son sac de ses genoux pour le poser à ses pieds. Elle sentit son dos épouser la courbure du bois. Ses doigts effleurèrent ses paupières fermées et le nez lui picota : le sanglot, tapi là depuis de longues heures, se déversa comme une vague se détache du reste de l'océan, se jette en avant et se répand sur le rivage.

— Madame ? demanda un homme en lui tapant sur l'épaule.

Il portait un uniforme, veste et casquette assorties.

— Voudriez-vous attendre dans la salle d'attente réservée aux femmes ? Savez-vous où elle se trouve ?

Elle pensa qu'il voulait dire les toilettes, aussi, quand il la conduisit à une grande porte de chêne sur laquelle il frappa deux fois, puis déclara à l'employée qui ouvrit que cette dame avait juste besoin de se reposer, et qu'en conséquence elle ne devrait pas acquitter les vingt-cinq cents, eut-elle peur qu'il ne se soit mépris à son sujet et que, quand les autorités le découvriraient, elle n'ait des ennuis. Mais il l'encouragea à avancer, et la préposée la guida d'abord à travers une petite pièce où étaient suspendus des manteaux de femme d'intersaison, puis elle l'emmena dans une salle de plus grandes dimensions, lambrissée de chêne, où un tapis de style persan recouvrait le plancher. Elle lui indiqua l'un des rocking-chairs.

— Merci, dit Mary à l'agent, qui la salua d'une petite révérence en se reculant.

Elle regarda les miroirs circulaires de petites dimensions disposés ici et là, et les glaces en pied près des cabines d'essayage. Même si l'espace était agencé comme un salon de particulier, il était possible de dissocier les différentes phases qu'une femme accomplit lors de sa toilette. Contiguë à la salle aux murs couverts de chêne se trouvait une pièce partagée par la manucure, la cireuse de chaussures, la coiffeuse, la couturière. Dans cet espace dédié, une dame pouvait quitter ses vêtements de voyage pour enfiler une robe du soir, une nuée de femmes en uniforme bleu autour d'elle. L'une d'elles s'approcha de Mary, voulut s'emparer de son sac, mais l'Irlandaise l'agrippa et l'autre s'éloigna.

Elle aurait pu élire résidence dans cette pièce chaude et lumineuse pendant un mois, mais elles ne l'y auraient pas autorisée, aussi pourquoi rester même une heure, puisqu'elle savait qu'elle devrait à nouveau partir finalement, sans savoir où aller ? Elle étudia un tableau au mur – une rivière dans un champ de fleurs – et se souvint de sa promesse à John Cane de lui rendre visite et de se balader avec lui un jour. Elle savait qu'elle pouvait compter sur lui. Elle pourrait se rendre sur le quai du ferry et, quand il débarquerait, l'approcher, lui raconter ce qui s'était passé, demander à rester un moment avec lui, et il le lui permettrait. Elle aurait à l'écouter, et il pourrait faire semblant de ne pas vouloir au début, même si, à la fin, il changerait d'avis. De cela, elle était sûre. Ou il pourrait connaître quelqu'un en quête d'un locataire. Il avait un frère, aussi, se rappelait-elle, qui ne tournait pas rond, mais rien qu'elle ne pouvait gérer, elle en était sûre, juste pour lui laisser le temps de se remettre sur pied. Elle serait gentille avec lui.

Mais quand elle quitta le salon pour dames et se dirigea vers le métro à destination du nord de la ville, pendant l'unique seconde où elle se reposa au sommet des marches, elle décida de poursuivre sa route vers l'est, pour se rendre à la pension qui l'avait hébergée, avant qu'elle ne trouve un lit chez Mme Post. Si la femme se souvint d'elle, elle ne le montra pas et, tandis qu'elle la conduisait en haut de l'escalier à l'arrière, elle sut, avant de s'arrêter à la porte, que ce serait la même chambre que celle où elle avait dormi en 1910.

— Petit déjeuner à sept heures.

Quand Mary referma la porte sur la tenancière, elle s'effondra sur le lit étroit et s'endormit.

Pendant le petit déjeuner, deux rangées de femmes au visage sombre montaient une cuillère de porridge après l'autre à leur bouche, mâchaient, avalaient. Mary écarta son assiette. Quand elle sortit dans la lumière du soleil, une dizaine de pigeons roucoulèrent et s'envolèrent à tire-d'aile, abandonnant sur le trottoir des taches gris-noir, des plumes, de vieux cartons de lait, une boîte de crackers éventrée.

Son sac en bandoulière, elle marcha pendant une heure. Vers l'ouest principalement, mais aussi vers le sud. Elle fit une pause pour bourrer de papier le talon de sa chaussure. Son épaule lui faisait mal. À dix heures, elle s'arrêta dans un parc, enleva ses souliers et marcha sur l'herbe derrière les bancs, tout en mangeant une poire. Quand elle eut tout dévoré du fruit, elle ramassa son sac et poursuivit en direction du sud. Elle atteignit l'hôtel de ville, où, en face, Jimmy Tiernan passait ses journées à monter les étages d'un gratte-ciel pratiquement achevé, et à mettre des panneaux de terre cuite en place. La pyramide au sommet donnait à l'édifice l'allure d'une cathédrale, c'est tout du moins ce qu'elle pensa en penchant la tête pour l'admirer.

— Jimmy, l'appela-t-elle quand elle l'aperçut, pratiquement deux heures plus tard, épaules voûtées parmi tant d'autres.

Un anneau de sueur jaune entourait sa gorge.

— Mary !

Il sortit de la foule, sa gamelle toute petite contenue dans sa large main.

— Est-ce que je peux te parler ?

— Qu'est-ce qui s'est passé ? C'est Patricia qui t'envoie ?

— Non.

Elle hésita. Les autres hommes les observaient, alignés le long du mur, certains accroupis, d'autres debout, d'autres encore assis jambes écartées. Ils extrayaient des sandwichs et des thermos du fond de leurs poches et mangeaient. Elle leur tourna le dos, afin de ne garder que son interlocuteur dans son champ de vision.

— Je me demandais, hein, si tu avais découvert où Alfred était allé.

— Tu veux dire quoi ?

— Tu te souviens quand tu le cherchais, l'année dernière ? Tu avais un boulot pour lui ici ?

— Bien sûr. Mais il a à nouveau disparu ?

Mary cligna des yeux.

— Pourquoi ? Tu l'as trouvé après cela ?

— Tu veux dire que tu ne sais pas ?

— Sais pas quoi ? Je ne l'ai pas vu.

Jimmy la saisit par le coude et l'amena jusqu'aux marches de l'hôtel de ville.

— Il a eu un accident, Mary. Un incendie. Une lampe lui a explosé entre les mains et il a été gravement brûlé. Il est resté à Willard Parker pendant des mois, puis à l'hôpital des grands brûlés, là-haut à Harlem.

— Hein ? Qu'est-ce que tu veux dire ?

— Je l'ai découvert seulement parce que ma grande curiosité m'a poussé, un après-midi, jusqu'aux écuries pour avoir de ses nouvelles. C'est là qu'ils m'ont appris que l'accident était arrivé juste à cet endroit, dans les écuries, un peu avant Noël 1910.

— Seigneur Jésus !

— Puis, quand il est sorti de l'hôpital des grands brûlés, il est venu ici me chercher, pour trouver du boulot je suppose, mais y en avait plus. Alors je lui ai dit : « Briehof, tu devrais aller à l'ouest, dans l'un des États du Midwest. Y a du bon boulot là-bas ! Construis-toi une cabane. » Et je jure devant Dieu, Mary, je crois que c'est ce qu'il a fait. Je crois qu'il est parti à l'ouest avec cette idée en tête. Fou à lier, ce gars ! Tu ne donnais pas l'impression de vouloir parler de lui, mais j'ai demandé à Patricia de te prévenir. Je sais que toutes les deux vous êtes à couteaux tirés, mais j'imaginais quand même qu'elle t'en aurait informée, ou qu'elle l'aurait dit à Fran qui te l'aurait rapporté, et je pensais que vous en aviez parlé et que vous aviez décidé de la marche à suivre. Et j'imaginais qu'il t'écrirait. Il m'a demandé de tes nouvelles, tu sais.

— Non. Non. Patricia ne m'a rien dit.

Jimmy prit son sandwich et lui en offrit la moitié, qu'elle accepta volontiers.

— Où se trouve l'hôpital ?

— 127ᵉ Rue Ouest, je pense. Peut-être 128ᵉ. Entre Broadway et Amsterdam.

— Peut-être qu'ils savent où il est allé. Peut-être qu'ils ont une adresse.

— J'crois pas, Mary. Quand il est passé me voir, c'était en novembre, il y a six mois. Puis il a pris la route de l'Ouest...

Comment avait-il pu entreprendre un si long voyage sans l'en avertir ? Comment avait-il pu souffrir de brûlures aussi graves sans la prévenir ? Assis en silence, ils regardaient le sommet du gratte-ciel.

— Cinquante-cinq étages ! Hein, qu'est-ce que tu en dis ?

Elle pouvait seulement apercevoir une silhouette d'homme sur l'une des poutres près du sommet.

— Mais il allait bien ? Il avait guéri ? Ces brûlures étaient-elles vraiment graves ?

— Plutôt. Mais il allait mieux, quand je l'ai vu.

— Pourquoi Patricia ne me l'a-t-elle pas dit ? Tu aurais dû vérifier, Jimmy. Tu aurais dû deviner que Patricia ne me dirait rien. J'ai bien envie d'aller la voir pour lui dire ce que j'en pense.

— Ne te trompe pas d'ennemi, Mary, s'il te plaît ! On a assez d'ennuis comme ça !

L'immeuble abritant l'hôpital des grands brûlés était plus neuf que les bâtiments alentour et ses pierres n'avaient pas encore noirci. Elle s'attendait à quelque chose du genre Willard Parker, ou Riverside, mais non : cette bâtisse modeste de quatre étages ne signalait pas les activités qui s'y pratiquaient, à l'exception d'une affichette sur la porte annonçant en lettres simples : *Hôpital des Grands Brûlés, Saint John the Apostle, Morningside Heights.* Des arbres longeaient la rue et un groupe de fillettes était rassemblé autour d'une poussette de poupée. Mary sonna et une nonne tout en blanc lui répondit. La sœur l'introduisit dans une pièce de réception de petites dimensions au sol recouvert de marbre. Le silence régnait dans les couloirs et l'Irlandaise jeta un coup d'œil rapide, en haut de l'escalier, à un vaste vitrail éclairant le palier entre le premier et le deuxième étage. À part Central Park, où il était possible d'entendre des oiseaux et des grillons en été, et North Brother, c'était là l'endroit le plus calme que Mary ait jamais visité à Manhattan.

— Je cherche un patient nommé Alfred Briehof.

Émanant d'un étage supérieur, elle perçut le bruit d'un lit sur roulettes qu'on déplaçait.

— Je sais qu'il n'est plus là, mais je me demande s'il vous a laissé une adresse.

— Briehof… Excusez-moi.

La nonne pencha la tête de sorte que May ne vit plus son expression, puis se tourna vers un bureau dont elle ouvrit le tiroir inférieur. Elle fit courir ses doigts sur les noms inscrits au sommet des dossiers. Puis elle le referma et en ouvrit un autre où, à nouveau, ses doigts explorèrent les noms inscrits.

— Briehof, annonça-t-elle, en tirant un dossier du compartiment. En effet, il n'est plus là, ajouta-t-elle après l'avoir consulté. Voyons. Oui, il doit revenir en novembre. Excusez-moi. Qui est-il pour vous ?

Elle posa les yeux sur le sac que Mary avait laissé sur un banc de la salle d'attente. La visiteuse s'éclaircit la gorge.

— Je suis sa sœur. Je viens d'apprendre l'accident. Je suis en visite à New York et vous êtes la dernière adresse où je sais qu'il est passé.

— Je vois, répondit la nonne en se tournant à nouveau vers ses documents.

Mary pria pour qu'ils ne contiennent aucun renseignement sur l'origine allemande du patient. Elle pensa à ce qu'elle dirait si la religieuse s'étonnait de la différence d'accent entre frère et sœur.

— Il a signé sa sortie.

— Y a-t-il une nouvelle adresse ?

— Non. Je suis désolée.

Mary soupira.

— Allait-il très mal ?

La nonne rouvrit le dossier.

— Difficile à dire, dit-elle après avoir lu un moment. Il est resté ici plusieurs mois. C'est long. Mais d'un autre côté, il est vivant et est sorti.

— Oui, chuchota Mary, consciente du bien-fondé des dires de la religieuse. Est-ce que le dossier indique s'il est parti à l'ouest chercher du travail ?

La nonne secoua la tête.

— Non, mais s'il a quitté la région cela explique qu'il n'ait pas honoré ses rendez-vous mensuels. Des patients avec de telles blessures viennent d'habitude pour le renouvellement de leur ordonnance, une fois par mois.

L'Irlandaise songeait à tous les États qu'Alfred avait mentionnés, en manifestant le désir de s'y rendre. Comment allait-elle le retrouver dorénavant ?

Un morceau de papier s'échappa du dossier et tomba sur le sol.

— Attendez, dit la sœur en ramassant la feuille. Je vois... Il est passé, voilà quelques semaines, en se plaignant toujours de douleurs. Vous aviez raison.

Il est resté dans le Minnesota plusieurs mois, mais il est rentré il y a quelques semaines, et le docteur lui a donné une nouvelle ordonnance. Il est écrit ici qu'il vit sur la 125ᵉ Rue, mais il n'est pas précisé si c'est Ouest ou Est, ni le numéro du bâtiment non plus.

La religieuse retourna le papier pour en vérifier le verso.

— Vous pourriez essayer de vous rendre au cabinet du médecin. Expliquez-lui que vous êtes sa sœur.

Elle prit un crayon dans sa poche et gribouilla l'adresse du docteur sur un coin du papier qu'elle déchira.

— Merci.

— Je suppose que vous vous êtes également rendue chez l'autre membre de la famille ?

— Qui ?

— Sa femme. J'imagine qu'elle sait où il est. Même si je me demande pourquoi il ne vit pas avec elle, maintenant que je découvre son adresse. Sa blessure a peut-être provoqué un changement dans leur situation.

— Sa femme ? s'exclama Mary en essayant de contrôler son expression. Je n'ai pas vu mon frère depuis plusieurs années.

— Eh bien, lors de son admission ici, il a donné le nom de son épouse. Une certaine Mary Mallon, habitant 33ᵉ Rue Est.

22

Quand Alfred s'éveilla, il était sur le dos, un oreiller coincé sous la tête, un autre sous le bras. Une petite fenêtre carrée. Un plafond haut. Une porte close. Il changea la position de sa jambe et la douleur lui coupa le souffle. Une partie de son corps était recouverte de gaze. Il tenta de se tourner vers la lampe sur la table de chevet. Il leva le bras droit et sentit une chaleur lumineuse éclairer l'intérieur de son corps et se diffuser, poussant vers l'extérieur, à partir de ses muscles et de ses os.

Quand il ouvrit à nouveau les yeux, une infirmière l'observait de derrière un porte-bloc. Il les ouvrit et les ferma à plusieurs reprises. Parfois, il faisait jour dans la pièce, parfois nuit. Parfois, un homme l'examinait, parfois une femme, habituellement personne. De l'arrière-plan lui parvenaient des bruits : de chaussures traînant sur un linoléum, de gens parlant à voix basse, de roues de charrette grinçant. Mais au lieu d'interrompre le silence – cette atmosphère de calme absolu et de néant, cette sensation de flotter dans un espace intermédiaire – les sons se contentaient de mettre en valeur le vide et d'attirer l'attention sur lui ; après chaque petit choc ou cliquetis, le monde semblait encore plus tranquille qu'avant.

Plusieurs fois par jour, de quelque part si près de lui qu'il savait pouvoir l'atteindre et le toucher, à condition de réussir à mettre son corps au travail, il entendait un tintement de verre délicat et la chiquenaude caractéristique d'un doigt, une fois, deux fois, puis il sentait une piqûre d'épingle, généralement dans la pliure du coude, parfois dans l'avant-bras, occasionnellement au revers de la main. Un moment s'écoulait – un, deux, trois –, alors un petit frisson parcourait son centre, une pression s'exerçait sur sa poitrine et sur sa tête, juste assez longtemps pour que la panique l'assaille, et puis c'était la paix, comme si quelqu'un avait réchauffé une couverture près du poêle, avant de la tirer au-dessus de lui, de la lui coincer aux épaules et d'éteindre la lumière. Il avait l'impression d'être un nouveau-né, un bébé, menton coincé sur la poitrine, qui s'enfonçait dans ce tunnel noir ; ou d'être le poids du plomb parti sonder les profondeurs, et la récompense était d'atteindre sa destination et de trouver la profondeur ; et parfois, il sentait la mer le bercer sous son lit. Il percevait le bruit de l'océan. Il entendait la voix de sa mère, respirait l'odeur des Alpes, herbe allemande sous ses pieds, air allemand. Puis, après avoir traversé, saut de géant, un continent et un océan, il se retrouvait à New York, une montagne de charbon derrière lui, Mary de l'autre côté du portail, Mary remuant le contenu d'une marmite dos à la pièce, Mary enlevant les épingles de ses cheveux et secouant la tête pour les étaler. Il parlait à son père. Il parlait à son frère. Il riait avec Mary, tout en dansant à Coney Island, à Hoboken, à Manhattan. Il l'envoyait valser de l'autre côté du sol brillant noir et blanc de sa chambre d'hôpital. Il avait sept ans et de fines planches de pin étaient attachées à ses pieds. Il avait quinze ans et plein de force, et échappait à un policier sur Mercer Street. Il avait quarante ans et plein de fatigue, et en appelait à toute sa vigueur pour se lever et recommencer.

Finalement, il savait des choses que quelqu'un avait dû lui apprendre, même s'il ne se rappelait ni qui ni quand. Le temps s'étirait à perte d'infini avant de se casser d'un bruit sec : une heure ressemblait à une semaine, et puis une semaine ressemblait à une journée. Il savait que c'était la nouvelle année, mais alors l'infirmière lui posa la main sur la joue et lui dit que c'était le 15 mars. Déjà mars. Presque le printemps. Il était dans un hôpital. Il avait été gravement brûlé. On ignorait s'il pourrait réutiliser son bras droit : la partie qui se trouvait en dessous du coude avait été détruite quasiment jusqu'au muscle. La portion supérieure de sa poitrine de ce côté-là était en meilleur état, mais il existait encore un risque d'infection. Leur avait-il parlé ? Il leur arrivait de lui poser des questions et ils attendaient des réponses. Comme ça va ? Que s'est-il passé exactement ? Êtes-vous conscient de votre chance ?

Elles le nourrissaient. Elles lavaient son corps. Catholique ? Il avait approuvé de la tête, il devait l'être en effet, mais avait-il un jour été baptisé ? Il avait assisté à la messe quelques fois, avec Mary et sa tante Kate. Un prêtre vint lui présenter l'eucharistie un dimanche et il ouvrit la bouche pour l'accepter. Après, il eut des cauchemars, craignant qu'ils ne découvrent le pot aux roses et ne le renvoient à la rue, mais il continua de l'accepter, dimanche après dimanche, et finalement il se réjouit de la visite du prêtre et de la main noueuse qu'il plaçait toujours sur sa tête avant de partir. Le dimanche de Pâques, elles lui apportèrent de l'agneau avec de la gelée à la menthe et lui donnèrent la béquée, comme à un enfant. Le 4 juillet, elles lui conseillèrent de regarder en direction de la fenêtre pour apercevoir des éclairs de cierges magiques bleus, roses, blanc éclatant, qui s'élevaient et retombaient à proximité. Il put entendre le pépiement des oiseaux et puis, après quelques semaines, plus rien. Le printemps et l'été étaient venus avant de repartir.

Elles lui déclarèrent qu'il allait mieux. Il n'avait pas d'infection. Il serait capable d'utiliser son bras un jour, même s'il ne serait pas beau à voir. Ses terminaisons nerveuses avaient été gravement endommagées, eh oui, c'était la mauvaise nouvelle, mais d'un autre côté cela signifiait que cet endroit-là serait insensibilisé. On allait le déplacer. Il n'allait pas apprécier, mais on lui donnerait quelque chose pour compenser.

L'hôpital des grands brûlés se trouvait dans le nord de la ville, lui avait-on dit. Il était tenu par des sœurs qui avaient toutes fait vœu de servir saint Jean l'Apôtre. Elles n'attendaient rien en retour. Une donation, peut-être, selon ses moyens. L'institution se trouvait dans un voisinage calme. Plus calme qu'ici ? La question les amusa.

— Voici pour le voyage, avait dit l'infirmière.

Et lui de fermer les yeux et d'écouter le tintement de la petite ampoule en verre.

À Saint John, des arbres poussaient devant sa fenêtre. Leurs ombres se balançaient sur son mur au souffle du vent. Les religieuses voulaient qu'il marche plus ; qu'il aille et vienne dans le couloir ; qu'il s'exerce à soulever une tasse à thé, à saisir une fourchette, à faire sa toilette. Il se plaignait de démangeaisons sur tout le corps. Il vomissait. Il ne se plaisait pas là-bas. Il voulait retourner à Willard Parker.

Les remèdes qu'elles lui administraient se présentaient sous forme de comprimés, et, trois fois par jour, il plaçait les deux pilules blanches et rondes sur sa langue et les envoyait dans sa gorge, avant même que la sœur lui ait donné un verre d'eau. Les cachets aidaient finalement, mais pas comme les injections qui lui permettaient de flotter, dès l'instant où on lui perforait la peau. Une infirmière lui expliqua que les seringues revenaient cher et que l'hôpital dépendait de la charité. Elles devaient utiliser ce qu'on leur donnait : morphine, opium, codéine, cocaïne, héroïne. Des comprimés, des teintures officinales, des sels à respirer. Tout un arsenal censé gérer la douleur. Elles voulaient y aller prudemment avec la morphine, lui expliquèrent-elles. Par le passé, elles avaient remarqué la difficulté de plusieurs patients à décrocher après leur guérison. Des médecins suggérèrent de prendre, à la place, de la cocaïne ou de l'héroïne. D'habitude, elles lui apportaient une teinture d'opium après le souper et il en avalait chaque goutte amère, mais un tel silence l'empêchait de dormir. Le gémissement des arbres le tenait éveillé toute la nuit. Il faisait trop froid à Saint John, et quand ce n'était pas le cas il faisait trop chaud. Son état empirait.

— Votre état n'empire pas, rectifia une nonne dans un murmure. Votre guérison tient du miracle. Plus de dix mois se sont écoulés depuis l'accident.

Il voulut l'attraper par les épaules pour la secouer. Ne réalisaient-elles pas l'étendue de ses blessures ? Même quand il réussissait, enfin, à trouver le sommeil, celui-ci était agité, et ce n'était que lorsqu'il se mettait à pousser des hurlements dans la nuit, ce qui réveillait les autres patients, qu'un médecin soucieux apparaissait muni d'une aiguille et d'une seringue. L'injection lui apportait la sérénité. Il dormait. Elles ajoutèrent la piqûre nocturne à la routine du coucher.

Il passait des après-midi à essayer d'arpenter les couloirs et il songeait avec émerveillement à l'ancien Alfred, toujours en partance pour quelque part, toujours impatient de s'échapper de n'importe quelle pièce où il se trouvait. Dorénavant, même avec si peu à faire, les jours glissaient rapidement et en douceur. Il marchait. Il se reposait. Il considérait les ombres sur le mur. Il fermait les yeux et écoutait. Il retournait dans sa chambre prendre ses médicaments et remarquait qu'il n'avait même pas besoin d'horloge. Son corps lui disait quand c'était l'heure et, pratiquement à chaque fois, habituellement dans la minute, alors qu'il se reposait au bord de son lit, une infirmière apparaissait avec une tasse blanche, et il avalait tout ce qu'elles lui donnaient, anticipant le moment, après le souper, où le docteur apparaîtrait avec la seringue.

En novembre, elles lui annoncèrent qu'il était prêt et devait commencer à se projeter dans l'avenir. Y avait-il un boulot qui l'attendait ? Quelqu'un à contacter ? Les écuries de Crystal Springs lui avaient fait don de cent dollars dont, par miracle, l'hôpital ne s'était pas emparé. Il laissa vingt-cinq dollars aux religieuses. Le matin de son départ, elles le rasèrent, lui coupèrent les cheveux, lui donnèrent des vêtements, un chapeau, des chaussures, une petite boîte d'analgésiques. Un médecin du nom de Tropp, qui consultait à l'hôpital et aussi dans un cabinet à proximité, lui prescrirait autre chose, si les comprimés se révélaient inefficaces. Si ceux-ci venaient à manquer, et en cas d'absence du Dr Tropp, il devrait se rendre dans une officine. N'importe quel pharmacien lui délivrerait une teinture d'opium ou une petite dose d'héroïne jusqu'à sa visite chez le médecin.

Quand il sortit dans la rue, pour la première fois depuis onze mois, il se rendit directement au cabinet du Dr Tropp, au motif que les religieuses lui avaient remis des pilules, mais que la nuit il avait besoin d'un truc plus fort. Juste comme il l'avait souhaité, le médecin lui demanda s'il était habitué à recevoir des médicaments par injection.

— Bien sûr.

Une fois qu'il eut payé, le praticien lui remit un petit sac avec une unique seringue en verre, deux aiguilles, plusieurs ampoules de morphine liquide, une ordonnance pour en obtenir plus. De retour sur le trottoir, Alfred plaça soigneusement le sac dans sa poche de veste. Il monta le long escalier qui menait sur le quai du métro aérien et protégea sa poche, à l'entrée de la rame, quand les autres voyageurs poussèrent pour embarquer. Son bras n'était pas beau à voir, mais il fonctionnait bien. Il pouvait tenir une fourchette, tourner une poignée de porte. Parfois, il lui faisait mal et fatiguait. Elles lui avaient montré des exercices pour renforcer le muscle, mais selon lui, les médicaments étaient le meilleur remède pour contrer cette sensation de bancal, de tension d'un côté et de relâchement de l'autre : ils mettaient toutes les parties de son corps au même niveau, apaisaient ses pensées et adoucissaient ses journées. Il sentait une pression s'exercer sur sa poitrine – à cet endroit, la peau s'était rétractée –, mais les médicaments faisaient aussi leur effet de ce côté-là. Ils lui procuraient du confort, et grâce à eux il arpentait les rues jonchées de papiers à un rythme régulier et mettait, avec décontraction, un pied devant l'autre, ses bras se balançant sur le côté. Même sa tête s'enracinait parfaitement au sommet de son cou. À l'arrêt de la 34e Rue, il gravit l'escalier de sortie vers la rue, se dirigea plein sud le long d'un pâté de maisons, puis traversa en direction de l'est, jusqu'à ce qu'il aperçoive le vieil édifice. Il fit une pause et tâta sa poche pour s'assurer que tout y était bien en place. Il se rapprocha un peu plus, puis s'assit sur une marche.

Travaillait-elle encore dans la même blanchisserie ? Habitait-elle encore avec Mila ? Après un court laps de temps, il l'aperçut en train de remonter la Troisième Avenue dans la direction opposée, un jeune garçon de chaque côté. Les enfants parlaient et rivalisaient pour accaparer son attention, tandis qu'elle les écoutait avec sérieux, et Alfred put voir, peu importait ce qu'ils racontaient, qu'elle était heureuse. Elle tenait une boîte. Elle posa la main sur la tête du plus petit et il la débarrassa de sa charge. Les deux gamins se mirent à courir et elle leur cria quelque chose. Elle effleura son col, l'arrière de ses cheveux. Elle avait l'air jeune. Aucune trace de cette expression critique qu'elle avait l'habitude d'arborer et de ce regard dur qu'elle adoptait en sa présence dans le logement, quand, un chiffon à la main, elle se comportait comme s'il n'avait pas été là. S'il nettoyait une casserole, il aurait dû la récurer ! S'il saupoudrait du sucre, il en renversait sur le sol ! Un bon à rien. Un paresseux. Un ivrogne. Il ne l'aimait pas et ignorait la moitié de ce qu'elle accomplissait pour lui.

« Alfred, roucoulait-elle d'une voix plus douce que lorsqu'il était sobre, il faut arrêter ça ! »

Elle accéléra son allure et il traversa à moitié le trottoir. Elle était désormais juste de l'autre côté de la rue. S'il lui prenait l'idée de tourner la tête, elle l'apercevrait. Allez, vas-y ! Maintenant ! Mais il se contenta de l'observer, et une minute après, l'immeuble l'avait aspirée.

Comme Driscoll était mort et qu'il s'interdisait le Lower East Side pour ne pas tomber sur Liza, Alfred donna la pièce au barman du Nation's Pub afin de dormir une nuit dans l'arrière-salle. Aucun désir de commander un verre. Et à nouveau, il se posa des questions sur l'ancien Alfred. Le matin suivant, il se rendit dans le sud de la ville pour parler à Jimmy Tiernan. Celui-ci connaissait quelqu'un qui connaissait quelqu'un qui avait trouvé un boulot de débroussaillage dans le Minnesota et affirmait que c'était le meilleur travail de sa vie. Difficile, mais bien payé. À l'air pur. Pas de pointage. Pas de patron à te casser les couilles en permanence. Jimmy voulait y aller lui-même, mais Patricia ne serait jamais d'accord. Ils pourraient se construire une maison en rondins – trois, quatre, cinq pièces, enfin, autant qu'ils en voudraient. Ils pourraient nettoyer le terrain et vendre le bois coupé. Ils pourraient élever du bétail et planter. Hélas, sa femme ne poussait jamais plus loin que le Queens ! Il rit.

— Mais toi, qu'est-ce qui t'arrête ? Vas-y au printemps, quand le temps n'est pas trop mauvais.

Il pleuvait à New York depuis deux semaines. Pluie régulière, grise, humide, qui ne montrait pas la ville sous son meilleur jour. Dans le Minnesota en hiver, toujours selon Jimmy, pas de risques que cela se produise, il y faisait si froid que l'air gelait les poils de nez mouillés, mais au moins il y avait un immense ciel bleu.

Un train partait de la gare de Grand Central pour Chicago, deux fois par semaine. De là, Alfred pourrait en prendre un autre pour Minneapolis. Et de là, aller où bon lui semblerait. Difficile d'imaginer l'existence de villes si lointaines, des villes avec des rivages, des péniches, des détritus et des odeurs bien à elles. Et que c'était excitant de penser qu'à voyager si loin et à une telle vitesse on ne couvrait pourtant que la moitié de l'Amérique ! New York n'avait rien à voir avec le reste, mais alors rien du tout ! Quiconque ouvrait un journal le savait. Dans le Minnesota, les fermes étaient reliées à l'eau potable et dotées de terres riches et d'abondants pâturages, avec un ruisseau qui coulait au milieu. Les habitants ne se nourrissaient que de pain blanc et de viande. Les arbres poussaient droit, pratiquement jusqu'au ciel. Certaines personnes érigeaient leur maison et n'en bougeaient pas de tout l'hiver, qui, là-bas, durait six mois pleins. À New York, impossible d'échapper aux autres – connaissances et étrangers –, ils vous frôlaient à chaque minute du jour, à vous quémander de l'argent et à exiger des remboursements. Ils vous heurtaient dans la rue sans s'excuser. D'eux émanaient des odeurs de cuisine, de choux, de betteraves, de viandes fumées, d'épices ramenées de leur pays d'origine, cousues dans les doublures de leurs pantalons et de leurs poches. Ils accaparaient les meilleurs fruits au marché et vous frôlaient avec leur automobile ou les roues de leur chariot, quand vous traversiez la rue. Le Minnesota n'était pas la seule possibilité, il existait d'autres endroits, comme le Wisconsin ou le Wyoming. Quant au Nouveau-Mexique et à l'Arizona, on rapportait qu'on y crevait de chaud toute l'année et que, au cas où l'on partirait marcher dans le désert, on aurait le cuir brûlé en moins d'une heure. Il y avait des Indiens là-bas. À New York, certains endroits possédaient des noms indiens, malgré la disparition de ceux-ci, tous partis vers l'ouest.

Quelle bonne idée, répondit-il à Jimmy. Pas besoin d'y réfléchir. Il irait. Il y construirait une maison, quelque part à la campagne, et enverrait chercher Mary. D'une façon ou d'une autre, il la convaincrait de lui donner une nouvelle chance et de le rejoindre à l'ouest, où ils pourraient vraiment repartir de zéro. Il détestait se rappeler leur dernière rencontre, ce matin-là, dans le vestibule du vieil immeuble. Quelle allure il devait avoir, après tant de jours passés à boire et à dormir ici et là ! Et l'expression de son visage, où il lisait qu'elle était sérieuse mais désespérée de devoir le chasser. La prochaine fois qu'il lui parlerait, il aurait de quoi se vanter. Un plan. Et elle verrait combien il regrettait son attitude passée.

— Maintenant ? s'étonna Jimmy. Attends Noël. Attends la nouvelle année !

— Maintenant.

Il s'acquitta d'un billet pour Chicago et s'offrit un bon repas à la voiture-restaurant, mais lors du changement de trains dans la grande métropole, il se glissa dans celui de Minneapolis sans payer, puis trouva refuge dans les minuscules toilettes jusqu'au départ. Lorsqu'il se décida enfin à ouvrir la porte, un contrôleur l'aperçut ; il était sur le point de crier, quand Alfred leva la main et fouilla sa poche de l'autre. Un dollar suffirait à acheter son silence et lui y gagnerait, car cette somme représentait encore moins que le prix du trajet. Fatigué et commençant à réaliser que c'était une terrible idée de s'aventurer si loin de New York, il retourna dans les toilettes et, un pied bloquant la porte et l'autre sur le bord de la cuvette, il retira une aiguille de sa poche de veste, l'essuya sur sa chemise, la fixa à la fragile seringue et la plongea dans l'une des ampoules de morphine. Il tira sur le piston, au moment où le train se penchait dans un virage. Pour le reste du voyage, le contrôleur l'ignora, tandis qu'Alfred sommeillait sur deux sièges du compartiment ; quand il ne dormait pas, il regardait les arbres défiler par la vitre, arbres de plus en plus hauts et de plus en plus forts, au fur et à mesure que le Minnesota se rapprochait. Il pensa aux arbres de New York, qui suffoquaient en quête d'air et se battaient pour avoir un peu d'espace.

Une fois à Minneapolis, il dénicha, sur les quais du Mississippi, un boulot de docker, qui consistait à charger pour la Gold Medal Factory des sacs de farine de la taille d'un homme. Sa pension était plus propre que toutes celles qu'il avait pu voir à New York et les résidents y avaient l'air moins menaçants. Ils le dévisageaient tous avec curiosité et ce ne fut qu'au bout de quelques jours qu'il prit conscience que c'était à lui qu'ils pensaient au moment de verrouiller leur porte. La partie la plus amochée de son bras n'était visible que lorsque les hommes travaillaient si dur qu'ils commençaient à transpirer et qu'Alfred était obligé de rouler ses manches. Les religieuses avaient raté sa coupe de cheveux et il ne s'était pas rasé depuis Harlem. Il avait besoin de nettoyer ses vêtements et de trouver un médecin et un pharmacien. À la vue de ses ecchymoses sur un bras et, sur l'autre, de sa peau toute déformée, un homme de son équipe lui suggéra un endroit qui lui viendrait en aide sur Hennepin Avenue. Une fumerie, selon son collègue. Alfred s'y rendit, s'attendant à ce qu'un Chinois la tienne, mais, comme partout à Minneapolis, le gérant était blanc, svelte, autrefois blond, avec une barbe et un caftan retenu par une corde nouée au milieu. Originaire de San Francisco, il le salua comme s'il était un frère perdu de vue depuis longtemps.

— Ici, les gens sont différents.

Il lui montra comment tenir la pipe et agita une main vers les sièges dispersés, dans l'étrange silence de la salle. Devant le manque de réaction de sa nouvelle recrue, l'homme retourna dans la salle de devant, et personne d'autre n'adressa la parole à Alfred.

Il choisit un rocking-chair, près de la vitre qui donnait sur le Mississippi et une petite île au milieu du fleuve. Il pensa à Mary et à sa cabane. Quand il fermait les yeux, il la voyait faire les cent pas et l'observer de l'autre côté de l'eau. Il se demanda si elle était partie à sa recherche depuis l'accident. Il supposa que Jimmy Tiernan l'avait avertie et il sut qu'il devrait lui envoyer une lettre. Il n'avait pas bu une seule goutte depuis Noël 1910. C'était ce qu'il allait lui annoncer. Ou peut-être ferait-il mieux d'attendre qu'il soit allé au nord et ait vu ce que la région avait à lui proposer et le type de vie qu'ils pourraient y mener.

Deux semaines après, il commença à se renseigner pour y dénicher un travail de débroussaillage. Ses différents interlocuteurs lui racontèrent des histoires à dormir debout, comme quoi la neige atteignait le sommet des arbres, et que l'air y était si froid qu'il gèlerait une quéquette d'homme en moins de trois secondes, s'il sortait pisser dehors. Les poissons se pétrifiaient dans les rivières. Les oiseaux qui ne migraient pas tombaient des arbres, comme des pierres, et se réveillaient à la fonte des neiges. Il lui faudrait y apporter sa nourriture, des provisions pour quatre mois au moins, peut-être cinq. Et se montrer discipliné, quant aux quantités avalées, afin de ne manquer de rien.

— Cache ton bras quand tu iras chercher du boulot ! lui conseilla un homme. Personne n'a envie de le voir.

— D'accord, il est laid, mais il fonctionne, répliqua l'interpellé en examinant la peau de son bras droit.

Elle lui rappelait la cire de bougie fondue, bancale, avec des creux et des crêtes, selon le cours suivi par la matière. En surface, il ne sentait rien, aussi devait-il quelquefois baisser les yeux, pour vérifier si sa manche de chemise était relevée ou pas. Parfois, quand il y enfonçait les ongles, il ne sentait que la pression sur l'os.

— Non, je suis sérieux, insista l'autre, en se saisissant du bras en état de fonctionnement et en l'exposant à la lumière. Quels sont tes plans à son sujet ?

Alfred le retira et, rapide comme l'éclair, attrapa celui du curieux, qu'il tordit dans son dos.

— Bas les pattes ! Compris ?

L'homme ne lui adressa plus jamais la parole.

Le transport de la farine l'épuisait et, la nuit, il s'endormait la tête à peine posée sur l'oreiller... jusqu'à ce que le soleil lui tape sur le visage, le lendemain matin. Il entendit parler d'un dispensaire sur le lac Harriet, où les médecins, experts en gestion de la douleur, délivraient des ordonnances à ceux qui pouvaient payer. Après avoir montré ses blessures à un certain Dr Karlson, Alfred lui expliqua qu'il envisageait de partir pour le Nord, après Noël, et d'y travailler jusqu'au printemps. Le praticien lui délivra une ordonnance couvrant tout l'hiver : des comprimés et quatre grosses bouteilles de teinture d'opium, plus de la morphine, deux aiguilles supplémentaires et une autre seringue. Le patient s'acquitta du prix demandé et constata qu'il partait dans le Nord à temps. Les médicaments étaient bon marché – une ampoule de morphine coûtait moins cher qu'une bouteille de whiskey –, ce qui n'empêchait pas ses économies de fondre à grande vitesse. Le docteur lui recommanda de réduire sa consommation, sinon il risquait de souffrir de maux de ventre, d'avoir des difficultés à se mettre en train le matin et à garder son énergie tout au long de la journée.

— Restez à l'écart des fumeries !

L'opium qu'on y fumait était, la plupart du temps, le fruit de la contrebande et personne ne savait ce qu'on mettait dedans.

— Cantonnez-vous aux médicaments délivrés sur ordonnance, car eux ont reçu l'autorisation d'être commercialisés.

Le matin, il prenait la teinture d'opium et la sentait diffuser à travers son corps, pendant le petit déjeuner. Il conservait les comprimés dans sa poche. Les injections, il les gardait pour la nuit. La démangeaison qui l'embrasait toujours quelques minutes après le réveil s'amenuisait dès qu'il se mettait en route pour les quais, et tout lui semblait alors à sa portée, comme s'il était spectateur de la vie de quelqu'un d'autre. Avant, à New York, il faisait tant partie de sa propre vie qu'il était pratiquement noyé dedans, mais maintenant, c'était comme s'il flottait à côté de lui, et quand quelque chose n'allait pas il n'avait qu'à se pencher pour procéder à un ajustement.

À la pension, on fêta Noël avec du pudding, un tour de chants de Noël et du vin chaud. Un Canadien francophone du nom de Luc, avec du sang indien dans les veines, lui vendit un pardessus de la Hudson Bay Company. Dans une friperie, il acheta d'épais pantalons matelassés et une paire de lourdes bottes imperméables et chaudes, et le vendeur plein de patience lui montra comment les passer avec deux paires de chaussettes. S'il obéissait à ses consignes, selon l'homme, ses pieds resteraient au chaud et au sec. Il acheta deux paires de chaussettes en laine épaisse, deux chemises, deux gilets, une casquette en fourrure.

Mi-janvier, Luc lui parla de deux frères qui avaient acquis plusieurs arpents pour une bouchée de pain et qui recherchaient deux bûcherons chevronnés.

— Tu sais manier la hache ?

— Bien sûr.

Et de lui proposer un rendez-vous quelques jours plus tard. Le jour fixé, Alfred arriva avec tous les vêtements en sa possession sur le dos et découvrit que Luc avait réparti sur deux luges ce dont ils auraient besoin. Quand Alfred entreprit de tirer la sienne, il devina qu'elle pesait cent cinquante kilos. Ils emportaient de la farine de maïs et de blé, du saindoux, du beurre, différentes sortes de poisson fumé, du jambon, du riz, de la mélasse, des haches, des allumettes, des pioches, des pelles, des binettes, du sucre, des fusils, de la poudre et du plomb. Alfred avait pour toute une saison de médicaments cousus dans ses poches intérieures et il entendait le léger entrechoc des comprimés quand il marchait. Luc s'était arrangé pour qu'une charrette les emmène jusqu'au carrefour le plus proche du campement des frères, et de là ils couvrirent les derniers dix-huit kilomètres à pied : leurs luges glissaient avec tant de facilité le long de la croûte de glace, sur la couche supérieure de neige, qu'elles ne laissaient pas de traces.

Ils atteignirent le campement de leurs patrons au bout de quatre heures de marche. Gustaf et Éric l'avaient dressé à la lisière d'une pinède et appuyé contre un arbre tombé d'un diamètre d'environ deux mètres. Quand ils aperçurent les nouveaux arrivants, ils arrêtèrent leur travail et tirèrent les luges le reste du chemin. Le camp était aussi bien arrangé que Luc l'avait décrit : des branches d'épicéa et une bâche en caoutchouc recouvraient des perches bien taillées, inclinées pour laisser glisser la neige et appuyées à la cime du tronc de l'arbre. Les frères avaient amoncelé la neige à l'arrière et sur les côtés de cette petite structure, et un feu avec une marmite suspendue dessus flambait devant. Chacun avait droit à deux couvertures.

L'endroit était propre, aussi stérile que du coton blanc, et Alfred sentit que la force pénétrait dans ses poumons et que son corps se nettoyait. Luc lui montra comment manier la hache et la scie et son savoir-faire s'accrut avec le temps. Gustaf et Éric remarquèrent ses brûlures, mais ne lui posèrent pas de questions au moment de son injection la nuit, ni le matin, quand il avalait ses pilules avec du café noir. Son corps fonctionnait comme une machine, et il se sentait en paix de tant transpirer, respirer, souffrir la nuit, car cette souffrance était aux antipodes de celle qui assaillait ses hanches après être resté allongé sur un lit d'hôpital pendant presque un an. La quantité qu'il avalait lors d'un repas était plus importante que celle qu'il consommait à New York pendant toute une journée. L'aîné des frères déclara qu'Alfred gagnait en force et l'intéressé sut que c'était vrai. Il tenait un côté de la scie et Luc, ou l'un des Suédois, l'autre, et alors qu'avant il fallait la passer cinquante fois pour couper un tronc, il n'en fallait plus dorénavant que douze, parfois moins. En avant en arrière, en avant en arrière, les dents de la scie entamaient de plus en plus profondément l'intérieur pâle du tronc et il sentait son cœur palpiter, quand le Suédois tirait pour la dernière fois et levait la main pour regarder l'arbre tomber. Ils traînaient le bois coupé jusqu'à la rivière pour l'échanger au printemps contre de la viande et des fruits frais.

Le soleil se couchait tôt, avant quatre heures, mais la lune était si grosse et les étoiles si brillantes qu'Alfred prit conscience que la nuit signifiait autre chose, si loin au nord. Pas de vent, rien pour agiter les arbres, tout était si calme et silencieux dans le chaud cocon de ses vêtements de laine et de son ciré qu'il en oubliait la température. Le Minnesota valait la peine, et il pensa à Mary, à combien elle aurait aimé voir un ciel si clair. La tente conservait la chaleur aussi bien que n'importe quelle maison et il se remémora avec étonnement l'ancien Alfred, qui fouillait toujours ses poches, en quête d'une pièce pour le compteur à gaz : c'était fou comme à New York tout le monde était esclave de ce qu'il gagnait, alors que, lâché dans le désert glacial, il n'aurait besoin de rien débourser jusqu'à l'arrivée du printemps ! Cela, il voulait le dire à Mary : il voulait qu'elle le voie.

Puis, un matin, après le départ de Luc pour le carrefour – il allait échanger du bois contre un extracteur de souches –, alors que les frères étaient occupés à scier un tronc de la largeur d'un homme, ils constatèrent que l'arbre penchait du mauvais côté et commençait à basculer. Pour se prévenir, ils hurlèrent dans leur propre langue et rapidement, bêtement, Gustaf, l'aîné, leva les mains et appuya son épaule contre l'écorce, alors que l'arbre commençait à tomber. À quelque soixante-quinze mètres de là, Alfred, abasourdi, ne perdit rien de la scène grâce à l'espace dégagé : il vit Gustaf faire un mouvement brusque, et la seconde d'après l'arbre était par terre et Éric hurlait. Alfred fixa la scène une seconde de plus, avant de se rendre compte qu'Éric lui criait après.

Gustaf avait perdu connaissance quand ils le transportèrent au refuge, et lorsqu'ils ouvrirent sa chemise, ils virent à l'instant que son épaule était déboîtée.

— Il vit, Dieu merci ! s'exclama le Suédois.

Et Alfred approuva.

Vrai, mais quelle importance désormais, puisqu'ils se trouvaient au milieu de nulle part avec un blessé ! Luc n'était pas censé rentrer avant plusieurs jours et aucun des deux hommes vaillants ne savait quoi faire.

— Tu penses qu'il faudrait essayer de la remettre en place ? demanda Éric.

— Aucune idée.

Le frère s'empara du bras de son aîné et, après avoir incliné la tête un moment et retenu sa respiration, il posa un genou sur sa poitrine pour l'immobiliser et essaya de lui remboîter l'épaule. Il rugit lors de sa nouvelle tentative. Gustaf s'était désormais réveillé et hurlait aussi. Éric essaya encore. Et encore. Il déchira la chemise de son frère pour avoir une meilleure prise. Il lui donna une cuillère à serrer entre les dents. Alors qu'Alfred immobilisait les jambes de Gustaf, il lui traversa l'esprit qu'ils voudraient ses médicaments. Il leur avait déclaré que c'était pour contrer la douleur, et celle de Gustaf était bien pire que la sienne. Il devrait leur donner, car s'il ne le faisait pas, ils les lui prendraient. C'étaient des individus calmes, mais ils étaient frères et ils préféreraient le tuer, plutôt que de voir souffrir l'un d'entre eux. Il calcula la quantité qui lui restait depuis le dispensaire du lac Harriet. Très discipliné dans ses doses, il ne s'était autorisé un supplément que quelques fois, et encore avait-il fallu que l'air soit particulièrement froid et tende la peau au-dessus de ses blessures, au point de lui faire craindre qu'elle ne se perce à nouveau.

Il les leur offrit, avant même qu'ils ne les lui demandent, et ils les acceptèrent, reconnaissants. Les jours passèrent. Une semaine. Luc n'était pas encore rentré et Éric se demanda tout haut si c'était lui qui devait aller au carrefour, ou s'il devait y envoyer Alfred. Ce dernier comprit le dilemme : comme ils n'étaient que trois au camp, avec Gustaf immobilisé, celui qui resterait devrait avoir comme priorité de soigner le blessé, et seul Éric s'y appliquerait. D'un autre côté, choisir Alfred pour que ce soit lui qui aille au carrefour signifiait faire confiance à un étranger pour obéir aux ordres, trouver de l'aide et l'envoyer au campement dans la forêt. Les frères ne lui faisaient pas confiance, c'était ce qu'Alfred constatait maintenant. Éric puisait dans la réserve de médicaments d'Alfred pour soulager son frère et, quand Alfred suggéra qu'il en avait assez donné, qu'il devait en garder aussi pour lui, l'autre lui lança un regard si froid que l'Allemand sut que son premier instinct avait été le bon. Mieux valait continuer de donner plutôt que d'être tué. Ses cauchemars devinrent si terrifiants qu'au bout d'un moment ils l'empêchèrent de dormir. Son corps le faisait souffrir, il avait des haut-le-cœur. Dans le Nord, on ne sentait que le sapin et le froid. L'intérieur de son nez était très irrité et il imagina le chemin gelé qui menait de ses narines à ses poumons.

Il s'éveilla une nuit, secoué par Éric.

— Qu'est-ce qui se passe ? demanda ce dernier.

Et il prit conscience qu'il avait hurlé et donné des coups.

Aucune touche de compassion dans la question, seulement un ton accusateur. Ce n'était quand même pas sa faute, si Gustaf s'était trompé à propos de l'arbre ! Les Suédois se parlaient toute la journée, chantaient des chansons et, alors qu'autrefois leurs visages rougeauds avaient été si joyeux, ils lui paraissaient dorénavant refléter leur égoïsme. C'étaient des monstres, tous les deux. Qui, sinon un monstre, choisirait de vivre si loin de la civilisation, creuserait un trou dans la neige et l'appellerait « maison » ? Le Nord abritait d'étranges animaux, il y avait des traces qu'il ne reconnaissait pas, et il savait qu'ils attendaient tous, tapis dans l'ombre des sapins, pour voir ce qu'il ferait.

Il serait toujours l'homme à abattre, même s'il leur remettait jusqu'à la dernière goutte, jusqu'au dernier comprimé. L'état de Gustaf n'empirait pas, mais il ne s'améliorait pas non plus, et dorénavant, quand Éric augmentait les doses de médicaments d'Alfred, le sang de ce dernier ne faisait qu'un tour.

— Il n'en a pas besoin !

Et l'autre de le dévisager comme s'il était apparu, nu, de derrière un rideau. Alfred accroissait ses doses la nuit et procédait de même le matin, afin d'avoir sa part, avant que les Suédois ne lui prennent tout. Ils n'abattaient plus d'arbres. Alors qu'auparavant les journées résonnaient des bruits qu'ils produisaient à couper, fêler, fendre en éclats, dorénavant le silence régnait de jour comme de nuit, si l'on exceptait le grésillement occasionnel de la poêle sur le feu, le crépitement du lard, le crissement des bottes d'Éric foulant la couche supérieure de neige devant leur rabat de tente et, finalement, dix jours après l'accident, les craquements de la rivière – on aurait dit des rafales de coups de fusil espacées de quelques minutes –, un boucan tel que c'était la première fois qu'Alfred en entendait un de la sorte.

— Il te faut aller au carrefour, lui commanda Éric un matin, deux semaines après l'accident. Luc aurait dû revenir il y a des jours. Ramène-le et reviens aussi avec de l'aide.

Il posa la main sur la tête de son frère.

— Je pense qu'il s'est cassé quelque chose à l'intérieur. Il n'a pas que l'épaule de démise. Des os, je pense. Je ne sais pas.

— Je ne suis pas sûr de me rappeler le chemin. Avons-nous traversé une clairière ou deux ? Je peux prendre la boussole ?

L'autre lui renvoya un regard dégoûté.

— Tu n'es pas un bûcheron, déclara-t-il avec amertume, en lui collant la boussole contre la poitrine. Laisse tes médicaments pour soulager la douleur de mon frère.

Il mit la main sur le canon de l'un des fusils posés à côté de la tête de Gustaf. Ils étaient chargés, au cas où un cerf viendrait à passer.

Alfred sortit un flacon de pilules et le donna sans faire de difficultés, sachant qu'il serait bientôt de retour en ville.

— Et le reste, ordonna Éric en utilisant le fusil pour tapoter son autre poche.

L'Allemand resserra les doigts sur sa dernière ampoule de morphine et le second flacon de comprimés.

— J'en ai besoin pour revenir. Je ne peux pas accomplir tout ce trajet et tirer mon barda sans leur aide. J'en ai besoin pour me reposer. Je ne...

En moins de deux, il se retrouva sur le dos, le genou du Suédois appuyé contre son cou. Son bras en bon état attrapa le flacon et l'ampoule et il les lui remit.

Arrivé au carrefour, il trouva Luc, assis entre deux hommes, dans le seul débit de boissons à trente kilomètres à la ronde. Tous trois le dévisagèrent, comme s'ils l'attendaient. Il informa Luc de l'accident et des blessures de Gustaf, mais le Canadien piqua du nez pendant ses explications. Aussi Alfred retourna-t-il au carrefour en quête d'un moyen de transport qui le ramènerait en ville.

C'était le mois d'avril et le printemps éclatait déjà à Minneapolis. Son corps dégageait une odeur forte, parmi les femmes en manteau léger et les hommes rasés de près. La fumerie était fermée. À la pension, il demanda où il pourrait trouver du boulot, afin de payer son billet de retour à Chicago, puis à New York, mais personne n'en avait la moindre idée. Il se rendit au dispensaire du lac Harriet pour acheter plus de médicaments avec ce qui lui restait. Vraiment, il ne comprenait pas cet endroit, toute cette propreté lui paraissait étrangère. Les magasins fermaient tôt. La nourriture était fade. Les conversations se cantonnaient au prochain repas, au temps, à la chasse du week-end. Il lui fallait rentrer le plus tôt possible. Heureusement qu'il n'avait pas persuadé Mary de venir ici !

Il descendit en direction des parcs à bestiaux, puis de la gare : plusieurs wagons de fret étaient attelés sur la voie principale. Quand le cheminot retourna à l'intérieur du bâtiment, Alfred suivit la voie, tout en plongeant les yeux dans les wagons sombres. L'un dégageait une odeur de maïs, un autre sentait le sarrasin. Dans le troisième, en regardant à droite et à gauche, il aperçut une paire d'yeux. Un frisson le parcourut et il recula.

— Fous le camp ! grogna une voix désincarnée. Ou te fais pas voir !

390

Il se hissa dedans et alla se réfugier dans un coin obscur.

— Il va où ? chuchota-t-il. Vers l'est ?

Au fur et à mesure que ses yeux s'adaptaient à l'obscurité, il découvrit que l'homme était en réalité un gamin de quinze ou seize ans au maximum. Une autre voix répondit :

— Boston.

— Attends, mon pote, dit la première voix. T'es malade ?

— Non.

— Car si tu l'es, compte pas sur nous pour t'aider. Tu piges ? On t'enterrera dans ta merde et on t'y laissera moisir.

— J'suis pas malade.

— Pourtant t'as l'air !

— Si on nous attrape à cause de toi, j'te tue, le menaça encore la première voix, pendant qu'Alfred prenait ses aises sur son lit de pois jaunes.

Peu après, on verrouillait la porte, et le train s'ébranla en direction de l'Atlantique.

LA BANNIÈRE
QU'IL DÉPLOIE SUR MOI,
C'EST L'AMOUR

23

À sa sortie de Saint John, Mary se dirigea vers le cabinet du Dr Tropp, serrant bien fort le coin de papier arraché que la religieuse lui avait remis. Elle priait pour qu'Alfred ait laissé au médecin son adresse actuelle. Cela faisait dix-sept mois qu'elle ne l'avait pas vu. Quelles visites avait-il reçues pendant son séjour à l'hôpital ? Qui s'était assuré que les soignants s'occupaient de lui au mieux ? Au moins, pas Liza, pensa-t-elle avec soulagement. Mais pas elle non plus. Il avait été seul à affronter ce chaos, pendant qu'elle menait sa vie, à pâtisser dans le bas de la ville.

C'était la première fois qu'elle arpentait le quartier qui s'étendait au-dessus de l'université Columbia, et elle remarqua combien la vie trépidante et l'énergie de Morningside Heights se trouvèrent étouffées, puis réduites au silence, en l'espace de six pâtés de maisons. Les bâtiments en grès brun autour de l'université n'avaient pas à rougir devant ceux de Park Avenue. Les résidences étaient équipées d'ascenseurs, les trottoirs propres, les pelouses impeccables. Des rosiers ponctuaient les espaces verts du campus, comme autant de joyaux éclatants et étincelants. Mais au-dessus, devant le cabinet du Dr Tropp sur la

129ᵉ Rue, le silence régnait et les poubelles n'avaient pas été vidées depuis des semaines. Les quelques automobiles dispersées alentour étaient garées n'importe comment, avec parfois les roues montées sur le trottoir. Près du fleuve, une porcherie dégageait une odeur désagréable.

Personne ne répondit aux coups qu'elle frappa à la porte, aussi se glissa-t-elle à l'intérieur. Le médecin s'était assoupi sur son bureau.

— Excusez-moi.

Une fois certaine qu'il s'était éveillé et lui prêtait attention, elle se présenta comme l'épouse d'Alfred Briehof. Elle venait de rentrer de l'étranger et avait besoin de son adresse. Autour d'elle, ni secrétaire ni patients. Le médecin l'écouta, et son visage fut traversé d'un doute, mais il se tourna pour chercher un dossier sur son bureau.

— Briehof, marmonna-t-il en déplaçant des documents. Je ne l'ai vu qu'une seule fois, depuis son retour du Minnesota. Je ne me rappelle pas s'il m'a laissé une adresse.

Enfin il sortit un dossier et l'ouvrit :

— Ah oui ! s'exclama-t-il, tandis que le cœur de Mary s'emballait. Voilà, il habite 545 Ouest, 125ᵉ Rue.

Elle tenta d'étouffer son enthousiasme, car elle se rappelait qu'elle n'avait pas été tendre avec lui, la dernière fois qu'il avait essayé de lui parler. Peut-être serait-ce son tour de l'éconduire, dorénavant, juste comme elle-même l'avait fait, dix-sept mois plus tôt ? Peut-être que les mois passés à l'ouest – À faire quoi ? se demandait-elle – lui avaient appris que les vides de sa vie pouvaient facilement se combler, et peut-être avait-il perdu tout intérêt pour elle. Le sac qu'elle traînait depuis son départ de la pension s'alourdissait au fil des heures. Elle pensa à Mila et aux gamins et se demanda si Soper avait poussé jusqu'à chez eux pour la chercher. Au moins, elle espérait que Mila avait pu le convaincre qu'elle était partie pour de bon, afin qu'il arrête de les embêter !

Le bâtiment qu'elle atteignit ressemblait un peu à un hôtel que le groom et le portier auraient déserté, il y avait des années de cela, abandonnant la réception aux toiles d'araignée, le sol souillé par la boue transportée de la rue. Elle parcourut rapidement la liste de noms affichée près des sonnettes et tomba sur le sien, à mi-chemin. Elle appuya sur le bouton, et juste au moment où elle s'inquiétait qu'il fût hors service, elle entendit des pas d'homme dévalant l'escalier. Rien à voir avec ceux d'un malade, d'un handicapé, ou d'un individu perclus de douleurs. Elle comprit qu'il l'avait reconnue à travers la vitre, quand le bruit de pas s'arrêta. Il ouvrit la porte et sortit.

— Mary ! s'exclama-t-il en fourrant les mains au plus profond de ses poches et en s'appuyant sur les talons.

Elle remarqua la peau de son bras droit, jusqu'au bord de sa manche enroulée, près du coude. Un pan de chemise n'était pas rentré dans son pantalon et il n'avait pas de chaussettes aux pieds. Ses cernes étaient profondément marqués et ses cheveux avaient grisonné. Mais autrement, il n'avait pas changé et, en l'espace de cinq secondes, elle sut que Liza n'était pas là-haut, ni une quelconque autre femme. Par habitude, elle renifla l'air autour de lui, mais ne huma que sa lotion après-rasage et son savon. Il n'avait pas encore passé de peigne dans ses cheveux humides. Elle pencha la tête pour le détailler davantage. L'air vorace qui le caractérisait, celui du temps où il buvait, ne pouvait pas tenir en place et avait toujours en main quelque chose à manipuler, s'était estompé. Comme, d'ailleurs, son allure de 1909, lors de l'audience. Il n'avait un visage ni plein ni hâve et ne manifestait aucune nervosité, même s'il montrait une certaine impatience. Elle avait du mal à le déchiffrer.

— Puis-je entrer ?

Elle observa son visage, au moment où il baissait les yeux sur son sac et devinait le poids qu'il faisait.

— Bien sûr, répondit-il comme si leur dernière rencontre datait d'à peine une semaine.

Il la précéda dans le long couloir, mais attendit au pied de l'escalier qu'elle monte en premier.

— Deuxième étage.

Il ne dit mot pendant leur ascension. Sa main blessée s'agrippait à la rampe et il avançait à pas lents et prudents. Quand ils atteignirent le palier, il lui indiqua une porte à gauche et elle l'ouvrit.

— Je suis au courant de ton accident, lui dit-elle une fois à l'intérieur.

Elle tendit la main afin de voir son bras blessé. La peau y était abîmée, dépigmentée et froide, et elle voulut l'effleurer de sa paume, afin d'en apprendre la nouvelle topographie. Aucun poil sur ce bras, et sa main paraissait gonflée et bosselée, comme si elle avait besoin d'une ponction. Elle pressa la partie enflée du bout du doigt.

— Je vais bien maintenant. J'ai eu de la chance.

— Je viens de l'apprendre, ajouta-t-elle pour expliquer pourquoi elle n'était pas allée à sa recherche plus tôt. Puis Jimmy m'a dit que tu étais peut-être parti dans l'Ouest.

— Ah, fit-il, comme si cela n'avait aucune importance pour lui. J'avais l'intention de t'écrire, et puis...

Sa voix se perdit, une chose qu'elle ne voyait ni n'entendait l'avait distrait. Il se tourna vers le buffet et se mit à en ouvrir et à en fermer les portes. Sa chambre avait besoin d'être rangée, remarqua-t-elle, mais elle n'était pas crasseuse. Son lit était défait, mais les draps lui semblaient propres. Le buffet était encombré de tasses, de bols, de cuillères, tous lavés, qui y séchaient. Du linge sale s'empilait dans un coin, au lieu d'être éparpillé partout sur le sol. Une fois qu'elle eut compris qu'il allait assez bien pour vivre dans le monde en dehors de l'hôpital, elle s'attendit à une scène. Elle s'attendit à ce qu'il exige des explications sur-le-champ, qu'elle remonte ses manches et effeuille le passé et tout ce qui leur était resté en travers de la gorge, dans tous les sens et jusqu'à l'épuisement, jusqu'à ce qu'il n'y ait plus rien à ajouter, sauf les nouveautés survenues dans le présent, et la sauce à laquelle ils accommoderaient le lendemain. Elle s'attendait à devoir poser des limites et à les lui désigner. Préparée aux reproches, elle avait dressé la liste des griefs qu'elle lui opposerait, s'il osait impliquer une seconde que la séparation était sa faute à elle. Au lieu de tout cela, c'est à peine s'il semblait enregistrer sa présence.

— Café ? lui demanda-t-il sans la regarder.

Il retourna la tasse sur le buffet et en dénicha une autre à l'intérieur.

— Mais tu vas bien, Alfred ?

Peut-être qu'un accident comme le sien changeait un être humain. Peut-être s'était-elle montrée trop cruelle, en le laissant dans le vestibule, cette fois-là. Peut-être l'avait-il attendue et, quand elle ne lui était pas revenue et n'était pas partie à sa recherche, avait-il dû s'arracher à elle pour de bon. Peut-être s'était-il fait des promesses à lui-même, et son apparition à elle maintenant l'avait-elle déstabilisé. Elle jeta un coup d'œil rapide autour d'elle et remarqua une seule bouteille de Powers Gold sur l'étagère la plus haute de l'armoire, et elle était aux deux tiers pleine. Elle vit une bouteille vide de Baby Powers, près de l'évier. Peut-être était-ce une nouvelle forme de discipline. À nouveau, elle inhala l'air et ne sentit rien. Peut-être, comme un médecin, avait-il appris le dosage qui lui convenait finalement, et respectait-il ses limites.

Il intercepta la direction de son regard et s'empara de la petite bouteille, avant de la jeter à la poubelle.

— Je n'ai rien dit, se défendit-elle.

Il s'appuya contre le buffet et plia les bras.

— Qu'est-ce qui se passe, Mary ? Qu'est-ce qui est arrivé ?

— J'ai faim, Alfred. Mangeons. Tu veux que je te prépare quelque chose ?

— Je m'en occupe.

Lentement – sans rien perdre de ses faits et gestes pendant qu'il s'activait –, elle lui expliqua. Tout se déroulait si parfaitement qu'elle se demanda si Jimmy ne l'avait pas averti, d'une façon ou d'une autre, qu'elle était en route vers le nord de la ville pour le retrouver. Un petit sourire narquois lui échappa, quand elle déclara que cuire le pain ou les gâteaux était différent de cuisiner, et il lui jeta un regard par-dessus l'épaule, comme pour lui demander si elle croyait ce qu'elle venait d'avancer, ou si elle espérait qu'il y croie, avant de se retourner vers la cuisinière pour remuer les œufs. Elle fit une pause pour lever le menton et vérifier s'il avait cassé les jaunes dans la poêle. Quand elle constata que les œufs étaient restés intacts, elle poursuivit le récit de son travail à la boulangerie, avec Evelyn et Jacob, et lui raconta comment elle avait jeté l'assiette de carrés au citron au visage de Soper. Elle leva à nouveau le menton quand elle sut que les œufs étaient prêts. Il les fit glisser sur deux assiettes, mit le pain grillé à côté, et quand elle appuya sur le centre mou avec un coin de pain dur, une belle rivière jaune et pure s'écoula, exactement comme il le fallait. Elle lui raconta l'incendie du Triangle, combien il était étrange qu'elle puisse se souvenir de chaque détail de ce jour-là, mieux, avec plus de force, que le jour où elle avait quitté North Brother pour se rendre à l'audience, avec plus de force que celui où on l'avait libérée. Elle se rappelait ce qu'elle portait jusqu'à ses sous-vêtements, le client à la chemise tachée d'encre, la chemise elle-même, de couleur bleue avec de pâles rayures. Elle se remémorait les Lituaniennes levant les yeux vers le grondement du plafond, la peur au ventre, et puis le vacarme monstre à l'extérieur, suivi du calme surnaturel, les jours suivants.

— Et toi ? demanda Mary. La religieuse m'a dit qu'on t'a relâché en novembre.

— En effet. Je suis parti pour le Minnesota pendant un temps, mais...

Mais ?

Et voilà, on y était ! Il avait l'air en bonne santé, fort, apparemment le pied assuré et les mains qui ne tremblaient pas, mais voilà ! Il avait bu pendant le travail. Ou était arrivé en retard. Qu'est-ce que ce serait ?

— Ce n'était pas pour moi.

Il repoussa son assiette et se leva pour préparer plus de café.

— Et toi ? Tu as l'intention de rester ?

Elle sentit son regard sur son sac. Ne le connaissait-elle pas depuis qu'elle avait dix-sept ans ? C'était il y avait un siècle, et pourtant elle était nerveuse.

— Oui.

Elle se tourna sur son siège pour l'observer. Il ne bougea pas pendant un moment, puis il attrapa le dossier de la chaise où elle était assise.

— Très bien. Très bien.

Cette nuit-là, alors qu'elle se rendait dans la petite chambre pour enfiler sa chemise de nuit, il entra et s'assit au bord du lit. Elle s'était épaissie depuis leur dernière rencontre. Lui s'était aminci. Ses bras à elle étaient mous, comme son ventre. Elle n'enfanterait plus désormais et il allait falloir s'y habituer. Les femmes abordaient le sujet si facilement : quand je me marierai, quand j'aurai un bébé... Et puis se retrouver à quarante-trois ans sans enfant, en sachant que le futur était déjà arrivé et qu'il faisait déjà bel et bien partie du passé...

Quand elle eut plié ses habits et qu'elle les eut entreposés au sommet de la commode, sa crème et sa brosse à cheveux à côté, il l'avertit qu'il allait sortir chercher du lait et du pain, et pour la première fois ce jour-là elle vacilla dans ses certitudes. De toute évidence, il avait décroché de l'alcool, mais voilà, on y était ! Il n'avait même pas passé toute la journée ensemble, et déjà il se cherchait des alibis pour sortir. Elle se remémora les voisins qu'elle croisait, quand il rentrait à deux heures du matin et se mettait à hurler. Aussi ne dit-elle rien. Elle se contenta de s'allonger sur son côté du lit et de fermer les yeux. Elle sursauta d'étonnement quand, quinze minutes plus tard, elle entendit la clef dans le verrou : il était de retour.

— Tu m'as fait peur, dit-elle, quand il apparut sur le seuil.

Assis sur la chaise du bureau, il lui rappela l'image d'un prêtre à confesse, il y avait de cela très, très longtemps, de l'autre côté de l'Atlantique.

— Alors, Mary qu'est-ce qu'on fait ?

— Je ne sais pas.

Du tiroir, il sortit une bouteille d'huile. Il en dévissa le couvercle, versa quelques gouttes dans sa paume et frictionna son bras amoché, avec des gestes rapides, comme s'il essayait de faire repousser sa peau autrefois épaisse. Quand il remit le flacon en place, Mary remarqua des petites ampoules, une seringue, des pilules éparpillées telles des graines sur une pelouse. Elle se leva pour les détailler.

Il sortit le contenu du tiroir.

— Contre la douleur.

— Tu as encore mal ?

Elle était surprise. Le bras n'était pas beau à voir, mais la plaie s'était cicatrisée, comme guérie complètement et fermée à la souffrance.

— Parfois. Ils disent que j'en ai besoin pour que les choses n'empirent pas.

— Mais ça arrive souvent ? Tant de mois après ?

Elle remarqua que le bras en bon état avait la chair de poule.

— Le docteur continue de me renouveler l'ordonnance, ajouta-t-il avec un haussement d'épaules.

Il replaça le tout dans le tiroir et le referma.

— Parfois, j'ai du mal à dormir. Ça m'aide. Ça m'est difficile de trouver le sommeil depuis mon retour à New York.

Elle s'agenouilla à côté de lui afin de mieux examiner son bras. Il ressemblait à un tronc d'arbre à l'écorce épaisse et impénétrable. À côté, le blanc pâle du bras en bon état avait l'air vulnérable, comme s'il serait facile de le casser ou de le brûler.

— Y a que le bras ?

Tranquillement, d'un geste assuré, il ouvrit sa chemise et lui exposa son côté droit, brûlé de la clavicule au bas de la cage thoracique. Son torse n'était certes pas aussi endommagé, mais c'était sûr qu'il avait dégusté, lui aussi ! Elle y posa la paume et sentit son cœur battre en dessous.

— J'ai commencé des lettres pour toi, mais je ne savais pas quoi dire. J'essayais de penser aux mots qu'il me faudrait t'écrire pour que tu acceptes de me voir à nouveau. Et là, tu es apparue ! En chair et en os !

Avant de l'embrasser, il l'attrapa par le haut des bras et posa son front contre le sien. Elle ferma les yeux, et sa barbe naissante effleura la peau lisse de son cou. Et dans cette position, il respira, tête appuyée contre son épaule. Mais d'un seul coup, la fatigue s'abattit sur elle et, se retournant sur les vingt-six ans qui s'étaient écoulés depuis leur rencontre, il lui sembla qu'ils ne s'étaient jamais arrêtés, qu'ils n'avaient fait que travailler, et se battre, et descendre et monter les escaliers, et ouvrir et fermer les fenêtres, et compter leur argent autour de la table, et se battre encore, et ressortir, et, une fois de temps à autre, ils se regardaient, et parlaient, et riaient, et faisaient l'amour en prenant tout leur temps. Dehors, un enfant cria et une femme lui commanda de se taire. La chambre s'était assombrie, et ce qui lui avait paru austère et nu lui semblait désormais simple et dépouillé. Alfred avait laissé sa marque partout : dans son rasoir au bord de l'évier, dans ses bottes emmêlées près de la porte.

— Je regrette, Mary, dit-il au bout d'un moment.
— Moi aussi.

24

Ils passèrent le reste du printemps à rattraper le temps perdu. Alfred était camionneur syndiqué chez les Teamsters[1] et avait été sélectionné pour suivre une formation sur un camion. Quand il se rendait au travail, il emballait ses médicaments avec l'attention d'un médecin soignant des patients lointains, effrayé à l'idée d'oublier quelque chose d'important derrière lui. Finie l'époque où l'homme envoyait sa chaise voler lorsqu'il se levait. À son retour du travail, il ressortait rarement après, sauf si Mary le convainquait d'aller au marché ou de se promener. Elle écrivit à Mila pour lui dire qu'elle était en sécurité, et désolée si Soper l'avait harcelée après son départ. Elle voulait savoir si le médecin lui avait rendu visite et était venu avec la police, mais sans lui envoyer sa nouvelle adresse, de peur que le docteur ne fasse surveiller le courrier.

— Est-ce qu'il a le droit de faire ça ? demanda Alfred, quand Mary lui communiqua ses craintes.

— Je n'en sais rien. Ce que je sais par contre, c'est que rien ne l'arrête.

---

1. L'International Brotherhood of Teamsters (IBT – Fraternité internationale des conducteurs) ou Teamsters est le syndicat des conducteurs routiers américains.

Elle envisagea de se rendre aux services sanitaires pour leur expliquer ce qui s'était passé, mais elle savait que personne là-bas ne se laisserait convaincre que faire du pain et des gâteaux était différent de cuisiner. Et d'ailleurs, quand elle y réfléchissait, elle admettait que son argument ne valait pas tripette. Même si personne n'avait été malade ! C'est sûr que la rumeur aurait atteint la boulangerie, si un foyer de typhoïde avait éclaté parmi les clients. Mais Soper aurait prévenu tous les agents des services sanitaires et personne là-bas ne serait de son côté. Les prélèvements reprendraient. On la ramènerait à North Brother. Non, ça ne valait pas la peine de courir le risque.

Même si leur logement coûtait moins cher que celui de la 33ᵉ Rue et que le salaire d'Alfred couvrait le loyer, Mary voulait travailler. Comme elle n'avait pas l'énergie de se présenter dans des restaurants ou des boulangeries, de peur que Soper ne l'y recherche, elle accepta de s'occuper de linge. Leur immeuble était réservé aux personnes seules et, de temps à autre, quand elle croisait des voisins près des boîtes aux lettres en bas, elle les entendait critiquer le couple qui enfreignait le règlement respecté par tous les autres. Lui avait été blessé, rapportaient-ils, et il avait passé une année à l'hôpital. Et elle, où était-elle pendant ce temps ? Pourtant, la solitude d'un homme est chose que comprennent toutes les femmes. Un homme blessé. Un travailleur. Combien de temps pouvait-il se consacrer à lui-même ? Le pauvre ! Mais elle, d'où venait-elle ? Que cherchait-elle ? C'est qu'on l'appréciait, Alfred Briehof. Discret, il menait sa vie. Alors qu'elle, elle était distante et ne se prenait pas pour rien. Elle allait dorénavant partout raconter qu'elle était blanchisseuse, même si elle savait parfaitement que deux autres femmes dans ce bloc d'immeubles offraient déjà ce service. Pas la moindre once de gratitude chez elle. Jamais. Quand une cliente apportait son linge, elle pouvait s'attendre à ce que l'heureuse élue parmi ces blanchisseuses lui offre, au moins, une tasse de thé. Une tranche de gâteau. Une réduction de cinquante cents de temps à autre. Eh bien, pas elle ! Elle donnait l'impression de n'en avoir cure, et si vous sous-entendiez qu'un col de chemise laissait à désirer, étant donné le prix, elle se plantait sur ses jambes et son visage prenait une expression terrifiante.

Avec l'arrivée de l'automne, une brume fraîche recouvrit la ville. Mary traversa le marché, des fanes de carottes vertes et sales dépassant de son panier. Elle choisit deux pommes de terre, une pour elle, l'autre pour Alfred, brossa la poussière sur leur peau et devina la profondeur des yeux et des points noirs à enlever du bout de son couteau. Sur ses talons, Alfred passait devant les étals sans les voir, dans l'attente de son choix. Tous les soirs, elle préparait le dîner et essayait de le rendre aussi appétissant que leurs moyens le leur permettaient. Quand les Teamsters firent grève, Mary diffusa partout l'urgence dans laquelle elle était de trouver du travail comme blanchisseuse, et elle accrut sa clientèle. Sa réputation grandit. Des femmes apparurent avec des brassées de chemises sales et elle ne se préoccupa plus de ranger la table de repassage le soir. Alfred souffrait, dorénavant, de fatigue chronique. Il dormait le matin et l'après-midi. Il prenait ses médicaments au réveil, au déjeuner, avant le dîner et au moment d'aller se coucher. La grève se termina et les Teamsters gagnèrent une compensation pour le repas de midi et pour le jour de Noël. Il retourna au boulot.

Leur vie différait de celle d'avant. Il y avait des jours où il ne se sentait pas assez bien pour conduire et devait augmenter la dose de médicaments, et ils se retrouvaient ensemble plus souvent. Alors qu'auparavant l'exiguïté de leur logement leur aurait pesé, à les rendre aussi fous que des chiens enragés, dorénavant, elle les calmait. Chacun avait son territoire. La plupart du temps, lui occupait la chambre, soit assis au bureau, soit allongé sur le lit, tandis que Mary s'activait à la cuisine. À son retour du travail, il se rendait toujours directement dans la chambre pour frotter son bras et son torse avec de l'huile et se piquer. Quand elle venait lui annoncer que la soupe était prête, elle le trouvait généralement recroquevillé sur le lit, une main sous le menton, l'autre ouverte, paume dirigée vers le ciel, abandonnée.

Parfois, il fermait les yeux, alors qu'il ne dormait pas. À cause de la lumière qui le gênait, se plaignait-il. Depuis l'explosion, il souffrait de migraines. Il avait mal au ventre. Il frissonnait. Il avait des vertiges. Les médicaments le soulageaient, mais seulement de façon provisoire.

Un jour d'octobre 1912, alors qu'il conduisait un camion en direction de Riverdale dans le Bronx, il s'endormit au volant et le véhicule sortit de la route. Il transportait des briques pour un maçon et, même si la marchandise ne fut pas endommagée et que personne ne fut blessé, la société voulut le licencier. Les Teamsters lui trouvèrent un autre emploi. Il eut un nouvel accident : cette fois-ci, il conduisait quatre mille poussins âgés de un jour, de Nyack, dans la banlieue new-yorkaise, au Bronx ; ils lui dénichèrent un autre contrat. La prochaine fois, prévinrent-ils, ce serait un travail de bureau. Ils ne pourraient pas faire plus. Il leur répondit qu'il était sûr qu'il se rendormirait encore, aussi feraient-ils mieux de lui proposer le boulot administratif tout de suite. Après cette déconvenue, ce fut du moins ce que Mary remarqua, il devint encore plus distant, comme s'il s'était retiré dans l'ombre, un capuchon sur la tête.

À Noël, ils partagèrent un blanc d'oie rôtie et elle lut le journal à haute voix. À la fin du mois de février 1913, elle lui acheta un joli pardessus de laine grise pour remplacer le manteau très laid du Minnesota. Il le porta pendant un mois, puis elle le rangea, avec des boules antimites, jusqu'à l'année suivante. Avec l'arrivée du printemps, les enfants jaillirent sur le trottoir, comme des bulbes plantés à l'automne surgis de terre en une nuit. Ils criaient, lançaient leur ballon sur la chaussée, évitaient la circulation et effrayaient les chevaux. Alfred les écoutait à la fenêtre.

Arriva l'été et, un dimanche de la fin juillet, elle le persuada de l'accompagner dans les couloirs de granit rose de la gare de Pennsylvania Station : ils y achetèrent deux billets pour Long Island, où ils passèrent la journée à la plage. Elle emballa un drap propre, pour s'asseoir dessus, et un pique-nique. Chaussures à la main, ils longèrent les rochers... jusqu'à ce qu'il se sente fatigué. Ils firent la sieste sur le drap, avant de retourner à Manhattan. Sur le trajet du retour, ils s'étonnèrent de n'y avoir pas pensé plus tôt et se promirent de répéter l'expérience avant la fin de l'été. Mais il se mit à pleuvoir, et quand le soleil reparut, elle déclara que voyager en train coûtait cher, et puis lui n'en avait plus envie, et en deux temps trois mouvements c'était déjà l'automne.

Les feuilles se détachèrent des arbres, puis arrivèrent un nouvel hiver et, dans la foulée, une nouvelle année. Et puis, à la fin du mois de février 1914, Alfred rentra livide du cabinet du Dr Tropp et se rendit directement dans la chambre, où il s'enferma.

— Qu'est-ce qui s'est passé ?

Il ne l'invita pas à entrer. Quand elle tourna le bouton de la porte, il se tenait debout à la fenêtre, mains sur les hanches.

— Rien. Il ne peut plus prescrire mes médicaments. Une nouvelle loi.

— Je ne comprends pas.

— Moi non plus. Il m'a juste dit que c'était une nouvelle loi et qu'il ne pouvait plus renouveler mon ordonnance. Il a précisé que le gouvernement allait dorénavant vérifier chaque médicament qu'il prescrivait, et que si les autorités étaient en désaccord avec la prescription, elles lui retireraient son droit d'exercer la médecine. Il m'a déclaré qu'à partir de maintenant je devais aller dans le bas de la ville, dans un dispensaire de la 8ᵉ Rue.

— C'est toujours mieux que rien.

— Sauf qu'on y aide au sevrage.

— Ça veut dire quoi ? Ils te donneront tes médicaments, oui ou non ?

— Ils m'en donneront, dit-il en dessinant un cercle du doigt sur la vitre, et ensuite un carré. Mais ils voudront réduire ma consommation, pour que je décroche complètement.

— Mais est-ce que tu as mal, Alfred ? Quand l'effet des médicaments s'estompe ?

— Je ne sais pas.

Vers la fin de sa vie, quand Mary n'aurait plus rien d'autre à faire qu'à penser à son comportement quand elle était encore jeune, surtout à ces mois-là, où elle approchait de la fin de sa jeunesse et commençait, finalement, à être vieille, elle se demanderait pourquoi elle avait passé tant de son précieux temps à essayer de changer les choses : à essayer de se changer, elle, et de changer Alfred, de changer leur façon de vivre, de penser, de se parler, de s'aimer, à essayer de changer les choses en leur possession. Tout.

Ce jour de février, elle fixa la nuque d'Alfred, désireuse qu'il oublie la mauvaise nouvelle et qu'il lui assure que tout allait bien. Elle voulait qu'il oublie ses médicaments, qu'il se rase, qu'il aille travailler, qu'il sorte gagner sa croûte, qu'il l'accompagne au marché, qu'il lui parle. Et peut-être − cette pensée lui traversa l'esprit bien des années plus tard −, tout ce qu'il avait voulu d'elle, c'était qu'elle mette les mains sur ses épaules, l'embrasse dans le cou et lui dise que, peu importe la direction que prendraient les événements, tout se passerait bien à la fin.

Dès sa première visite, le dispensaire d'aide au sevrage avait réduit ses doses et exigé qu'il ait entièrement décroché au bout de six semaines. Mary l'accompagna. Cela faisait presque deux ans que Soper l'avait découverte à la boulangerie et qu'elle avait fui par la porte de la ruelle. Au fil du temps, son souvenir du médecin s'estompait et, en se rappelant ces années − sa peur de pointer et de faire ses besoins dans un récipient, pendant qu'une infirmière au visage frais palabrait −, elle se demanda si elle avait été folle de se plier à tout ce rituel. Elle avait été fatiguée, confuse, effrayée, en colère.

Au dispensaire, le jeune médecin prétendit ne pas entendre Alfred, quand ce dernier lui déclara qu'il ne pouvait pas travailler sans ses médicaments, que c'était tout bonnement impossible. Ce à quoi l'autre rétorqua que ce n'étaient plus des médicaments, depuis la guérison de ses blessures, et qu'il était désormais un drogué, et non pas un patient. La colère couvrit le cou d'Alfred de marbrures, il raidit les poings, mais n'ajouta pas un mot. Non, cela faisait des années qu'il n'était plus un patient. Ce n'était pas sa faute, admit le soignant, mais on en savait maintenant plus sur ces drogues, et il ne dépendait que de lui de se libérer de la nasse qui l'emprisonnait. Mary s'attendait à ce qu'il argumente, à ce qu'il explique que ses blessures le faisaient encore souffrir, la nuit, qu'il appartenait à une autre catégorie, mais il se contenta d'accuser le coup et de sortir. Quand elle arriva sur le trottoir, il avait disparu.

C'est là où tu aurais pu mieux faire, pensa la vieille Mary en se remémorant la Mary de ce temps-là. C'est là où tu aurais dû aider davantage et puiser plus dans la force que tu avais en toi, pour le protéger de ce dont il avait peur. Avec la nouvelle loi, le prix des médicaments était monté en flèche et, plus tard, lorsque Alfred lui annonça qu'il ne suivrait pas la cure, que c'était tout bonnement impossible, ce fut par égoïsme qu'elle se tut. C'est qu'elle l'aimait, cet Alfred-là. Cela faisait pratiquement deux ans qu'ils ne s'étaient pas disputés ! Ils prenaient place à table pour trois repas par jour et s'il s'assoupissait, à l'occasion, pendant qu'elle lui parlait, s'il passait des matinées à fixer, par la fenêtre, le trottoir vide de l'autre côté de la rue, le prix à payer était peu élevé pour avoir la paix.

Il lui signala qu'il existait d'autres endroits où se procurer les drogues. Elles coûteraient plus cher, surtout maintenant, mais comme c'était indépendant de leur volonté... Hors de question ! aurait-elle dû lui répondre. Et pour faire valoir son point de vue, comme cela aurait été le cas autrefois, elle aurait dû jeter au feu les drogues qui lui restaient et partir. Au lieu de cela, elle approuva :

— Où ?

Le matin suivant, quand il se réveilla avant elle et passa un maillot de corps propre, elle ne lui demanda pas où il allait, ni à quelle heure il serait de retour.

Le silence ne lui apporta rien de bon cependant. La sérénité de cette époque fut gâchée, malgré sa décision de ne pas s'opposer à lui. Détruite. L'héroïne était, dorénavant, meilleur marché que la morphine – sans être autant réglementée – et il avait entendu parler d'un médecin sur la 90e Rue Est qui n'hésitait pas à la prescrire à ceux qui souffraient de problèmes respiratoires sérieux.

— Souffrez-vous de problèmes respiratoires, monsieur Briehof ? lui demanda-t-il quand il se rendit à son cabinet, le pouce occupé à jouer avec les feuillets de son carnet d'ordonnances.

Alfred paya l'homme, et, dès qu'il inhala le produit, il put dire qu'il était différent de ce qu'il avait utilisé auparavant. Même constat pour la morphine. Tout était coupé, mélangé à du sucre de lait et à du bicarbonate de soude. Même le laudanum était dilué avec de l'alcool, du sirop de table, du jus. Il établit ses propres doses, mais cela ne servit à rien. Il lui arrivait parfois de dormir des journées entières, mais il n'y trouvait plus la paix. Il s'agitait et remuait sur son oreiller, et quand Mary se tournait vers lui, elle découvrait souvent qu'il avait trempé les draps, ou alors il y avait de grands risques qu'il soit en train de frissonner, s'étreignant comme un enfant. Il faisait sur lui, et même du temps où il buvait, il conservait la politesse élémentaire de s'excuser d'un comportement si dégoûtant. Mais dorénavant, il faisait sur lui sans prononcer la moindre excuse et en agissant comme si rien ne s'était passé. Les clients qui se présentaient, les bras chargés de linge sale, s'arrêtaient sur le seuil de leur logement, reniflaient et annonçaient qu'ils reviendraient une autre fois. Les Teamsters lui adressèrent un courrier l'informant de la suspension de son adhésion, tant qu'il n'aurait pas acquitté les cotisations en retard.

C'est à ce moment-là qu'elle aurait dû partir. Et à cet autre encore. Et encore à celui-là. Il se serait secoué si elle avait agi ainsi, se serait méfié, mais elle resta encore et essaya de gagner plus d'argent, et tous ses gains, elle les lui remettait. Au fur et à mesure que les lois se durcissaient, le prix des drogues flambait.

Lorsqu'une voisine du quatrième étage rentra de l'hôpital, pour se changer les idées, Mary lui apporta une quiche et une miche de pain aux raisins juste sortie du four. Quand la femme eut récupéré assez de force pour descendre jusque chez elle et la remercier, elle lui demanda de confectionner une quiche de sa spécialité pour une amie.

— Contre rémunération, bien sûr.

Une lumière s'alluma dans l'esprit de Mary, qui donna son prix : presque autant qu'une demi-journée de travail comme blanchisseuse ! Une seule quiche ! Et au lieu de se plaindre, la femme reconnaissante ajouta même que c'était sa quiche qui lui avait rendu sa force.

Elle ne craignait plus de voir Soper l'épier à chaque coin de rue et l'espionner par une fente de la porte. Elle s'imagina cuisiner dans leur petit four et aligner ses réalisations sur le rebord de la fenêtre. Elle fit savoir que, cuisinière, elle livrait les plats à domicile, et le bouche-à-oreille se répandit qu'elle les réussissait très bien. Elle cessa de nettoyer le linge et, un jour où Alfred se sentait assez bien pour lui tenir compagnie devant ses fourneaux et avait assez d'entrain pour lui parler, il arriva par-derrière et lui murmura que rien au monde n'arrivait à la cheville de leur petit logement, quand elle faisait fondre un morceau de beurre dans la poêle ou y jetait une poignée d'oignons émincés et des carottes en dés.

Un soir, il rentra avec un œil au beurre noir et une lèvre enflée. Il fut malade pendant des jours après ça, à vomir dans des bassines qu'il lui arrivait de renverser. Mary passa sa meilleure robe pour aller voir le Dr Tropp, résolue à lui soutirer une ordonnance, comme il en avait rédigé tant de fois auparavant, mais quand elle atteignit l'adresse du cabinet la plaque avait disparu et la porte était verrouillée. Elle se rendit chez le pharmacien, qui se refusa à accéder à sa demande, car s'il s'y pliait on lui retirerait sa licence. Il devait désormais renseigner un registre, et des inspecteurs étaient mandatés pour vérifier ses commandes. Sa seule préconisation était le dispensaire d'aide au sevrage et, après qu'elle lui eut expliqué qu'Alfred s'y était déjà rendu, il se contenta de hausser les épaules.

— Mais il existe des endroits ! insista-t-elle calmement. Ce type d'endroits existe, vous n'arriverez pas à me faire croire le contraire.

— En effet. Mais il vous faut de l'argent. Et les tripes d'y aller.

— Pas de souci pour les tripes. Je les ai.

Le docteur de la 90ᵉ Rue Est s'était volatilisé aussi soudainement que le Dr Tropp, mais ils obtinrent le nom d'un autre médecin sur Spring Street. Alfred voulait connaître la somme dont Mary disposait. Elle pouvait deviner, à sa façon de se tenir debout, qu'il craignait une scène et une fin de non-recevoir. Au lieu de cela, elle ouvrit l'armoire et, ensemble, ils comptèrent ses économies jusqu'au dernier cent. Comme ses maux de ventre étaient trop douloureux pour que lui-même se déplace, elle se poudra un peu le visage et partit seule. Elle s'attendait à des ruelles sombres et à des portes verrouillées, mais à la place, on la pria de s'asseoir dans une salle d'attente agréable décorée de plantes suspendues et d'un tapis oriental. Au bout d'un moment, on la conduisit dans une seconde pièce lumineuse et propre, où un homme barbu lui demanda ce dont elle avait exactement besoin. Elle énuméra la liste de ce qu'Alfred avait consommé, il lui donna le prix, elle compta l'argent et le lui glissa sur le bureau.

À la maison, son four chauffait en permanence et elle racheta des casseroles, afin d'avoir des plats en attente, pendant que d'autres cuisaient. Elle confectionnait des tourtes, savoureuses et sucrées. Elle préparait des rôtis, des ragoûts. Sa réputation grandissait. Elle gagnait plus d'argent et, une fois toutes les deux semaines, après avoir soustrait le prix du loyer, elle prenait la somme restante et descendait à Spring Street, afin d'acheter de la drogue pour Alfred. Et quand il se sentait en forme, il s'installait à table, sans la gêner, et l'observait, le plat de la main sur les cicatrices de son torse.

Si quelqu'un tomba malade après avoir consommé ses préparations, elle n'en eut jamais vent. Même s'il pouvait lui arriver de demander à une cliente qu'elle n'avait pas vue depuis un certain temps : « J'espère que vous n'avez pas été souffrante ? »

Mais c'était toujours pour une autre raison, jamais à cause de sa nourriture, et quand elle repensait à North Brother les événements là-bas lui apparaissaient désormais dans toute leur stupidité. Les gens tombaient malades, et en général s'en remettaient. Et quand ce n'était pas le cas, c'était bien triste, mais comment avait-on pu lui en faire porter le blâme, à elle toute seule, alors que la ville était infestée de maladies, au point que les médecins suspectaient maintenant les poignées de suspension dans le métro de les transmettre ? Est-ce que, pour autant, on allait le fermer ? Bien sûr que non.

Une certaine Mme Hughes passa un matin. Elle habitait deux rues plus au nord, et son fils venait de se fiancer. La réputation de Mary était parvenue jusqu'à ses oreilles et elle souhaitait servir un dessert spécial à sa future belle-fille, dessert dont elle pourrait se vanter de l'avoir préparé elle-même.

— Une crème anglaise, comme on en fait au pays. Je pourrai la servir chaude sur un lit de fruits en tranches. Je vous apporterai mes plats, vous pourrez tout disposer dedans et je n'aurai plus qu'à les emporter chez moi.

Mary cessa de garnir le rôti qu'elle était en train de préparer et sentit son estomac se nouer.

— Je ferai la crème. Vous vous chargerez des fruits.

— Mais si je vous paie…

— Non. Seulement la crème.

Elle n'avait jamais rien refusé à personne et elle s'étonna de son comportement ce jour-là.

— Mais… pourquoi ? bredouilla la femme.

— Vous voulez la crème ou pas ?

— Non, sauf si vous préparez aussi les fruits.

— Non.

Ce n'était pas parce que ce dont ils lui avaient rebattu les oreilles à North Brother était vrai, mais ils lui avaient tellement flanqué la trouille que ses pensées s'embrouillaient, voilà tout. Ce qu'ils lui avaient fait subir était criminel, et on ne pouvait pas lui en vouloir si, du coup, elle perdait son sang-froid. Elle avait besoin de se laver les mains et de se rafraîchir le visage.

Mme Hughes posa les mains sur ses hanches.

— Je ne comprends pas. On m'a rapporté que vous cuisinez toutes sortes de plats et que vous êtes très bonne cuisinière.

— Tenez, pourquoi je ne ferais pas une tourte aux fruits ? Ce serait encore mieux en cette saison. Apportez-moi votre tourtière, je vous arrangerai ça et la livrerai toute chaude avant l'arrivée de vos invités.

— Mais pour faire une tarte, il faut bien trancher les fruits, non ?

— Oui, mais... Eh bien, apportez-moi les fruits.

Et ensuite, un beau matin, Mme Waverly, du troisième étage, descendit lui demander si elle pouvait avoir une conversation sérieuse avec elle. Mary déglutit et essaya de se remémorer tout ce qu'elle avait pu cuisiner, durant le mois écoulé. Elle ne s'était pas tant inquiétée que cela, du temps de la boulangerie, mais là-bas c'était différent, avec cette grande cuisine, la file des clients devant la porte, Evelyn en train de pétrir et de couper en tranches dans son coin. Elles nettoyaient chaque soir, et les ustensiles étaient toujours impeccables lorsqu'elles déverrouillaient la porte donnant sur la ruelle, le matin. La boulangerie était ventilée, lumineuse, spacieuse, équipée de dessous-de-plat conçus pour laisser refroidir les préparations. Maintenant qu'elle œuvrait dans sa propre cuisine, cette dernière lui semblait exiguë, et tout ce qu'elle touchait collant, peu importait le nombre de fois où elle passait un chiffon trempé dans l'eau chaude sur les buffets, la table, les meubles de rangement, le sol. Elle se raidit en prévision de ce qu'allait lui annoncer Mme Waverly. Mais au lieu de lui parler d'un foyer de fièvre dans le voisinage, elle lui demanda si elle avait un jour envisagé de cuisiner à un niveau plus professionnel.

Si vous arrivez à préparer des plats dans un endroit pareil, qu'est-ce que ce serait dans une vraie cuisine ! argua-t-elle en embrassant les lieux du regard.

Mary se tut et attendit la suite.

— Je suis infirmière en chef à la maternité Sloane, et la cuisinière vient de nous quitter. Le salaire et l'environnement de travail sont excellents. Avez-vous déjà travaillé à cette échelle ? Les lits sont généralement tous occupés, et il faut ajouter les médecins et les infirmières. Des visiteurs parfois. Je peux proposer votre nom.

Elle éclata de rire.

— Comme c'est moi qui suis chargée de trouver la personne, vous partez avec un sacré avantage !

Mary déglutit.

— Oui, je sais, cela peut impressionner, insista Mme Waverly, mais vous aurez des aides.

— Ce n'est pas cela… balbutia-t-elle en posant sa cuillère sur le buffet, avant de croiser les bras.

Elle sentit sa tête tourner et voulut s'asseoir, mais sur chacune de ses deux chaises refroidissait un hachis parmentier.

— Pensez-y. S'ils sont satisfaits de votre travail, ils vous augmenteront. C'est un emploi stable. La dernière cuisinière est restée quatre ans.

Mary passa la main sur le coin du buffet. Elle s'imagina la taille du réfrigérateur que pouvait posséder un hôpital. La taille du four, les compartiments pour le rôtissage, pour le réchauffage, les piles et les piles d'assiettes blanches propres, les marmites à fond de cuivre...

— Pourquoi ne pas passer voir l'administrateur ? Vous lui poserez toutes les questions que vous souhaiterez. Épelez-moi votre nom de famille et je lui annoncerai votre visite.

— Oui, ce serait bien. D'accord.

— Vous avez un bout de papier ? Mary comment ?

— Oh, c'est assez facile. Mary Brown.

Si elle n'avait pas été aussi nerveuse, l'entretien l'aurait amusée. Elle s'était lavée la veille au soir et le matin même, s'était coupé les ongles, avait frotté les manchettes de son chemisier à l'aide d'une brosse à dents et de bicarbonate de soude et avait utilisé un peu de la lotion capillaire d'Alfred pour lisser ses cheveux en arrière. L'administrateur n'était pas cuisinier, c'était évident, et il se contenta de lui demander si elle se sentait capable d'officier à cette échelle ; pas une seule question sur son utilisation des ingrédients, sa capacité à ne pas compliquer les choses et à servir chaud et rapidement à la fois. Il lui demanda le nom d'une personne qui pourrait la recommander. Mary déglutit et eut envie de se donner un coup de pied pour ne pas avoir anticipé la question.

— Oui. Mme Emilia Borriello. Je peux vous écrire son adresse. Et aussi Mme Harriet... Mme Harriet Sloane.

— Sloane, comme notre maternité ? C'est le même nom ?

— Même nom, confirma-t-elle en en prenant conscience.

Et son cœur s'emballa.

— Voilà qui est de bon augure.

Et l'homme nota son adresse, ainsi que son nom en haut de la feuille.

— Vous avez dit Browne, n'est-ce pas ?

Il tourna la feuille dans l'autre sens pour qu'elle vérifie.

— Sans *e* à la fin, Brown.

Il barra le *e* d'un trait.

— Bien.

Et il lui serra la main.

Elle s'attendait à ce qu'il lui déclare qu'elle serait contactée, une fois qu'il aurait vérifié ses références, mais dans la mesure où elle était recommandée par Mme Waverly, il lui fit savoir qu'elle pourrait commencer la semaine suivante, sauf avis contraire de leur part. Sur le chemin de la sortie, elle passa devant une salle où six femmes se reposaient, leur bébé dans un berceau à côté d'elles.

25

Une fois accoutumée à son nouveau nom, Mary estima que sa situation à l'hôpital était, sans aucun doute, la meilleure qu'elle ait eue de sa vie. Elle avait déjà assisté à un accouchement auparavant – on l'avait chargée d'immobiliser une jambe, lorsqu'une voisine de tante Kate avait enfanté prématurément – et, en de nombreuses occasions, elle avait patienté en bas, en compagnie d'autres membres du personnel, tandis que la patronne gémissait et hurlait, dans l'attente du médecin et du chloroforme. Elle s'attendait à découvrir un endroit chaotique où elle devrait se faufiler au milieu d'une douzaine de femmes épuisées arpentant les couloirs, comme c'était le cas, dans les *tenements*, pour les parturientes qui essayaient de faire venir l'enfant, agrippées aux murs pour ne pas perdre l'équilibre. Mais il n'en était rien. L'ordre régnait dans cet endroit propre, lumineux, brillant, doté, dans chaque chambre, de drôles d'engins censés informer les docteurs sur le bébé à naître. Les infirmières parlaient de « torpeur narcotique », et il lui fallut une semaine pour comprendre qu'il s'agissait du travail, qui se déroulait le plus souvent en silence. Les nouveau-nés également étaient silencieux, ce qui n'eut de cesse de l'inquiéter, mais pas les infirmières, qui emmaillotaient leur corps flasque, en faisant de petits paquets bien serrés qu'elles posaient sur un oreiller pour susciter l'admiration de leur mère. Ce n'était que plus tard, des heures, parfois des jours plus tard, que les nourrissons sortaient de ce silence pour se mettre à gémir et à crier, et on calmait ces bébés particulièrement grognons à l'aide de sirop de codéine.

Les médecins ne se mêlaient pas de son travail, dès lors que les repas sortis de sa cuisine étaient chauds. À la différence des maisons de particuliers où le personnel n'était pas autorisé à proférer des opinions politiques, à Sloane on passait son temps à parler du président Wilson, des impôts, de la guerre qui couvait en Europe. L'administrateur passait la voir de temps en temps, mais uniquement pour savoir si elle avait besoin de quelque chose en matière d'équipement et d'aide. Le personnel était honnête, et lorsqu'elle envoyait l'un de ses aides en courses il revenait avec ce qu'elle lui avait demandé. Qu'est-ce que ça pouvait bien lui faire, s'il en prélevait un peu pour ravitailler son garde-manger ? Elle-même ne s'en était pas privée.

Elle arrivait à l'hôpital à cinq heures du matin et quittait à cinq heures le soir, après s'être assurée que ses assistantes savaient comment terminer le dîner qu'elle avait préparé, et qu'il y en avait en suffisance. Avant de partir, elle laissait tremper l'avoine dans l'eau, afin de pouvoir la cuire rapidement le lendemain matin.

Et puis, un soir, six semaines environ après avoir commencé à travailler à la maternité, elle rentra avec deux sandwichs de filet de dinde soigneusement enveloppés dans son sac, et trouva Alfred allongé par terre. Il gisait de son côté du lit à elle, le visage gris et la peau identique à celle d'un morceau de morue froide. Elle cria son nom d'une voix forte et l'attrapa par les mains pour tenter de le mettre debout. Puis elle les lâcha et le gifla.

— Alfred !

Elle le gifla à nouveau. Et alors qu'elle s'apprêtait à courir dans le couloir pour chercher de l'aide, il cligna des yeux et essaya de s'asseoir.

— Va chercher Jimmy. Ou M. Hallenan. Quelqu'un de fort.

— Qu'est-ce que tu dis ? On n'habite plus la 33e Rue. Allez, Alfred. Arrête !

Il resta silencieux un bon moment et elle pensa qu'il s'était peut-être rendormi, les yeux ouverts.

— Ça va maintenant, Mary. J'étais perdu, c'est tout.

— Qu'est-ce que tu m'as fait peur ! s'exclama-t-elle avec un long soupir de soulagement.

Le jour suivant, désireuse de ne pas le laisser seul douze heures d'affilée, elle songea à solliciter quelqu'un de l'immeuble pour le surveiller en son absence, mais en descendant l'escalier elle se rendit compte que même si elle connaissait suffisamment ses voisins pour échanger des civilités avec eux, et avait lavé du linge ou cuisiné un plat pour beaucoup d'entre eux, ce n'était pas suffisant pour leur demander une telle faveur ; surtout qu'ils risquaient de poser mille questions, et peut-être bien d'aller, ensuite, tout raconter aux autres ! Non, il valait mieux le laisser dormir. Il lui arrivait de sommeiller la journée entière, et elle prédit qu'aujourd'hui serait un de ces jours. Il resterait blotti sous les couvertures jusqu'à son retour, et ensuite, avec un peu de chance, elle pourrait arriver à lui faire avaler quelque chose. Elle avait laissé du pain et du beurre sur une assiette à côté du lit, avec un grand verre d'eau.

Toute la journée, à l'hôpital, elle eut l'esprit ailleurs. Une jeune accouchée était morte dans la nuit. De septicémie, avait-on diagnostiqué, et l'humeur, jusque dans la cuisine, était sombre. Les infirmières plaignirent la pauvre petite orpheline et leurs pleurs redoublèrent à l'arrivée du père, qui ne sembla pas savoir comment la prendre dans ses bras. Elles considérèrent le silence de Mary comme partie prenante de cette tristesse ; et elle, de son côté, fut heureuse de ne pas avoir à répondre à des questions. C'était terrible ce qui était arrivé à cette jeune mère, la mort d'une personne jeune est toujours terrible, mais elle ne pouvait s'empêcher de penser que ces femmes étaient riches. Accoucher à Sloane coûtait plus cher que six mois de salaire, et si elles pouvaient se permettre des sommes pareilles, c'est qu'elles avaient aussi des domestiques et des familles pour les aider. Un peu partout en ville, des femmes pauvres mouraient à chaque minute, en laissant derrière elles deux, trois, voire quatre enfants en bas âge.

Elle se demanda si Alfred s'était réveillé. Elle se demanda s'il avait vu le pain. Parfois, il se sentait mille fois mieux après sa toilette, et elle avait l'intention de lui laisser du savon et un gant de toilette sur le rebord de la fenêtre pour le lui rappeler. Elle pourrait prétexter un mal de tête, partir tôt et rentrer voir comment il allait. Marcher lui ferait du bien, s'il en était capable. Et s'ils sortaient dîner ce soir ? Un nouveau restaurant venait d'ouvrir près de l'université et se retrouver dans un lieu animé le requinquerait peut-être. L'énergie de la ville l'aiderait à faire table rase de ses tracas du jour.

Elle coupa des légumes en cubes, les fit sauter et porta la cuillère de bois à sa bouche pour les goûter. Elle la remit dans la casserole et tourna énergiquement la nourriture. Elle assaisonna de sel et de poivre, hacha de l'origan frais et du persil, les décolla de la lame de son couteau avec son doigt, l'esprit tout occupé d'Alfred. Elle mesura la crème, vérifia la propreté des verres, des bols, des fourchettes et des cuillères et demanda à l'une des nouvelles de tout relaver.

Quand elle rentra chez eux, Alfred allait mieux, mais il ne voulait se rendre nulle part. Elle s'assit donc seule dans sa cuisine mal éclairée, les pieds posés sur une chaise. Elle se sentait fatiguée et ne réalisa l'ampleur de son inquiétude qu'une fois assise. Elle tenta de lire, mais s'aperçut qu'elle relisait sans cesse la même phrase.

Le lendemain, les infirmières se montrèrent dures les unes envers les autres. Deux d'entre elles étaient malades – parmi elles, Mme Waverly – et, en l'absence de sa calme autorité, les autres se conduisaient comme des enfants laissés dans une salle sans la surveillance d'aucun adulte. Mary pensa à Alfred et espéra qu'il n'avait rien attrapé. Peut-être que ce qui le dérangeait n'avait rien à voir avec les médicaments qu'il prenait ? Peut-être était-ce une grippe ? Peut-être irait-il mieux d'ici un jour ou deux ?

Le soir, il était mal à nouveau et il était évident qu'il s'était levé et déplacé pendant son absence. Le tiroir à couteaux était ouvert. Il y avait un verre dans l'évier. Il était habillé, mais dormait sur leur lit, et elle dut prononcer son nom trois fois et le secouer également trois fois, avant qu'il n'ouvre un œil.

— Mary, dit-il en posant sa main sur son genou, avant de retomber dans le sommeil.

Le lendemain, le nombre d'absents avait augmenté à la maternité, et une maman qui avait quitté l'hôpital un mois plus tôt avait été réadmise avec l'enfant, tous deux frappés par la fièvre. Encore la septicémie, diagnostiqua l'aide-cuisinière. L'administrateur plaça la jeune mère en chambre individuelle, puis descendit le couloir pour demander à Mary de donner un coup de main, si elle en avait le temps. Il y avait tant à faire, et ce ne serait que pour quelques jours, jusqu'à ce que tout le monde se rétablisse et que le personnel soit au grand complet. Les médecins couraient de-ci, de-là, graves, fatigués, soucieux. Ceux qui partaient normalement en même temps que la cuisinière restaient dorénavant, parfois toute la nuit. En faisant rouler le chariot de service du dîner dans le couloir, elle observa trois d'entre eux qui parlaient à voix basse dans un coin tranquille ; l'un retira ses lunettes et se frotta les yeux.

Elle soulevait le couvercle d'un plat de bœuf braisé dans la chambre d'une malade, lorsque la pensée la traversa comme un frisson. Une infirmière entra en coup de vent, frôla Mary, vérifia le pouls de la patiente, jeta un coup d'œil dans le berceau pour voir l'état du nourrisson, et remarqua la cuisinière.

— Oh, mon Dieu, pas vous aussi ! s'exclama-t-elle en l'aidant à s'asseoir et en prenant son pouls pendant quelques minutes. Votre pouls est rapide.

Elle effleura son front du revers de la main.

— Mais vous n'avez pas de fièvre.

— Je vais bien. Je suis fatiguée, c'est tout.

— Vous êtes sûre ?

— C'est la septicémie ? demanda-t-elle en s'efforçant de stabiliser sa voix. Ou quelque chose d'autre ?

La jeune infirmière poussa un soupir.

— Ils ont d'abord pensé à la septicémie, jusqu'à ce que le nombre les amène à penser à la typhoïde.

Mary sentit ses entrailles se liquéfier. L'infirmière lui ordonna de s'installer plus confortablement sur son siège.

— Vous devriez rentrer chez vous, Mary.

— Non, non. Dans une minute tout ira bien.

L'infirmière héla un médecin en montrant Mary du doigt.

— Rentrez chez vous, madame Brown, ordonnat-il. Si vous vous sentez bien demain, n'hésitez pas à venir, sinon restez à la maison. On se débrouillera sans vous.

— Je vous dis que je vais bien.

— Ordre du médecin.

Trop lasse pour discuter, elle rassembla ses affaires, laissa des consignes à la femme qui aidait en cuisine et se retrouva dans la rue avant midi.

Elle aurait dû rentrer directement dans le nord de la ville, pour y retrouver Alfred, mais à la place elle marcha, et lorsqu'elle y prêta finalement attention elle réalisa qu'elle avait parcouru des dizaines de pâtés de maisons, sans s'en rendre compte. Elle suivait le sens de la circulation et se sentait glisser dans une sorte de transe, en passant devant les devantures de magasins, en contournant des plaques de verglas et des tas de crottin de cheval qui avaient gelé et s'étaient pétrifiés, et resteraient ainsi jusqu'au redoux de la fin mars. En ce mois de février 1915, elle marchait le manteau ouvert, sa gorge pâle et blanche exposée au vent cinglant. Elle avait envie de s'allonger et de dormir, mais continuait pourtant à avancer sans répit. Finalement, elle arriva chez elle.

Elle ouvrit la porte de leur logement, à peu près à la même heure que chaque soir, et décida que si Alfred lui demandait ce qui n'allait pas, elle ne le lui dirait pas ; inutile de l'inquiéter, il avait assez de problèmes comme cela. Mais lorsqu'elle poussa la porte et le trouva dans l'état où elle l'avait laissé le matin, elle faillit rire. Pas de souci à se faire ! Il ne lui avait rien demandé depuis des semaines, ni comment ça se passait dans son nouveau travail, ni si ça lui plaisait : uniquement quand elle serait payée et aurait la possibilité d'aller rendre une nouvelle visite à ce type du bas de la ville. Elle sentit la colère gronder dans son ventre et ne fit aucun effort pour la calmer. Elle remplit la bouilloire et la balança sur le fourneau pour faire chauffer l'eau du thé. Qu'il pourrisse ici, pensa-t-elle. Je suis là à trimer et à m'inquiéter, et maintenant la typhoïde. Il ne manquait plus que ça. Seigneur !

— Alfred, appela-t-elle d'une voix énergique en direction de la porte ouverte de la chambre. Tu as mangé ? Tu es sorti aujourd'hui ?

Cela lui rappelait les jours anciens, lorsqu'elle posait des questions dont elle avait déjà les réponses. Elle était bien consciente de s'échauffer en vue d'une dispute, sans pouvoir, pour autant, s'en empêcher. Qu'allaient-ils faire maintenant ? En quoi pourrait-il aider ? Il fallait qu'il s'en sorte au plus tôt et reprenne son emploi de camionneur. Il fallait qu'il arrête complètement les médicaments.

— Alfred ! répéta-t-elle, claquant la fenêtre de la colonne d'évacuation d'air.

Et ce froid ! Elle alla dans la chambre pour y fermer là aussi la fenêtre. Elle ouvrit les rideaux pour laisser entrer dans la pièce les dernières lueurs du jour.

— Lève-toi ! ordonna-t-elle, une main sur la hanche, l'autre s'apprêtant à saisir un coin du dessus-de-lit.

Elle était bien décidée à le retirer pour obliger Alfred à se lever, puis à le faire marcher dans le quartier jusqu'à ce qu'il proteste et lui offre un peu de cette résistance dont elle avait besoin pour que leur relation continue.

— Alfred ? demanda-t-elle finalement, au vu de son visage gris et de ses lèvres teintées de bleu.

Elle lâcha le coin du couvre-lit et toucha sa joue : elle était froide, et non moite. Elle baissa la tête pour se retrouver à la hauteur de la sienne et percevoir sa respiration. Cours chercher de l'aide, s'ordonna-t-elle, sentant le moindre de ses muscles prêt à entrer en action et à la propulser en bas de l'escalier sur le trottoir, pour héler un policier, trouver un téléphone. Mais elle ne réussit pas à le quitter des yeux, et, alors que quelques instants plus tôt son corps était en ébullition, il semblait maintenant parfaitement paisible, comme si tout autour d'elle marquait une pause, à l'image d'une danseuse suspendue en l'air, dans son saut, une unique seconde, à mi-chemin entre deux points de chute, mais sachant qu'elle est en route et aura atteint sa destination dès qu'elle ouvrira les yeux. Elle souleva le dessus-de-lit et s'allongea à côté d'Alfred, puis glissa un bras en travers de son torse. Tant qu'elle resterait là, dans cette position, comme s'ils dormaient, ce serait comme si rien n'était encore arrivé. Tant que personne ne saurait, et qu'aucun intrus n'entrerait chez eux pour emmener son corps. Ses pilules étaient éparpillées, il y en avait sur le bureau et dans le tiroir, et les aiguilles dont il prenait grand soin étaient en vrac, jetées n'importe où, mêlées à ses vêtements sales. Il y en avait même une

dans une tasse à café vide. Je devrais nettoyer tout
ça, pensa-t-elle, avant de prendre conscience qu'elle
n'en avait cure.

— Il y a une épidémie de typhoïde à l'hôpital, dit-
elle, les yeux au plafond, préoccupée d'être déjà en
train d'oublier à quoi ça ressemblait de serrer Alfred
dans ses bras lorsque son corps était chaud.

Elle sentit son cœur battre lorsqu'elle eut la sensation que sa tension artérielle revenait. Mais Alfred
ne dit rien, et son pouls ne repartit pas, et au bout
de quelques minutes elle alla chez l'épicier demander
du secours.

26

Au téléphone, le médecin lui indiqua qu'il passerait directement après dîner et, fidèle à sa parole, sonna autour de huit heures. Après avoir examiné Alfred et confirmé ce qu'elle lui avait dit, lors de leur conversation, il jeta un coup d'œil circulaire dans la pièce.

— C'est son matériel ? demanda-t-il, en regardant en direction du tiroir ouvert, des pilules et des ampoules.

Elle approuva de la tête, puis remonta les couvertures sur le torse d'Alfred, avant d'en entourer soigneusement son corps. Elle gardait encore un maigre espoir qu'il ouvre les yeux. Elle ne pouvait s'empêcher de penser qu'elle l'avait vu tressaillir. Elle fixa son visage blême. Elle pensa aux bébés emmaillotés de la maternité, si contents enserrés dans leurs couvertures.

— Et vous ? s'enquit le docteur.

Il avait dix ans de moins qu'elle et lui rappelait M. O'Neill, jeune homme revêtu des élégants habits de son père.

— Et moi, quoi ?

— Vous prenez de ces produits ?

Il se dirigea vers le bureau et dispersa quelques pilules.

— Éloignez-vous de ça ! lança-t-elle en refermant le tiroir.

— Le coroner[1] ne va pas tarder, dit-il avec un haussement d'épaules, juste avant de partir.

Elle s'étonna d'être si peu bouleversée, mais découvrit qu'elle était trop exténuée pour mobiliser l'énergie nécessaire. Elle avait du mal à imaginer qu'on allait l'emmener et que c'était la dernière fois qu'elle le voyait. La typhoïde à l'hôpital. Il existait un lien entre les deux, comme il y en avait eu un entre son chapeau semblable à celui de Mme Bowen et son envoi à North Brother. Si elle transmettait la typhoïde à la maternité, à ces nouvelles mamans, à ces bébés, alors ils avaient raison, elle l'avait transmise aux autres, aussi. Elle avait tué Tobias Kirkenbauer. Un vent glacial fit vibrer les carreaux de la fenêtre et elle regarda une nouvelle fois Alfred. Son esprit parcourut à toute vitesse les années qu'ils avaient passées ensemble, afin de déterminer qui prévenir. De ce va-et-vient ressortirent seulement une demi-douzaine de noms : Liza Meaney, son fils, Fran, Joan, Jimmy Tiernan. Autant ne prévenir personne plutôt que d'organiser des funérailles et de se retrouver avec si peu de gens, tous pressés de retourner à leur vie habituelle. Elle rouvrit le tiroir et y chercha de la main un stylo à plume et du papier, pour dresser l'inventaire des tâches à accomplir. Mais lorsque la plume entra en contact avec la feuille, elle trouva sa conduite bien étrange et préféra le regarder encore, car bientôt il serait trop tard. Elle se retourna pour l'étudier et prit conscience qu'elle ne savait pas ce qu'elle cherchait. Plus que la couleur de sa peau, qui

1. Fonctionnaire de justice chargé d'enquêter sur les causes d'un décès.

le rendait de plus en plus méconnaissable, quart d'heure après quart d'heure, c'était le fait qu'il n'avait pas bougé du tout qui la chamboulait. Pas un seul doigt, pas un cheveu, pas un toussotement, ni un halètement, ni même un grognement.

Comment M. Kirkenbauer s'était-il comporté au décès de sa femme ? Il l'avait serrée dans ses bras, soulevée du lit et tenue contre son large torse. Il avait pleuré à grosses et chaudes larmes, sans se préoccuper d'être vu. Il lui avait baisé le front et dit qu'il l'aimait. Dans le silence absolu de la pièce, elle posa le bout de son doigt sur la main d'Alfred, sur la rangée familière de ses phalanges. Elle examina le bord irrégulier de ses ongles. Elle étudia son visage sans expression. Vers où s'en allait-on ? Elle aurait aimé le savoir. Elle fit ses adieux en silence. *Je ne me rends pas encore bien compte de ce qui est arrivé, mais lorsque cela viendra tu me manqueras. Je suis tellement désolée.*

Le coroner arriva à onze heures, avec son adolescent de fils pour l'assister. Elle signa le papier qu'il posa sur la table.

— Ici, madame Briehof... Et ici...

Elle ne s'embêta pas à le corriger et signa « Mary Briehof », parce que c'était plus facile, et qu'ensuite ils s'en iraient. Ils placèrent Alfred sur une civière, et tandis qu'ils gagnaient le couloir, le garçon derrière, le père devant, elle entendit l'adulte dire tranquillement à son fils que c'était le sort des camés, qu'ils finissaient toujours comme ça. Le jeune répondit quelque chose que Mary ne distingua pas, et elle s'efforça de repousser au loin le bruit de leurs efforts dans l'escalier, de prendre ses distances avec l'image du corps d'Alfred glissant, instable. Le coroner lui avait laissé sur un papier le nom d'une personne à contacter, le lendemain matin, ainsi qu'une adresse où elle devrait se rendre pour les formalités. Elle le plia jusqu'à ce qu'il devienne aussi petit qu'un gravillon et l'enfonça dans sa poche.

Elle ne parvint pas à dormir cette nuit-là, et un peu avant l'aube, vêtue de la même tenue que la veille, elle descendit dans la rue se vider l'esprit. Elle prit la direction de l'ouest, vers l'Hudson, et s'accroupit sur la berge pentue d'où elle regarda une péniche en provenance du nord approcher. Elle se demanda combien de temps serait nécessaire pour qu'elle ne s'attende plus à le trouver à la maison. Combien de temps, avant que l'espace qu'il avait créé ne se rétrécisse et ne se referme, et avant qu'elle ne cesse de s'interroger sur ce que l'avoir connu signifiait pour elle, et réciproquement. Même durant ces mois où le contact avait été rompu entre eux, elle savait qu'il se trouvait quelque part, un point sur la carte ; elle pouvait passer le temps à se demander s'il pensait à elle, et si les deux points que chacun représentait se rapprochaient, sans que l'un ou l'autre s'en rende compte. Une femme et un enfant passèrent près d'elle et la saluèrent de la tête. Ils ne peuvent pas deviner en me voyant, si ? pensa-t-elle, les suivant des yeux, tandis qu'ils remontaient tranquillement de la berge vers la rue. On dirait pourtant qu'ils se sont aperçus de quelque chose en me regardant.

Elle n'avait pas envisagé de se rendre à la maternité ce jour-là, mais, une fois le soleil complètement levé, il lui sembla préférable d'aller travailler, au moins pendant quelques heures, et par ailleurs elle avait l'impression que déjà beaucoup, beaucoup de temps s'était écoulé. Dans la lumière du matin, elle se souvint que ce n'était peut-être pas la typhoïde qui rôdait à l'hôpital. Toutes les fièvres ne s'appelaient pas ainsi et l'infirmière n'avait aucune certitude. Et même s'il s'agissait de la typhoïde, il se pourrait qu'elle n'ait aucun rapport avec elle. Chaque jour, il y avait tellement d'allées et venues dans la maternité, entre les livreurs et les grand-mères gonflées de fierté. Qui savait quelles infections invisibles ils apportaient avec eux ? Elle pensa aux petits Borriello, qui avaient dévoré tout ce qu'elle préparait et n'avaient jamais été malades. À l'instar d'Alfred, de Fran, de Kate. Elle repensa à toutes les familles pour lesquelles elle avait travaillé. C'était une coïncidence. Une étrange coïncidence, mais quand même. Qu'est-ce qu'elle aurait pu faire d'autre ? Qu'auraient-ils fait s'ils avaient été à sa place ? Elle pensa au laitier de Camden et l'imagina écrémant son lait et se déplaçant dans sa propriété, entouré de ses petits-fils.

En fixant le New Jersey, de l'autre côté du large fleuve, elle se demanda aussi s'il était possible à une personne de savoir une chose, tout en ne la sachant pas. Elle se demanda s'il était possible de connaître une vérité et puis, d'un seul coup, de ne plus la connaître, de murer l'ouverture vers ce savoir jusqu'à ce que pas un seul rai de lumière ne filtre. Lorsqu'elle repensa à la confusion moite des journées d'audience au tribunal, en 1909, et à tout ce dont on l'avait accusée – de ne pas avoir d'amis, de ne pas être capable de garder propre une cuisine –, elle sentit une bouffée d'agressivité animale remonter en elle. Ils lui en voulaient d'avoir des idées arrêtées, d'être irlandaise, pas mariée et de ne pas s'aplatir devant eux. Elle se dirigea rapidement vers l'eau et donna des coups de pied dans les pierres. Le vent qui lui cinglait le visage lui parut purifiant et elle le reçut les yeux fermés. Et pourtant.

Pourtant. Pourtant. Une vérité autre se tenait accroupie derrière une petite porte discrète. Et tandis qu'elle remarquait combien l'eau du fleuve était froide à cet instant, combien elle paralyserait les membres d'un nageur en un rien de temps, elle ferma les yeux et regarda cette porte, qui ne payait pas de mine, juste là, dans l'attente d'être ouverte.

Elle avertirait l'administrateur à propos d'Alfred, comme ça, il serait préparé lorsqu'elle demanderait à s'absenter pour les funérailles. Peut-être en parlerait-elle aussi à certaines, en cuisine, et se rendrait-elle à l'ancienne adresse pour informer Jimmy en personne, et là, elle s'arrêterait pour bavarder avec Fran ou Mila. Cela faisait si longtemps.

De toute façon, si elle n'allait pas à la maternité, ils pourraient trouver ça bizarre et commencer à fouiller le passé de cuisinière de Mary Brown.

Lorsqu'elle atteignit sa destination, elle salua le portier de la tête, comme d'habitude, mais se surprit à étudier son visage, en quête de signes d'épuisement ou de symptômes de fièvre aussi chez lui. Arrivée à son étage, elle ouvrit la porte sur un silence déconcertant et poursuivit son chemin dans le couloir, passant devant des chambres vides, sans rencontrer âme qui vive. Les salles de réveil étaient tout aussi vides, non seulement de patientes, mais aussi de lits. Ce ne fut que lorsqu'elle approcha de la cuisine que des échos de conversation atteignirent son oreille. Quand elle passa devant la salle de repos des médecins, le Dr Henshaw, dans l'embrasure de la porte, la suivit des yeux. Elle le salua, sans recevoir de réponse.

Fiche le camp, s'ordonna-t-elle en accomplissant les derniers pas qui la séparaient du brouhaha de la cuisine. Maintenant ! Cette traversée du couloir ressemblait à une marche dans la mer, légère et lourde à la fois. Fiche le camp dans le vent sec de l'hiver et ne te retourne pas ! Elle regarda par-dessus son épaule en direction de la porte d'escalier. Elle avait la rangée d'ascenseurs à sa droite, mais c'était comme s'ils l'avaient attachée à une longe et que, peu à peu, ils l'enroulaient autour de leur main pour la tirer toujours plus près, jusqu'à ce qu'elle soit à l'endroit où ils voulaient qu'elle se tienne.

Elle atteignit finalement la cuisine. Au moment où elle faisait glisser son sac de son épaule pour l'accrocher à la patère habituelle, elle remarqua Soper à moins de deux mètres. À côté de lui se tenait le médecin-chef, et derrière eux deux hommes inconnus. Une atmosphère de calme patience régnait dans la pièce, comme s'ils l'avaient attendue toute la nuit et que, maintenant qu'elle était arrivée, ils pouvaient rayer cet ultime élément de leur longue liste de tâches à accomplir. L'un des inconnus se positionna dans l'encadrement de la porte par laquelle elle venait d'entrer.

— Mary Mallon, dit sans bouger le Dr Soper.

Il paraissait si heureux de la voir qu'elle se demanda un instant si une autre raison ne l'avait pas amené là. Mais non, son échange de regards avec l'un des inconnus ne laissa pas de doute : Mary avait confirmé ce qu'il avait soupçonné et évoqué devant son auditoire, qui attendait lui aussi ! Et il était heureux de voir son soupçon vérifié. Ils se dispersè-rent, de façon quasi imperceptible, aux quatre coins de la pièce. Elle poursuivit son mouvement et, comme chaque matin, suspendit son manteau à côté de son sac, puis, sans même adresser un regard à l'un d'entre eux, se dirigea vers la cuisinière et examina l'avoine. Elle ouvrit la glacière et prit note des œufs frais et de la crème. Puis elle s'assit sur l'unique tabouret, celui de l'épluchage, se couvrit le visage de ses mains et pleura.

27

Elle ne leur compliqua pas la tâche. Elle écouta, hocha la tête et une fois seulement se souvint de son sac encore accroché à l'hôpital. Quand le Dr Soper lui offrit la main pour l'aider à descendre dans le bateau qui leur ferait traverser Hell Gate, elle s'en saisit avant de s'asseoir. Dans la série de questions, une ou deux concernaient Alfred : elle se contenta de dire qu'il était décédé, sans préciser que c'était de la veille et qu'il fallait s'occuper des funérailles, ou que c'était encore si frais qu'elle ne savait pas quelle réaction il lui fallait adopter. Sauf que maintenant qu'elle était de retour à North Brother, à une distance effective de lui, de leur logement et de leur vie, il lui semblait voir les choses avec plus d'acuité, comme si elle reculait devant un tableau pour embrasser toute la scène, et non pas juste l'image centrale.

Personne n'avait occupé sa cabane ces cinq dernières années et ils eurent la gentillesse de l'aérer quelques heures, pendant qu'elle répondait aux questions des docteurs à l'hôpital principal. Rien à voir avec son interrogatoire de la première fois, où elle luttait et argumentait, aussi la teneur de leurs questions changea-t-elle d'autant. Dorénavant, elle leur donnait sans détour les réponses qu'ils cherchaient, ce dont ils lui étaient reconnaissants. On lui avait demandé d'honorer un rendez-vous mensuel, elle n'y était pas allée. On lui avait demandé d'abandonner son métier de cuisinière, elle avait passé outre. Elle connaissait les conditions de sa libération et elle les avait violées en pleine connaissance de cause. Elle approuva de la tête. Elle se demanda si son aigrette vivait encore sur l'île quelque part et si John Cane accomplissait encore la navette tous les jours.

— Vous avez mis des vies en danger, l'accusa l'un des médecins.

Elle constata qu'ils se souciaient de bien se faire comprendre, car peut-être ne saisissait-elle pas pourquoi ils l'avaient reprise.

— Avant c'était de la négligence. Cette fois-ci, c'est criminel.

— Je le sais.

Et au moment où elle avouait, elle prit conscience que ce n'était pas seulement pour se montrer agréable : en effet, elle le savait.

En revanche, ils ne pourraient jamais comprendre en quoi cela valait la peine de le prendre, ce risque.

— Votre recours à un nom d'emprunt est une façon d'admettre votre culpabilité. Êtes-vous d'accord ?

Elle fit signe que oui, mais à nouveau il y avait tant de choses qu'il était difficile d'expliquer, des choses qu'elle-même ne comprenait pas. Il était possible de vivre en tournant le dos aux choses désagréables. Les gens attrapaient la fièvre typhoïde quand elle cuisinait pour eux, et il leur arrivait d'en mourir. Mais la plupart du temps, ils restaient en bonne santé, et elle était excellente cuisinière, alors ne pouvait-on envisager que ceux qui étaient morts seraient morts de toute façon ? Si notre vie est prédestinée avant notre naissance, alors comment elle, Mary Mallon, aurait-elle pu changer le cours de leur destin ? Et s'il est écrit que celui qui naît doit mourir ; et que chacun ressuscitera d'entre les morts ; et que notre temps sur terre dure une poignée de secondes, comparé à la vie infinie qui nous attend après, alors tous ces arguments ne réduisaient-ils pas son crime d'autant ? Pas plus grand que le crime de l'East River qui noya Alberto Borriello, pas vrai ? Elle avait pris des risques, mais vivre était en soi un risque, et la plupart étaient d'accord sur le fait que, ce risque-là, il valait la peine qu'on le prît.

Et alors le souvenir du petit Kirkenbauer lui revint en mémoire : son bras mou enroulé autour de son cou, sa joue brûlante effleurant la sienne. Elle sentit un poids mort appuyer sur sa poitrine. Elle n'allait pas se défendre. Elle n'allait pas s'opposer à eux. S'ils décidaient d'enchaîner ses chevilles et de la pousser dans l'eau, elle ne se rebellerait pas.

Or ils ne voulaient pas la jeter à l'eau. Ils voulaient tout simplement la garder à North Brother, et dès qu'elle ouvrit la porte de sa cabane, et s'appuya à la cuisinière pour regarder la pièce, elle prit conscience que s'y retrouver était surprenant seulement dans le sens que ce n'était pas complètement désagréable. La pièce de trois mètres sur quatre lui était si familière – chaque pli du rideau poussiéreux, chaque craquement du plancher – que, l'espace de quelques secondes, elle s'étonna d'avoir pu penser, peu auparavant, qu'elle ne la reverrait jamais. Chaque tranche de vie est étrange, chacune est inévitable. Son matelas étant entièrement hors d'usage, ils lui en apportèrent un autre. Elle dormit bien la première nuit, et au matin John Cane laissa une brioche et une tasse de café devant sa porte. Quand elle le verrait plus tard, elle lui demanderait d'informer le coroner des événements, et elle le prierait d'utiliser ses quelques économies censées payer le loyer pour acheter à Alfred une nouvelle chemise et une cravate neuve avant de le mettre dans un cercueil décent.

« Dites-lui d'enterrer Alfred à Saint Raymond dans le Bronx », lui préciserait-elle.

Et si le coroner ne respectait pas ses volontés, s'il se contentait de prendre l'argent et d'enterrer le défunt en maillot de corps, dans l'un des cimetières municipaux, elle n'en saurait jamais rien. Dans la foulée, elle pensa que si John Cane se dispensait d'aller voir le fonctionnaire de justice, fatigué de passer son temps à s'occuper d'un homme qu'il n'avait jamais apprécié, pour rendre service à une amie qui n'avait pas essayé de le contacter pendant cinq ans, elle ne le saurait pas non plus.

Elle n'était plus la cible de toutes les attentions, comme cela avait été le cas cinq ans auparavant. Depuis, ils avaient découvert d'autres porteurs sains, même si eux étaient autorisés à vivre chez eux, avec leur famille. Les journaux qui avaient pris fait et cause pour elle en 1909 eurent vent de son histoire, mais cette fois-ci ils la traitèrent de « scélérate ». Jalouse de jeunes femmes qui pouvaient encore enfanter et conduite à la folie par un compagnon drogué qui la maltraitait, elle avait fait exprès de trouver du travail à la maternité pour infecter les jeunes mères et tuer leurs bébés, si l'on en croyait la présentation des événements dans un journal. Vingt-cinq personnes avaient contracté la fièvre typhoïde à la maternité Sloane. Deux en étaient mortes. Mary lut l'article, puis le relut, chaque fois ébranlée. Elle le parcourut une troisième fois, puis elle le plia, le laissa sur son perron à l'extérieur et décida qu'elle n'ouvrirait plus le journal, tant que l'on parlerait de son arrestation.

John Cane lui rendit visite le troisième jour et, même si elle sentait qu'il lui jetait des coups d'œil obliques quand elle détournait les yeux, il ne la regarda jamais en face. Aussi, elle parla un moment, puis elle plongea dans le silence, et tandis qu'ils frissonnaient tous deux, assis sur le perron, elle aperçut au loin le vieux cheval, sa couverture écossaise sur le dos. Il regardait de l'autre côté de l'eau.

— Moi qui pensais qu'il était mort !

Et son compagnon de se lever, de battre des mains et de hurler à la bête de poursuivre son labeur.

— Mort ! s'exclama-t-il en se frottant les mains un peu plus pour les réchauffer, en touchant ses orteils, en s'étirant. Il ne quitterait pas North Brother pour tout le foin du monde !

Enfin, ses yeux se posèrent sur elle.

— Comme je le comprends ! C'est que la vie ici a son charme.

— D'accord, John, d'accord.

Et de l'autre côté de l'eau bleu foncé retentit un coup de sifflet, et une douzaine d'étrangers reculèrent d'un pas sur le quai, au moment où le train qu'ils attendaient entrait en gare. Elle s'attarda sur le perron, assez longtemps pour voir le jardinier remonter le sentier et emprunter la porte principale de l'hôpital. Puis elle rentra.

ÉPILOGUE

Octobre 1938

Les médecins m'ont demandé de raconter l'histoire de ma vie ici, tout en me recommandant de ne l'adresser à personne en particulier : juste de la narrer sous forme d'un journal. On écrit un journal pour soi, mais j'ai comme l'impression qu'ils ont l'intention de le lire un jour, peut-être après ma mort.

— Écrivez comme bon vous semble !

Ils ne doivent pas s'attendre à ce que je vive encore bien longtemps, ou alors, ils ne me l'auraient pas demandé. J'ai presque soixante-neuf ans et j'ai eu une attaque en avril. Il m'est difficile de marcher, mais je tiens un stylo à plume sans problème, ce qui est une bénédiction, même si j'écris lentement. Parfois, le thé dégouline du côté gauche de ma bouche, et c'est gênant. Comme c'est drôle, mais quand j'ai eu cette attaque je suis allée, pendant un temps, en convalescence à l'hôpital, où ils ont pris soin de moi, et j'ai pensé : Voilà ce que c'est que d'être vraiment malade, et non pas traitée comme une malade alors que je suis en bonne santé ! J'accepte tous ces soins et toute cette attention avec bien meilleure grâce quand ils sont nécessaires que lorsque l'on me les impose.

Voilà vingt-trois ans que je suis « l'invitée spéciale » de New York, et si vous y ajoutez mon premier séjour à North Brother, cela monte à vingt-six. Ils sont dorénavant très gentils avec moi. Certaines infirmières n'étaient même pas nées lors de mon premier séjour et ne savent rien de moi ni de mon cas, sauf que je ne suis pas malade dans le sens traditionnel du terme, ou du moins pas comme ceux qui sont mourants à l'hôpital.

Mon corps est lourd, et parfois mon apparence me remplit de tant de honte que je rechigne à sortir de ma cabane. Quelquefois, je passe une heure à me remémorer le temps où j'étais jeune, fine et forte, mais il ne sert à rien de ressasser ces changements, surtout quand on ne peut pas s'y opposer. J'ai été belle, même si certains ne partagent pas cet avis, et vive, et, pour couronner le tout, excellente cuisinière. Les seules fois où l'injustice de ma situation me pèse, c'est quand l'une des jeunes infirmières me regarde et que je lis dans ses pensées qu'elle me trouve bien laide. Je sens qu'il est important pour elle de savoir que cela n'a pas toujours été le cas. Alors, pour être juste, je pense à la façon dont je me suis exposée par mes dires et mes actions, combien j'ai lutté. Je sais aussi que je ne serais plus belle même si je n'avais jamais mis les pieds à North Brother. C'est une question d'âge, pas de géographie.

Même si le père Silva me rend plus souvent visite ces derniers temps, et que je pense qu'il vient avec l'intention de m'apporter la paix maintenant que j'ai une santé défaillante, les prêtres continuent de m'ennuyer. Je suppose que ma foi est intacte, ou tout du moins aussi intacte qu'auparavant, mais c'est l'idiotie de certains curés que je trouve éprouvante. Le père qui me rendait visite pendant la Grande Guerre priait pour la paix et la fin de la famine en Russie, mais après toutes ces oraisons, il ne partait pas sans sa tasse de thé et ne cachait pas son mécontentement si la cuisine m'avait envoyé des scones nature, au lieu de ceux aux raisins secs ou au cassis.

Ils m'ont autorisée à travailler au labo de l'hôpital durant de nombreuses années et cette activité m'a plu. Ce n'est pas vraiment différent de la cuisine, dans le sens où la précision est nécessaire : il faut savoir garder les proportions de liquides et de solides, sauf qu'à la fin, bien sûr, il n'y a rien d'extraordinaire à se mettre sous la dent, il faut se contenter de marquer tout sur un bout de papier, ce à quoi les chercheurs me trouvaient utile. Un jour, j'ai offert au Dr Sherman une jolie pomme ; je l'avais prise à la cantine pour la manger, puis quand j'ai décidé que mon estomac était trop plein pour l'avaler je l'ai donnée au Dr Sherman. Mais elle l'a laissée près de la centrifugeuse à urine et a dû la jeter. Ce dont elle s'est excusée, même si je sais qu'elle l'a fait exprès, afin d'avoir une excuse pour la jeter. Cet incident m'a rappelé que je n'en avais pas fini avec ma réputation.

John Cane est mort en 1929. Quant au Dr Soper, il aurait pris sa retraite et vivrait toujours. Le premier était mon ami et il m'a manqué. Parfois, quand je suis fatiguée, je m'attends à le voir, puis je me rappelle que cela n'est pas possible. Soper écrit un article sur moi de temps à autre. Je ne sais pas s'il s'est marié un jour et a eu des enfants, même si j'espère qu'il n'a pas eu ce dont j'ai été moi-même privée. Il m'arrive parfois de penser que tout ce qui m'est arrivé est sa faute. Même la mort d'Alfred, d'une certaine façon. C'est ce sur quoi il me faut travailler, si j'en crois le père Silva. La faute incombe non seulement à Soper, mais aussi à moi, à la ville, à tout le monde et à personne. C'est ainsi, un point c'est tout.

Je continue de m'informer, mais même les événements les plus sérieux me semblent bien lointains. Rien de ce qui se passe dans le monde ne s'applique à North Brother, où rien ne change. La plupart du temps, je tricote avec d'autres dans la salle des convalescentes, et quand il fait beau, les infirmières nous aident à disposer les chaises en cercle dehors, au soleil. Parfois, le samedi, elles nous projettent un film. Juste avant mon attaque, cela avait été *À l'ouest, rien de nouveau*. Film extraordinaire ! Puis j'ai appris qu'il était sorti quelques années auparavant, et cette nouvelle m'a contrariée, parce que je me suis demandé quels autres événements, dont je ne connaîtrais l'existence que quelques années plus tard, j'avais loupés. De temps à autre, un écrivain ou un journaliste vient jusqu'ici pour me rencontrer, mais cela devient de plus en plus rare. Au début de l'année, ils m'ont proposé de quitter l'île, si j'en avais envie, pour rendre visite à une connaissance, ou juste pour une promenade en ville. D'abord, j'ai cru qu'ils me jetaient dehors, puis j'ai pris conscience qu'ils ne suggéraient qu'une sortie pour la journée. Deux choses m'ont surprise à ce moment-là : la première, que je ne voulais pas qu'on me demande de quitter North Brother pour de bon ; et la seconde, que je ne connais plus personne à qui je pourrais rendre visite.

Depuis quelque temps, je pense de plus en plus au petit Kirkenbauer et à la petite Bowen, dont j'ai été accusée d'avoir provoqué la mort. Le décès dont je ne me remets pas est celui de Tobias Kirkenbauer, et je le cite tout en sachant que son nom sera une découverte pour les personnes qui me liront. L'enquête me concernant n'a remonté que jusqu'en 1901. Il est mort en 1899. Je ne sais vraiment pas quoi écrire ici à son sujet, sauf que je me souviens de lui et que je l'aimais, et que si j'avais cru une seule seconde que je lui causais du tort, je ne serais jamais restée. Et ceux qui ont pu fouiller mon âme savent que ce qui s'est passé avec lui n'était pas un crime, mais un accident. Un quiproquo. Soper m'a dit en 1915 que la première fois je pouvais me présenter en victime, mais pas la seconde. Il parlait de la maternité, et de la boulangerie aussi, je suppose, où j'avais fait courir des risques à tant de monde. Je ne peux ajouter qu'une chose, c'est que je pensais bien agir, alors que c'était le contraire qui se passait, et ce schéma s'est hélas souvent répété. Eh bien, ce que je veux désormais dire au sujet de cet adorable petit garçon, c'est que, si le ciel existe et que je l'y rencontre là-haut, j'espère qu'il se souviendra de moi et se précipitera dans mes bras pour me pardonner.

REMERCIEMENTS

Je suis profondément reconnaissante à mon agent et ami, Chris Calhoun, pour la confiance qu'il a témoignée à mon roman et pour le jour parfait que nous avons passé ensemble à New York et que je n'oublierai jamais. Mille mercis à mon incomparable éditrice, Nan Graham, qui a repéré les atouts du premier jet et n'a pas ménagé sa peine pour que je l'améliore ; à Kelsey Smith, pour m'avoir lue d'un œil très critique et m'avoir aidée à trouver des solutions quand je pataugeais lamentablement ; à Jenny Meyer, mon agent responsable des droits étrangers, pour avoir fait voyager Mary Mallon dans des endroits où elle n'était jamais allée ; à Jessica Leeke, mon éditrice britannique, pour son enthousiasme et son soutien.

Parmi la pile de documents et de journaux que j'ai consultés pendant l'écriture de ce roman, il me faut accorder une mention spéciale au livre fascinant de Judith Walzer Leavitt : *Typhoid Mary: Captive to the Public's Health* (« Mary Typhoïde : prisonnière de la Santé publique »). Je me suis appuyée sur ce livre pendant quatre années. Une série de courtes autobiographies, parues, à l'origine, dans *The Independent*, sous la direction de Hamilton Holt en 1906 (*The Everyday Lives of Undistinguished Americans as Told by Themselves*, « La Vie quotidienne d'Américains normaux racontée par eux-mêmes »), m'a également permis de cerner le point de vue des domestiques à la fin du XIXe et au début du XXe siècle.

Je suis également redevable envers l'Ucross Foundation, à Ucross, Wyoming, pour m'avoir offert dix mille hectares de silence pendant deux semaines critiques en 2010. Je remercie également la Free Library de Philadelphie, la Butler Library de l'université Columbia, et le département d'anglais du Barnard College, où j'ai conduit la majeure partie de mes recherches et ai écrit des sections importantes de ce roman.

Bien sûr, toute recherche exige du temps, et pour cela je remercie ma mère, Evelyn Keane, de s'être si bien occupée de mes fils quand je partais en quête d'un endroit tranquille pour quelques heures, et ma tante, Mae O'Toole, d'être venue à la rescousse quand j'en avais le plus besoin.

Merci à mes chères amies Eleanor Henderson et Callie Wright, pour avoir pris du temps sur leur propre travail afin de me lire et de me livrer leurs impressions. Chaque fois que je me suis retrouvée au pied du mur, j'ai toujours pu compter sur l'une d'elles pour m'aider à y voir plus clair.

Toute ma gratitude, également, envers Julie Glass, qui a pensé à moi à l'automne 2011. Je n'oublierai jamais comment ses quelques paroles généreuses ont aidé à propulser ce roman.

Mais avant tout, je veux remercier Marty, pour sa patience et ses encouragements ; et nos deux fils, Owen et Emmett, pour avoir fait leurs nuits et avoir été de petits bonshommes si drôles et si réfléchis quand ils ne dormaient pas. Quand vous aurez l'âge de lire ce roman, essayez de vous imaginer occupés à jouer au train autour de mes pieds, alors que je tapais le texte ; ou à colorier les premiers brouillons, en quête de Maman et Papa vers de terre, à l'extérieur avec Bobo, tandis que j'essayais de finir afin de vous retrouver au plus vite. Je vous aime.

quand il finit le résumé que... Quand vous aurez fini
de lire ce résumé, essayez de vous endormir occupez
à jouer en état d'apesanteur vos pieds, alors vous
resjait le jouer, on s'endort les premiers muscles...
muscles de la nuque et puis, certain temps, laissez
agir la grande profondeur de film... à la fin vous
naturellement plus vite, le plus digne...